Wolffenbüttel

SUSANNE GANTERT
Der Mädchenreigen

JUNGFER IN NÖTEN Elise, die Tochter des reichen Kaufmanns Lorenz Kale, ist entführt worden – von einem Drachen, wie die Bürger behaupten. Der Jurist Konrad von Velten, der sich nach den tragischen Begebenheiten, die sich im Zusammenhang mit der Lösung seines ersten Falles ereignet hatten, zu erholen begann, wird von Herzog Julius von Wolfenbüttel mit einer offiziellen Aufgabe betraut: Er soll ungeklärte Verbrechen, die über das kriminalistische Vermögen der Amtsleute im Herzogtum hinausgehen, sammeln und wenn möglich aufklären. Dabei soll er versuchen, eine Methodik zu entwickeln.

Als Konrad von der Entführung Elises hört, macht er diesen Fall zu seiner nächsten neuen Aufgabe. Weitere Mädchen sollen verschwunden sein. Im Zuge seiner Ermittlungen trifft er auf Laura, ein als Junge verkleidetes Mädchen, das seine Erinnerung verloren hat. Sie begleitet Konrad auf seiner Suche und gemeinsam entwirren sie den Zusammenhang der Entführungen mit einer perfiden Intrige.

Susanne Gantert wurde in Salzgitter als Pfarrerstochter geboren. Nach Abschluss ihres Theologiestudiums heiratete sie einen angehenden Pastor. Neben der Organisation der Familie mit drei Kindern und der nebenberuflichen Tätigkeit als Kirchenmusikerin begann sie zunehmend kleinere Vortragsanfragen zu theologischen Themen anzunehmen. Die interessante (Kirchen-) Geschichte des Braunschweiger Landes, die die Autorin durch ihre Forschungen für eine populärwissenschaftliche Auftragsarbeit genauer kennenlernte, inspirierte sie zu ihrem ersten Roman. Ihm folgte der erste Band der Konrad-von-Velten-Reihe »Das Fürstenlied«. Heute lebt die Autorin in ihrer neuen Wahlheimat Wolfenbüttel und wandelt hier auf Konrads Spuren.

Bisherige Veröffentlichungen im Gmeiner-Verlag:
Das Fürstenlied (2015)

SUSANNE GANTERT

Der Mädchenreigen

Historischer Roman

GMEINER SPANNUNG

Besuchen Sie uns im Internet:
www.gmeiner-verlag.de

© 2016 – Gmeiner-Verlag GmbH
Im Ehnried 5, 88605 Meßkirch
Telefon 0 75 75 / 20 95 - 0
info@gmeiner-verlag.de
Alle Rechte vorbehalten

Lektorat: Claudia Senghaas, Kirchardt
Herstellung: Mirjam Hecht
Umschlaggestaltung: U.O.R.G. Lutz Eberle, Stuttgart
unter Verwendung der Bilder: © https://commons.wikimedia.org/wiki/
File:Stundenbuch_der_Maria_von_Burgund_Wien_cod._1857_Der_
Evangelist_Markus.jpg
und © https://commons.wikimedia.org/wiki/File:Hans_Holbein_der_
Jüngere_-_Der_Kaufmann_Georg_Gisze_-_Google_Art_Project.jpg
und © https://commons.wikimedia.org/wiki/File:Braunschweig_Lüne-
burg_(Merian)_336.jpg
Druck: Libri Plureos GmbH, Friedensallee 273, 22763 Hamburg
Printed in Germany
ISBN 978-3-8392-1907-2

PROLOG

November 1579
Irgendwo im Herzogtum Braunschweig-Wolfenbüttel

SIE KAM LANGSAM ZU SICH, als sie die Hände spürte, die sich an ihren Fußknöcheln zu schaffen machten. Sie wollte die Augen öffnen, doch die Lider schienen so schwer, als läge etwas darüber. Sie wollte der emsigen Hand an ihrem Knöchel den Fuß entziehen und merkte dabei, dass sie im Wasser lag. Es war warmes Wasser, das nach Rosenblüten duftete und hätte nicht dieser Schrecken des Unerklärlichen darüber gelegen, hätte sie gerne noch einen Moment in dieser ungewohnten, duftenden Schwerelosigkeit verharrt.

Langsam, als wollte alle ungebührliche Hast von einer fremden, unüberwindlichen Macht unterdrückt werden, gelang es ihr, ihre Augen zu öffnen. Sie blickte in ein funkelndes Meer von Lichtern. Tausendfach spiegelten sich die Flammen der Kerzen, die um sie herumstanden, durch die bewegte Oberfläche des Wassers, in dem sie lag. Wie aus dem Nichts erschien eine Hand mit einem silbernen Becher in ihrem Blickfeld, der an ihre Lippen gesetzt wurde. Erst jetzt wurde ihr bewusst, wie unmäßig durstig sie war, und so schluckte sie gehorsam ein wenig von der Flüssigkeit, die sehr süß und nach würzigen Kräutern schmeckte.

»So ist's gut, meine Schöne. Trink und folge mir in das Land der unendlichen Genüsse!«, wisperte eine Stimme an ihrem Ohr.

Wie im Reflex schlug sie nach dem Becher, der dem Besitzer der Stimme aus der Hand glitt und unter der Wasseroberfläche verschwand. Sie blickte dem Becher nach und sah nackte, weiße Haut unter dem funkelnden Nass.

Meine Haut!, dachte sie fast unbeteiligt. Ich bin nackt und ich liege in einer Wanne.

Sie fuhr zusammen, als die Stimme jetzt gar nicht mehr sanft zischte: »Du dummes Mädchen, du hast ein Vermögen ins Wasser gestoßen!«, dann etwas gemäßigter: »Aber sieh hier, es gibt noch etwas, trinke es nur jetzt vorsichtig, dann wird es dir sehr gut gehen!«

Doch inzwischen war ihr Bewusstsein zu sehr geschärft. Mit einem Ruck fuhr sie hoch, floh an das Fußende des großen Holzzubers, drehte sich um und versuchte ihren Blick auf den Besitzer der Stimme zu fokussieren.

Wie ein mächtiger Schatten vor funkelndem Licht hatte dieser sich zur vollen Größe erhoben und kam auf sie zu. Als sie ein Bein über den Wannenrand hob, um aus der Wanne zu fliehen, schnellte ein Arm vor und eine feiste Pranke ergriff sie am Handgelenk.

Der Schrecken, der ihr Bewusstsein nun endgültig erobert hatte, machte sich in einem gellenden Schrei Luft. Mit einem Ruck gelang es ihr, ihr noch vom öligen Wasser glitschiges Handgelenk zu befreien. Sie fiel der Länge nach hin und sofort war der Schatten über ihr.

»Nun, nun, es hilft dir nichts, hier herumzuschreien. Niemand wird dir zur Hilfe kommen. Der Schatten ließ sich neben ihr nieder und hielt sie erneut am Handgelenk fest, als sie von ihm fortkriechen wollte. Mit der anderen Hand ergriff der Schatten ein großes Laken, das auf einem Schemel neben der Wanne lag, schüttelte es aus seinen Falten und hüllte sie darin ein. Er ließ ihr Handgelenk los und nahm sie nun mitsamt des Lakens hoch und trug sie zum anderen Ende des Raumes.

Sie strampelte und schrie, doch dies hatte einzig zur Folge, dass ihr Bezwinger fröhlich lachte und sie dann auf ein weiches Lager fallen ließ.

»Es hat keinen Sinn, dass du dich wehrst, du gehörst mir für diese Nacht und wir werden ein Märchen daraus machen wie aus dem Serail. Du wirst für mich tanzen und du wirst die Meine werden heute Nacht!«

»Was wollt Ihr von mir? Ich bin keine Frau, sondern ein Mädchen! Ich habe noch nicht geblutet!«, schrie sie in Panik.

»Sch, sch, sch, du hast noch nicht von den Wonnen der Liebe in Unschuld gekostet! Deshalb sollst du nun diesen Saft trinken und du wirst verstehen!«

Sie hatte sich an die hinterste Ecke des Lagers geflüchtet und dabei das Laken eng um sich gerafft. Sie beobachtete den Mann, den sie nun besser erkennen konnte, da sich ihre Augen an das spärliche Licht gewöhnt hatten, wie er nach einer bauchigen Tonflasche griff und den silbernen Becher erneut füllte. Er war ein großer, dicker, rotgesichtiger Mann, dessen spärliches Blondhaar verschwitzt an seinem Schädel klebte. Er trug einen seltsamen Mantel aus nachtblauer Seide, der über dem mächtigen Leib von einem Gürtel zusammengehalten wurde. Über dem Gürtel klaffte der Mantel über einer weißen, unbehaarten Brust auf, unterhalb des Gürtels ragte ihr sein mächtiges Geschlecht entgegen.

Sie wusste sehr wohl, was das bedeutete. Sie war ein Landkind, dem die Mechanismen der Fortpflanzung und die ihr dienenden Werkzeuge bei den Tieren in selbstverständlicher Beiläufigkeit überall begegneten.

Doch die Ordnung ihres Lebens in einem beschaulichen Dorf hatte noch nicht zugelassen, diese Aspekte jemals auf sich zu beziehen – das lag in der weiten Ferne des Erwachsenendaseins und hatte noch nichts mit ihr zu tun. Ein ungläubiges Keuchen entrang sich ihrer Brust, als das Ungeheuer auf sie zukam. Sie ließ das Laken fahren, sprang vom

Lager, duckte sich an dem schwerfälligen Mann vorbei in die Richtung, wo sie eine Tür vermutete, und sah sich plötzlich erneut gepackt, obwohl ihr Peiniger noch wie angewurzelt mit Becher und Flasche an der gleichen Stelle stand.

Diesmal spürte sie, dass sie an die Formen einer Frau gedrückt wurde. In der Annahme, dass sie hier ihrer Rettung in die Arme gelaufen war, ließ sie ihren Widerstand gegen die weibliche Umklammerung erlahmen und schluchzte erleichtert: »Bitte, Frau, rettet mich. Er will mir beiliegen. Bringt mich fort von hier!«

»Gemach, gemach, mein Engel, das hier ist nichts, wovor du dich fürchten musst.« Sie erkannte die Frau. Sie war doch die Mutter des Engels!

Vor wenigen Tagen, als sie am Rande des Dorfes das einzige Zicklein ihrer Eltern hatte grasen lassen, war er auf seinem prächtigen weißen Pferd geritten gekommen und hatte dies vor ihr zum Stehen gebracht. Zunächst hatte er sie nach dem Weg gefragt, nach ihrer Auskunft war er jedoch nicht weitergeritten, sondern war abgestiegen und hatte sich erstaunt über ihre außerordentliche Schönheit gezeigt. Dabei war er selbst der schönste Mann gewesen, den sie je gesehen hatte. Dann hatte er ihr gestanden, dass er bei ihrem Anblick unmittelbar in den Zustand tiefster Liebe verfallen sei, da er aber wohl sehe, dass sie noch zu jung sei, um schon seine Frau zu werden, werde er am nächsten Tag seine Mutter schicken, die sie hier an der gleichen Stelle treffen solle. Diese werde mit ihr zu ihren Eltern gehen und im Namen des Sohnes um sie anhalten. Danach werde sie sie mitnehmen und sie würde bis zur Hochzeit zum geeigneten Zeitpunkt bei ihr leben. Sie solle nur vorerst nichts ihren Eltern verraten.

Am nächsten Tag war die Mutter genau zum verabredeten Zeitpunkt in einer schönen Kutsche am Treffpunkt erschienen. Freundlich und warmherzig war sie gewesen und hatte ihr gegen die Aufregung einen Schluck aus einer kleinen bauchigen Flache angeboten. Das Mädchen hatte sich nichts Böses gedacht und nichts weiter als eine köstliche Erfrischung in der Flasche vermutet. Sehr schnell hatte sie gemerkt, dass ihr auf einmal alles leicht wurde im Kopf. In glückseliger Vertrautheit hatte sie es sich gefallen lassen, dass die Frau sie an sich zog, und hatte ihren Kopf auf deren Schulter gelegt.

Eine Falle! Tina, ihre Schwester, der sie unter dem Gebot der strengsten Verschwiegenheit von ihrem zukünftigen Glück erzählt hatte, hatte für einen kurzen Augenblick den Zweifel gesät, der zu ihrer Rettung hätte aufgehen müssen: »Und wenn er dich gar nicht heiraten will?«

Sie hatte das mit einer abfälligen Handbewegung abgetan: »Wenn er doch seine Mutter schickt!«

»Es ist das Glück und der Fluch aller Frauen«, fuhr die Frau fort. »Und wenn du klug bist, wird es mehr Glück als Fluch für dich werden! Reicht ihr doch endlich den Trank, Meister, sonst werdet ihr Eures Glückes Schmied heute nicht mehr sein!«

Entsetzt sah sie den Mann, der die Tonflasche abgesetzt hatte, auf sich zukommen, während die Frau sie mit stählernem Griff festhielt. Seine freie Hand griff nach ihrem Gesicht und zwang ihre Kiefer auseinander, indem er Daumen und Zeigefinger wie eine Zange dazwischen ansetzte. Er drückte ihren Kopf zurück an die mächtige, weiche Brust der Frau und flößte ihr den Inhalt des silbernen Bechers ein. Einen Moment noch versuchte sie, sich freizustrampeln und die Flüssigkeit auszuspucken, doch das Getränk rann wie flüssiges Feuer durch ihre Adern, ließ ihren ganzen Körper heiß und schwer und ihre Glieder matt werden. Der Schrecken fiel von ihr ab und sie sah alles nur noch durch den goldenen Schleier der sich verbindenden Lichter der Kerzen.

Wieder spürte sie Hände auf ihrem Leib, aber sie schienen nicht sie, sondern einen Mantel, der um ihre Haut herumlag, zu berühren.

»Nun, nun, jetzt gefällst du mir, meine Schöne!«

Wie eine unheilvolle Melodie, deren Faszination man sich aber nicht entziehen konnte, klangen die Worte in ihren Ohren nach. Sie wusste, dass alles, was er jetzt mit ihr tat, Unrecht war, aber obgleich es ihr Bewusstsein erreichte, war es ihr gleichgültig. Als er sie aufforderte, dass sie tanzen solle, stand sie auf, streckte die Arme weit über den Kopf und wiegte sich, wie sie dies oft an heißen Sommertagen dem im Sommerwind wogenden Korn gleichgetan hatte, nach einer Melodie, die nur sie hörte.

Auf einmal ertönten Lautenklänge, die vollkommene Harmonien aneinanderreihten und die Stimme des Mannes befahl: »Sing, aber hör nicht auf zu tanzen!«

Sie summte eine Sommermelodie, die sie wie von selbst anzufliegen schien, und die Harmonien der Laute passten sich ihr perfekt an.

Doch plötzlich brach die Musik mit einem hässlichen Misston ab und der Mann griff nach ihr. Sie gab nach wie ein biegsamer Halm und nahm seine Anbetung als selbstverständlich hin. Mit den Augen versuchte sie, seinen Händen auf ihrem Leib zu folgen, erfasste sie aber nicht in ihrer Geschwindigkeit. Als er sie auf das Lager legte und mit seinem riesigen Körper über sie senkte, spürte sie zwar den Schmerz, doch sie lehnte ihn nicht ab.

Das nächste Mal erwachte sie mit quälenden Kopfschmerzen. Doch noch schlimmer fühlte sich der Schmerz in ihrer Leibesmitte an. Sie gönnte sich noch einen Moment lang den Luxus, die Erinnerung an alles Gewesene auszuschalten, doch dann gab ihr Geist nach und die Bilder fluteten über ihn hinweg.

Vorsichtig drehte sie den Kopf auf dem Lager hin und her, doch sie war allein. Der Raum war nur noch ganz schwach durch die glimmende Glut im Kamin erleuchtet, doch sie erkannte den Wasserbottich, an den nun die Laute gelehnt war.

Sie hörte ein Keuchen und Wimmern und nach einigen Momenten verstand sie, dass sich diese Laute ihrer eigenen Kehle entrangen.

Vorsichtig begann sie sich aufzurichten, und sie hatte alle Mühe, die aufkommende Übelkeit niederzukämpfen. In einer Ecke des Lagers fand sie das Laken, in das sie ihr Peiniger nach dem Bad eingehüllt hatte. Sie griff danach und wickelte es um ihren Leib. Dann setzte sie ihre Füße auf den Boden neben dem Lager und versuchte langsam, sich zu erheben. Erst beim dritten Versuch wollte dies gelingen und sie jammerte und weinte vor Schmerzen und Pein. Allmählich jedoch kehrten die Kräfte zurück und sie tastete sich mit langsamen Schritten und mit den Händen jeden Halt ergreifend, der sich ihr bot, in die Richtung, in der sie die Tür vermutete.

Als sie diese soeben erreicht hatte, öffnete sie sich und die Frau, die sie für ihren Peiniger festgehalten hatte, trat ein.

»Ach, mein Herzchen, du bist schneller erwacht, als ich gedacht hatte. Geht es dir gut, mein Lieb?«

Das Mädchen starrte die Frau an, die sich mit solch mütterlicher Wärme nach ihrem Ergehen erkundigte. »Ich … Ihr … ich … bitte, ich … bitte lasst mich gehen!«, schluchzte es.

»Aber sicher, mein Täubchen, gleich darfst du gehen. Aber bitte verrate der lieben Melusine doch zunächst, wohin du gehen möchtest?«

»N … n … nach Hause, b … bitte, lasst mich nach Hause gehen!«

»Wenn das dein innigster Wunsch ist, soll er dir natürlich gewährt sein, mein Honigmäulchen, doch ein paar Dinge solltest du dir zunächst noch anhören. Komm, setzen wir uns doch hierhin.«

Mit unnachgiebigem Griff zog die Frau, die sich Melusine nannte, das Mädchen auf das Lager, auf dem die unaussprechlichen Dinge geschehen waren, an die das Mädchen sich mehr und mehr zu erinnern begann.

»Du musst wissen, mein Goldvögelchen, so wie du warst, als du gestern von zu Hause fortgingst, bist du nun nicht mehr. Und da musst du dir überlegen, ob die Deinen dich so, wie du jetzt bist, überhaupt zurückhaben wollen. Die Leute aus euren Dörfern sind da manchmal sehr gnadenlos. Ein Mädchen, das etwas mit einem Manne hatte, mit dem es nicht verheiratet ist, ist eine Gefallene. Man kann es keinem ehrbaren Manne mehr zum Weib geben.«

»A…ber Ihr h… habt mich dazu gemacht! Ihr habt mir etwas zu trinken gegeben, sodass ich nicht mehr ich war!«

»Ach, mein Zuckerschnütchen«, lachte Melusine glockenhell auf, »ja, zufällig war ich es und nicht diese oder jene. Das ist doch ganz gleich. Was zählt, ist das, was dabei herausgekommen ist, und das ist ein gefallenes Mädchen.«

Unaufhaltsam rannen die Tränen über die Wangen des Mädchens.

»Aber, wo soll ich denn jetzt hingehen? Ich kenne nur mein Dorf.«

»Ach, mein Engelchen, zufällig weiß die gute Melusine da eine wunderbare Lösung. Ich schicke dich in ein Haus, wo man dich wohlgefällig aufnehmen wird. Dort ruhst du dich eine Weile aus und überdenkst deine Lage. Dann wird man dir eine erstklassige Ausbildung geben. Du wirst eine Dienerin der Liebe und die Männer werden sich nach deiner Gunst verzehren!«

Das Mädchen ahnte, was das bedeutete, war aber inzwischen so verzweifelt, dass es sich eine liebevolle Umarmung der mütterlichen Melusine gefallen ließ, ja, sich gar schluchzend hineinsinken ließ.

1. KAPITEL

April 1580
In einem Keller irgendwo in den Wäldern

LAURA VERSUCHTE, SICH AUS DER UMKLAMMERUNG des Mannes zu befreien. Sie trat um sich und biss in alles, was in die Nähe ihrer Zähne kam, wobei es sich dabei nur um spröden, dreckigen und sehr undurchlässigen Stoff handelte, der die Arme des Mannes umhüllte. Ihre mit einem groben Strick lose auf dem Rücken fixierten Hände suchten ein angreifbares Ziel, rissen sich aber an der metallenen Koppel des Mannes die Haut blutig. Das Gesäß des Mädchens rieb durch seine Befreiungsversuche den Schritt des Mannes, was diesen veranlasste, mit geilem Gelächter hervorzustoßen: »Mach weiter, kleine Dirne, man hat ja seine reine Freude an dir und deinen Fluchtversuchen!

Diese Worte bewogen Laura unmittelbar, wie ein nasser Sandsack in der Umklammerung des Mannes zusammenzusinken und sich nicht mehr zu rühren.

»Wag es, du stinkender Teufel, das wird dir der Marschall nicht durchgehen lassen. Eher bringt er dich um, als zuzulassen, dass du sein bestes Pferd im Stall beschmutzt!«

Frustriert stieß der Mann einen stinkenden Atemzug aus, schüttelte den Sandsack, der nun keinerlei freudige Erregung mehr in ihm hervorrief, brutal und schleifte das Mädchen durch den Kellerraum zu einer mit einem riesigen Riegel versehenen Tür. Als er mit einer Hand versuchte, den schweren Riegel aus dem Schließkasten zu ziehen und nur der andere Arm das Mädchen umklammerte, ließ sich dieses mit einem Ruck schwer in die Knie sinken und packte nun mit den gefesselten Händen mit aller Kraft in das nur durch dünne Beinkleider geschützte Gemächt des Mannes. Der Mann schrie auf, ließ den Riegel, der mittlerweile aus dem Gegenstück gezogen war, aber auch das Mädchen fahren, um mit beiden Händen zur Stelle des gepeinigten Körperteiles zu gelangen.

Die Tür öffnete sich wie von Geisterhand, und muffige, stinkende Luft entwich dem Raum der dahinterlag. Ein schwacher Lichtschein einer qualmenden Fackel enthüllte den Ort der Verzweiflung, den Laura so dringend hinter sich zu lassen wünschte. Sie verfluchte ihr Zögern angesichts der drei Augenpaare, die ihr entgegenstarrten, und sah im Augenwinkel gerade noch rechtzeitig die gekrümmte Klaue des Alten, die nach ihr greifen wollte. Beherzt beendete sie das Werk ihrer Hände mit einem schwungvollen Tritt in den Schritt des Mannes, was diesen nun endgültig dazu brachte, wie ein Messer zusammenzuklappen und zu Boden zu sinken.

Anstatt dem Impuls zu folgen, zu den anderen Gefangenen zu eilen, schob sie sich rückwärts und den Mann wachsam im Auge behaltend zu einem Tisch, auf dem ein Brotzeitmesser des Bewachers lag. Mit der einen der gefesselten Hände ergriff sie das Messer, presste es mit dem Griff zwischen ihr Gesäß und den Tisch und versuchte, den groben Strick durch Auf- und Abbewegungen ihres Körpers durchzusäbeln.

Etliche Male schnitt die scharfe Klinge dabei in das weiche Gewebe ihres Handballens und sie schluchzte gepeinigt und wütend auf, bis sie merkte, dass sich die Fesseln durch ihre Bewegungen von selbst lösten und sie das Messer gar nicht weiter zu bemühen brauchte. Als ihr Bewacher sich schon wieder aus seiner verkrümmten Haltung zu erheben begann, waren die Hände frei. Die Rechte des Mannes fuhr mit stählernem Griff an ihre Kehle, doch seine Augen weiteten sich erst erstaunt, dann entsetzt, als er plötzlich einen gewaltigen Druck in der Brust und eine unendliche Schwäche in den Gliedern spürte. Er blickte an sich herab und sah den ehernen Griff seines Brotzeitmessers aus seiner Brust ragen. Ehe seine zitternden Hände sich von der Kehle des Mädchens zum Messer bewegt hatten, brach er in die Knie. Als er mit dem Körper auf dem Boden auftraf, war er bereits tot.

In fliegender Hast entledigte sich Laura ihres Kleides, unter dem sie nur ein einfaches Hemd trug. Sie überwand ihre Abscheu und zog dem Mann das Messer aus der Brust. Da das Herz nicht mehr schlug, hatte das Gott sei Dank nicht den befürchteten Blutschwall zur Folge. Mit einigem Ekel schälte sie den toten Mann, der Gott sei Dank ein schmächtiges Leichtgewicht war, aus seiner einfachen Landserjoppe. Das darunter befindliche Wams war reichlich blutdurchtränkt, und daher verzichtete sie schaudernd darauf. Die schlichte, nicht einmal geschlitzte Pluderhose jedoch konnte sie gerade eben ertragen, denn man erkannte nur wenige Blutstropfen auf dem dunklen Stoff und sie eignete sich hervorragend dazu, ihre weiblichen Formen zu verbergen. Der Gürtel ließ sich in der Taille fest genug ziehen. Die Strümpfe ließ sie unbeachtet, die Schuhe erwiesen sich als viel zu groß. Ihre eigenen Pantöffelchen würden ihre Tarnung Lüge strafen und so beschloss sie, sich barfuß auf die Flucht zu machen. In fliegender Eile wischte sie das Messer am blutbefleckten Wams des Mannes ab, so gut es ging, und begann eine Strähne ihres weizenblonden Haares nach der anderen mit groben Schnitten in Höhe des Halses abzusäbeln. Entsetzt registrierte sie, dass die Unruhe in den Räumen über ihr zunahm. Sie griff nach der Filzkappe ihres

Peinigers, stülpte sie über die zerzauste Frisur, steckte das Messer in den Hosenbund, warf einen letzten bedauernden Blick auf die Tür zu ihrem ehemaligen Gefängnis und eilte zur Treppe, die aus dem unteren in den oberen Keller führte.

Am oberen Ende der Treppe angekommen, lugte Laura vorsichtig in das große Hallengewölbe, in dem sie der Wächter vor ein paar Minuten bei ihrem Fluchtversuch aufgegriffen hatte. Es war niemand zu sehen, doch aus dem Raum des Marschalls hörte sie erregte Stimmen.

»Sie sollte dieses entzückende neue Kleid anprobieren, das ihr kürzlich brachte. Sie war vollkommen nackt, als ich sie nur kurz verließ, um meine Notdurft zu verrichten, Marschall!«, hörte sie Melusines greinende Stimme.

»Ich hab dir aber zigmal gesagt, dass keine von ihnen auch nur einen Moment unbewacht sein darf! Wie kommt es aber, dass sie Zeit hatte, sich wieder anzuziehen und bis zur Klappe zu gelangen?«

Laura schauerte beim Klang der kalten Männerstimme.

Weil es eine geraume halbe Stunde war, in der deine gute Melusine mit einem Wächter geturtelt hat!, dachte Laura von Triumph erfüllt, während sie sich vorsichtig durch die leere Halle tastete. Am gefährlichsten war die Passage der halb geöffneten Tür, durch die die Stimmen drangen. Doch jaulte Melusine dort dem Marschall weiter die Ohren voll und übertönte jeden Laut, der von Laura kommen konnte. Ein kurzer Blick durch den Spalt zeigte Laura überdies, dass der Marschall breitbeinig mit dem Rücken zur Tür vor Melusine stand. Schnell überwand sie die kritische Stelle und huschte zur Treppe, die sie endgültig in die Freiheit führen sollte.

Frustriert erkannte sie, dass die Falltür am Ende der Treppe geschlossen war, aber sie beeilte sich, diese einen Spalt breit anzuheben, um zu erkunden, ob die Luft draußen rein war.

Plötzlich wurde ihr bewusst, dass das Gegreine Melusines aufgehört hatte und dass auch vom Marschall nichts mehr zu hören war. Panisch drückte sie die Falltür gerade so weit hoch, dass sie ihren schmalen Körper ins Freie schlängeln konnte, und ließ die Tür mit einem Knall, der scharf in ihren Ohren widerhallte, fallen. Sie robbte in das dichte Unterholz, das die Falltür von drei Seiten umgab, und zog im letzten Moment ihren nackten Fuß nach, als auch schon ein aufmerksamer Wächter durch den natürlichen Tunnel, der von der Falltür in die Freiheit führte, lugte.

»Ne, is nichts!«, meldete der Mann und zog sich wieder zurück.

Wie eine Schlange wand sich Laura eilig durch das Unterholz und erblickte dann auf einer kleinen Lichtung zu ihrer großen Freude zwei Pferde, die nur nachlässig an einem Baum angebunden waren. Hinter sich hörte sie, dass die Falltür geöffnet wurde und die schneidende Stimme des Marschalls zu wissen verlangte, wer diese eben geöffnet und wieder fallen gelassen habe.

»Niemand, Herr, hier ist keiner!«

»Verdammt, Ihr Idioten! Schaut nach den Pferden!«

Laura verfluchte ihre klammen, zitternden Hände, als sie versuchte, die Zügel des einen Pferdes vom Baumstamm zu lösen. Die fadenscheinige Hose und die Joppe über ihrem dünnen Hemd boten kaum Schutz gegen die nasse Kälte hier draußen. Schon hörte sie die Geräusche sich durch das Unterholz walzender Körper. Als sie schließlich die Riemen freibekommen hatte, sprang sie an der Seite des Pferdes hoch, zog sich mit Kräften, die sie nicht mehr in sich vermutet hatte, in den Sattel, griff nach den Zügeln und grub dem Pferd ihre Fersen in die Seite.

In einem Winkel ihres Bewusstseins registrierte Laura, dass es sich bei dem nervösen Rappen, der aufgrund ihrer

Behandlung zunächst wiehernd in die Höhe stieg und mit einem Huf den bereits gefährlich nahe gekommenen Häscher vor die Brust trat, nur um das Pferd des Marschall handeln konnte. Im nächsten Moment stob das Pferd mit seiner spontanen Last buckelnd und schnaubend durch die enge Gasse, die aus dem Unterholz hinausführte. Zweige und Äste rissen an Lauras Kleidung und Haaren und drohten sie aus dem Sattel zu ziehen. Sie duckte sich eng in den Sattel und hielt ihr Gleichgewicht, indem sie ihre Beine fest um den Leib des Pferdes presste. Dies schien dem Pferd eine gewisse Stabilität und Autorität zu vermitteln, denn es hörte auf zu buckeln und schoss wie ein Pfeil aus dem Unterholztunnel hervor. Hinter sich hörte Laura Rufe und Flüche und den Schrei:

»Verdammt, nicht auf das Pferd schießen!«

Sie spürte einen Schlag am seitlichen Hinterkopf, von dem sie meinte, er müsse ihren Schädel gesprengt haben. Während sie mühsam versuchte, die immer verschwommenere Sicht vor ihren Augen zu klären, raste das Pferd in wilder Jagd weiter und ließ Geschrei und Flüche hinter sich.

Laura merkte, dass ihr die Zügel immer mehr entglitten, dass ihr Gespür für Rhythmus, Geschwindigkeit und Zeit sich auflöste zu einer Wolke, auf der sie zu schweben meinte. Das dunkle Grün des Waldes löste sich zu einem Gespinst aus bleigrau und silbrig-grün. Das Donnern der Hufe verschmolz mit dem Rauschen des Windes. Kurz erblickte sie in den diffusen Formen die Gestalt ihrer Mutter, die ihr die Arme entgegenstreckte. Den harten Aufschlag, als sie vom Pferd stürzte, spürte sie nicht mehr, ebenso wenig wie sie den donnernden Hufschlag, der sich immer weiter von ihr entfernte, hörte.

2. KAPITEL

MISSMUTIG BLICKTE KONRAD aus dem Fenster der Kanzlei hinüber zum Schloss. Drei Tauben, die auf der Suche nach Nahrung über das Kopfsteinpflaster vor der kleinen Brücke, die sich über den Schlossgraben wölbte, trippelten, waren das Einzige, was außer einem in den Torbogen gelümmelten Wachsoldaten zu sehen war. Der Wachsoldat nahm nur Haltung an, wenn sich irgendjemand dem Schloss näherte, was seit einer geschlagenen halben Stunde nicht mehr passiert war.

Der Himmel lag wie ein graues Tuch über dem Anblick. Seit über einer Woche hatte niemand auf Schloss Wolfenbüttel, in der Heinrichstadt und der ganzen Umgebung mehr einen Sonnenstrahl erblickt. Der Wind pfiff um die Mauern der Gebäude und die eisigen Temperaturen ließen beinahe nur noch den Schluss zu, dass es dieses Jahr tatsächlich keinen Frühling mehr geben würde, geschweige denn einen blühenden, lebensstrotzenden Maianfang.

Als Konrad seinen Blick wieder den vor ihm liegenden Papieren zuwandte, entrang sich seiner Brust ein schwerer Seufzer. Wie sollte es draußen blühen und grünen, wenn er doch meinte, in seinem Herzen würde dies auch nie mehr geschehen. Das Grau des Himmels entsprach doch genau dem Grau seiner Seele. Und außerdem dem Grau der unsäglich langweiligen Akten, die vor ihm lagen: Verträge, die auf ihre Tauglichkeit und Vorteilhaftigkeit für das Herzogtum überprüft werden mussten, und dies von drei Juristen. Konrad stand im letzten Glied, da er der Jüngste und Unerfahrenste war, der in der Kanzlei arbeitete. Deswegen bestand seine Arbeit nach der Überprüfung durch die beiden anderen Juristen, einer davon sein Onkel Andreas, eigentlich nur noch darin, eventuelle sprachliche Unebenheiten oder Fehlnummerierungen zu entdecken. So etwas entdeckte er natürlich nicht, weil zumindest sein Onkel ein zu genialer Jurist war, um sich solche Ungenauigkeiten zu erlauben.

Der Verdacht legte sich nahe, dass er hier nur mit Dingen beschäftigt werden sollte, die ihn nicht allzu sehr forderten, und dies, um ihm nach den traumatischen Ereignissen des letzten Herbstes eine Erholungsphase zu geben, in der man ihn gleichzeitig im Auge behalten konnte.

Die schwere Schwärze der Trauer nach seinem schweren Verlust war eben diesem bleiernen Grau gewichen, das auch den heutigen Tag ausmachte. Gleich nach dem Abschluss seines Studiums an der Universität Helmstedt hatte man ihm in einer Mordserie, die das Herzogtum erschütterte, dem untersuchenden Beamten Advocatus Walter zu Hohenstede als Assistenten zugeteilt. Während sich im Laufe der Ermittlungen immer mehr die Unfähigkeit seines Vorgesetzten erwies, war Konrad in einen Strudel von Ereignissen hineingerissen worden, die ihn innerhalb von 14 Tagen höchste Glückseligkeit und den Absturz in tiefste Trauer hatten erleben lassen. Konrad hatte die Morde und ihr Motiv aufgeklärt, hatte zwei Attentate auf den Thronfolger vereitelt und war selbst schwer verwundet worden.

Doch während er über den Winter hingenommen hatte, dass sich seine gesamte Familie wie eine große Glucke über ihn legte und ihn von allem abschirmte, was seiner Seele weiteren Schaden zufügen könnte, während er seit Beginn des neuen Jahres hingenommen hatte, dass sein Onkel Andreas ihn mit diesen langweiligen Arbeiten beschäftigte, aber gleichzeitig schonte, spürte er nun den Drang seiner Jugend, sein Leben zu leben und zu erleben. Sein Geist wollte mit Anspruchsvollerem beschäftigt werden und sein Körper signalisierte ihm, dass das tagelange Herumsitzen in einer Kanzleistube Energien in ihm aufstaute, die in irgendeiner Weise ein Ventil brauchten. Und sei es durch einen wilden Ritt durch die Wälder vor der Stadt.

In diesem Moment vernahm er eine Unruhe vor der Tür der Kanzlei und ein neuerlicher Blick aus dem Fenster zeigte ihm, dass er beinahe den spannendsten Augenblick dieses bisher so ereignislosen Montags verpasst hätte, nämlich das Nahen des Herzogs Julius in Begleitung des Juristen Andreas Riebestahl, seines Onkels. Hoffnung keimte in Konrad, dass er vielleicht zu der wöchentlichen Gesprächsrunde des Herzogs mit den Juristen seiner Kanzlei hinzugezogen werden würde. Zwar war dies noch nie vorgekommen, aber Andreas hatte ihm dies in Aussicht gestellt, als Konrad sich vor ein paar Tagen über das öde Einerlei seines Kanzleialltags beschwert hatte.

Tatsächlich betrat Andreas Riebestahl wenige Augenblicke später den kleinen Alkoven, den sich Konrad mit zwei Schreibern teilte, und winkte Konrad, ihm zu folgen.

Im ersten Stock der beengten Kanzlei befand sich der einzige Raum, der einer herzoglichen Kanzlei zumindest annähernd würdig war: der holzgetäfelte Sitzungsraum mit seinem riesigen Eichentisch und den zwölf schweren, lederbezogenen Stühlen. Am Kopfende saß bereits Herzog Julius, der den Eintretenden freundlich zunickte. Konrad beugte sich in eine tiefe Verneigung und setzte sich dann nach einem Wink seines Onkels auf einen Stuhl am Ende der Tafel, während sich Andreas zu seinem Platz am oberen Ende der Längsseite direkt neben dem Herzog begab. Außerdem waren noch vier andere Juristen, der mächtige

Kanzler Mützeltin und ein Schreiber, der mit gezückter Feder an einem Pult hinter dem Tisch stand, anwesend.

Verlegen registrierte Konrad den scharfen Blick Walter zu Hohenstedes. Immer noch bekam er die Ressentiments dieses Mannes zu spüren, der ihm vorwarf, durch sein Handeln die Situation heraufbeschworen zu haben, in der zu Hohenstede sich schwer verletzt hatte und somit nicht an der weiteren Lösung der Mordfälle beteiligt bleiben konnte. Genau besehen entsprach dies einfach nicht den Tatsachen, denn zu einer Lösung der Fälle wäre es wahrscheinlich nicht mehr rechtzeitig für die Verhinderung der Attentate auf den Thronfolger gekommen, wenn Konrad nicht genau so gehandelt hätte, wie er es getan hatte. Doch Konrad hatte genug Erfahrungen mit dem kleinlichen Geist dieses seines ehemaligen Vorgesetzten gesammelt, um zu erkennen, dass man diese Sache nicht mehr zur Zufriedenheit klären würde, und so musste er den missbilligenden Blick dieses Mannes eben hinnehmen und ihm ansonsten aus dem Weg gehen.

Die Sitzung, die von Franz Mützeltin mit einigen förmlichen Floskeln eröffnet worden war, nahm einen eher langweiligen Verlauf. Es wurden genau die Verträge besprochen, die Konrad in der letzten Woche mit geprüft hatte und daher gab es keine Überraschungen.

Interessanter wurde es, als es um den Verlauf der Grenzstreitigkeiten zwischen dem Herzogtum Braunschweig-Wolfenbüttel und dem Herzogtum Grubenhagen ging. Diese rankten sich um die Notwendigkeit, die für das Herzogtum so wichtigen Grabungen von Stollen der Harzer Bergwerke auf grubenhagischem Gebiet voranzutreiben.

Alles, was mit dem Abbau der Bodenschätze des Harzes zu tun hatte, verlangte nach der höchsten Aufmerksamkeit des Fürsten und seiner Juristen, denn dieser machte den größten Anteil am wirtschaftlichen Erstarken des Herzogtums aus. Doch konnte auch dieses Thema Konrad nicht lange fesseln, denn er stellte wieder einmal fest, dass für ihn das Wirtschaftsrecht nicht wirklich interessant war. Sicher, hier galt es, neue Wege zu beschreiten, die Zukunft des Landes zu vertreten und die Rechtmäßigkeit von Abbau und Handel abzusichern. Ein Gebiet, auf dem sich Konrads Onkel Andreas stark engagierte und sehr sicher bewegte. Aber all dies empfand Konrad als zu abstrakt für sein eigenes Denken und Fühlen, das den Kontakt zu den Menschen und ihren Abgründen suchte.

So gesehen war die Beauftragung mit der Untersuchung der Mordserie des letzten Jahres genau das gewesen, was ihn faszinierte. Verbrechen, Motiv, Auswirkungen und die Menschen, die damit verbunden waren.

Doch gab es keine offizielle, übergeordnete Stelle im Herzogtum, die eine Entsendung eines Juristen zur Aufklärung von Verbrechen rechtfertigte, und wenn es die geben würde, so wäre sicher nicht er, Konrad, an vorderster Stelle, sondern hätte sich wieder einem älteren Kollegen unterzuordnen.

Wie es aber mit der Unterordnung Konrads und seinem Drang, eine Methodik zu entwickeln, die einen in einem Fall weiterbrachte, und sie dann unmittelbar anzuwenden, bestellt war, hatten die Ereignisse im letzten Herbst gezeigt.

Erst als sein Onkel ihn scharf, der Herzog verwundert und die übrigen Herren missbilligend anstarrten, fiel Konrad auf, dass er schwer geseufzt hatte und dadurch ausgerechnet Walter zu Hohenstede in einem langweiligen Monolog unterbrochen hatte. Konrad war jung und sich seiner selbst unsicher genug, um tief zu erröten. Eine stammelnde Entschuldigung wurde durch einen freundlichen Wink des Herzogs, dem ein amüsiertes Lächeln im Mundwinkel saß, unterbrochen.

»Herr von Velten, wenn Ihr noch ein paar Minuten Geduld für die allgemeineren Belange des Herzogtums aufbringen wollt, so ergibt sich nachher noch die Gelegenheit für ein Gespräch unter vier Augen, das zu führen ich schon seit einiger Zeit im Sinn habe. Nein, sagen wir, unter sechs Augen, denn Euer Onkel sollte auch dabei sein.«

Konrad wagte nur, ein Nicken anzudeuten, und bemühte sich, dem Verlauf der restlichen Sitzung aufs Genaueste zu folgen. Diese dauerte nun auch nicht mehr sehr lange und die Teilnehmer außer Konrad und Andreas wurden mit wohlgesetzten Worten, die Mut für die anstehenden Aufgaben machen sollten, entlassen.

»Nun, mein lieber Herr von Velten, ich nehme nicht an, dass die vergangene Stunde Euch allzu sehr fesseln konnte, denn wenn nicht schon Euer Onkel angedeutet hätte, dass die gar zu trockene Juristerei nicht Eurem abenteuerlustigen Gemüt entspricht, so hätte ich das spätestens heute bei der Sitzung aus Eurem Blick geschlossen«, begann der Herzog freundlich. »Sagt mir frank und frei, was geht Euch durch den Sinn? Wollt Ihr aus den Diensten des Hofes entlassen werden?«

Konrad fuhr erschrocken hoch. »Mit Verlaub, nein, Eure Durchlaucht. Gerne möchte ich dem Hofe dienen, nur habe ich mich noch nicht recht an die Kanzleiarbeit gewöhnen können. Doch will ich mich wahrhaft sehr bemühen!«

»Ja, ja, sicher, Ihr seid ein kluger Kopf und könnt es so weit bringen wie Euer Onkel hier. Doch werde ich das Gefühl nicht los, dass ein Teil Eurer hervorragenden Gaben bei der Kanzleiarbeit verschwendet wäre. Die Pionierarbeit ist durch Euren Onkel geleistet, doch seid Ihr, dünkt mir, auch ein rechter Entdecker. So gilt es, Eure Begabung anderweitig sinnvoll einzusetzen und Euch Eure eigene Pionierarbeit tun zu lassen.«

Erwartungsvoll blickten Konrad und sein Onkel den Herzog an und dieser fuhr fort: »Die neuen Ordnungen und das Erstarken unseres Landes bringen so manchen Spitzbuben und Verbrecher auf den Plan, sich ein reelles Stück des Kuchens auf die eigene Platte zu schaufeln. Auch Mord und Vergewaltigung und das Leben außerhalb der Gesetze werden aus nahezu allen Ämtern gemeldet. Die Untersuchungen und die Überführung der Übeltäter aber werden, wenn überhaupt, nur sehr stümperhaft von den Bütteln der Ämter durchgeführt. Die Oberamtmänner berichten mir zwar nach ihren regelmäßigen Visitationen auch über diese Verbrechen, doch ist es nicht ihre Aufgabe, hier einzugreifen.

Ein System der Bestrafung, wenn denn ein Übeltäter überführt werden konnte, gibt es in den Ämtern nicht. Oft wird ein Übeltäter angezeigt und durch die Folter zu einem Geständnis gebracht. Doch ich kann mich des Eindruckes nicht erwehren, dass ich selbst unter der Folter manches gestehen würde, nur um keine Schmerzen mehr erleiden zu müssen. Auch würde ich mir wohl diesen oder jenen Namen abringen lassen und vorsichtshalber noch ein paar dazuerfinden. So kommt es, dass manch einer ungerecht, ein anderer zu hart, ein dritter zu milde bestraft wird und gar ein rechter Spitzbub, den man nie gefangen nahm, ohne Strafe davonkommt. Hier besteht Handlungsbedarf sowohl im juristischen Sinne wie auch in dem Sinne der Verbrechensaufklärung.«

Der Herzog räusperte sich, blickte einen Moment versonnen aus dem Fenster auf den immer noch menschenleeren Schlossplatz, wandte seinen Blick wieder zurück zu Konrad und fuhr fort: »Ihr seid noch recht jung, Herr von Velten, und die Aufgabe, mit der ich Euch langfristig betrauen möchte, erfordert eigentlich einen erfahreneren Mann. Doch andererseits seid es gerade Ihr anscheinend, der mit seiner Neugier neue Wege beschreiten möchte. Euer Onkel erzählte mir, dass Ihr in der Untersuchung des ›Fürstenliedfalles‹ an mehreren Orten Ansätze einer Methodik entwickelt habt, wie zum Beispiel die, den Todeszeitpunkt eines Opfers anhand der Leichenstarre herauszufinden. Ich denke, die Entwicklung empirischer Methodik und ihre schriftliche Fixierung, verbunden mit Eurem juristischen Wissen könnte uns in der Verbrechensbekämpfung im Land ein gutes Stück weiterbringen!«

Konrad, dessen Laune sich während der Rede des Herzogs immer mehr gebessert hatte, erwiderte mit vor Begeisterung funkelnden Augen: »Mit Verlaub, Durchlaucht, gibt es einen konkreten neuen Fall?«

»Nein, im Moment ist mir derlei nicht bekannt, doch das verschafft Euch Zeit, Eure bereits begonnenen Ansätze zu verfolgen. Besucht Hebammen, Totenwäscherinnen, Medici, um Euch ein Maß an medizinischem Wissen in Bezug auf Leichen zu verschaffen, und sammelt das Erfahrene in schriftlicher Form. Nehmt Euch, soweit vorhanden, Akten über aufgeklärte Verbrechen und Verurteilungen vor und verschafft Euch einen Überblick über Muster. Besucht meinethalben auch die Ämter und fragt nach ungeklärten Fällen, wenn sie denn nicht zu weit zurückliegen.

Ich meinerseits werde Anweisungen in die Ämter und Gerichte geben lassen, dass alle schwereren Verbrechen wie Raub, Mord und Schändung hierher an den Hof gemeldet werden, sodass Ihr Euch selbst einen Überblick über die Umgangsweise verschaffen könnt. Nutzt als Standpunkt weiter Eure Kanzleistube hier in der Kanzlei. Beim Bau der geplanten neuen Kanzlei wird der Bedarf einer eigenen Abteilung für Euch berücksichtigt werden.«

Konrad versicherte, dass er dieser neuen Aufgabe mit höchstem Elan nachkommen werde, doch der Herzog unterbrach ihn, um noch hinzuzufügen: »Dies ist vorerst kein offizielles Amt, dazu ist eine Abgrenzung noch viel zu ungefähr. Man wird sehen, was dabei herauskommt. Doch nehmt Euch einen Helfer und Begleiter. Meinethalben einen Büttel oder Soldaten. Der sei zu Eurem Schutz, und er kann Euch zuarbeiten. Verfolgt Ihr einen konkreten Fall, so meldet mir dies, damit ich Euch für diesen Fall eine Legitimierung als offizieller herzoglicher Ermittler gebe.«

3. KAPITEL

Braunschweig

Lorenz Kale wischte sich mit einem schon fleckigen Taschentuch den Schweiß von der Stirn und setzte seine ruhelose Wanderung zwischen Schreibpult und Fenster hin und her fort. Der Bote, der in respektvollem Abstand an der Tür verharrte, wartete ergeben darauf, dass der geachtete Kaufmann und Handelsherr zu einem Entschluss käme, wie in der gemeldeten Sache weiter zu verfahren sei. Doch Lorenz, der sonst nur mit sicherem Kalkül handelte und entschied, schien absolut nicht in der Lage zu sein, sich zu fassen um überhaupt in Ruhe denken zu können. Der Bote, der den Landwehrsoldaten angehörte, hatte nur zu berichten gewusst, dass sein Handelszug überfallen worden, einzig ein Mädchen geraubt worden sei und die Überlebenden auf dem Heimweg seien.

»Mit Verlaub, gnädiger Herr, mir schiene wohl zunächst das Beste, sich an die Büttel des Rates zu wenden und eine Anzeige zu erstatten«, wagte der Bote anzumerken.

»Ja, ja, sicher. Das muss getan werden. Er soll das gleich veranlassen. Doch verspreche ich mir davon nicht allzu viel. Es ist vor Klein Gleidingen geschehen, also außerhalb der Landwehr. Da werden die Stadtbüttel kaum etwas ausrichten können. Ich muss zunächst mit den Zeugen und Überlebenden sprechen und man wird das zuständige Amt einschalten müssen. Gehe Er und schicke mir meinen Sekretär herein. Danach begebe Er sich in den Hof und befehle meinem Hauptmann, alle noch verfügbaren Männer in Bereitschaft zu versetzen, jede Minute aufbrechen zu können. Dann kann Er sich zu den Bütteln begeben.«

Mit einer Verbeugung und einem mitfühlenden Blick verabschiedete sich der Bote und verließ das staubige Kontor.

Lorenz nahm seinen ruhelosen Gang wieder auf, während er auf seinen Sekretär wartete, und versuchte einen Weg aus dieser heillosen Panik hin zu seiner ihm sonst eigenen kühlen Gelassenheit zu finden.

Wie hatte es hier im Braunschweiger Land kurz vor der Landwehrgrenze der Stadt passieren können, dass einer seiner gut bewachten Handelstransporte überfallen worden war? Nicht aber die Waren, die wahrhaft jeden Spitzbuben hätten locken können, waren das Ziel des Angriffes gewesen, sondern das Einzige, was man geraubt hatte, war ein zwölfjähriges Mädchen gewesen. Seine Elise, der jüngste Spross seiner Lenden, sein Augapfel und behütetes und verwöhntes jüngstes Kind. Diese fürwahr gewagte Tat konnte nur eins zum Ziel haben: Man wollte ihn um ein üppiges Lösegeld erpressen.

Lorenz bebte vor Zorn angesichts dieses Verdachtes, doch gleichzeitig hatte der Gedanke etwas ungemein Beruhigendes. Man würde seiner Tochter kein Haar krümmen, nein, sie wahrscheinlich sogar gut behandeln, jedenfalls nicht töten, bevor man sich des Erpressergeldes sicher war. Doch jede Minute, die sie in der Hand ihrer Räuber verbringen musste, das nahm sich Lorenz vor, würden diese hundertfach, nein tausendfach büßen müssen. Und sollten sie seiner zarten Blume ein Haar gekrümmt haben, so würde er höchstpersönlich dafür sorgen, dass die Kerle, bevor sie in die Hölle fuhren, noch im Diesseits ordentlich gepiesackt würden.

Doch nun musste zunächst Ruhe bewahrt werden. Die Familie musste informiert werden, und zum ersten Mal seit dem Tod seiner Klara war Lorenz mit der Tatsache ein wenig ausgesöhnt, dass seine geliebte Ehefrau ihn vor zwei Jahren in Folge eines Fiebers verlassen hatte. Mit einer fast närrischen Liebe hatte sie an dieser ihrer einzigen Tochter nach sechs Söhnen gehangen und Lorenz hätte nicht gewusst, wie er ihr mit der Nachricht, dass Elise geraubt worden war, unter die Augen hätte treten sollen.

Dass Elise sich überhaupt auf dem Transport befunden hatte, hätte Klara bitter beklagt, ja, sie hätte sicher die ganze Reise des Mädchens nicht zugelassen, sondern sie ausschließlich hinter den sicheren Braunschweiger Stadtmauern behütet, gehegt und gepflegt. Gerade der Umstand aber, dass das Mädchen keine liebevolle Mutter mehr besaß und Lorenz sich auch nicht mehr so recht mit den Gedanken hatte befreunden können, sich eine neue Ehefrau und dem Kind eine Stiefmutter zu beschaffen, war der Grund für diese Reise gewesen.

Elise hatte ein halbes Jahr im Haushalt seines dritten Sohnes Jupp, der in Peine Pastor war, und dessen Frau Mathilde verbracht. Im dortigen Pfarrhaus, so hatte Lorenz befunden, war für ein junges, mutterloses Mädchen mehr zu lernen, als in einem unruhigen Handelshaus, das von einem verwitweten Vater und drei Brüdern, die noch Junggesellen waren, betrieben wurde. Außerdem hatte Mathilde zwei tote Kinder zur Welt gebracht und sich nach einem Menschen, den sie bemuttern konnte, gesehnt. Nun aber hatte Mathilde endlich einen gesunden Sohn geboren. Das Glück der jungen Familie war vollkommen, doch Elise war sich seitdem etwas überflüssig vorgekommen im wohlversorgten Haushalt ihres Bruders. Heftiges Heimweh hatte sie befallen und sie hatte ihren Vater angefleht, nach Braunschweig zurückkehren zu dürfen.

Lorenz, der sein Dasein ohne Frau und Töchterlein nun doch ein wenig öde fand, hatte der Heimkehr zugestimmt und verfügt, dass sie mit ebendiesem Warentransport, der nun überfallen worden war, reisen sollte.

Seit Jahrzehnten war ein solcher Transport auf der Handelsstraße zwischen Peine und Braunschweig nicht mehr überfallen worden. Jeder Spitzbube wusste, dass sich dies nicht lohnte, da die Wachstationen zu dicht beieinanderlagen und die häufigen Patrouillen der herzoglichen Wachen zu gut organisiert waren. Doch ließ vielleicht das Interesse des Herzogtums so kurz vor der Landwehrgrenze, wo der Überfall passiert war, nach und man meinte, dass die Überwachung nun ja im Interesse der Stadt liegen müsse. Hatten sich die Räuber vielleicht diesen Umstand zunutze gemacht? Doch woher wussten sie überhaupt, dass sich auf dem Transport ein Mädchen befand, das zu rauben sich lohnte, wenn man auf reiches Erpressergeld hoffte? Oder war dies gar ein zufälliges Ereignis? War der Raub Ergebnis eines spontanen Entschlusses von Strauchdieben, die auf eine gute, unbewachte Gelegenheit gehofft und gelauert hatten? Doch warum hatten sie dann seine Elise und nicht die kostbaren Waren mitgenommen? Sie konnten doch gar nicht wissen, dass es sich hier um den jüngsten Spross einer reichen Familie handelte. Wenn die Bande aber nicht auf ein Lösegeld aus war, warum hatte sie das Mädchen dann mitgenommen und sonst nichts?

An diesem Punkt seiner Überlegungen lief Lorenz ein eisiger Schauer des Grauens über den Rücken und er ließ sich schwer auf eine an der Wand eingelassene Bank des Kontors sinken, nur um sofort wieder aufzuspringen, als er aufgeregtes Palavern vor der Tür vernahm. Nach einem zaghaften Klopfen und einem herrischen und äußerst ungeduldigen Herein von Lorenz betrat ein Bediensteter den Raum, der gerade, als er anhob, einen Besucher zu melden, von diesem rüde zur Seite gestoßen wurde.

Vor Lorenz stand Karl Schultis, der Hauptmann der Truppe, die den Handelstransport begleitet hatte. Kaum war der Mann jedoch wiederzuerkennen. Sonst ein stattliches, etwas arrogantes Mannsbild, das seinen berechtigten Führungsanspruch immer mit einem flotten Spruch zu belegen wusste, warf sich nun ein bleiches Gespenst vor Lorenz auf die Knie. Die sonst immer mit Stolz getragene, den Landsknechten nachempfundene Montur, war fleckig von Blutspritzern. Das Leinenhemd hing unter dem Wams hervor, weit über die geschlitzten Kniehosen. Der federgeschmückte Hut, ohne den der Mann nur in Demut vor seinem Herrgott zu sehen war, saß nicht auf dessen Kopf. Um selbigen war stattdessen ein schmutziger und bereits blutdurchtränkter Verband gewunden, die schwarzen Haare hingen wirr um das fahle Gesicht und die braunen Augen blickten wie irre zu Lorenz empor.

»Der Gluhschwanz, der Feurige … Herr, wir konnten nichts tun, er hat uns gebrannt und ist mit Eurer Tochter in den Fängen davongeflogen! Ich sag es war der Gluhschwanz, die Teufelsgeburt! Drei Männer hat er angesengt und mir eins über den Schädel gegeben und fort war die kleine Maid!«

Ungläubig blickte Lorenz auf Karl hinab. Stammelnde Worte wollten seine zitternden Lippen verlassen, doch er brachte keinen Ton heraus. Aber dann fasste er sich, versetzte dem Kerl eine Backpfeife und befahl ihm, gefälligst sofort aufzustehen und aufzuhören, ihm Unsinn aufzutischen.

Schultis folgte zwar der ersten Anweisung und erhob sich in eine demütig geneigte, stehende Haltung, doch dann begann er, zu Lorenz' wütendem Entsetzen, seine Rede zu wiederholen: »Der Gluhschwanz war's, bei meiner Seel, er hat uns gebrannt …«

»Schluss mit dem Unsinn!«, unterbrach ihn Lorenz herrisch, »komme Er zu sich und berichte Er mir eins nach dem anderen! Wie verlief die Sache und wo genau?«

»Also, äh, also, bis nach Velchede gab es keine besonderen Vorkommnisse«, Schultis bemühte sich nun nach einem tiefen Atemzug um einen ruhigeren Ton. »Dort berichteten uns die herzoglichen Reiter, dass sie eben von einer Patrouille bis zum Raffturm an der Landwehrgrenze zurückgekehrt seien und dass, wie immer, alles ruhig sei. An den Sümpfen, über die der Vechelder Damm führt, wurde mir aber schon unheimlich, denn gar seltsamer Rauch und Gestank nach Schwefel stieg hier und dort auf …«

Lorenz winkte verächtlich ab. »Das ist dort doch immer so, das ist nichts als Wasserdampf und Dunggeruch!«

»Ja, ja, das sagt Ihr, Herr, und das sagte ich mir da auch noch. Aber als wir das Dorf Denstorf durchquerten, lief uns seltsames Getier über den Weg, eine Ratte, eine dreibeinige Katze und ein einäugiger Hund. Sie alle sahen aus, als wenn sie vor etwas flüchteten.«

»Gewiss doch, vor Euch flüchteten sie, denn solches Getier wird ja von Menschen nicht gut behandelt!«, höhnte Lorenz schnaubend.

»Aber dann, als wir aus dem Dorf rauskamen, wurde es plötzlich ganz finster und dann … dann geschah alles auf einmal. Aus dem Wald schoss der Teuflische, das Untier, und sprühte sein Feuer. Und schlug uns und brannte uns!«

»Bei allen guten Geistern, Mann, nun sage er endlich die Wahrheit! Es waren Reiter, und weil Er mit seinen Männern ihrer nicht Herr werden konnte, obwohl ich Ihn dafür wahrlich fürstlich bezahle, erfindet Er Schauermärchen!«

Lorenz stampfte mit dem Fuß auf, begann erneut eine unruhige Wanderung durch das Kontor und blieb plötzlich vor seinem Hauptmann stehen, schaute ihm finster in

34

die Augen und verlangte: »Gestehe Er nun endlich: Wie viele Reiter waren es, konnte Er ihren Anführer erkennen und in welche Richtung verschwanden die Spitzbuben mit meiner Tochter?«

Unglücklich erkannte Schultis, dass er seine Geschichte, so wie sie sich in sein Gedächtnis eingebrannt hatte, nicht ein weiteres Mal wiederholen sollte. Doch wusste er auch nichts anderes zu berichten, und so verfiel er in betrübtes Schweigen.

Lorenz raufte sich die Haare, eilte zur Tür, riss diese auf und befahl dem Unglücklichen: »Raus, gehe Er nachschauen, ob Martin eine Truppe in Bereitschaft gesetzt hat, aufzubrechen. Sag Er ihm, dass er zwei weitere Pferde, eines für Ihn und eines für mich, sattle. Ich will in zehn Minuten aufbrechen!«

Gebeugt und zitternd, doch ohne ein Wort des Widerspruches zu wagen, schlich sich der Hauptmann aus dem Raum. Lorenz aber begab sich fluchend und vor sich hin schimpfend in seine Kammer, um seine Reitkleidung anzuziehen, nicht ohne erstaunt zu bemerken, dass diese seit seinem letzten Ausritt vor ein paar Monaten noch enger geworden zu sein schien.

4. KAPITEL

Wolfenbüttel

Konrad hatte sich noch am gleichen Tag mit Feuereifer auf seine neue Aufgabe gestürzt. Zunächst hatte er auf Anraten seines Onkels eine genaue Aktendokumentation seines ersten Falles angelegt. Seine Beobachtungen in Bezug auf die medizinische Seite eines Mordfalles waren sorgsam in einem Ordner mit der Aufschrift »Beschaffenheit einer Leiche zu verschiedenen Zeitpunkten« dokumentiert. Alles, was ihm in Bezug auf Hexenanzeigen begegnet war, lag unter der Überschrift: »Der Aberglaube, dass man Hexen überführen könne, und die Foltermethoden, mit denen man sie zum Geständnis bringt«. Einen leeren Ordner versah er mit der Überschrift: »Verbrechensaufklärung in den Ämtern«.

Am nächsten Tag holte er sich aus der Kanzlei eine Aufstellung der Ämter und Aufzeichnungen über die in letzter Zeit unternommenen Visitationen durch die Oberamtmänner. Wie es der Zufall oder die glückliche Vorsehung wollte, traf er am späten Nachmittag in einem der Korridore der Kanzlei den Oberamtmann Julius von Halle, einen schon älteren Herrn mit einem mächtigen Bauch, auf dem die Amtskette fast lagerte wie auf einem Tablett, und wagte es, den ehrwürdigen Herrn anzusprechen, ob er in der letzten Zeit die Ämter des westlichen Teiles des Herzogtums visitiert habe.

»Gewiss, gewiss, junger Mann. Das tue ich zweimal im Jahr und auf Weisung des Herzogs ab und zu auch für ein Amt überraschend. Gerade kehre ich aus dem Amt Vechelde zurück, das ich in vorzüglicher Ordnung vorgefunden habe.« Zufrieden strich sich von Halle über einen üppigen Bauch. »Ich muss sagen, obwohl mein Besuch überraschend kam, hat man mich auf das Vorzüglichste verkösigt und auch sonst in angenehmer Weise von der Effizienz des Amtes überzeugt.«

»Darf ich Euch fragen, ob Ihr auch über besondere Vorkommnisse, wie Hexenanzeigen, Mord oder Diebereien informiert worden seid?«, wollte Konrad wissen.

Etwas erstaunt blickte der Ältere den jungen Mann an. »Weshalb fragt Ihr danach? Oh, ich verstehe, Ihr seid doch der junge Mann, der sich für Verbrechen interessiert. Wie ich hörte, habt Ihr sogar einen herzoglichen Auftrag erhalten. Nun, eine nicht ganz einfache Aufgabe, möchte ich meinen!«

Konrad errötete leicht unter dem musternden Blick des Oberamtmannes, doch entgegnete mit fester Stimme: »Ich hoffe sehr, dass ich mich des Vertrauens unseres Fürsten würdig erweise, doch noch stecke ich sehr in den Anfängen und bedarf sicher einiger Hilfe.«

»In der Tat gab es außer den gewöhnlichen Diebereien und Zänkereien im Zuständigkeitsbereich des Eichsgerichtes bei Denstorf ein höchst sonderbares Vorkommnis. Eine Jungfer wurde angeblich von einem Drachen geraubt. Ich erhielt von den Vorgängen heute Morgen kurz vor meiner Abreise Kenntnis. Doch sah es mir so aus, als wenn da einige Fantasterei oder ein grober Schabernack im Spiel war. Auf jeden Fall handelte es sich bei besagter Jungfer um eines reichen Kaufmanns Töchterlein aus Braunschweig und da sollen sich doch die Braunschweiger auch drum kümmern. Ich vermute ja, dass das Mägdelein einen dem Vater nicht genehmen Verehrer überzeugt hat, mit ihm durchzubrennen. Der Kaufmann Kale hat auf jeden Fall genug Geld auszugeben, dafür dass man ihm das Töchterlein sucht und wieder an den väterlichen Herd bringt.«

Mit einem huldvollen Nicken bedeutete der Oberamtmann, dass er das Gespräch für beendet hielt. Konrad, der der Geschichte zunächst belustigt, bei der Nennung des Namens des Kaufmannes aber höchst interessiert gelauscht hatte, beschloss, umgehend seinen Onkel Andreas aufzusuchen, um ihm von der Geschichte zu berichten. Lorenz Kale war ein alter Freund seines Onkels aus dessen Jugendjahren. Außerdem kannte Konrad ihn als einen nüchtern denkenden Kaufmann, der sich mit Sicherheit nicht die Geschichte von einem Drachen, der seine Tochter geraubt hätte, auftischen ließ.

Andreas blickte sehr ernst drein, nachdem Konrad ihm die Geschichte aus Vechelde erzählt hatte. »Ich habe sowieso ein Anliegen, dass ich schon lange mit Lorenz besprechen wollte. Es geht um die Lieferungen für das Tuch für die Garnisionsuniformen. Was du mir hier erzählst, ist ein guter Anlass, um sich endlich auf den Weg zu machen. Willst du mitkommen?«

Zwei Stunden später saßen Onkel und Neffe auf ihren Pferden und ritten aus der Heinrichstadt heraus nach dem eine Stunde entfernten Braunschweig. Ihr Weg führte sie vorbei am Lechlumer Holz, in dem sich die Gerichtstätte der Stadt befand, und Konrad lief angesichts des Gedankens, wie schnell aufgrund einer Anklage aus Neid oder Bosheit das Verderben über einen Menschen hereinbrechen konnte, ein kalter Schauer über den Rücken. Seine Mutter war vor einem halben Jahr knapp diesem Schicksal entkommen, doch einer ihrer Mitarbeiter hatte durch das Verhalten einer aufgebrachten Meute hier seinen Tod gefunden.

Als die Reiter die Rüninger Mühle erreicht hatten, tat sich an mehreren Stellen des Weges ein Blick auf die mächtigen Mauern der Hansestadt Braunschweig auf. Es war nun nur noch ein langsames Vorankommen möglich, denn die Straße war voll mit Fuhrwerken, die von der Mühle in die Stadt unterwegs waren. Entgegen kamen Bauern mit ihren leeren Karren. Sie hatten die Märkte beliefert und waren auf dem Heimweg. Garnisonssoldaten, die die alte Heerstraße bis zur Braunschweiger Landwehr bewachten, taten ihr Übriges, um die Straße zu verstopfen.

Am Rüninger Turm kamen die beiden Reiter vollkommen zum Stillstand, denn hier war die Braunschweiger Landwehrgrenze zu passieren, und heute wurde jeder Einzelne von den Braunschweigern genau in Augenschein genommen.

»Das machen die wegen dem Gluhschwanz! Als ob der hier vorbeikommen würde und das Kaufmannstöchterlein abwerfen würde!«, hörte Konrad hinter sich eine höhnische Stimme. Konrad drehte sich um und blickte einem Bäckergesellen, der einen Sack Mehl auf der Schulter trug, ins Gesicht.

»Was ist das für eine Geschichte mit dem Gluhschwanz und der Kaufmannstochter?«, fragte er den Mann. Dieser errötete angesichts der Aufmerksamkeit, die er bei einem offensichtlich vornehmen Herrn hervorgerufen hatte.

»Mit Verlaub, gnädiger Herr, es macht unsereins schon ein wenig ungeduldig, aber seit gestern eine Kaufmannstochter an der Landwehrgrenze hinter Vechelde entführt wurde, sind die Kontrollen um die Stadt herum sehr streng geworden. Das hält unsereins auf und es ist noch schwerer geworden, sein Tagwerk in rechter Zeit zu erledigen.«

»Ja, ja, das sehe ich wohl, aber was hat es mit diesem Gluhschwanz auf sich?«, wollte Konrad wissen.

»Gluhschwanz ist ein Drache, der in der Peiner Gegend sein Unwesen treibt. Er ist schon oft gesehen worden, wenn er sich auf die Dächer setzt, aber eigentlich treibt er nur seinen Schabernack mit den Hausbesitzern und raubt keine Jungfern. Doch die Bewacher der Jungfer schwören Stein und Bein, dass es Gluhschwanz war, der Feuer spie und die Jungfer in seinen Klauen davontrug. Und es ist ja auch nicht die erste Maid, die in letzter Zeit verschwand. Nur die erste vornehme Maid ist sie halt.«

»Es sind schon mehr Mädchen verschwunden?«, fragte Konrad hellwach.

»Ja, man hört so dies und das. Aber Genaues weiß ich auch nicht.«

Ein Ruck ging durch die Schlange der vor dem Tor Wartenden, denn nun hatten die Wachhabenden Verstärkung bekommen und die Abfertigung ging wesentlich zügiger voran. Konrad nickte dem Bäckergesellen noch kurz freundlich zu, dann beeilte er sich, seinem Onkel hinterherzureiten, der sich bei einem Soldaten mit selbstverständlicher Autorität Durchlass durch das Tor verschaffte.

Die Passage des Aegidientores ging ein wenig zügiger vonstatten und Konrad und Andreas befanden sich in der Stadt Braunschweig.

Sich vom Aegidientor zur Turnierstraße durchzuschlagen, nahm noch einmal eine halbe Stunde in Anspruch, denn alle Straßen und Gassen durch diese so anders als die durchdachte Garnisonsstadt Wolfenbüttel wirkende Handelsstadt wimmelten von Menschen, Vieh und Dreck, denen es auszuweichen galt.

Konrad, der zwar in Braunschweig geboren worden war und seine ersten Lebensjahre hier verbracht hatte, hatte kaum noch eine Erinnerung an die Stadt und ließ sich fasziniert durch das Gewühl treiben. Zunächst zog sie der Menschenstrom vom Aegidientor weiter an der Aegidienkirche vorbei zum Aegidienmarkt. Hier drängten sich an den Fleischständen der Knochenhauer große Menschentrauben – die Ärmsten des Viertels, die nun, nachdem alle fetten Fleischstücke von den Knochen gelöst und verkauft waren, auf ein günstiges Stück Knochen für ihre Suppe hofften. Gegenüber, vor dem prächtigen Rathaus ergingen sich zwei Ratsherren mit wichtigen Mienen, anscheinend in ein Gespräch vertieft. Vom Aegidienmarkt führte eine enge Gasse am Hospiz der Lieben Frauen vorbei, und man durchritt die Mauer, die das Weichbild Altewiek von der Altstadt trennte.

Die Häuser, die die folgenden Gassen säumten, standen eng und schmalbrüstig nebeneinander. Zeigten die reich geschnitzten Schilder im Kattreppeln an, dass hier das Flachsverarbeitungshandwerk angesiedelt war, so zeigten die des Hutfiltern das Barett der Hutmacher.

Immer wieder musste man Unrat, quiekenden Schweinen oder einem mit Schwung auf die Gasse entleerten Abwasserschwall aus Kübeln ausweichen, und so war man erleichtert, als man am Ende des Hutfiltern auf einen offenen Platz, den Kohlmarkt, ritt.

Der Gegensatz war gewaltig, denn hier herrschte plötzlich eine Weite, die den Blick auf prächtige Gebäude wie die städtische Münze und das reich verzierte Fachwerk der Patrizierhäuser freigab.

Auch hier fand Markt statt, und trotz der Nachmittagsstunde war noch ein reges Feilschen und Handeln im Gange. Andreas mahnte Konrad, auf seine Börse achtzugeben, die schnell mal einen Beutelschneider zu einer flinken Tat veranlassen könnte, auch wenn man hoch zu Pferde saß.

Von den Garküchen, die sich in einer kleinen Gasse am anderen Ende des Kohlmarktes befanden, zogen gar verlockende Düfte in die Nasen der Reiter, doch tapfer ließen sie diese links liegen, ritten auf den Altstadtmarkt mit dem

Gildehaus der Tuchhändler und dem prächtigen Rathaus. Die Martinikirche erhob sich mit ihren mächtigen Türmen vor ihnen und sie ritten um ihren Hof herum, denn an dessen Westseite grenzte die Turnierstraße mit ihren Handelshöfen.

Durch ein wappengeschmücktes Tor ritten sie auf den Hof des Hauses von Lorenz Kale und wurden von einem eilfertigen Stallburschen in Empfang genommen. Dieser wies die Ankömmlinge, nachdem sie abgesessen waren und ihm die Zügel ihrer Pferde überlassen hatten, an einen wichtigtuerisch hin und her eilenden Haushofmeister, um ihm ihr Anliegen zu übermitteln. Der Mann führte sie, nachdem er die Hände über dem Kopf zusammengeschlagen hatte, weil er fürchtete, dass sein Herr heute kaum die Gesinnung hätte, mit einem hohen Herrn aus Wolfenbüttel über kaufmännische Belange zu sprechen, in die riesige Diele des Hauses und hieß sie warten.

Über der Geschäftigkeit, die hier herrschte – Ballen jeglicher Art von Tuch wurden sortiert, Schreiber standen mit Argusaugen daneben und notierten jeden Handschlag, der mit dem Tuch geschah – lag eine dumpfe Aura. Es wurde nicht gescherzt, wenn Ballen, die mit Seilwinden aus den Speichergiebeln herabgelassen worden waren und in die Diele gereicht wurden, und nicht geflucht, wie es sonst bei jeglicher Ungeschicklichkeit im Umgang mit dem kostbaren Gut üblich war, sondern nur in gedämpftem Ton das Nötigste gesprochen, während die Blicke immer wieder zu der Tür auf der Galerie huschten, hinter der sich eben noch der geschlagene Vater einer entführten Tochter in seiner Kontorstube aufgehalten hatte.

Lorenz Kale, der seinen alten Freund Andreas Riebestahl bei einem Blick aus dem Fenster in Begleitung eines jungen Mannes, der ihm verblüffend ähnlich sah, erblickt hatte, trat soeben aus dieser Tür und alle Stimmen in der Diele verstummten schlagartig.

Andreas war erschrocken beim Anblick des Kaufmannes. War er als junger Mann und Landsknecht ein stolzer, breitschultriger Hüne gewesen, in mittleren Jahren ein stattlicher, wohlbeleibter Handelsherr, so zeigte er sich nun fast greisenhaft und gebrochen, obwohl er Andreas doch nur um knapp zehn Jahre im Alter voraus war. Die grauen Haare hingen ihm wirr und ungeordnet um das bleiche Gesicht, die Schultern waren über dem noch immer mächtigen Leib gleichsam zusammengesackt und ließen den Mann um mindestens eine Elle geschrumpft wirken. Die einen Moment freudig belebten grauen Augen verloren schon wieder ihren Glanz und blickten Andreas verzweifelt an.

»Du kommst leider zu sehr ungünstiger Zeit, was Handelsangelegenheiten angeht, mein guter Andreas, doch als Freund kommst du mir gerade recht. Hast du schon von dem grauenhaften Unglück gehört, das mich und mein ganzes Haus in Atem hält?«

»Nur Gerüchte, mein Guter, aber ich will gerne meine geschäftlichen Belange in den Hintergrund stellen, wenn du mir erzählen willst, was vorgefallen ist«, er unterbrach sich und wies auf Konrad. »Darf ich dir meinen lieben Neffen Konrad von Velten vorstellen? Vielleicht findest du in ihm ungeahnte Hilfe, denn seine Profession ist es neuerdings, das Ungeklärte aufzuklären.« Andreas zwinkerte seinem Neffen bei diesen Worten aufmunternd zu.

Lorenz winkte die Besucher in seine kleine Stube, gab vorübereilenden Dienstboten Anweisung Erfrischungen zu bringen, und ließ sich schwer in einem an den hölzernen Rahmen mit reichen Schnitzereien versehenen Lehnstuhl nieder. Konrad und Andreas nahmen auf der Bank unter einem der Butzenfenster, deren riesige Anzahl Konrad von außen schon bewundert hatte, Platz und blickten Lorenz erwartungsvoll an.

»Von den Zurückgekehrten ist nur eine Geschichte von einem Drachen, der meine Tochter Elise entführt haben soll, herauszubringen. Die Kutscher sind in die Wälder geflohen und werden wahrscheinlich aus Feigheit nicht mehr zurückkehren. Und die Magd, die meine arme Kleine begleitet hat, fand man Stunden später völlig und wahrscheinlich für immer verstummt vor Schreck im Graben neben der Unglücksstelle. Als ich am Ort des Geschehens eintraf, gab es kaum Spuren, die man hätte deuten können, denn inzwischen war überall wild umhergetrampelt worden. Tatsächlich fand man allerdings an dem angrenzenden Waldesrand seltsame Brandspuren in den Ästen, doch eventuelle Fußspuren sind, wenn es sie überhaupt gab, von den umliegenden Sümpfen und dem an diesem Abend reichlich fallenden Regen verschluckt worden.«

»Hat man irgendwelche anderen Menschen, die sich in der Umgebung aufhielten, vielleicht im Dorf Gleidingen, befragt, ob ihnen etwas Merkwürdiges aufgefallen ist?«, wollte Konrad wissen. »Hat man den Vorfall im Eichamt gemeldet?«

»Ja, aber niemand will etwas bemerkt haben, nur, dass der Gluhschwanz ja schon oft in der Gegend beobachtet worden sein soll, doch eher des Nachts. Dass er am späten Nachmittag schon sein Unwesen getrieben habe, davon habe man noch nie etwas gehört. Das Amt hat auch seine Büttel ausgeschickt, doch ich glaube, dass das weniger genutzt als geschadet hat.«

»Was hast du weiter unternommen?«, verlangte Andreas zu wissen.

»Nun, ich habe sämtliche Leute, die ich entbehren kann, über Land geschickt, um nach Spuren zu suchen und jeden

Winkel der Umgebung zu durchforsten, doch bisher ohne Erfolg. Die Spuren, die es gegeben haben mag, haben weitgehend die Büttel des Amtes und der Regen zerstört. Meine Kleine ist mitsamt ihren Entführern wie vom Boden verschluckt.«

5. KAPITEL

Irgendwo in den Wäldern

Elise kam langsam wieder zu sich. Sie fragte sich benommen, warum sie nicht durch die Lüfte flog, sondern auf das umgekehrte Hinterteil eines Pferdes blickte, das sich in ruhigem Schritt vor ihr bewegte. Mühsam drehte sie den Kopf zur anderen Seite, mit dem Erfolg, dass sie nun zunächst ein Bein in Stiefeln, dahinter die Flanken des Pferdes erblickte, auf dem sie bäuchlings und quer wie ein Mehlsack lag. Sie gab ein verwundertes Stöhnen von sich, das zur sofortigen Folge hatte, dass die Pferde angehalten wurden, etwas sie im Nacken packte und in die Höhe zerrte.

Entsetzt schrie Elise auf, doch sofort legte sich ein fleischiges, stinkenden Etwas über ihren Mund. Nach einigem Ziehen und Zerren saß sie nun auf dem Rist des Pferdes und spürte hinter sich einen großen Körper, der zwar Wärme ausstrahlte, aber auch eine Menge unangenehmer Gerüche.

»Halt's Maul, Göre, noch ein Piep und du vermoderst hier im Wald!«, zischte eine verzerrte Stimme.

Elise unterdrückte ein entsetztes Wimmern und starrte mit weiten Augen in die fast undurchdringliche Dunkelheit des Waldes, der sie umgab. Nur schwach erhellte das Mondlicht den Weg vor ihr und sie sah nun, dass sich dort noch zwei Reiter auf ihren Pferden befanden. Diese verharrten nervös im Stand, während der rüde Reiter hinter Elise ihr nun mit gedämpften Worten ihre Situation klarmachte: »Dir hilft kein Jammern und du brauchst auch nicht versuchen, zu fliehen. Nicht Gluhschwanz hat dich geraubt, sondern noch viel besser, der große Marschall hat sich deiner angenommen. Wenn du alles tust, was man dir befiehlt, so wirst du am Leben bleiben und, meiner Seel, manchem wohl zur Freude gereichen. Machst zu Mucken, so hast du bald einen Dolch in deinem Leib, das versprech ich dir!«

Elise, von Natur aus ein fröhliches und vertrauensvolles Kind, konnte nicht fassen, wie ihr geschah. Nie hatte so jemand zu ihr gesprochen. Der Ton im Elternhaus war sicher manchmal ein bisschen rüde bei so vielen Brüdern, aber ihr war man immer nur mit Zärtlichkeit und neckendem Humor begegnet. Von den Bosheiten und Härten der Welt außerhalb ihres geschützten Heimes hatte sie lange überhaupt nichts mitbekommen.

Erst die Zeit im Pfarrhaus ihres Bruders hatte ihr die Augen dafür geöffnet, dass die Menschen nicht überall in einem von Vertrauen und Rechtschaffenheit geprägten Gefüge ihren angestammten Platz einnahmen und mit Zufriedenheit ausfüllten. Erst hier begegnete sie Armen, die außerhalb der ihr immer so sicher erscheinenden göttlichen Ordnung standen und ihr Auskommen nur durch die Mildtätigkeit der Kirche fanden. Doch diese Menschen hatten die Armseligkeit und Demütigung ihres Daseins hinter ergebenen oder gleichgültigen Mienen verborgen und hatten dem hellen, fröhlichen Kinde, das angewiesen wurde, Arme und Kranke mit mildtätigen Gaben zu versorgen, nur ihre dankbare Seite gezeigt.

Elise regte sich nicht mehr, und als die stinkende Hand von ihrem Mund genommen wurde, blieb sie still. Zufrieden knurrte der Mann hinter ihr: »So ist's recht! Hast mich wohl verstanden.«

Die Reiter gaben ihren Pferden die Sporen und der Zug setzte sich wieder in Bewegung.

Krampfhaft versuchte Elise, ihre Gedanken zu ordnen, die Panik, die sich ihrer immer wieder bemächtigen wollte, zu unterdrücken. Was war geschehen und was wollten ihre Räuber mit ihr anfangen?

Sie erinnerte sich nur, dass der langweilige Trott des Handelszuges, der schon seit Stunden auf dem Weg zwischen Peine und Braunschweig rumpelte, in der Dämmerung des hereinbrechenden Abends plötzlich jäh von Tumult, Feuer und Geschrei unterbrochen wurde. Aus dem Dunkel des Waldes hatte sich ein feuerspeiender Kopf eines Ungeheuers erhoben. Die Pferde des Handelszuges scheuten und wollten ausbrechen, während die Kutscher sich fluchend bemühten, dies zu verhindern. Die vier Bewacher, die den Zug begleiteten, zückten ihre Schwerter und versuchten, die Gewalt über ihre scheuenden Pferde zu behalten.

Der feuerspeiende Kopf, der einen langen bunten Körper hinter sich herzog, brach aus dem Wald hervor und blies seinen Drachenodem über einen der Reiter. Dessen Pferd bäumte sich in wildem Entsetzen auf, traf mit seinen Vorderhufen das gezückte Schwert eines anderen Reiters, das daraufhin so zur Seite gelenkt wurde, dass es sich in das Auge des Pferdes des Hauptmannes der Wachschar bohrte. Das so getroffene Tier und sein Reiter gingen zu Boden und das sich wild wälzende Pferd begrub den schreienden Hauptmann unter sich.

Die anderen Reiter versuchten nun panisch, mit ihren Schwertern auf das Untier einzustechen, doch dieses fuhr silberne Krallen aus und versetzte einem jeden von ihnen den tödlichen Streich quer über die Kehle.

Die drei Kutscher hatten mittlerweile die Böcke ihrer Wagen verlassen und waren in den Wald geflüchtet. Nur von ihrer völlig erstarrten Amme bewacht, saß Elise auf dem mittleren Wagen. Plötzlich fühlte sie sich von etwas um die Taille gepackt, dann versank sie in gnädiges Dunkel.

»Nicht Gluhschwanz hat dich geraubt, sondern der große

Marschall …«, erinnerte sich Elise der Worte ihres Bewachers. Gluhschwanz, das war ein sagenhafter Drache, von dem ihr ihre Kindermagd einst wohlig schaudernd erzählt hatte. Ein Drache, der einen funkensprühenden Schwanz hinter sich her zog, sich auf die Häuser von Bürgern setzte und seinen Schabernack mit ihnen trieb. Ihnen je nach Ehrlichkeit und Fleiß entweder seine stinkenden Hinterlassenschaften oder aber goldene Taler durch den Schornstein schickte. Doch dass er Mädchen raubte, davon war nichts erzählt worden. Das Wesen, das aus dem Wald hervorgebrochen war, hatte doch aber wahrhaftig wie ein böser Drache ausgesehen. Und wer sollte der Marschall sein? Von einem solchen hatte sie noch nie gehört.

Der Schrecken, die Erschöpfung und der gleichmäßige Trott der Pferde sorgten dafür, dass Elise trotz ihrer Angst in einen unruhigen Schlaf versank, in dem wilde Fabelwesen und hässliche Männer ihren Traum bevölkerten.

Eine ungedämpfte Stimme, die Befehle ausgab, und die Unterbrechung des gleichmäßigen Pferdetrottes brachten Elise wieder zu sich. Elise sah drei Männer mit lodernden Fackeln vor einem Dickicht stehen und mit den Ankömmlingen reden.

Der Mann hinter ihr saß ab und zog sie hinter sich her auf den Boden. Elise drohte zu stürzen, denn ihre Beine waren vom Ritt und der Kälte völlig gefühllos geworden, doch ein starker Griff um die Taille hielt sie hoch. Eine fummelnde Hand bewegte sich von ihrer Taille zu ihrer Brust und fuhr, nachdem sie zunächst nur festen Wollstoff ertastet hatte, von oben in ihren Halsausschnitt. Als sie die Knospe der linken kleinen Brust ertastet hatte, kniff sie brutal hinein. Elise schrie entsetzt auf. Ein scharfer Befehl veranlasste den Mann, der seine Hand nicht beherrscht hatte, diese sofort aus dem Ausschnitt zu ziehen. Kleinlaut brummte er: »Nichts für ungut, Marschall, wollte nur mal schauen, ob die Kleine auch wirklich schon was zu bieten hat!«

Der Mann zog Elise nun vorbei an jenem, den er Marschall genannt hatte, hinter sich her auf das Dickicht zu. Elise erhaschte nur einen kurzen Blick in dessen Gesicht und meinte, dass sie soeben das schönste, aber auch kälteste Männergesicht erblickt hatte, das sie je gesehen hatte. Kurz vor dem Dickicht, Elise glaubte, man müsse nun stehen bleiben, da es undurchdringlich zu sein schien, teilte ihr Bewacher scheinbar mühelos die Zweige und zog sie hinter sich her in die grüne Wand. Nach ein paar Schritten durch eine Art Laubentunnel standen sie vor einer hölzernen Bodenplatte, die der Mann an einem eisernen Ring in die Höhe zog. Darunter kam eine steile Treppe zum Vorschein, die hinab in die Schwärze führte.

»Steig nur munter hinab, Jungfer, in unser kleines Königreich!«, forderte der Mann Elise auf.

Als sie im festen Griff ihres Bewachers am Fuße der Treppe angekommen war, blickte Elise mit großen Augen um sich. Sie befand sich in einem großen, gewölbeartigen Raum, dessen anderes Ende sich im nicht mehr von Fackeln beleuchteten Dunkel verlor. Doch dieses wurde plötzlich jäh erhellt, als dort eine Tür aufgestoßen wurde. Anscheinend von großzügig entfachtem Fackellicht des dahinter befindlichen Raumes beleuchtet, stand im Türrahmen eine Frau mit üppigen Formen.

Elise stieß einen kläglichen Jammerton aus, denn angesichts einer weiblichen Gestalt brach das Gerüst ihrer mühsam aufrechterhaltenen Fassung in sich zusammen. Eine Frau, zudem eine stattliche und mütterlich aussehende wie diese, würde sich ihrer annehmen, sie in ihre Arme schließen und vor allem Bösen, was von diesen Männern, die sie hierher verschleppt hatten, ausging, bewahren.

Die Frau stemmte die Hände in die ausladenden Hüften und schritt in einem seltsam wogenden Gang auf Elise zu. Nun von der Fackel beleuchtet, die Elises Bewacher in der Hand hielt, sah Elise in ein ganz und gar nicht wohlwollend erscheinendes Gesicht. Anstatt beim Anblick des zarten Mädchens in mütterliches Gehabe zu verfallen, hatte die Frau nur die Augen zusammengekniffen.

»Ei, wen haben wir denn hier? Ein ganz ein feines Jungferchen, will mir scheinen!«

Grob griff die Frau Elise unter das Kinn, drehte ihren Kopf hin und her und betrachtete ihr Gesicht von allen Seiten. Dann zwang sie mit zwei Fingern, die sich in ihre Wangen gruben, die Kiefer auseinander und betrachtete sorgfältig und immer wieder mit der Zunge schnalzend die Zähne. Zum Schluss beugte sie sich nieder, hob die Röcke Elises in die Höhe und betrachtete eingehend deren Scham.

»Fein, fein, scheint mir genau das richtige Alter zu haben. Noch nicht Frau und auch nicht mehr Kind. Sag, Jungfer, hast du schon geblutet?«

Elise war bei der Behandlung, die ihr widerfahren war, kreidebleich geworden und hatte angefangen, wie Espenlaub zu zittern. Auch hatte sie nun erkannt, dass diese Frau keineswegs mütterlich aussah. Ihr wogender Busen schien aus dem Ausschnitt des viel zu engen Mieders zu quellen, ihre Wangen waren seltsam rot und die Lippen schienen mit irgendeiner Farbe bemalt worden zu sein. Außerdem roch die Frau widerlich nach einer Mischung aus Schweiß und etwas Seltsamem, Schwerem, Süßlichem. Aus dem Mund wiederum strömte der Geruch von Essen, faulen Zähnen und Alkohol.

»Ja, zw… zweimal«, stotterte sie und begann zu weinen.

»Na, na, kleines Gör, nicht so zimperlich, wenn die gute Melusine dich beschaut. Wirst ab jetzt mir gehorchen und alles tun, was ich dir sage. Machst du das, so wirst du in mir eine gute Freundin finden, gehorchst du nicht, so wird's dir übel ergehen, nicht wahr, Gernot?«

Gackernd griff die Frau, die sich Melusine nannte, dem Bewacher Elises in den Schritt, was dieser mit einem dämlichen Grinsen auf dem Gesicht und mit stoßenden Bewegungen der Hüften beantwortete.

Melusine nahm Elise bei der Hand und zog sie hinter sich her durch die Tür, durch die sie gekommen war.

»Jetzt bekommst du erst mal was zu essen und dann stelle ich dir deine neuen Freundinnen vor«, kündigte Melusine kryptisch an.

Elise wurde auf einen Schemel an einer langen Tafel geschoben, die sich in diesem zweiten Gewölbe befand, eine tönerne Schüssel mit dampfendem Inhalt wurde aus einem Kessel, der über der riesigen Feuerstelle an einem Ende der Halle hing, befüllt und vor ihr abgestellt.

Elise brachte kaum einen Bissen von der herzhaften Suppe mit eingebrocktem Brot hinunter. Ungeduldig fuhr Melusine sie dann schließlich an: »Sei's drum, heute müssen wir dich nicht mehr mästen. Komm jetzt, ich zeige dir, wo du schläfst.«

Am anderen Ende des Gewölbekellers befand sich eine Treppe, die sich noch weiter in die Tiefe wand. Melusine zog Elise hinab und blieb in der Mitte des kleinen Raumes an ihrem Ende stehen. Vor einer Tür saß ein Mann, der nun geschäftig aufsprang. Mit einem breiten Grinsen begrüßte er Melusine.

»Oh, was bringst du uns denn da für ein hübsches Vögelchen? Mir scheint, diesmal hat sich der Marschall selbst übertroffen! Immer hereinspaziert, holde Jungfer!«

Mit diesen Worten drehte sich der Mann zu der Tür, zog einen gewaltigen Riegel zur Seite und öffnete sie, erst vorsichtig dahinter blickend, dann mit einem beherzten Schwung.

Melusine stieß Elise in den Raum dahinter, der vollkommen im Dunkeln lag, und gickerte: »Holla, meine Goldgänschen, ihr bekommt eine neue Freundin. Wahrhaft ein hervorragender Ersatz für das ausgeflogene Vögelchen, möge sie in der Hölle schmoren!«

Hinter Elise schloss sich die Tür mit einem dumpfen Knall. Elise blieb angststarr auf der Stelle stehen, auf die Melusine sie geschoben hatte, und blickte mit weit aufgerissenen Augen in tiefstes Schwarz.

6. KAPITEL

KONRAD HATTE SICH noch am Abend alles genau notiert, was er in Erfahrung über den seltsamen Raub Elise Kales hatte in Erfahrung bringen können. Systematisch hatte er aufgelistet, welche Schritte als Nächstes zu unternehmen waren:

Zuverlässige Hilfskraft finden.

Herzog Julius benachrichtigen, dass sich ein Fall zur Untersuchung ergeben hat.

Zeugen Hauptmann Karl Schultis und Kindermagd Martha Krude befragen.

In Erfahrung bringen, wo weitere Mädchen verschwunden sind.

Tatort besichtigen.

Schon mit der ersten Aufgabe kam er allerdings am nächsten Morgen ins Schwimmen. Eine zuverlässige Hilfskraft finden – wie sollte er das bewerkstelligen? Es musste ein Mensch sein, der nicht an irgendein Tagwerk oder eine Aufgabe gebunden war, dabei einen hellen Kopf auf den Schultern sitzen hatte und sich unter die Methodik, die Konrad erst langsam entwickeln würde, unterordnen konnte.

Sein Onkel Andreas, der sich schon sehr früh am Morgen nach einer kurzen geschäftlichen Unterredung mit Lorenz Kale eilends verabschiedet hatte, konnte Konrad hier auch keine Empfehlung geben.

Lorenz Kale bot Konrad einen seiner jungen Schreiber aushilfsweise an: »Der wird Euch zumindest nicht zur Last fallen, kann Euren Schreibkram erledigen und als Bote dienen. Viel mehr dürft Ihr wohl allerdings nicht von ihm erwarten. Selbstständiges Denken ist das Letzte, was gemeinhin von einem Schreiber verlangt wird.«

Konrad nahm das Angebot dankend an und dachte bei sich, dass dies immerhin besser als gar nichts sei. Hans Barhaupt war jüngster Sohn eines Kaufmannes, der erst kürzlich die Lateinschule verlassen hatte und mehr aus Mitleid, denn aus Notwendigkeit Aufnahme im Handelshaus gefunden hatte. Lorenz war dem verarmten Vater des jungen Hans noch einen Gefallen schuldig gewesen. Als Lehrling schien er nicht zu gebrauchen zu sein, doch er hatte eine recht ordentliche Handschrift, und so beschäftigte er ihn als Schreiber. Aber er konnte Hans genauso gut auch wieder entbehren und war froh, wenigstens etwas getan zu haben, was zu einem, wenn auch sehr unwahrscheinlichen, Erfolg bei der Suche nach seiner Tochter beitragen konnte.

Eine Gelegenheit zu einem Gespräch zwischen den beiden jungen Männern ergab sich zunächst nicht. Hans musste sein Ränzlein packen, ein entbehrliches Pferd musste für ihn aufgetan und gesattelt werden und seine Familie über die Tatsache seiner Ausleihe an Konrad informiert und deren Einverständnis eingeholt werden.

Konrad nutzte die Gelegenheit, die Kindermagd Elises aufzusuchen und sich zu bemühen, irgendwelche Informationen aus der verstummten Frau hervorzulocken.

Zunächst erhielt er auf seine behutsamen Fragen als einzige Antwort einen leeren Blick der Frau, die unablässig ihren Oberkörper mit den vor der Brust verschränkten Armen hin und her wiegte. Sie war eine kleine, zierliche Frau in mittleren Jahren, deren bereits ergrauendes Haar wirr unter der Haube hervorquoll. Die leeren Augen waren wasserblau, die Haut wächsern bleich.

Konrad war den Umgang mit weiblichen Wesen gewöhnt, die ein Schicksalsschlag aus der Bahn geworfen hatte. Seiner eigenen Mutter war er Trost und Hilfe nach dem verfrühten Tod seines Stiefvaters gewesen, sogar seine Kindheit war von einem dunklen Geheimnis eines unfassbaren Schreckens, den seine Mutter erlebt hatte, überschattet gewesen.

Er hörte auf, die Kinderfrau mit seinen Fragen zu bedrängen, löste vorsichtig eine ihrer Hände aus der Verkrampfung vor ihrer Brust und nahm sie in seine. Er saß ganz still neben ihr und bemerkte, dass das unablässige Wiegen langsamer wurde und schließlich ganz aufhörte. Als er der Frau vorsichtig ins Gesicht blickte, sah er, dass sich zwei Tränen aus den wasserblauen Augen lösten und die bleichen Wangen hinunterliefen. Er schwieg noch eine ganze Weile und begann dann vorsichtig: »Nicht kann eine schwache Frau Drachen, Ungeheuer oder Räuber bezwingen. Ihr könnt nichts dafür, was Elise widerfuhr. Ich bin sicher, Ihr hättet alles Menschenmögliche getan, sie zu retten, wenn es in Eurer Macht gestanden hätte!«

In die Augen der Kinderfrau begann das Leben zurückzukehren. Langsam wandte sie ihren Blick Konrad zu, sah dann auf ihre Hand, die in den seinen lag, errötete und zog sie weg. Doch der Bann war gebrochen und sie begann flüsternd zu erzählen: »Ich hab der Elise oft von dem Gluhschwanz erzählt, aber doch so, wie man es tut, wenn man kleine Kinder mit Geschichten unterhalten will. Erzählt man die Geschichten, dann jagt's einem selber Schauer über den Rücken, doch wirklich geglaubt hab ich doch nicht, dass es den Gluhschwanz gibt!«

»Und ich glaube, damit habt Ihr recht getan!«, erwiderte Konrad mit fester Stimme.

»Bitte, wenn es Euch irgendwie möglich erscheint, so versucht Euch noch mal an die Stelle des Überfalles zurückzuversetzen. Was war das Erste, was Ihr erblickt habt, das nicht so war, wie es sein sollte?«

Martha legte ihre Stirn in angestrengte Denkfalten, was in einer anderen Situation belustigend gewirkt hätte. Doch Konrad bemühte sich konzentriert, durch keine Körperregung die Konzentration der Frau zu stören, die erst nach geraumer Zeit anfing zu sprechen: »Zuerst war's nur ein Feuerstrahl, der aus dem Wald hervorbrach, und Rauch und Qualm. Die Pferde scheuten und wieherten. Ich weiß nicht, was ich dachte, doch ich drückte die Kleine fest an mich.« Neue Tränen kullerten Martha über die Wangen. Konrad versicherte ihr, dass sie ihre Sache sehr gut mache, und bat sie, fortzufahren.

»Das Feuer erlosch so plötzlich, wie es aufgeflammt war, und ich sah zwei große grüne Augen und einen mächtigen Leib dahinter. Wenn ich das jetzt bedenke, so fällt mir auf, dass der Leib aussah, als wäre er mit bunten Flicken bedeckt.«

»Wie Flicken aus Tuch?«, fragte Konrad.

»Ja, und als eine Windböe über den Weg kam, flatterte er auch wie Tuch.«

»Saht Ihr die Beine des Wesens?«

»Nein, … doch. Das können nicht die Beine gewesen sein, es sei denn, es hätte sehr viele Beine gehabt. Es waren weit mehr als ein Dutzend. Das sah man, als eine weitere Windböe das Tier traf. Doch es muss Fänge gehabt haben, denn aus dem Körper schossen silberne Krallen!«

Konrad beugte sich vor, sah Martha tief in Augen und sagte mit sanfter Stimme: »Stellt Euch Reiter vor, die über sich ein riesiges, buntes Flickentuch gebreitet haben. Es ist dunkel und nicht viel ist zu sehen, denn sie blenden Euch mit Feuerwerk. Aus dem Tuch hervor stechen sie mit Schwertern nach ihren Gegnern, das sind die silbernen Krallen.«

Marthas Augen hatten sich bei Konrads Worten immer mehr geweitet und wie in sich hineingeschaut.

»Ja, so ist es gewesen. Es gab gar keinen Gluhschwanz. Räuber haben meine kleine Blume gestohlen!«, schluchzte sie und vergrub ihr Gesicht in ihren Händen.

Konrad strich ihr ein wenig befangen über den Rücken, erhob sich dann von seinem Platz und sagte: »Nun, Frau Martha, Euch trifft an all dem keine Schuld und Ihr habt mir sehr weitergeholfen. Ich weiß nicht, wer die kleine Elise geraubt hat, aber Gott soll mir helfen, wenn ich es nicht herausfinden werde!«

Eilends begab sich Konrad zu Lorenz, berichtete von den Ergebnissen seiner Unterredung mit der Kinderfrau. Lorenz zeigte sich nicht allzu überrascht. Als nüchtern denkender Kaufmann, der jede Form von Aberglauben verabscheute, hatte er keine Sekunde an ein mystisches Sagentier geglaubt, doch die Erklärung, wie der Eindruck hatte entstehen können, dass ein ebensolches seine Tochter geraubt hatte, rief bei ihm eine Wut hervor, die aus der zusammengesackten Gestalt einen Mann machte, der Konrad ahnen ließ, wie gefährlich dieser ehemalige Landsknechtshauptmann in seinen jüngeren Jahren gewesen sein musste. Hoch aufgerichtet und mit straffen Schultern stand der schwere Mann im Raum, aus seinen Augen schossen wütende Blicke, seine Hände waren an den Seiten zu Fäusten geballt und er stieß mit grollender Stimme hervor: »Kein Stein soll in der Gegend auf dem anderen bleiben, bis meine Tochter gefunden ist. Beginnt mit der Suche und verfügt über jeden meiner Männer und mich, wo Ihr Hilfe braucht!«

»Nun, als mein Onkel und ich die Landwehrgrenze bei der Rüninger Mühle passierten, erzählte mir ein Bäckergeselle, dass auch andere Mädchen aus der Umgebung spurlos verschwunden sein sollen. Ein Anfang wäre es, herauszufinden, wo dies passiert ist und um welche Mädchen es sich handelt. Hier wäre Eure Hilfe sehr willkommen, denn ihr könntet Euren Einfluss in den Rathäusern geltend machen, dass man Euch über Anmeldungen solcher Fälle berichtet. Auch auf die Ämter der Umgebung sollten Leute mit diesen Erkundigungen geschickt werden. Wichtig ist, den Zeitpunkt des Verschwindens des jeweiligen Mädchens zu dokumentieren!«

Lorenz versicherte Konrad, dass er sofort entsprechende Anweisungen geben wolle.

»Ich selbst werde mit Hans Barhaupt zur Stelle des Raubes reiten und meine eigenen Erkundigungen einholen. Sollte ich heute Abend nicht zurückkehren, werde ich einen Boten mit der entsprechenden Meldung schicken.

Endlich, es war nun schon später Vormittag geworden, konnten Konrad und sein neuer Gehilfe sich auf den Weg machen. Sie verließen die Stadt durch das Petritor. Der Weg dorthin nahm Konrad diesmal nicht so gefangen, denn sie ritten nach kurzer Zeit durch die ruhige Echternstraße, deren eine Seite durch die Hinterhäuser der großen Handelshöfe in der Güldenstraße bergrenzt war, ihre andere Seite aber durch die mächtige Stadtmauer. Es galt allein, diversen Schweineherden auszuweichen, die hier unbekümmert nach Essbarem suchen durften, und nicht allzu sehr im tiefen Dung, den die Tiere hinterließen, zu versinken.

Außerhalb der Stadtmauern begann Konrad tief Luft zu holen. Erst jetzt wurde ihm bewusst, wie sehr ihn der Gestank der Stadt belastet hatte, sodass er automatisch nur flach durch den Mund geatmet hatte. Automatisch wandte er seinen Blick nach rechts zu den noch recht neuen Mauern des wiedererbauten Kreuzklosters am Rennelberg. Vor mehr als 30 Jahren war es im Zuge der Stadtverteidigung gegen den alten Herzog Heinrich geschleift worden. Sein Onkel hatte ihm erzählt, dass hier einst dessen eigenes Leben eine Wende erfahren hatte, die ihn in unvorstellbare Abenteuer geführt hatte. Außerdem war dieses Kloster das Stammhaus der Konventualinnen gewesen, deren Schule seine eigene Mutter einige Jahre besucht hatte.

Im großen Bogen führte die Straße nördlich um das Dorf Lehndorf herum, um sich dann hinter der Landwehrgrenze mit der alten Heerstraße zu vereinigen. Hier nun hatte Konrad, während er sehr wachsam die Augen nach allen Seiten offen hielt, trotzdem die Muße, bei seinem neuen Gefährten ein bisschen auf den Busch zu klopfen.

Er erfuhr, dass Hans das fünfte Kind in der Reihe einer Geschwisterschar von vier Brüdern und fünf Schwestern war. Drei seiner Brüder waren älter als er, und so bestand keine Aussicht auf ein anderes Auskommen als das eines Schreibers. Der Älteste versuchte, das Geschäft des Vaters wieder in Schwung zu bringen, der zweite hatte noch die Möglichkeit bekommen, zu studieren und das geistliche Amt anzustreben, der dritte hatte sich als Soldat verdingt.

Hans war nicht besonders glücklich, aber auch nicht wirklich unglücklich über seine Lebensaussichten. Wenn es günstig für ihn lief und er fleißig war, konnte er sich ja hocharbeiten bis zum Kontorsleiter. Das Handelsrechnen allerdings lag ihm nicht so sehr, dafür aber hatte er eine sehr schöne und flinke Schrift. Errötend gestand er, dass er auch eine Angebetete in Braunschweig habe, die Aussicht, dass ihr Vater allerdings einer Verheiratung zustimmen würde, wäre eher gering, denn die hübsche Ilse fand bestimmt einen vermögenderen Bewerber, auch wenn ihre eigene Mitgift nicht allzu groß war. Hans seufzte schwer, und Konrad dachte bei sich, dass somit hier ihrer zwei ritten, die über eine unerfüllte Liebe zu trauern hätten.

Kurz hinter dem Dörfchen Klein Gleidingen hatten die beiden Reiter die Stelle des Überfalls erreicht, die sichtbar gezeichnet war durch die Brandstellen am Waldesrand und auf der sich über das normale Maß aufgewühlte Erde fand. Der Wald mit dichtem Unterholz reichte hier tatsächlich fast ganz an die Weggrenze heran, selbst jetzt wirkte der Pfad trotz der hoch stehenden Mittagssonne düster.

»Es war den Banditen, die ihre Tat ohne Zweifel sorgsam geplant haben müssen, ein Leichtes, vorerst unbemerkt in diesen Wäldern zu verschwinden. Sie müssen gewusst haben, dass das furchtsame, abergläubische Volk bei Nacht keinen Schritt in diese Dunkelheit tun würde«, überlegte Konrad murmelnd und mehr an sich als an seinen Begleiter gerichtet. Dieser entgegnete jedoch schaudernd: »Oh, so betrachtet möchte ich auch jetzt keinen Schritt von diesem Weg abweichen!«

Konrad lachte kurz auf, zwinkerte Hans zu und erwiderte: »Nun, dir wird aber nichts anderes übrig bleiben, es sei denn, hier endet unsere kurze Zusammenarbeit!« Sprach's, und lenkte sein widerstrebendes Pferd die Böschung des Weges hinab, hinein ins Unterholz.

7. KAPITEL

Irgendwo in den Wäldern

Als Elise etwas an ihren Fußknöcheln entlangtasten fühlte, schrie sie gellend auf und trat wild um sich. Ein Schmerzenslaut und Stöhnen ließ sie jedoch innehalten. Gleichzeitig spürte sie nun einen Arm um ihre Schultern und hörte eine Mädchenstimme, die beruhigend auf sie einsprach.

»Psch, beruhige dich. Wir tun dir nichts! Hier sind nur drei Mädchen, und wir sind wie du!«

Elise ließ sich von dem Arm um ihre Schulter ein Stück durch den Raum geleiten. Sie versuchte immer noch, die Dunkelheit mit ihren Augen zu durchdringen, aber der Raum schien von jeder Lichtquelle hermetisch abgeriegelt zu sein. Unter den Schuhsohlen spürte sie zunächst nackten Steinboden, doch dann plötzlich Stroh, das, je weiter die Unbekannte sie schob, desto höher auf dem Boden zu liegen schien. Schließlich schob sie der Arm nicht mehr weiter, sondern drückte sie sanft hinunter auf einen festen Strohsack. Elise begriff, dass sie sich hier niederlassen sollte, und gab nach. Kaum saß sie im weichen Stroh, als sie mehrere Hände nach ihr tasten fühlte.

»Wer seid ihr und warum sind wir hier?«, flüsterte sie immer noch zitternd und bereit, jeden Moment wieder hochzuspringen.

»Ich heiße Grete und hier neben dir sitzen noch Thilda und Emma. Wir wissen nicht genau, warum wir hier sind. Die meiste Zeit sitzen wir hier im Dunkeln, doch mehrmals am Tag werden wir einzeln zu Melusine gebracht, die seltsame Dinge mit uns anstellt.«

Eine andere Mädchenstimme fuhr fort: »Sie wäscht uns und probiert uns allerlei Kleidung an. Sie türmt uns die Haare auf und steckt Federn oder wickelt Bänder hinein. Dann müssen wir alles wieder ausziehen und unsere eigenen Sachen anziehen.«

Das dritte Mädchen schaltete sich ein: »Seltsame Tänze müssen wir üben, doch dafür werden wir alle zusammen nach oben geholt. Dabei können wir uns gegenseitig zuschauen und deshalb wissen wir, wie die jeweils anderen aussehen.«

»Wir sind alle etwa in einem Alter, Grete ist rothaarig und kraus, Thilda hat glattes, schwarzes Haar, und ich habe braune Locken. Wie sieht dein Haar aus?«

»Ich habe Haare wie Stränge aus Gold, sagt meine Kindermagd«, antwortete Elise ein wenig eingebildet. »Aber dann sehen wir ja alle verschieden aus!«

»Ja, ich glaube, das ist Absicht, denn auch Laura war goldblond. Man hat wohl Ersatz für sie gesucht«, erwiderte Grete.

»Wer ist Laura? Warum brauchte man Ersatz für sie?«

»Laura war die Erste hier in diesem Loch. Sie ist geflüchtet, aber wir wissen nicht, ob sie es geschafft hat, ob sie noch lebt oder tot ist«, schluchzte das Mädchen, das Elise der Stimme nach für Thilda hielt.

»Aber was will man nur von uns? Man raubt doch keine Mädchen, damit sie seltsamen Unterricht bei einer komischen Frau erhalten? Und wie lange seid ihr schon hier und wer ist dieser Marschall?«

Die letzten Worte hatte Elise nur noch geschluchzt, denn jetzt wurde sie wieder von dem ganzen Elend dieser schrecklichen Rätselhaftigkeit ihrer Entführung überwältigt.

»Ich ahne schon, was man von uns will«, begann Emma sehr zögernd und ein Zischen von Thilda deutete an, dass Emma ihre Theorie schon früher vertreten hatte, sie Thilda aber keineswegs gefiel.

»Schaut euch doch Melusine an, es ist doch ganz deutlich, was sie ist! Sie ist eine aus einem Hurenhaus. Und wir werden zu Huren gemacht, damit sie Geld mit uns verdienen kann!«

»Was sind Huren?«, fragte Elise verständnislos.

»Oh, hört das kleine Mädchen. Sie weiß nicht, was Huren sind!« Grete lachte spöttisch. »Freudenmädchen, Dirnen, käufliche Damen, Liebesdienerinnen … Ich weiß nicht, wie man sie noch nennen kann!«

»A… aber, was bedeutet das?«

»Männer geben ihnen Geld, um mit ihnen zusammen sein zu können!«, versuchte Emma die Lage zu entschärfen.

»Aber warum sollten sie das tun? Überall kommen Frauen mit Männern zusammen. Und wenn ein Mann eine Frau zur Seite haben möchte, so sucht er sich eine Ehefrau!«, stammelte Elise nahe den Tränen, weil sie es nicht mochte, wenn man sich über sie lustig machte.

Nun wurde auch Grete behutsamer. »Es kann gut sein, dass man dich so wohl behütet hat, dass du nicht alles weißt, was in der Welt vor sich geht. Weißt du, was ein Ehemann mit seiner Ehefrau tun muss, damit sie Kinder bekommt?«

»N… nein, n… nicht genau. Aber mein Bruder und seine Frau haben kürzlich einen Sohn bekommen. Und ich hab gehört, dass die Hebamme zu meinem Bruder gesagt hat, er solle meiner Schwägerin nicht so bald wieder beischlafen, da es eine sehr schwere Geburt gewesen sei.«

»Genau, und von diesem Beischlafen bekommen die Frauen Kinder. Aber Männer wollen Frauen nicht nur beischlafen, um ihnen Kinder zu machen. Sie wollen es oft, und sie ziehen große Lust daraus. Deswegen gehen viele zu den Huren. Sie bezahlen sie dafür, dass sie ihnen beischlafen dürfen, ohne mit ihnen verheiratet zu sein.«

»Aber dann bekommen diese Frauen doch dauernd Kinder!«

»Ja, sie bekommen gewiss auch ab und zu Kinder, aber nicht jedes Mal, wenn ein Mann einer Frau beischläft, bekommt die Frau ein Kind. Und die Huren kennen viele Zaubereien, um dies möglichst zu vermeiden. Und dann gibt es ja auch noch die Engelmacherinnen.«

Das wurde Elise nun zu viel. Sie schämte sich, dass sie nichts von dem wusste, was ihre neuen Gefährtinnen ihr hier erzählten, und fragte sich, woher diese dies alles wussten. Noch weniger wagte sie zu fragen, was genau bei diesem Beischlafen vor sich ging, damit Kinder daraus entstünden. Sie seufzte schwer, gähnte, sackte auf dem Stroh zu einem kleinen Haufen zusammen und schloss die Augen. Ihre Gefährtinnen, die merkten, dass Elise nicht mehr reden und anscheinend auch nichts mehr hören wollte, ließen sie in Ruhe, tuschelten noch eine Weile miteinander, doch dann kehrte Ruhe ein. Alle Mädchen waren eingeschlafen.

Elise erwachte von dem Quietschen, das der Riegel an der Tür hervorrief, als er zurückgezogen wurde. Die Tür öffnete sich, und alle vier Mädchen erhoben sich schlaftrunken in eine sitzende Stellung und blinzelten mühsam in das hereinbrechende Licht der Fackeln im Vorraum.

Melusine trat, eine weitere Fackel in der Hand haltend, herein und zwitscherte fröhlich: »Na, meine Täubchen, wie habt ihr denn geschlafen? Seid ihr auch schön ausgeruht oder habt ihr wieder die halbe Nacht gegiggelt und gegackelt? Du ...«, sie zeigte auf Elise, »kommst jetzt erst mal mit und ihr anderen sammelt euch das Stroh aus den Haaren und bringt eure Kleider in Ordnung. Ihr werdet dann zum Morgenmahl nach oben geholt, denn heute gibt es eine Lektion im vornehmen Mahlzeiten. Könnte mir vorstellen, dass unsere Neue euch da in einigem voraus ist, denn sie kommt aus gar vornehmem Hause!«

Nach diesen Worten steckte sie ihre Fackel in eine dafür vorgesehene Halterung in der Wand und streckte Elise gebieterisch ihre Hand entgegen. Doch diese reagierte nicht, sondern starrte Melusine nur mit schreckensweiten Augen von unten an.

»B… b… bitte, k… kann ich nicht hier bei den anderen bleiben?«

Sie erhielt von Grete einen warnenden Stoß in den Rücken und sah mit Entsetzen, wie sich die Miene Melusines jäh veränderte. Aus einer freundlichen, etwas dümmlich grinsenden Matrone wurde eine hässliche Furie mit zusammengezogener Stirn, böse funkelnden Augen und einem weit aufgerissenen Mund, der schrille Schimpflaute und Flüche ausstieß.

»Beim Arsch meiner Mutter, der alten Dirne, wirst du wohl gleich beim ersten Mal, wenn ich dir was sage, gehorchen, du kleine Pfeffersackmissgeburt!«

Grob griff sie nach Elises Arm, zerrte diese daran in die Höhe und dann hinter sich aus dem Kellerloch heraus. Dort gab sie ihr einen gepfefferten Backenstreich und wollte zu einem zweiten ausholen, als eine warnende Männerstimme ertönte: »Schluss, Melusine, verdirb mir das entzückende Frätzchen nicht!«

Melusine hielt sofort inne und erwiderte verlegen und unterwürfig: »Ja, ja, Marschall, wollte mir nur gleich den rechten Respekt verschaffen, aber das Pflänzchen hat wahrhaftig ein zu liebliches, zartes Gesicht, da habt Ihr recht!«

»Bring sie, wenn du fertig mit ihr bist, in meine Kammer. Ich will sie mir auch noch mal genau betrachten und dir sagen, wie du mit ihr vorgehen sollst.«

Der Mann, in dem Elise schon den gut aussehenden Mann von gestern erkannt hatte, trat auf Elise zu, sah sie mit kalten Augen an, strich dabei aber mit dem Zeigefinger über die von der Backpfeife gerötete Haut des Wangenknochens und sagte mit samtweicher Stimme: »Du bist wahrhaft ein kleiner Goldschatz, vielleicht so schön wie Laura. Man wird sehen. Gehorche nun Melusine, dann wird's dir nicht so schlecht ergehen.«

Elise ließ sich widerstandslos von Melusine führen und diese zog sie zwei Stufen hinauf in eine weitere Kellerkammer.

Elise wurde fast übel von den Gerüchen, die in dem stickigen Raum vorherrschten. Hier roch man noch stärker das unangenehme Parfüm Melusines. Als Melusine einige Talglichter entzündet hatte, sah Elise in einer Ecke ein riesiges, ungemachtes Bett stehen, über dem ein Spiegel angebracht war. In einer anderen Ecke waren Stangen an der Wand befestigt, an denen eine Unmenge von Frauenkleidern hingen, von denen eine Mischung aus Schweiß und schweren Duftwassern ausging. Halb unter dem Bett erblickte Elise einen ungeleerten Nachttopf, der eine weitere Quelle des Gestankes bildete.

Auf einem Tisch, an dem ein Spiegel befestigt war, türmten sich unzählige Tiegel, Spängchen und Bänder, künstliche Haarteile und anderer Kopfputz. Inmitten des Durcheinanders thronte eine riesige schwarze Katze, so hässlich, wie es Elise noch nie gesehen hatte. Ihr fehlte ein Ohr und das linke Auge blickte blind und leer, während das rechte Elise grün und unheimlich anfunkelte. Als die Katze zu fauchen begann, entblößte sie einen zahnlosen, deformierten Unterkiefer.

Melusine beachtete die fauchende Katze nicht weiter, sondern schob Elise in eine Ecke, die verschwenderisch von Kerzen erhellt war. Sie befahl Elise, sich zu entkleiden, und brachte diese, als sie zunächst aufbegehren wollte, mit einem funkelnden Blick zum Schweigen. Lautlos rannen die Tränen an Elises Gesicht hinunter, als sie begann, sich langsam auszuziehen.

»Nun mach schon, Göre, wir wollen damit nicht den ganzen Tag vertrödeln! Du hast noch viel zu lernen!«, fauchte Melusine ungeduldig und begann nun selbst an der Kleidung Elises zu zerren. Wenige Augenblicke später stand diese nackt und zitternd vor ihrer Peinigerin und versuchte mit einem Arm ihre sprießenden, kleinen Brüste, mit dem anderen Arm ihre Scham zu bedecken.

Grob zerrte Melusine Elises Arme von ihrem Körper weg, schob sie noch ein wenig mehr ins Kerzenlicht und ergriff, als ihr dies immer noch nicht ausreichte, einen Leuchter und beleuchtete damit eingehend jeden Flecken von Elises Leib. Sie kniff ihr in die Brüste und in das feste Fleisch der Hinterbacken, strich über ihre Arme und Beine, umspannte Elises schmale Taille mit beiden Händen, öffnete schließlich mit zwei Fingern die Spalte zwischen den Beinen und fuhr mit dem Zeigefinger der anderen Hand hinein.

Elise konnte sich bei dieser Behandlung einen entsetzten Aufschrei nicht mehr verkneifen, doch Melusine ließ sich nicht beeindrucken.

»Da wird dir bald noch was ganz anderes zwischenfahren, Mädchen, und wenn du nicht so zimperlich bist, wird's dir vielleicht sogar gefallen! Aber bist ein feines Mädchen, hervorragend gebaut und genau passend entwickelt. Sauber bist du auch, ein Bad wird heute nicht nötig sein. Zieh nur dieses Hemd wieder an, dann will ich schauen, was man mit deinen Haaren anstellen kann!«

Ein Weilchen probierte Melusine dann noch an Elises Haaren herum, ließ die langen Flechten durch die Finger gleiten, wand sie zu Locken, die sie mit Nadeln auf ihrem Kopf befestigte, löste sie wieder, um sie in komplizierten

Mustern einzuflechten und diesen oder jenen Kopfputz darin zu befestigen. Schließlich löste sie die Haare wieder auf, bürstete ihr mit einer dreckigen Bürste, in der verschiedenfarbige Haare etlicher Vorgängerinnen hingen, und ließ sie Elise dann über den Rücken wallen.

»So wirst du dem Marschall am besten gefallen, nehme ich an, da wollen wir es heute so belassen«, murmelte sie. »Komm nun und zeig dich unserem Meister!«

In der Kammer, in die sie Melusine dann quer durch die große Halle führte, saß der Marschall in einem breiten, gepolsterten Sessel. Das eine Bein hatte er über eine Seitenlehne gelegt, das andere streckte er weit vor sich aus. Den Kopf hatte er in einen auf die andere Seitenlehne gestützten Arm gelegt.

Melusine schob Elise dicht vor den Sessel und begann sie dann langsam zu drehen. Elise schämte sich entsetzlich, denn sie vermutete, dass das helle Kerzenlicht hinter ihr ihre Formen sehr genau unter dem dünnen Hemd erkennen ließ. Dies wurde ihr bestätigt, als der Marschall auf die Frage Melusines, ob sie Elise das Hemd ausziehen solle, abwinkte, lachte und sagte: »Nein, nein, man sieht ja schon alles! Sieh nun zu, dass sie ihre Morgenmahlzeit bekommt, denn abmagern sollte sie auf keinen Fall, eher vielleicht noch ein wenig zulegen!«

8. KAPITEL

Heinrichstadt (Wolfenbüttel)

DER FREIHERR BETRACHTETE SEIN GEGENÜBER mit zusammengekniffenen Augen. Seine rechte Hand, die auf der hölzernen Armlehne seines Sessels lag, ballte sich ununterbrochen zur Faust und öffnete sich wieder, der Fuß seines linken, ausgestreckten Beines, scharrte über den gefliesten Boden, als sei es dringendstes Geschäft, hier eine tiefe, bleibende Spur zu hinterlassen. Die Stille, die nach dem letzten, böse gezischten Satz seines Gegenübers eingetreten war, wurde immer bleierner, doch wusste der Freiherr nicht, wie er sie beenden sollte. Die Bösartigkeit des eben Gehörten überstieg sein Fassungsvermögen, die Schurkerei, deren Beginn er mit veranlasst hatte, hatte sich zu einem Teufelsstück ausgewachsen, das nie und nimmer die Vergebung eines noch so gnädigen Gottes im Jenseits erlangen können würde.

»Natürlich ist es an Euch, die weiteren Schritte einzuleiten«, schnurrte sein Gegenüber mit samtweicher Stimme. »Und tut Ihr es nicht, so bin ich schneller weg, als eine Katz nach der Maus schlägt. Doch bedenkt, die Mädchen werden auf Nimmerwiedersehen verschwinden müssen und alle Beteiligten entweder mundtot gemacht oder fürstlich aus Eurer Börse für ihr Schweigen bezahlt werden müssen. Denn glaubt nicht, dass es noch einmal eine solch einfache Lösung wie bei der kleinen Käte geben wird.«

Freiherr Rudolf von Kamstetten konnte es nicht fassen, dass so viel Schönheit, wie sie sein Gegenüber zierte, mit so viel Verderbtheit gepaart sein konnte. Gewiss, er war nicht so naiv, dass er meinte, er könne einem Menschen ansehen, ob er gut oder schlecht sei. Von sich selbst wusste er nur zu gut, dass kein Mensch, der ihn betrachtete, annehmen würde, dass er, der Herr vieler Güter, der liebevolle Ehemann einer schönen Frau und der stolze Vater dreier wunderschöner Töchter und eines wohlgestalteten Sohnes, für die Durchführung von Plänen, die zu seinem eigenen Vorteil gereichten, bereit war, diese oder jene Ungesetzlichkeit in Kauf zu nehmen.

Doch dies hier, was aus einem anfänglich zwar riskanten und moralisch nicht einwandfreien, doch nach seinen Maßstäben noch nicht allzu verbrecherisch zu bezeichnenden Unternehmen geworden war, dass musste doch die Spuren der Gewissenlosigkeit auf den Gesichtern der daran Beteiligten hinterlassen.

War dies vielleicht der Teufel, der die Gestalt eines Erzengels angenommen hatte? Lucifer vielleicht, der gefallene Engel? Sollte er in diesem Spiel mit seinem Seelenheil als Einsatz vom Teufel geprüft werden? Was passierte, wenn er dem Teufel jetzt ein Schnippchen schlug und sich von der Unternehmung zurückzog?

Der Schöne hatte es ihm gesagt: Sein Verderben wäre besiegelt, würde er die unschuldigen Kinder nicht töten und die anderen Beteiligten mundtot machen können oder irgendjemandem für sein Schweigen so viel bezahlen können, wie es die Ungeheuerlichkeit der Tat erfordern würde. Er hatte den größten Teil seines Vermögens bereits in diesen Plan investiert und dem jungen Mann als Lohn und Entschädigung für seine Ausgaben veräußert.

Doch ließ er sich darauf ein, die geforderten nächsten Schritte einzuleiten, so könnte das Unternehmen wohl im Diesseits von Erfolg gekrönt sein, ja, alles sah sogar danach aus, doch was würde mit der Unsterblichkeit seiner Seele geschehen? Die Entscheidung vor dem Thron Gottes konnte nur zu einer Richtung ausschlagen. Der Herr Luther und seine Schüler hatten ja sicher recht, dass ein jeder die Gnade Gottes durch die Bitte um Vergebung und die Teilhaftigkeit an dem Leib und dem Blut seines Sohnes Jesus Christus erlangen könne, aber damit war bestimmt nicht der gemeint, der vorsätzlich eine unaussprechliche Schandtat mit der Option, dass er ja danach um Vergebung bitten könne, beging.

Langsam hob der Freiherr den Blick und begegnete den klaren, unschuldig wirkenden blauen Augen seines Gegenübers. Völlig gelöst und unverkrampft saß der Mann, der sich aus einem unerfindlichen Grund von seinen untergebenen Freunden »der Marschall« nennen ließ, auf seinem Sessel. Gelocktes Blondhaar bewegte sich leicht in der Zugluft des hinter ihm befindlichen Kaminfeuers und strahlte in kleinen Effekten hier und dort auf, wenn eine Flamme besonders hoch loderte. Die rosigen Wangen würden manche Maid durch ihre Vollkommenheit vor Neid erblassen lassen. Der weiche, großzügige Mund würde den Neid sofort in die Flucht schlagen und die Maid sich nach einem Kuss von ihm verzehren. Der wohlgeformte Körper stand diesem perfekten Kopf in nichts nach. Die einfache, eine Spur militärische Kleidung verbarg weder, noch entblößte oder schmückte sie über Gebühr, was sie bedeckte. Breite Schultern, schmale Hüften, lange, wohlgeformte Glieder, nicht zu groß und nicht zu klein. Der Blick, mit dem der Mann ihn ansah, hätte der eines jungen Schützlings sein können, der seinen Mentor demütig um Rat und Anweisung ersuchte und geduldig, aber nicht ängstlich auf dessen Antwort wartete.

Nein, nichts an diesem Mann verriet seine bodenlose Verderbtheit, so verstellen konnte sich nur der Teufel oder einer, der mit ihm im Bunde stand.

»Nie sollte diese Rufferei Leib und Leben unschuldiger Mädchen betreffen. Und was denkt Ihr Euch gar, den wohlbehüteten Spross einer Kaufmannsfamilie da mit hineinzuziehen? Seid ihr des Teufels?«, brachte der Freiherr mit gepresster Stimme hervor.

Ein strahlendes Lächeln war zunächst die Antwort.

»Gewiss, die Teufelei wird aus der Tat, die besten Gewinn zum Ziele hat!«

»Bei meiner unsterblichen Seele, Marschall, beginnt um Gottes willen nicht wieder in Reimen zu sprechen!«, flehte der Freihherr.

»Unsterbliche Seele und um Gottes willen? Fragtet ihr nicht eben noch, ob ich des Teufels sei?«

Der Mann, der sich Marschall nannte, strich mit federleichter Hand eine vorwitzige Locke aus der Stirn. »Nun, seht es so: wahrhaftig erscheint unser Plan im Moment teuflisch. Doch tut er dies nur, weil Ihr aus kleinlicher Angst nur das Misslingen erkennen könnt. Doch betrachtet sein Gelingen! Wer geht geschädigt aus allem hervor?«

»Die geschändeten Jungfern!«

»Gemach, gemach! Wer redet von Schändung? Wer sagt Euch, dass wir sie nicht so erziehen werden, dass alles, was geschieht, mit ihrem vollsten Einverständnis geschehen wird? Seht doch, wie wunderbar sich die kleine Käte im Roten Kloster gefügt hat. Und geschieht es mit ihrem Einverständnis, so wird sie die reiche Entlohnung instand versetzen, mit ihrer großzügigen Mitgift einen gewogenen Ehemann, der über ihren kleinen Mangel großzügig hinwegsehen wird, zu finden. Zumindest für drei von ihnen wird das eine enorme Verbesserung ihrer Lebensumstände bedeuten.«

»Und was ist mit der Patriziertochter? Glaubt Ihr etwa allen Ernstes, dass ihre Familie das auch als eine Verbesserung ihrer Lebensumstände betrachten wird?«

»Nun, ich gebe zu, dass die Flucht dieses kleinen Luders Laura uns hier in Nöte gebracht hat, die zu dieser etwas übereilten Handlung geführt haben. Das hätte nie geschehen dürfen und ich suche immer noch verzweifelt nach ihr. Doch sie ist in jedem Falle nicht mehr unversehrt, denn einer meiner Männer besaß auch noch die Dummheit, ihr einen Schuss hinterherzuschicken. Dass er getroffen haben muss, zeigte uns der Rücken des Pferdes, das sie stahl und das wenige Zeit später ohne seine Reiterin auf einer Wiese grasend gefunden wurde. Es gab Blutspuren, die nicht von dem Pferd stammten. Doch die kleine Elise ist haargenau der gleiche Typ wie Laura und fast genauso schön. Wir mussten zugreifen, als wir sie in Peine auf den Transport steigen sahen. Sie macht unser Quartett wieder perfekt, der Jungfernreigen kann mit ihr wieder beginnen! Und die Zeit wird langsam knapp.«

»Und wie wollt Ihr Euch die Jungfrauen so gefügig machen, dass Ihr ihr Einverständnis bekommt? Spätestens, wenn der Reigen beendet ist, werden sie wissen, dass Tanzen nicht das Einzige gewesen sein wird, was von ihnen verlangt wird!«

»Nun, natürlich wird man sie vor dem großen Tag aufklären, doch …«, der Marschall lehnte sich vor, fuhr mit der Zunge lasziv über seine Unterlippe und beendete die Darbietung mit einer vor und in den Mund zurückschnellenden Zunge, »es gibt Mittel und Wege der Erziehung, unterstützt von gewissen Tränken, die den Jungfern alle Hemmungen nehmen und sie wünschen lassen werden, dass die große Stunde endlich naht.«

Angewidert lehnte sich der Freiherr weit in seinem Sessel zurück, ja, versuchte gleichsam den Abstand durch den festen Kontakt mit der Rückenlehne zu vergrößern.

»Ihr seid verdorben, dass es mich graust! Ich muss das Ganze stoppen. Es geht nicht!«

»Den edlen Ritter erfasst das Grauen, will nicht die Tat an sich beschauen. Doch lass es Sorge des Marschall sein, zahl, Edelmann, und hege das Gewissen dein.

»Und was ist, wenn Laura noch lebt und Menschen findet, denen sie ihre Geschichte erzählt?«

»Was hat denn die liebliche, kleine Laura, so sie denn überhaupt noch lebt und nicht irgendwo in einem Graben verblutet ist, zu erzählen? Man holte mich aus dem Armenhaus, wusch mich, kämmte mich, gab mir reichlich zu essen, zog mir schöne Kleider an, ließ mich mit drei anderen Mädchen Reigen tanzen. Seht, man beging an mir ein wahrhaft grausames Verbrechen!«, äffte der Marschall mit kindlich verstellter Stimme.

»Aber wenn sie mit jemandem redet, so könnte sie ihn zum Versteck führen!«

»Die Mädchen kamen immer mit verbundenen Augen zur Wüstung und niemand vermutet dieses Haus noch dort. Der Keller ist vollkommen überwuchert. Sie floh kurz vor Einbruch der Nacht und fiel wahrscheinlich irgendwo vom Pferd, denn wir konnten sie ja auch nicht mehr finden. Selbst wenn sie noch lebte, würde sie den Weg zurück gewiss nicht finden. Nein, nein, edler Herr, beschwichtigt Eure Ängste. Nichts ist geschehen und nichts wird erzählt werden.«

Schaudernd dachte der Freiherr an seine eigenen Töchter. Die beiden älteren, Marie und Roswitha, waren ungefähr in dem Alter der gefangenen Mädchen. Beide begannen gerade zu erblühen. Marie kam nach ihm, alles an ihr war lang und elegant. Roswitha verlor ihren Kleinkindspeck und ihre Formen bildeten sich vielversprechend üppig an einem kleinen, zierlichen Körper. Sie würde einmal aussehen wie seine Gemahlin. Der Gedanke, an diese zarten Blüten könnte irgendein wie immer gearteter Mann seine Finger legen, rief in ihm Ekel, Wut und einen unsagbaren Beschützerinstinkt hervor.

»Warum konntet Ihr nicht einfach willige Mädchen finden und überreden? Warum müssen sie so jung sein?«

»Ihr beleidigt mich! Bin ich denn ein gemeiner Ruffer? Da hättet Ihr Euch den Scharfrichter als Kuppler zu Diensten sein lassen können! Für mich liegt der Reiz in der Erfindung von Märchen. Und unsere Zielperson wird Euch nach dieser, meiner Erfindung seine Seele verkaufen, um Euch gefällig zu sein. Willige Mädchen kann er sich selbst besorgen. Eine Nacht mit einem Reigen von lieblichen Jungfern, eine blond, eine braun, eine schwarz und eine rot – das ist ein Märchen, für das manch einer viel zu bezahlen bereit ist. Und für ihn ist es eine wahrhaft gelungene Steigerung der Märchen, die er bisher erlebt hat.«

9. KAPITEL

Irgendwo auf dem Feld

DER SCHAFHIRTE STARRTE DEN BURSCHEN, der eigentlich eine Maid war, gebannt an. Würde sie es diesmal schaffen, sich ganz aus ihrer wirren Traumwelt zu lösen, in die sie die letzten Tage immer wieder nach sehr kurzen wachen Augenblicken versunken war? Der alte Hinrich war ein einfacher Mann, der außer seinen Hunden und Schafen nicht viel von der Welt wusste und auch nicht wissen wollte. Hier in der Heide war seine Welt klar und abgegrenzt. Es gab die Schafe, die Weidegründe, die ihm zu begehen von seinem Herrn befohlen wurde, und die Hunde, die in einer langen Generationenabfolge seine Gefährten waren. Seine Eltern waren gestorben, als er noch sehr jung war, seine Brüder, die ihn immer ob seiner Tumbheit geneckt hatten, waren als Landsknechte hinaus in die große Welt gezogen und für fremde Herren gestorben oder auch nicht. Nach einer Frau hatte Hinrich nie der Sinn gestanden, sie waren Wesen von einem anderen Stern, deren Gegicker und Röckeflattern ihn beängstigten.

Und nun hatte er dieses Wesen unter einem Busch auf einer der Weiden gefunden. Fleck, der schwarze Hirtenhund mit dem weißen Fleck auf dem Rücken, hatte ganz gegen seine sonst absolut zuverlässige Art die Schafe Schafe sein lassen, ihren dummen Kapriolen den Rücken gekehrt und einen dichten Busch angebellt, war vor- und zurückgesprungen, hatte sich immer wieder zu Hinrich umgedreht und ihm auf seine Art verständlich gemacht, dass hier etwas war, was hier nicht sein sollte. Hinrich hatte sich vergewissert, dass die Schafe für den Moment wohl nicht seiner ungeteilten Aufmerksamkeit bedurften, und hatte nachgeschaut, was Fleck so beunruhigte. Eine stille Gestalt lag dort, durch das dicke Geäst mit seinem knospenden Frühlingsgrün fast verborgen. Nur ein recht kleiner nackter Fuß war zur Gänze zu sehen.

Vorsichtig, mit dem wachsamen Fleck an seiner Seite, hatte Hinrich begonnen, die Gestalt an dem Fuß unter dem Busch hervorzuziehen. Zum Vorschein kam ein abgerissenes Bürschchen mit struppigem, verschnittenen Blondhaar und einer verkrusteten Wunde am Hinterkopf. Hinrich hatte dem Burschen unbeholfen die Wangen getätschelt, um zu sehen, ob noch Leben in ihm war, und tatsächlich bekam er ein leises Wimmern zur Antwort.

Da es sowieso Zeit war, die Schafe für die Nacht in den Pferch zu treiben, hatte der Schäfer seinen Hunden den entsprechenden Befehl gegeben. Fleck, der seinen Fund nun in guten Händen wusste, sprang mit munterem Gebell zu seinen Gefährten, und die Hunde kamen gemeinsam ihrer Berufung ohne Hilfe von Hinrich nach.

Dieser hatte den Jungen vorsichtig in seine Arme genommen und ihn zu seinem Schäferkarren getragen. Nachdem er ihn vorsichtig auf seinem mit Schaffellen gepolsterten Lager abgelegt hatte, hatte er begonnen, den Körper des Jungen nach weiteren Wunden zu untersuchen und hatte erschrocken und zu Tode verlegen innegehalten, als er unter dem fadenscheinigen Hemd eine knospende Mädchenbrust freigelegt hatte. Schnell schob er den Stoff wieder zurecht und begrenzte seine weitere Untersuchung nun auf über der Kleidung sichtbare Ungewöhnlichkeiten. Erleichtert hatte er festgestellt, dass wohl nur die Verwundung am Kopf seiner Fürsorge bedurfte, und hier befand er sich auf sicherem Terrain.

78

Schäfer zu sein, bedeutete, in gewisser Weise auch heilkundig zu sein. Wie oft hatte er nicht schon einem von wilden Tieren angerissenen oder durch eigene Dummheit verletzten Schaf die Wunde versorgt und mit Kräuterumschlägen, deren Rezeptur von einer Schäfergeneration zur nächsten vererbt wurde, die Heilung unterstützt. Unzähligen Lämmern hatte er auf die Welt geholfen, und so war er natürlich in gewisser Weise auch mit der weiblichen Anatomie ganz im Allgemeinen vertraut. Doch war er froh, letzteres Wissen nicht auf eine Stunden alte Wunde war, die aber stark geblutet zu haben schien, anwenden zu müssen.

»Was hat dir wohl den Kopf angeschlagen, Mädel? Und warum bist du so schwach?«

Er hatte das Mädchen mit starr auf die gegenüberliegende Wand gerichtetem Blick ausgezogen, rasch mit Fellen zugedeckt und einen Verband mit einem Umschlag aus dem Sud von Eisenkraut, Schafgarbe und wilden Johannisbeeren um den Kopf gelegt, den er später ab und zu durch einen neuen ersetzt hatte.

Das Mädchen fieberte und fantasierte nun schon seit drei Tagen. In wenigen halbwachen Momenten hatte Hinrich dem Mädchen Brühe und Wasser eingeflößt und ihm verlegen eine tönerne Schale unter den Leib geschoben und es angehalten, sein Geschäft zu verrichten.

Nun schien das Fieber gewichen zu sein. Das Mädchen hatte die Augen aufgeschlagen, und aus tiefblauen Teichen, die für das schmale, blasse Gesicht viel zu groß erschienen, sah es Hinrich an. Kein Erschrecken lag mehr in dem Blick, sondern nur Verwunderung.

Hinrich näherte die Schale mit der noch dampfenden Brühe ihrem Mund, legte vorsichtig einen Arm um die Schultern des Mädchens, um es anzuheben. Es nahm ein paar Schlucke aus der Schale, erst zögerlich, doch dann immer mutiger. Als die Schale leer war, fragten seine Augen nach mehr.

Hinrich brummte zufrieden: »Ha, biste wieder unter den Lebenden. Ja, ja, kannst noch mehr Brühe haben!«

Das Mädchen folgte ihm mit den Augen hinaus aus dem Schäferkarren, wo ein Kupferkessel über einem Feuerchen hing. Als Hinrich sich wieder zu ihr in den Karren zwängte, nahm sie ihm aber die gefüllte Schale aus der Hand und führte sie selbst zum Mund.

»Und was biste nu, Maid oder Bursche oder weißte selber nicht?«

Das Mädchen schwieg eine Weile und sah aus, als ob es angestrengt nachdachte. Dann hob es an, zu sprechen, und Hinrich hörte verblüfft vornehm gesetzte Worte in der Sprache der Herren, in der er sonst nur die Anweisungen für seine Arbeit vernahm.

»Natürlich bin ich ein Mädchen, und ich heiße … ich bin …«

Die Augen des Mädchens starrten blicklos ins Weite, dann begannen sie plötzlich überzulaufen, und die Tränen hinterließen helle Spuren auf den dreckigen Wangen.

»Na, na, Maid, nicht weinen. Hast ordentlich was auf den Kopf gekriegt, das hat dir wohl die Sprache verhagelt!«, versuchte Hinrich ungeschickt zu trösten. »Besser ist, du schläfst noch ein bisschen. Vielleicht geht's später besser!«

Selbst völlig erschöpft von so viel ungewohnter Rede, verließ Hinrich den engen Karren und legte sich nach einer kurzen Kontrolle seiner Schafherde auf sein Lager beim Feuer.

Das Mädchen lag im Karren und starrte auf die nahe Holzdecke. Verwundert dachte es darüber nach, warum es wusste, dass es ein Mädchen war, warum es spürte, dass ihm hier keine Gefahr drohte, aber sich außerhalb des Karrens eine schreckliche Welt mit unsäglichen Gefahren befand, wenn es doch sonst nichts wusste. Wer war sie und wie hieß sie? Wie kam sie in diesen Karren und was war mit ihr passiert?

Schemen tauchten vor ihrem inneren Auge auf. Mädchen tanzten, drehten sich, verneigten sich, reckten zierlich die Arme in die Höhe, vergossen riesige Tränen auf den Boden. Eiskalte blaue Augen starrten sie an, ein wunderschöner Mund sprach Worte aus, die ihr Herz zu einem Stein in ihrer Brust werden ließen. Ein anderer, grell geschminkter Mund schnalzte und gurrte und Hände betasteten ihren Leib. Grau gewandete Gestalten zerrten sie hierhin und dorthin und hüllten sie mit eisiger Kälte ein. Doch über allem war auf einmal ein liebliches Gesicht. Rote Lippen formten Worte der Liebe und der Zärtlichkeit, weiße Arme streckten sich nach ihr aus, doch die wunderschöne Frau schwebte immer weiter in die Ferne, anstatt ihr näher zu kommen. Und auf einmal wusste das Mädchen, welche Worte die Lippen der Frau geformt hatten: »Laura, geliebtes Leben.«

Laura …, ja, sie fühlte, das war ihr Name. Laura, Laurenz, Laurentia, Laura … die Namen schwirrten um ihren Kopf, reihten sich ein in den Reigen der fremden Mädchen, erfüllten sie mit Wärme. Sie versank in einen tiefen traumlosen Schlaf.

Als sie wieder erwachte, sah sie durch die geöffnete Tür des Karrens, dass der Schäfer seinen Schlafplatz verlassen hatte, das Feuerchen unter dem Kupferkessel erloschen war und dass über allem anscheinend eine helle Morgensonne schien. Sie verspürte ein dringendes Bedürfnis, hatte außerdem Hunger und fühlte sich viel besser. Sie streifte die Decke aus Schaffellen vom Körper, griff nach ihrer fadenscheinigen Kleidung, die anscheinend gewaschen worden war und nun fein säuberlich gefaltet neben ihrem Lager auf dem Boden lag, und erhob sich vorsichtig von ihrem Lager. Nachdem sie die Kleidungsstücke übergestreift hatte, trat sie zum erloschenen Feuer. Die Asche war noch heiß, der Kräutertee im Kessel warm. Neben dem Karren lag eingewickelt in einem Tuch ein deftiges Stück Brot und ein wenig Schafskäse. Vom Schäfer und den Hunden und Schafen sah Laura keine Spur.

Nachdem sie hastig ihr Geschäft in einem Gebüsch verrichtet hatte, nahm sie die Kelle, die am Kessel hing, und löschte ausgiebig ihren Durst mit dem überraschend wohlschmeckenden Kräutersud. Dann setzte sie sich auf die ausgetretene Stufe des Karrens und aß langsam und bedächtig Brot und Käse. Dabei begannen die Gedanken wieder zu kreisen.

Eines war klar, ihr Name war Laura oder Laurentia. Die Vertrautheit des Namens und die Tatsache, dass sie ein Mädchen war, machten dies mehr als wahrscheinlich. Doch warum hatte sie Männerkleidung an, die offensichtlich nicht für sie geschneidert worden war? Was bedeuteten die Fetzen ihrer Erinnerung und warum war sie verwundet und hatte eine Angst im Bauch, die sie auseinanderzusprengen drohte? Was war passiert?

Vorsichtig untersuchte sie die zwar saubere, aber sehr fadenscheinige Kleidung. Eine einfache ungeschlitzte Pluderhose nach der Art, wie sie Landsknechte trugen, ein eher weiblich anmutendes Hemd, das gewiss einmal bessere Tage gesehen hatte, und eine an den Ärmeln durchgewetzte Joppe – das war alles an Kleidung. Keine Strümpfe, keine Schuhe. Die Kleidung eines Landsers oder Vagabunden. Und tief in ihrem Innersten war sie sich sicher, dass sie diese Kleidung noch nicht lange trug, ja, dass sie nicht einmal ihr gehörte.

Schuhe schien sie keine besessen zu haben, als der Schäfer sie fand, denn sie konnte weit und breit keine entdecken. Doch waren ihre Füße keineswegs rau oder durch eine Hornhaut geschützt, sodass klar war, dass sie das Barfußgehen wohl nicht gewohnt war. Bei ihrer kurzen Suche im Schäferkarren machte sie schließlich noch eine Entdeckung. Halb verborgen unter den Fellen lag ein Messer und eine einfache, speckige Filzkappe. Und mit traumwandlerischer Sicherheit wusste sie, dass beides nicht dem Schäfer gehörte, sondern dass sie es mitgebracht hatte.

Von ferne hörte Laura nun munteres Hundegebell und das Blöken der Schafe, das eine Windböe zu ihr herangetragen hatte. Sie verließ den Karren, hob eine Hand in die Luft, um zu prüfen, aus welcher Richtung der Wind wehte, stülpte sich die Kappe über den Kopf und machte sich dann auf den Weg, den Schäfer zu suchen.

Sie musste nicht weit laufen, und das war gut. Sie merkte, dass die anfängliche Kraft, die sie nach ihrem Morgenmahl empfunden hatte, langsam von ihr wich. Die Beine wurden schwer und ihr brach trotz der Morgenkühle der Schweiß aus. Doch die Hirtenhunde hatten sie bereits entdeckt und machten Hinrich auf sie aufmerksam. Dieser kam Laura entgegen und schaffte es gerade, sie zu stützen, ehe die Beine völlig unter ihr nachgaben.

»Was biste aufgestanden, Mädel?«, fragte er barsch, doch seinem Gesicht war nur Sorge anzusehen.

Einen Moment barg sich das Mädchen in die Stärke der hageren Arme des Mannes. Dann richtete sie sich auf, zeigte auf eine in der Ferne aufragende Kirchturmspitze. »Was ist das für ein Dorf?«

»Das ist das Dorf Broistedt.«

Laura forschte in ihrem Gedächtnis, doch der Name sagte ihr gar nichts. »Gibt es ein Pfarrhaus bei der Kirche?«

»Ja, Deern, und vielleicht solltest du dorthin gehen. Die Pfarrfrau ist eine Gute und der Pfarrer weiß vielleicht besser als ich, wie dir zu helfen ist.«

10. KAPITEL

Wolfenbüttel

VERSTOHLEN BLICKTE HERZOG JULIUS von einem seiner würdigen Ratsherren zum anderen. Diese wiederum hatten ihre Gesichter, die verschiedene Grade von Begeisterung auf der einen Seite, Ablehnung auf der anderen Seite wiederspiegelten, dem Mann zugewandt, der seine Rede gerade eben beendet hatte. Nur drei der anwesenden Männer sahen nicht überrascht aus. Es waren dies der Thronfolger Heinrich Julius, ein noch sehr junger, aber sich seines Wertes sehr wohl bewusster Mann, sowie die Ratsherren Andreas Riebestahl und Rudolf von Kampstetten, die zuvor in Julius' Pläne für diese Sitzung eingeweiht worden waren.

Der Mann hingegen, dem die geballte Aufmerksamkeit galt, saß hocherhobenen Hauptes mit verschränkten Armen vor einem Haufen ausgebreiteter Pläne und gab mit seinem Schweigen zu erkennen, dass er mit der eben erfolgten Erklärung das Seine getan habe und es jetzt nur noch an der Runde der Männer sei, zu verstehen und zu handeln.

Hermann van Basten war ein großer, schwerer Mann von sehr heller Hautfarbe, die sich aber sofort rot zu flecken begann, wenn er sich in irgendeiner Weise engagierte. Sein feines, weißblondes Haar klebte in dünnen Strähnen an seinem Kopf. Seine kleinen, wasserblauen Augen waren im Moment fast zusammengekniffen in Erwartung dessen, was seine Erläuterungen bewirken würden.

Schon vor fünf Jahren waren die Zeichnungen, die zwischen den Männern herumgereicht worden waren, entstanden. Im Geheimen hatte Herzog Julius durch seinen Baumeister Paul Francke die wasserbaukundigen Niederländer Willem de Raet und Ruprecht Lori damit beauftragt, die Möglichkeit zu prüfen, die Oker mit einem schiffbaren Kanal mit der Bode zu verbinden und so Anschluss an die Elbe zu gewinnen. Lori hatte im Zuge der Untersuchungen eine Skizze angefertigt, die die Möglichkeit der Ausführung dieser Vision ins Machbare zu rücken schien. Unter der Umgehung der Stadt Braunschweig könnte Julius' Herzogtum ein wichtiges Durchgangsland des Schiffsverkehrs zwischen Weser und Elbe werden.

Durch die bereits unternommenen Anstrengungen, die Oker zwischen dem Harz und Wolfenbüttel für die umfangreiche Flößerei auszubauen und auch die Randau und die Nette schiffbar zu machen, war der erste Schritt getan, den Transport der kostbaren Erze, Hölzer und Gesteine aus dem Harz sowie den Kalksteinen aus dem Ösel bis hin nach Hamburg oder sogar über die Meere auf Wasserwegen zu ermöglichen.

Der Streit mit der Stadt Braunschweig über den Ausbau der Oker, der dem Wolfenbüttler Herzog eine Umgehung der Stadt ermöglichen würde, war immer noch nicht offiziell beigelegt, doch hatte sich Julius bisher sogar kaiserlichen Anordnungen, seine Pläne um des Friedens willen zu mäßigen, beharrlich widersetzt.

Von ganz anderer Seite hatten diese Pläne jedoch einen herben Rückschlag erlitten. Willem de Raet hatte das Herzogtum im Jahr 1576 verlassen und Julius hatte bis jetzt keinen geeigneten Nachfolger finden können. Doch Julius wäre nicht er gewesen, wenn er seine ursprüngliche Vision der Anbindung an das bedeutende Wassernetz so schnell aufgegeben hätte. Die heutige Sitzung war der Versuch, das Projekt im Herzogtum neu zu beleben. Und das Ass im Ärmel war dieser Mann: Hermann van Basten, der durchaus in der Lage war, in die so lange angelegten Fußstapfen Willem de Raets zu treten.

Doch die Anstellung dieses Mannes würde nicht ganz einfach sein. Sich seines Wertes durchaus bewusst, führte van Basten auch Verhandlungen mit Vertretern anderer Regierungen, und nicht zuletzt der Rat der Stadt Braunschweig versuchte sich seiner Dienste zu vergewissern. Zwar war Letzterer wohl nur aufgrund des durch fleißige Spionagedienste eingeholten Wissens, dass Julius diesen Mann engagieren wollte, ins Rennen getreten, doch stärkte dieser Umstand die Verhandlungsbasis von van Basten um einiges. So sah er sich in der Lage, ein riesiges und in dieser Höhe nie da gewesenes Honorar und die Verleihung eines Lehens im Herzogtum zu fordern und trotzdem seine Verhandlungspartner darüber im Ungewissen zu lassen, ob er selbst für diesen Preis wirklich zu haben war.

Julius, der wusste, dass er Zeit seines Lebens seine Pläne einer »Juliusschifffahrt« mit Anschluss an die Meere nicht mehr verwirklichen würde, wenn er nicht diesen Mann für sich gewinnen konnte, war in einer argen Zwickmühle. Bisher hatte er alle seine Pläne dadurch durchführbar machen können, dass sich Kosten und Nutzen sehr schnell positiv gegeneinander hatten abwägen lassen. Durch die Forderungen des Holländers und die enormen Baukosten an sich würde sich dieser Effekt nicht so schnell einstellen. Im Gegenteil, es würde Jahre dauern, und in wirtschaftlichen Belangen so langfristig zu planen, war das Herzogtum nicht gewöhnt.

Nach der ersten Verblüffung über die Verwegenheit eines solchen Planes begann nun ein reges Diskutieren, dem Julius zuerst seinen freien Lauf ließ. Aufzuschnappen waren in dem Stimmgewirr Worte wie »aberwitzig«,

»genial«, »völlig indiskutabel« und andere polarisierende Ausdrücke.

»Meine werten Ratsherren, ich bitte nun um Ruhe!«, rief Rudolf von Kampstetten nach einem Wink des Herzogs. »Gestattet Mijnherr van Basten, noch weitere erläuternde Worte über Durchführbarkeit, berechnete Kosten et cetera anzufügen.«

Gespannte Ruhe legte sich über den Raum und von Kampstetten erteilte dem Baumeister erneut das Wort.

»In der Tat wird es für die Realisierung des Projektes mehrere Probleme zu überwinden geben. Dabei dürfte das Problem der Finanzierung nicht das größte sein, denn die Finanzlage in Eurem Herzogtum hat sich ja, wie ich hörte, sehr stabilisiert und die Aussicht auf die Gewinne, die zu erzielen sein werden, wenn Eure Güter sozusagen problemlos in alle Welt verschifft werden können, wird die Kreditgeber in Scharen anlocken. Außerdem würden durch die Trockenlegung des Großen Bruchs, die der Effekt des Kanalbaus zwischen Oker und Bode wäre, große Mengen an Torf erwirtschaftet, die einen riesigen Erlös bringen würden.

Zum Zweiten haben wir die territorialen Probleme. Ich bin fürwahr kein Diplomat, aber wie ich verstanden habe, wären die Gebiete der von dem Oker-Bode-Kanal betroffenen Fürstentümer kein großes Problem, da sie entweder im Einflussbereich Eures Herzogtums liegen, wie dies beim Bistum Halberstadt der Fall ist, oder durch verwandtschaftliche oder freundschaftliche Verbindungen sehr gewogen sind, wie dies in Bezug auf das Kurfürstentum Brandenburg und das Herzogtum Sachsen der Fall ist. Das größere Problem liegt da wohl im Verhältnis zur Stadt Braunschweig und zu den an Aller und Weser liegenden Städten und Fürstentümern. Und das ist doch – verzeiht, wenn mein Baumeisterverstand da vielleicht falschliegt – genau der Punkt, der Eure Verhandlungsbasis stärkt. Spielt die eine gegen die andere Möglichkeit aus, so bekommt Ihr vielleicht alles, was Ihr wollt!«

Das fassungslose Schweigen der anwesenden Herren wurde von Heinrich Julius, dem 16-jährigen Thronfolger, unterbrochen. Mit wohlgesetzten Worten, hinter denen jedoch die jugendliche Begeisterung für das Thema zu erkennen war, erläuterte er die kühne Andeutung des Holländers.

»Meine Herren, was Mijnherr van Basten damit ausdrücken will, ist, dass wir eine sehr viel gewogenere Einstellung der Städte Celle, Bremen und Lüneburg erwarten können, wenn diese die Umgehung ihrer Zölle durch einen völlig neuen Schifffahrtsweg, der einfacher durchzusetzen ist, befürchten müssen. Sie werden dem kleineren Übel zustimmen, wenn sie damit sichern können, dass die Stadt Braunschweig und das Herzogtum Braunschweig-Wolfenbüttel auch ihre Städte weiter beliefern beziehungsweise als Durchfahrtsweg und Umschlagplatz nutzen!«

Van Basten nickte wohlgefällig in die Richtung des jungen Mannes und von Kampstetten nahm den Faden auf: »Es wird nun unsere Hauptaufgabe sein, das Misstrauen der Räte Braunschweigs in Bezug auf unsere Pläne abzubauen. Der Stadt müssen die Vorteile dieser neuen Wasserwege plausibel und gleichzeitig deutlich gemacht werden, dass der Handel des Herzogtums dem Handel der Stadt keinen Abbruch tun wird. Der Verlust der Zölle, die man dem Herzogtum bei Durchfahrt durch die Stadt zahlen muss, würde wettgemacht durch viel größere zukünftige Zolleinnahmen anderer, nun besser angebundener Handelspartner. Ein gemeinsames Engagement des werten Mijnherr van Basten durch Herzogtum und Stadt würde auch die Kosten für das Herzogtum erheblich schmälern.«

,»Und«, nahm Herzog Julius den Faden auf, »wie sich einige von Euch werten Herren vielleicht noch erinnern, sind bereits vor einigen Jahren Verhandlungen mit der englischen Königin geführt worden, die höchstes Interesse an den Mineralien und Metallen, die im Harz abgebaut werden, gezeigt hat. Allein die hohen Transportkosten verhinderten den Pakt. Nähme man nun den Gedanken der Möglichkeit der Verschiffung der Güter bis hinüber nach England wieder auf, so hätte man in ihr eine höchst gewogene Kreditgeberin. Man könnte, wie schon damals in Erwägung gezogen, die Gründung einer englischen Handelsgesellschaft mit Sitz in der Heinrichstadt zulassen und ihr den Handel mit den Metallen überlassen. Damit wäre das Tor zur Welt für unser Herzogtum geöffnet!«

Erregtes Stimmengewirr erhob sich von Neuem. Die Stimmen derer, die sich sicher waren, dass ein Entgegenkommen der Stadt Braunschweig und gar ein friedliches Miteinander vollkommen undenkbar waren, waren zunächst lauter und energischer als die derer, die sich das Ganze vorstellen konnten. Doch durch geschickte Einwände van Bastens und von Kampstettens wurde der Widerstand allmählich leiser. Niemand konnte sich der Aussicht auf die goldenen Zeiten, die für das Herzogtum anbrechen würden, wenn es inmitten des deutschen Landes an die ganze Welt angebunden war, verwehren. Und wenn selbst die mächtige englische Königin Elisabeth, die im Moment als die unbestrittene Beherrscherin der Weltmeere galt, sich diesen Plänen gewogen zeigte …

Der junge Thronfolger ergriff erneut das Wort: »Letztlich wird sich erweisen, dass diesen Plänen kein Rat oder Fürst mehr etwas entgegenzusetzen hat. Wir brechen in ein neues Zeitalter auf und wer sich dem verwehrt, der wird gezwungen werden müssen!«

Besorgt stellte Andreas Riebestahl fest, dass der Junge mit seinem glühenden Eifer, den er für Ideen entwickeln konnte, wieder einmal über das Ziel hinauszuschießen drohte. Erst vor einem halben Jahr hätte er damit Menschen, die ihm einst vertraut hatten und immer gewogen waren, fast ins Verderben gestürzt. Doch als Andreas sah, dass der Herzog seinen Sohn mit einem einzigen, tadelnden Blick zum Schweigen brachte, war er einigermaßen beruhigt.

Zum Ende der Sitzung, die sich tatsächlich doppelt so lang hingezogen hatte wie sonst üblich, waren mehrere Beschlüsse gefasst worden, die eine Verhandlungsbasis mit den betroffenen Fürstentümern und Städten möglich machten. Man war sich einig, dass das Überwinden der Widerstände der Stadt Braunschweig die am schwersten zu lösende Aufgabe sein würde. Doch auch die anderen Städte, vor allem Celle, das sich 1519 ein Schifffahrtsmonopolrecht auf der Aller erstritten hatte, würden sich schwer gewinnen lassen.

Als Andreas Riebestahl sich zu allzu später Stunde seufzend anschickte, den Heimweg anzutreten, wo er mit Sicherheit nur noch eine schlafende Familie und ein ungewärmtes Abendessen vorfinden würde, hielt ihn Rudolf von Kampstetten am Ärmel fest.

»Mit Verlaub, Herr Assessor, gestattet eine Frage: Ich hörte, dass Euer Neffe Konrad in einer Mission der Verbrechensaufklärung unterwegs ist. Ich betrachte den Wunsch unseres Herzogs mit größtem Interesse, die Verbrechensaufklärung sozusagen auf wissenschaftlichere Füße zu stellen, doch sagt mir, welchen Wahrheitsgehalt hat das Gerücht, dass der junge Herr von Velten nach verschwundenen Mädchen sucht?«

»Nun, das entspricht den Tatsachen. Eine Kaufmannstochter aus Braunschweig wurde unter seltsamen Umstän-

den entführt. Ihr Vater, Lorenz Kale, ist ein sehr einfluss-
reicher Mann und setzt Gott und die Welt in Bewegung, um
seine Tochter zu finden. Da bisher keine Lösegeldforderun-
gen eingegangen sind und man zudem auch von anderen verschwundenen Mädchen dieses Alters gehört hat, scheint hier
ein höchst perfides Verbrechen mit sehr fraglichem Hintergrund vorzuliegen.«

»Oh, das ist schrecklich. Wie mag der Familie zumute
sein? Ich hoffe sehr, dieses Verbrechen wird eine einigermaßen günstige Aufklärung finden!«

11. KAPITEL

Wolfenbüttel

Verdrossen klappte Barbara Riebestahl den Deckel des Klavichords zu, auf dem sie mehr gelangweilt als mit ihrer sonstigen Emphase geübt hatte. Die ungewohnte Stille in der Wohnung, die sie sich doch eigentlich in den letzten Monaten so manches Mal herbeigesehnt hatte, drohte sie nun zu überwältigen. Heda war in der Schule und würde das noch für ein paar Stunden sein. Die immer wachen und nimmersatten Zwillinge Max und Lorenz waren, nachdem ihnen das neu eingestellte Kindermädchen erstmals einen kräftigen Brei zugefüttert hatte, unmittelbar danach eingeschlafen.

»Da seht Ihr, gnädige Frau, das war höchste Zeit! Ihr habt sie nicht mehr satt bekommen mit Eurer Milch, deshalb waren sie so unruhig!«

Nach dieser etwas triumphierend hervorgebrachten Bemerkung – denn darüber war ein tagelanger Streit geführt worden – nickte die grobschlächtige Frau, die auf den so gar nicht zu ihr passenden Namen Rose hörte, packte die Zwillinge, nachdem sie sie in warme Decken gehüllt hatte, entschlossen in einen großen Korb und machte sich mit ihnen auf den Weg in den Garten.

»Ihr braucht Euch nicht gleich wieder zu kümmern, wenn sie aufgewacht sind, Frau Riebestahl. Im Garten sitzt auch die Liese und passt auf die kleine Gunda auf. Die Zwillinge sind satt und brauchen Euch nicht so schnell. Und wenn die Gunda spielt, haben sie was zu schauen.«

»Nun musst du mit deiner wiedergewonnenen Freiheit etwas anzufangen lernen, Frau Riebestahl!«, forderte Barbara sich im Selbstgespräch auf. »Nimm dir ein Beispiel an deiner Schwägerin!«

Agnes, die Zwillingsschwester Andreas Riebestahls, war sechsfache Mutter und seit vielen Jahren die Leiterin einer höheren Mädchenschule, die sie zusammen mit der aufgeschlossenen Herzogin vor einigen Jahren gegründet hatte. Barbara, die als Ziehschwester der Geschwister Riebestahl immer zu der klugen und schönen Agnes aufgeschaut hatte, war zwar genauso unruhig wie diese, doch mit ganz anderen Talenten und wenig Geduld gesegnet. Lange hatte sie mit ihrem Schicksal gehadert, nicht zu wissen, welch unglücklicher Eltern Kind sie war. Die Tatsache, letzlich wenigstens herausbekommen zu haben, wer ihre Eltern waren, und ihren Vater kennengelernt zu haben, hatte sie nicht wenig versöhnt. Die Umstände ihrer Zeugung und Geburt kannte sie nun, auch die Gründe, die ihre unglückliche Mutter bewogen hatten, sie auf der Kirchentreppe des Pfarrhauses in Niederfreden, in dem sie dann als Schwester der drei Pfarrerskinder Andreas, Agnes und Thomas lebte, abzulegen.

»Ich sollte meinen Vater besuchen! Gerade jetzt scheint mir, dass er vielleicht des Trostes einer weiblichen Verwandten bedürfen könnte.«

Andreas hatte Barbara vom Verschwinden ihrer Halbschwester Elise Kale berichtet und dass Konrad an der Aufklärung des Falles arbeite. Barbara war nicht wenig erschüttert gewesen. Sie kannte ihre Halbgeschwister kaum. Die Entdeckung, dass Barbara ein in den Wirren der Religionskriege unehelich gezeugtes Kind Lorenz Kales war, war von allen Eingeweihten mit großer Diskretion behandelt worden. Und eingeweiht waren außer Barbara und Lorenz Kale nur Andreas, Agnes und Thomas Riebestahl. Dies war nicht zuletzt zu Barbaras Schutz vor der bösen Zunge und dem intriganten Wesen Sophie Niedermayrs, einer Nichte Lorenz Kales, geschehen, die durch ihren Mann eine einigermaßen hohe Stellung am Hofe Herzog Julius' hatte und immer wieder Wege fand, ihrer Erzrivalin Agnes Riebestahl und deren Familie zu schaden.

»Aber wie stell ich es an? Eben mal nach Braunschweig fahren, wird nicht angehen. Ich muss die Zwillinge mitnehmen und Agnes muss bereit sein, Heda für ein paar Tage zu versorgen. Aber ich kann mich auch nicht bei meinem Vater einquartieren!«

Missmutig sah Barbara aus dem Fenster.

»Nein, so frei bin ich auch nicht gleich wieder, nur weil die Zwillinge mal ein paar Stunden ohne mich auskommen können. Wenn wenigstens Andreas ein wenig mehr Zeit hätte!«

Barbara kam auch in den nächsten Stunden zu keinem Entschluss und so kam es, dass sie sowohl das Kindermädchen mit den Zwillingen als auch Heda, die angefüllt mit Erzählstoff aus der Schule heimkehrte, dankbar begrüßte.

Doch abends, als Ruhe in der Wohnung eingekehrt war, alle Kinder schliefen, ein munteres Feuerchen im Kamin brannte, aber weit und breit kein Andreas zu sehen war, kehrte die Übellaunigkeit des Tages mit aller Macht zurück.

Wegen der schlafenden Kinder wollte Barbara nicht mehr am Klavichord musizieren, an ihrer Laute fehlte eine Saite, die zu ersetzen sie vergessen hatte, und selbst die Lektüre eines Schwankes aus dem Rollwagenbüchlin des verehrten Jörg Wickram konnte sie heute nicht aufmuntern, geschweige denn die Bücher mit ernsterem Inhalt, die auf dem kleinen Bord in der Wohnstube standen.

Als Andreas endlich, müde von einem quälend langen Arbeitstag, zu Hause eintraf und vermutete, dass inzwischen die ganze Familie bereits schlief, traf er zu seiner Überraschung eine Ehefrau an, die ihm mit einer steilen Falte auf der hübschen Stirn entgegenblickte und ihn mit den Worten begrüßte, dass er ja wohl nun nicht mehr von ihr erwarte, dass sie ihm eine Abendmahlzeit bereitstelle, wo Köchin und Magd sich mittlerweile auch zu Bett begeben hätten.

Andreas, der sehr empfänglich für die feinen Nuancen der Stimmung seiner Frau war, erklärte hastig, dass er bereits zu Abend gespeist habe und nur noch ein paar Augenblicke mit ihr zusammen vor dem Kamin verweilen wolle. Dann erkundigte er sich vorsichtig nach ihrem Tag.

»Oh, alles bestens. Rose macht sich hervorragend und stell dir vor, sie hat den Zwillingen einen Brei zugefüttert und sie waren danach stundenlang friedlich!«

Bei diesen mit fröhlicher Stimme hervorgebrachten Worten füllten sich Barbaras große, grüne Augen mit Tränen und ließen sie wie Bergseen schimmern. Gleichsam besorgt und fasziniert beobachtete Andreas, wie die Tränen plötzlich überquollen und lautlos auf den Wangen seiner immer noch gespielt munteren Frau herabbrannten. Zärtlich zog er Barbara heran auf seinen Schoß und sagte mit ruhiger Stimme: »Und jetzt kommst du dir überflüssig vor und suchst nach neuen Abenteuern?«

Barbara schluchzte und lachte gleichzeitig. »Du kennst mich einfach zu gut! Mann und Frau sollten nicht wie Geschwister aufwachsen!«

»Na, in diesem Fall könnte es aber doch ganz hilfreich sein, denn so können wir gemeinsam überlegen, was wir tun können?«

Andreas war, anders als die meisten seiner Zeitgenossen, nicht davon überzeugt, dass die Aufgaben an Heim, Herd und Kindererziehung eine Frau vollkommen ausfüllen mussten. Zu vielen Frauen war er seit seiner frühen Kindheit begegnet, die ihn eines Besseren belehrt hatten, und er wollte es auch in seiner eigenen Ehe nicht anders, als es war. Barbara war eine kreative, einfallsreiche junge Frau, die ihren Mann und Kinder innig liebte, die ihren Geist aber ständig mit irgendwelchen Projekten beschäftigt hielt. Vor ihrer Ehe war sie Gesellschafterin der geistreichen Herzogin Hedwig gewesen, nach der Geburt Hedas, die ein sehr pflegeleichtes Kind war, hatte sie ihrer Schwägerin Agnes an der Schule mit Musikunterricht geholfen.

»Möchtest du wieder unterrichten? Das ließe sich bestimmt schon stundenweise einrichten.«

»Ja, nein, gewiss, das möchte ich auch bald wieder tun. Aber noch lieber würde ich meinen Vater besuchen und ihn ein wenig besser kennenlernen! Doch das wird nicht gehen, denn ich kann mich ja nicht einfach länger in seinem Hause aufhalten, ohne dass man fragen wird, warum ich das tue.«

»Hmm, nein, das wird nicht gehen. Aber hättest du nicht Lust, deine alte Freundin Margarete in Braunschweig zu besuchen? Ich traf just heute ihren Ehemann im Schloss. Er erzählte mir, dass Margarete sich sehr danach sehnt, dich wiederzusehen. Sie weilt zurzeit meistens in ihrem Stadthaus auf dem Burgplatz, weil sie wegen irgendeines Leidens oft einen bestimmten Medicus aufsucht. Wie ich die gute Margarete kenne, entspringt dieses Leiden wahrscheinlich der Langeweile.«

Barbaras Miene hatte sich bei diesen Worten ihres Mannes zusehends aufgehellt.

»Ja, das ist in der Tat eine Idee! Vom Burgplatz ist es nicht weit zur Turnierstraße. Das Haus ist wahrlich groß genug, um mich mit den Kindern und Kinderfrau zu beherbergen und Margarete würde ich auch gerne einmal wiedersehen! Aber was ist mit dir und Heda?«

Andreas lachte. »Ich lass dich natürlich nur gehen, wenn du versprichst, nicht für immer in Braunschweig zu bleiben. Und Heda wird sicher mit fliegenden Fahnen zu ihren Cousinen ziehen, wenn man sie nur lässt!«

Schon am übernächsten Tag reiste Barbara in einer stattlichen Entourage nach Braunschweig, nachdem eilig Botschaften zwischen den zwei alten Freundinnen ausgetauscht worden waren. Wie glückliche, junge Mädchen fielen die Freundinnen sich in die Arme und begannen sofort mit »weißt du noch?« und »kennst du schon?«, was nur durch die Anforderungen der quengelnden Zwillinge und die Notwendigkeit, sich in den ihnen zugewiesenen Räumen des stattlichen Hauses einzurichten, unterbrochen wurde.

Barbara hatte Margarete seit deren Verheiratung vor 15 Jahren nur sporadisch bei gesellschaftlichen Anlässen bei Hofe gesehen. Aus dem mageren, blassen Mädchen, das die für sie arrangierte Ehe mit Achatz von Velten eher aus Pflichtbewusstsein denn aus Neigung eingegangen war, war eine stattliche Matrone mit weitaus mehr Selbstbewusstsein geworden. Nach der Geburt von drei Töchtern und dem langersehnten Stammhalter Burchard war sie bereits wieder schwanger und nahm dies zum Anlass, den gesamten Haushalt der ihr zur Hilfe angestellten Haushofmeisterin zu überlassen und sich selbst meist in gepflegter Langeweile in der eigens für sie eingerichteten Damenstube aufzuhalten. Nun konnte sie es jedoch kaum erwarten, sich mit ihrer alten Freundin auszutauschen, und bedeutete Barbara, ihre Kinder der Kinderfrau und das Verwalten ihres Gepäcks einer der zahllosen Hausmägde zu überlassen und sich doch baldmöglichst in der Damenstube einzufinden.

Eine gute Stunde hatte sie ihre Ungeduld jedoch noch zügeln müssen, denn dafür war Barbara doch eine zu gewissenhafte Mutter, als dass sie die Eingewöhnung der Zwillinge in der neuen Umgebung einfach der Kinderfrau überlassen hätte. Jetzt jedoch waren die Kinder erschöpft eingeschlafen.

Barbara blickte sich bewundernd in der Stube ihrer Freundin um. Schon das ganze prächtige Haus lud zum Staunen ein, doch eine Besichtigung war wegen der hereingebrochenen Dunkelheit auf den nächsten Tag verschoben worden. Aber dieses Gemach bot dem Auge schon so viel, dass Barbara dem Monolog Margaretes zunächst nur halbherzig lauschte. Wie konnte die Stube für eine einzelne Person so viel prächtiger sein als ihre eigene Wohnstube in Wolfenbüttel, ja, beinahe sogar als die Damenstuben am Wolfenbüttler Schloss?

Durch eine reich bemalte Holztür war sie von dem Flur des Obergeschosses in den quadratischen Raum getreten. Sofort erkannte sie, dass der mehrgeschossige Erker, den sie bei ihrer Ankunft schon draußen bewundert hatte, in diesem Geschoss einen entzückenden Frauensitz mit einem Blick über den ganzen Platz direkt auf den mächtigen Dom erbrachte. Unterhalb der hohen sechsfach unterteilten Fenster des Erkers zog sich eine mit Samtkissen belegte Bank entlang. Die Wände des Erkers waren weiß gekalkt, die anderen Wände des Zimmers jedoch waren mit einer solch reich bemalten Holzvertäfelung versehen, dass Barbara zunächst meinte, das Auge werde schier erschlagen von der fantasievollen Ornamentik und Farbgebung. Die Quelle der behaglichen Wärme, die den Raum erfüllte, war ein großer Kachelofen mit grün glasierten Blattkacheln, um den herum ebenfalls eine Bank angebracht war. An der gegenüberliegenden Wand befand sich ein Bord, auf dem kunstvolle Keramikteller zum Betrachten einluden. In der Mitte des Raumes stand ein Tisch, um den sich behaglich sogar auf den Seitenlehnen gepolsterte Stühle gruppierten und auf dem angefangene Handarbeiten eher achtlos hingelegt waren. Zur ihrer großen Freude entdeckte Barbara auch noch ein in der Ecke stehendes, mit einer Decke abgedecktes Klavichord, an dem eine Laute lehnte.

Margarete zog Barbara zu der Bank vor dem Kamin und bedrängte sie mit glühenden Augen: »Erzähl, was gibt es Neues aus dem Schloss zu berichten?«

12. KAPITEL

Dorf Broistedt

LAURA HATTE SICH VON DEM ALTEN HINRICH, der sie besorgt zum Verweilen für eine weitere Nacht überreden wollte, verabschiedet. Der einsetzende Regen, vor dem sich in dem kleinen Schäferkarren nicht zwei Menschen bequem schützen konnten, hatte ihr deutlich gemacht, dass sie Hinrich nicht gut weiter mit ihrem Dasein beschweren konnte, zumal die verschüttete Erinnerung bestimmt der Anregung durch die Suche nach vertraut wirkenden Orten bedurfte. So hatte sich Laura in das Dorf Broistedt aufgemacht und beschlossen, dass das Pfarrhaus ein guter Ort sein könnte, vorläufig Schutz und Unterkunft zu finden.

Hinrich hatte ihr, bevor sie sich verabschiedet hatte, ein wenig verlegen ein Paar Holzklotschen gereicht und gebrummt: »Werden zu groß sein, aber wir stopfen ein bisschen Schafwolle vorne rein. Kannst doch nicht barfuß ins Dorf gehen!«

Vorläufig bleib ich aber lieber ein Junge, dann kann ich mich freier bewegen!, beschloss sie auf ihrem Weg ins Dorf.

Eine fröhliche, rundwangige kleine Magd öffnete Laura die Tür und blickte den vermeintlich außerordentlich hübschen Burschen mit der fleckigen Binde am Kopf misstrauisch an.

»Gott zum Gruß, ich möchte gern den Herrn Pfarrer sprechen!«

»Der Herr Pastor Riebestahl ist im Moment nicht zu sprechen. Er ist aufs Amt bestellt worden und kommt erst gegen Abend zurück. Aber die Frau Pastor ist da«, beschied das Mädchen ein wenig schnippisch.

»Dann melde mich bitte bei ihr an.« Lauras Worte wurden von einer auffordernden Handbewegung begleitet.

Die Magd zog die Augenbrauen in die Höhe, als wollte sie Laura abschlägig antworten, und blickte ihr keck in die Augen. Doch nach einem kurzen Augenblick senkte sie errötend den Blick, machte auf dem Absatz kehrt und verschwand im Innern des Hauses, nicht ohne die Tür vor Laura fest zuzudrücken.

Warum glaube ich, dass ich etwas Besseres bin als der Vorbesitzer meiner derzeitigen Kleidung?, fragte Laura sich und versuchte in der Wartezeit vor der wieder geschlossenen Pfarrhaustür erneut das Dunkel ihrer Erinnerung zu durchdringen. »Zumindest habe ich gleich gespürt, dass ich es gewohnt bin, Mägde dazu zu bringen, dass sie tun, was ich wünsche.«

Ihre Überlegungen wurden unterbrochen, als sich die Tür erneut öffnete. Nun stand im Türrahmen eine adrette Erscheinung, die eine für ihr Alter seltsam anmutende Würde ausstrahlte. Ein sittsames graues Kleid umschloss ihre schlanke Figur bis hoch an den Hals. Ein winziges weißes Krägelchen erlaubte sich, dem Kleid ein wenig die Strenge zu nehmen. Die strenge weiße Haube ließ außer einem vorwitzigen braunen Löckchen, das sich unter ihr hervorgewunden hatte, nichts von den Haaren erkennen. Ihre rechte Hand lag auf dem Kopf eines Kleinkindes, das sich ängstlich an ihre Röcke klammerte. Aus dem Haus vernahm Laura Babygeschrei und Kindergezanke, was der Frau aber anscheinend nicht die Aufmerksamkeit für ihr Gegenüber streitig machte.

Wenn sie die äußere Erscheinung Lauras höchst fragwürdig fand, so ließ sie sich doch bewundernswerterweise nichts anmerken, sondern fragte freundlich: »Was kann ich für dich tun, mein Junge?«

»Bei dieser mütterlichen Ansprache schossen Laura sogleich wieder die Tränen in die Augen und sie stieß gepresst hervor: »Verzeiht, wenn ich störe. Doch befinde ich mich nach einem Schlag auf den Kopf in einer üblen Notlage. Ich … ich … meine Familie ist von Räubern überfallen worden, mein Vater ist … ist … Kesselflicker und jetzt sind alle weg und … ich weiß nicht, wohin.«

Laura hatte sich diese Geschichte auf dem Weg zum Pfarrhaus zurechtgelegt, weil sie nicht glaubte, dass irgendjemand ihr helfen würde, wenn sie gar keine Angaben zu ihrer Person machen konnte.«

Die Pfarrfrau blickte Laura erst erstaunt, dann mitleidig an. »Wie heißt du?«

»Laur…enz Jonassohn.«

»Was ist mit deinem Kopf passiert?«, die Pfarrfrau deutete auf den Verband und machte eine Bewegung, als wolle sie darunterschauen. Als Laura zurückzuckte, nickte die Frau verständnisvoll und sagte mit freundlicher Stimme: »Am besten, du wartest im Stall bei Kurt, dem Knecht, bis der Pastor nach Hause kommt. Dort ist es warm und Grete wird dir einen Napf Eintopf hinüberbringen. Mein Ehegatte, Pastor Riebestahl, wird entscheiden, wie man dir weiterhelfen kann.«

Mit einem aufmunternden Nicken in Richtung Stall schloss Frau Riebestahl die Tür hinter sich und Laura hörte noch, wie sie die Magd anwies, den Jungen mit Essen zu versorgen.

Im Stall fand Laura den alten Knecht Kurt mit sorgenvoller Miene über den Huf eines schweren Kutschgauls gebeugt. Leise brummelte er vor sich hin, während das Pferd immer wieder versuchte, sein angeknicktes Bein frei zu bekommen.

»Jetzt halt still, Lotte, der Spieß muss raus, dann geht's dir besser!«

Laura eilte dem alten Mann zur Seite und bot ihre Hilfe an.

Erschrocken ließ Kurt den Huf aus der Hand gleiten, während das Pferd ein erleichtertes Schnauben von sich gab.

»Wer bist du? Und wieso meinst du, das könnte ich nicht allein schaffen?«, fragte Kurt misstrauisch.

Laura wies auf das Haus des Pastors. »Ich warte auf den Pastor und ich kenne mich gut mit Pferden aus.«

Ich hatte selbst mal eines, fügte sie in Gedanken hinzu und fragte sich verwundert, woher sie dieses Wissen plötzlich bezog. Denn genau, während sie diesen Gedanken dachte, war vor ihren Augen eine schöne braune Stute mit einer weißen Blesse und sehr sanften Augen aufgetaucht. Celime, die Schöne! Heiße Tränen der Sehnsucht schossen Laura in die Augen, die sie mit einer ruppigen Geste durchs Gesicht zu verbergen suchte.

Doch Kurt hatte sich sowieso schon wieder abgewandt, weil das Pferd, das sein Gewicht auf den verletzten Fuß verlagert hatte, schrill wieherte und den Huf wieder angehoben hatte. Schnell ergriff Kurt das Bein mit beiden Händen und knurrte Laura an: »Dann komm und mach auch!«

Laura eilte an Kurts Seite, strich dem Pferd einmal beruhigend über den Leib und beugte sich dann ebenfalls über den Huf. Schnell machte sie den Splitter aus, der sich durch das wiederholte Auftreten tief und krumm in die mittlere Strahlfurche gebohrt hatte.

»Man muss den Splitter mit einem Ruck herausziehen und aufpassen, dass er dabei nicht auseinanderbricht.« Laura griff nach ihrem Messer, das im Hosenbund steckte, zeigte es Kurt und setzte dann die Spitze der Klinge an die Lederhaut des Hufes und klemmte den Spieß zwischen ihrem

Daumen und der Messerspitze ein. Sie atmete kurz tief ein und zog den Spieß mit einem Ruck beim Ausatmen aus dem Huf. Das kleine Hölzchen war in einem Stück geblieben. Erleichtert blickte Laura Kurt in die anerkennend geweiteten Augen. Das Pferd wandte seinen Kopf nach hinten zu seinen Helfern und stupste Kurt im Rücken mit seinem weichen Maul kurz an.

Kurt lachte, erhob sich und klopfte dem Pferd den Hals: »Bedank dich mal lieber bei dem Dreikäsehoch, Lotte!«

In diesem Moment betrat die kleine Magd des Pfarrhauses mit einem dampfenden Napf und einem Stück Brot in der Hand den Stall.

»Das möge dir die Wartezeit verkürzen. Der Pastor muss nun auch bald wiederkommen, sagt die Frau Pastor.«

Mit diesen Worten setzte das Mädchen seine Last mit viel Getue und einem schelmischen Zwinkern auf einem Werkzeugbord ab, drehte sich dann mit schwingendem Rock und verließ den Stall wieder.

Ach, Grete, da verschwendest du wohl deine Verführungskünste an trockenes Brot!, dachte Laura amüsiert. Dann nahm sie den Napf, setzte sich auf einen Strohballen und bot, bevor sie den Löffel in den herzhaften Eintopf eintauchte, dem Knecht an, dass sie auch mit ihm teilen könne.

Dieser winkte ab und knurrte: »Wirst es viel nötiger haben als ich, bist ja halb verhungert. Bis zur Vesper ist nicht mehr lang, da bekomme ich reichlich meinen Teil!«

Dann nahm er sich eine Bürste vom Bord und begann das Pferd Lotte zu striegeln.

Laura war es recht, dass der Knecht anscheinend das Interesse an ihr verloren hatte. Zwar hätte sie ihn gerne ein wenig ausgefragt, aber so hatte sie Zeit, genauer zu überlegen, was sie dem Pastor erzählen wollte. Ob es geschickter wäre, die Wahrheit zu sagen und zu riskieren, dass man sie als unmündiges Mädchen unter eine unliebsame Vormundschaft stellte, oder weiter zu lügen und auf eine Lösung zu hoffen, die ihr Zeit verschaffte, sich daran zu erinnern, wer ihr aus welchem Grunde nach dem Leben trachtete?

Weder die Frau Pastor noch Grete oder Kurt haben daran gezweifelt, dass ich ein Bursche bin, und die liebe Grete versucht mich ganz offensichtlich zu umgarnen. Ich glaub, es ist besser, ich bleibe vorerst Laurenz und schaue, wie ich damit weiterkomme.

Laura, die nicht gemerkt hatte, dass sie mit angenehm gesättigtem Bauch im warmen Stall in ein Nickerchen versunken war, fuhr erschrocken hoch, als sie am Arm gerüttelt wurde. Blinzelnd blickte sie an der Gestalt hoch, die vor ihr stand. Im Hintergrund sattelte Kurt soeben ein Reitpferd ab und direkt vor ihr stand ein in strenges Schwarz gekleideter Mann. Der Pastor, wie Laura annahm.

»Du wartest auf mich, Junge? Du gehörst nicht zu den Dörflern, wie ich sehe. Was ist dein Begehr?«

»Mein Name ist Laurenz Jonassohn, der Sohn des Kesselflickers Jonas und wir sind überfallen worden.«

»Sicher, sicher, meine Frau sagte dies ja. Komm erst mal mit ins Haus. In meiner Studierstube kannst du in Ruhe alles erzählen.«

Beschämt stellte Laura, als sie ihre erlogene Geschichte in der Studierstube zu erzählen begann, fest, dass der Pastor ihr anscheinend jedes Wort glaubte. Er war ein recht ansehnlicher Mann. Groß und ein wenig untersetzt, aber mit sehr ebenmäßigen Zügen unter den dunklen Locken. Seine braunen Augen, die geduldig und ruhig auf Laura ruhten, strahlten ein geheimes Wissen aus, das wohl, wie Laura meinte, seinem geistlichen Beruf zuzuschreiben war. Laura fühlte sich eingehüllt von dem vorauseilenden Verständnis eines Hirten, der sehr wohl wusste, dass seine Schafe außerhalb seines Hauses so mancherlei Irrwege gingen und es seine Aufgabe war, ihnen zurück auf den rechten Weg zu helfen.

»Ja, ja, man hört im Moment so einiges von Räuberbanden in der Gegend. Das ist schlimm! Du kannst zunächst über Nacht im Stall schlafen. Ich gehe heute Abend noch in die Schenke und versuche in Erfahrung zu bringen, ob von den Dörflern jemand etwas von dieser Geschichte gehört hat. Morgen können wir das dann beim Schultheiß anzeigen und überlegen, was wir mit dir machen sollen.«

Bei dem Wort »Schultheiß« erblasste Laura sichtlich, was dem Pfarrer nicht entging.

»Ha, keine Angst, Junge, ich weiß dass ihr Kesselflicker ein bisschen auf Kriegsfuß mit der Ordnung steht, aber der alte Wilhelm wird dir gewiss nicht den Kopf abreißen! Hat dein Vater dich schon in die Lehre genommen?«

»Nein«, entgegnete Laura und hatte den Anstand, dabei zu erröten. »Er wollte es tun, aber ich verdarb gleich einen guten Kessel und da wollte er mich zum Teufel schicken. Ich habe dann nur noch das Lager und das Pferd versorgt.«

»Nun, vielleicht eignest du dich ja auch nicht zu solch einem Handwerk. Deine Hände sehen jedenfalls viel zu klein und zart aus. Du sprichst außerordentlich flüssig und in einer ansehnlichen Weise. Kaum ein Kind deiner Herkunft lernt es in dieser Art!«

»Meine Mutter bestand auf der ordentlichen Ausdrucksweise. Sie war was Besseres, hat ihren Brüdern, die auf die Volksschule gehen durften, sogar das Lesen und Schreiben abgeschaut. Dann ist sie mit meinem Vater durchgebrannt, aber sie wollte, dass ich etwas Besseres werde als ein gemeiner Kesselflicker, und so hat sie mir beigebracht, was sie konnte.«

»So, so! Scheint ja zugleich eine gescheite und eine dumme Frau zu sein, deine Mutter.«

»Nein, sie war eine sehr kluge und wunderschöne Frau«, empörte sich Laura und wusste in diesem Augenblick, dass dies nun wirklich der Wahrheit entsprach. Ihr traten nun Tränen der Erschöpfung in die Augen und der Pastor begann sie sofort zu trösten.

»Weine nicht, Junge, wir werden deine Leute schon finden. Jetzt ist es erst mal Zeit für das Vespermahl und du kannst es hier im Haus mit mir und der Familie einnehmen. Meine Frau wird dir auch deine Wunde versorgen.«

13. KAPITEL

Irgendwo in den Wäldern

WIDERWILLIG ÖFFNETE ELISE DIE AUGEN. Obwohl sie und ihre Leidensgenossinnen den Aufenthalt im Dunkeln, der ihnen jeden Tag lange vor Einbruch der Dunkelheit in dem Kellerloch aufgezwungen wurde, zutiefst hassten, so war er doch allemal besser, als das, was das Öffnen der Tür ankündigte: Ein neuer Tag hatte begonnen und mit ihm die Mühsal der unendlichen Schulungen, die sie über sich ergehen lassen mussten. Die Schulungen an sich hätten vielleicht sogar teilweise Spaß gemacht, wenn sie nicht unter dem unfassbaren Stern der erzwungenen Unanständigkeit gestanden hätten.

Zum Beispiel hatte Elise auch zu Hause schon erste Lektionen im Tanzen erhalten. Ein ältliches, zierliches Männchen war in das Haus in der Turnierstraße gekommen und hatte Elise unter den wachsamen Augen der Kindermagd mit einem Mindestmaß an Berührungen in unschuldige Ronden und Farandolen eingewiesen.

Melusine jedoch, diese Mär ihrer Tage, schöpfte für ihren Unterricht unablässig aus einem dicken Buch eines Franzosen. »Die la ochesograffi« meines lieben Freundes Toanoo«, pflegte sie geziert auf ihre Blütezeit als Curtisane in Frankreich anzuspielen, lehrt uns jeden wunderbaren Schritt der branle dü tschandelje. Den Tanz, von dem Elise zu Recht annahm, dass er eigentlich in höfischer Manier nur die erste unschuldige Annäherung der Geschlechter nachvollziehen sollte, denn es wurde in zierlichen Schritten eine Rose von einem zum anderen weitergegeben, erweiterte Melusine eins ums andere Mal mit aufreizenden Bewegungen und anzüglichen Berührungen bei der Weitergabe der Rose. Um den mehr oder weniger noch recht unschuldigen Mädchen zu verdeutlichen, mit welchen Bewegungen und Berührungen sie einen Mann besonders für sich einnehmen konnten, rief sie ab und zu einen der Bewacher hinzu. Allerdings schien sie das nicht allzu gerne zu tun, denn meistens hatte sie in diesen Fällen alle Hände voll damit zu tun, die Männer dazu zu bringen, wieder von den erschrockenen Mädchen abzulassen.

»Diese Kerle, meine Hühnchen, müsst ihr wissen, sind nur grobe Klötze! Was ich euch aber damit beibringe, ist für viel feineres Material gedacht. Ihr müsst lernen, sehr raffiniert zu sein. Unschuldig und doch mit allen Wassern gewaschen!«

Elise weinte sich nachts vor Scham die Augen aus, wenn sie daran dachte, wo die Männer sie berührt hatten. Emma, die Robusteste und Abgeklärteste der Mädchengruppe, hatte Elise zunächst immer wieder grob zurechtgewiesen, sie solle sich nicht so anstellen, das wäre ja nun schließlich das, was man auch in einer Ehe ertragen müsse. Doch in Grete hatte Elise eine Freundin gefunden, die ihr den Rücken streichelte und beruhigende Weisen ins Ohr summte.

Auch die Stunden, in denen die Mädchen mit allerlei Kleidern, Tand und Schminke vertraut gemacht wurden, hätten vergnüglich sein können, wäre nicht so offensichtlich gewesen, wie verderbt der Zweck war. Feinste Stoffe, die eine Frau wahrhaft königlich hätten kleiden können, wurden durch die Schnitte, nach denen sie zu Kleidern geschneidert worden waren, zu Gebilden, in denen sich niemals eine gesittete Frau sehen lassen würde. Den Gipfel bildete nach Elises Ansicht ein Kleid, dass Emma hatte anziehen und vorführen müssen. Genau über dem Busen war der festere Stoff des

Kleides ausgespart und durch einen fast völlig durchsichtigen Einsatz ersetzt worden. Durch eine geschickte Anordnung im Stoff darunter wurden die Brüste, die bei Emma schon recht sichtbar sprießten, auf eine nahezu undenkbare Weise weit nach oben gedrückt, sodass sie frech durch den dünnen Stoff schimmerten.

Über den Konversationsunterricht konnte Elise nur lachen. Melusine parlierte in einem von irgendeinem südlichen Dialekt gefärbten ungebildeten Deutsch, gespickt mit einigen falsch ausgesprochenen französischen Brocken. Wichtig sei es, den Männern immer zu schmeicheln und sie in ihrer Stärke zu bewundern, behauptete sie und gab ein Beispiel, über das Elise nur den Kopf schütteln konnte. Nie hatte sie erlebt, dass ihre Mutter so zu ihrem Vater gesprochen hatte, und doch war die innige Liebe, in der ihr Vater ihrer Mutter zugetan war, in jedem Wort, in jeder Geste, in jedem Blick zu erkennen gewesen. Selbst, wenn die Mutter den Vater ausgezankt hatte, hatte dieser zwar zerknirscht den Blick gesenkt, doch immer hatte der Beginn des allzeit bereiten warmen Lächelns in seinen Augen und um seine Mundwinkel gelegen.

Auch Elises Schwägerin, die Frau ihres Bruders, bei dem sie die letzten Monate gelebt hatte, hatte ganz andere Worte und Blicke für ihren Gemahl gehabt. Da waren keine Schmeicheleien und Ziererei gewesen, sondern ein Einverständnis in Wort und Tat, das aus tiefer gegenseitiger Wertschätzung und Liebe entsprungen zu sein schien.

Emma hatte auch zu diesem Thema eine Erklärung bereit. Gewiss, Eheleute, die einander zugetan waren, gingen wohl anders miteinander um. Aber nicht jeder Mann hatte eine Ehefrau zu Hause, die er liebte. Sei es, er hatte überhaupt keine Ehefrau, sei es, er hatte eine zänkische oder hässliche oder verbrauchte. So manch ein Mann giere nach der Bestätigung durch ein bewunderndes Frauenzimmer und da seien eben Kniffe vonnöten, wenn man einen solchen Mann sich zugetan machen wollte.

Elise schüttelte ob dieser Erklärung nur verzweifelt den Kopf.

»Aber warum nur sollen wir das lernen? Wir sind viel zu jung, als dass wir einen Mann bräuchten, der uns zugetan ist! Und lieber will ich nie einen Mann bekommen als auf diese Weise.«

»Nur dass wir eben in einer Situation sind, in der uns keine Wahl gelassen wird«, erwiderte Emma spitz. »Find dich besser damit ab!«

»Husch, husch, raus aus dem Stroh, meine lieben Gänschen. Ein wunderschöner Morgen ruft die Jungfrauen zu ihrem Werk. Heut bekommt ihr eine Lektion vom verehrten Marschall persönlich. Die wollt ihr euch doch nicht entgehen lassen!«, zwitscherte Melusine in ihrem geziertesten Ton.

Als die Mädchen dann frierend vor ihren Waschschüsseln standen, um die Morgentoilette zu verrichten, zupfte Melusine an den Hemden, die die Mädchen dabei angelassen hatten, und befahl ihnen, auch diese auszuziehen.

Wascht euch gründlich, dann bekommt ihr heute ganz besondere Kleider. Die dürft ihr nicht beschmutzen, denn wenn sie dem Marschall zusagen, könnten sie für den großen Tag bestimmt sein.

Nackt und vor Demütigung genauso wie vor Kälte zitternd, folgten Melusines Schülerinnen dieser hinein in die Kleiderkammer, wo sie sich nebeneinander aufstellen mussten.

»Nun, die Zusammenstellung der Gewänder für den großen Tag bedarf ganz besonderer Sorgfalt. Alles muss stimmen.«

Fahrig zog sie ein paar durchscheinende Tücher von einem Ständer, warf Elise ein meerblaues, Grete ein grasgrünes, Emma ein hellgelbes und Thilda ein feuerrotes zu. Hastig versuchten die Mädchen, angesichts der deutlich hörbaren Schritte eines sich nähernden Mannes, ihre Blöße mit dem kleinen Fetzen zu bedecken. Im Türrahmen erschien der Marschall, erfasste die Szene mit einem amüsierten Blick und trat an die Mädchen heran.

»Ein ganz hervorragender Anfang, Melusine. Ja, ich denke, so müssen die Farben sein. Obwohl …«, er fokussierte seinen Blick auf Elise, »bei ihr bin ich mir nicht ganz sicher. Es ist zu kräftig!« Sein Blick wanderte zu Thilda. »Gib das meerblaue Thilda und such ein rosanes für Elise!«

Eilig kam Melusine der Aufforderung nach, rupfte Elise das meerblaue Tuch weg und warf es Thilda zu. Elise, die nun völlig ungeschützt den Blicken des Marschalls ausgesetzt war, starrte diesen aus schreckensweiten blauen Augen an.

Der Marschall lachte. »Vor mir brauchst du keine Angst haben. Ich hab an dir nur ein ästhetisches Interesse, falls dir dieser Begriff etwas sagt, denn ich bevorzuge reife, satte Früchte. Aber ich muss zugeben, du bietest dem Auge alles, was ein Mann sich erträumen kann, tatsächlich scheinst du mir genauso perfekt wie unsere liebe entflohene Laura. Ah, hier haben wir das rosane Tuch.« Er legte das Tuch Elise um den Hals, hob dann das tränennasse Gesicht mit einem Zeigefinger empor und trat einen Schritt zurück.

»Ja, das ist ihre Farbe, Melusine. Mit Silber und hellem Grau kombiniert. Thilda bekommt Gold dazu und Emma Türkise. Grete braucht Bänder mit Herbstfarben. Vielleicht einen Schmuck aus Herbstlaub.«

Eifrig versenkte sich Melusine in ihren Fundus von Stoffen, Kleidern, Tüchern und Schmuck und begann, die Mädchen einzukleiden. Der Marschall hatte sich auf einen Stuhl in einiger Entfernung zurückgezogen und hieß gut oder wies zurück, was Melusine anbrachte. Zwischendurch, als er erkannte, dass die Mädchen mittlerweile nicht nur vor Angst, sondern auch vor Kälte zitterten, gab er einem seiner Männer Anweisung, den Ofen anzuheizen. Allmählich entstand eine stickige Wärme, die die verschiedenen Düfte von muffiger Kleidung, Schminke, Parfums und dem ungewaschenen Leib Melusines wieder unangenehm verstärkten.

Elise, die inzwischen untenherum ein seltsames Gebilde aus feinstem rosa Stoff anhatte, das halb einem Rock, halb einer Hose glich, von einem breiten, silbernen Gürtel in der Taille und an den Füßen mit silbernen Riemchen zusammengehalten, seufzte erleichtert, als Melusine ihr das rosane Tuch obenherum kreuzweise um die Brust gebunden und die Enden mit einer wunderschönen silbernen Brosche zusammengesteckt hatte.

»Ich weiß nicht recht, die Farben stimmen, doch der Schnitt all dieser Kleider will mir nicht recht gefallen«, gab der Marschall mit gerunzelter Stirn von sich. »Aber mach weiter!«

Als auch die anderen Mädchen eingekleidet waren, Melusine sie verzückt, der Marschall immer noch mit unzufrieden verzogenem Gesicht betrachtete, befahl der Marschall, dass sie ihm nun die Pavane der Jungfrauen vortanzen sollten, die Melusine sie gestern gelehrt hatte. Elise war erleichtert, dass es dieser Tanz sein sollte, den sie noch für den Unschuldigsten der gelernten Tänze hielt. Mit einem Stöckchen improvisierte der Marschall auf dem Holz der Armlehne seines Stuhles den Takt der Pavane und pfiff eine hübsche Melodie dazu. Die Mädchen nahmen paarweise Aufstellung und wollten beginnen, doch der Marschall unterbrach sich sofort und ordnete an, dass Elise mit Thilda und Grete mit Emma das Paar bilden sollte, weil das in der Gesamtheit des Tanzes

ein besseres Farbenspiel abgäbe. Er begann erneut zu klopfen und zu pfeifen, nur um den Tanz nach wenigen Schritten wieder abzubrechen und Melusine gereizt anzublaffen,
was sie den Mädchen denn da beigebracht hätte. Nicht hin-
ternwackelnde alberne Gänse brauchte er, sondern Elfen,
die in ihrer Unberührtheit etwas Majestätisches, Unnah-
bares ausdrückten.

»So geht das nicht, wir brauchen Musik, während ich den
Mädchen zeige, was ich meine.«

Eiligst wurde unter den Männern einer ausgemacht, der
leidlich auf seiner Flöte pfeifen konnte, während ein anderer behauptete, er könne mit einer improvisierten Trommel gut den Takt einer Pavane klopfen. Es begann eine
Tanzstunde, die Elise in ihrem Leben nicht mehr vergessen
würde. Immer wieder unterbrach der Marschall ihre Vorfüh-
rung und zeigte ihnen, wo er ein Anheben einer Schulter, das
stärkere Stampfen eines Fußes, eine arrogantere Verbeugung
oder einen höheren Hüpfer wünschte. Elise erkannte durchaus den Unterschied der Qualität in der Darbietung dem-
gegenüber, was sie von Melusine gelernt hatten, und vergaß,
wenn ein paar Takte des Tanzes besonders gut gelangen, fast
die erschreckenden Umstände, unter denen sie hier lernten.

Insgesamt war an den Schrittfolgen wenig auszusetzen,
und doch war der Marschall in keinster Weise zufrieden. Er
fand die Mischung von Geziertheit und Laszivität, die Melusine für äußerst verführerisch hielt, grauenvoll, doch wusste
er nicht zu sagen, was man genau ändern müsste, damit die
Bewegungen der natürlichen Anmut von sehr jungen Mädchen entsprachen.

Die Mädchen durften sich umziehen und eine kleine
Mahlzeit einnehmen. Dann aber unterzog der Marschall
sie auch einer Prüfung der Konversationskünste, die Melusine ihnen beigebracht hatte. Zunehmend verdunkelten sich

seine eisblauen Augen vor Zorn, seine hübsche Stirn zog sich in Falten und seine Hände ballten sich zu Fäusten. Inmitten eines Satzes, den Thilda von sich gab, sprang er auf und herrschte Melusine an: »Bei Gott, du solltest mir hier keine Huren für die Hinterzimmer irgendeiner obskuren Schenke heranziehen! Diese Mädchen sollen ein Märchen wahr werden lassen, einen Männertraum von Königinnen und Feen und unschuldigen Jungfrauen! Sie sollten zu einem Kunstwerk werden, du hast sie zu Abschaum gemacht!«

Erschrocken war Melusine vor dem wütenden Mann zurückgewichen und begann, sich jammernd zu verteidigen. Doch der Marschall, der sich schnell wieder in der Gewalt hatte, winkte ab und sagte nur kühl: »Lass gut sein, es ist meine eigene Schuld, ich hätte es wissen müssen. Man kann nicht von einem Holzklotz erwarten, dass er Gold spinnt. Der Fehler muss nur schnellstens behoben werden, uns bleibt nicht mehr viel Zeit. Vermaledeit, dass ich mich nicht selber darum kümmern kann. Ich muss jemanden besorgen.«

14. KAPITEL

In den Wäldern

KONRAD UND HANS lenkten ihre Pferde im gemächlichen Schritt durch das Unterholz. Konrad befahl seinem sichtlich furchtsamen Begleiter, seinen Blick auf die Bäume und Sträucher in Höhe seines Gesichtes zu halten und ihm, der er seinerseits sein Augenmerk mehr auf den Waldboden richten wollte, sofort zu melden, wenn er etwas entdeckte, was nicht in diesen Wald gehörte. Zunächst schien es tatsächlich, als folgten sie einem kleinen Pfad, gerade mal eben als etwas lichtere Spur im dunklen Unterholz. Bald jedoch verlor sich auch dieses Gefühl, und wenn nicht Hans plötzlich einen kleinen Fetzen grün-schwarzen Tuches an einem spitzen Ast entdeckt hätte und Konrad nicht auf den Abdruck eines Pferdehufes an einer nicht so dicht von Herbstlaub bedeckten Stelle gestoßen wäre, wären sie von der Vergeblichkeit ihrer Suche überzeugt gewesen.

»Das ist vom Gewand des Drachen!«, erklärte Konrad überzeugt.

»Aber hier verliert sich jede Spur. Wo sollen wir weitersuchen?«, fragte Hans in der offensichtlichen Hoffnung, dass man nun umkehren würde.

»Nun, das ist ganz einfach! In einer geraden Linie weiter in der Richtung, die wir bisher hatten. Irgendwann werden wir eine neue Spur finden. Gluhschwanz musste sehr schnell mit seinem Raub verschwinden und konnte nicht so sorgsam sein, keine Spuren zu hinterlassen.«

Nach einer weiteren Stunde Rittes durch den seltsam stillen Wald erreichten die beiden Männer den Waldessaum. Vor ihnen breiteten sich Wiesen und kleine abgeerntete Felder aus, von denen sich fast gemächlich dicke schwarze Krähen erhoben und mit verächtlichen Schreien entfernten, als sie der Reiter ansichtig wurden. Am Horizont entdeckte Hans eine Kirchturmspitze, um die sich einige Häuser duckten.

Konrad zog eine Karte aus der Satteltasche hervor und drehte sie ein paarmal, bis er meinte, sie in der richtigen Richtung vor sich zu haben.

»Hmmm, ich kann nicht behaupten, dass ich wüsste, wie das Dorf dort heißt. Leider ist das nur eine recht eilig hingeschmierte Kopie der Karte des guten Herrn Mascop. Ein toller Mann übrigens! Er hat alle Ämter des Herzogtums kartographiert und in einem Atlas zusammengestellt, was mir, wie ich ahne, bei meiner Arbeit noch sehr hilfreich sein wird. Diese Kopie jedoch kann man ja kaum entziffern. Vielleicht sollten wir einfach dorthin reiten, denn ich kann hier beim besten Willen keine Spuren mehr entdecken. Vielleicht hat man ja im Dorf etwas bemerkt!«

Langsam ritten Konrad und Hans auf die Siedlung zu. Am Rande des Dorfes wurden sie misstrauisch beäugt, denn Fremde verirrten sich hierhin anscheinend nicht so oft. Einige barfüßige Kinder liefen in sicherem Abstand durch den Matsch der Dorfstraße, die sich zwischen ärmlichen Kothöfen und ein, zwei reicheren Ackerbauernhöfen hinzog, hinter ihnen her. Auf keinen Fall wollten sie verpassen, wohin die Fremden ritten, und blieben in einiger Entfernung stehen, als die Männer vor dem Haus neben der Kirche, das sie als Pfarrhaus erkannt hatten, ihre Pferde zügelten und abstiegen.

Aus dem Stall neben dem Haus kam ein zierliches Bürschchen mit blondem Haar herbeigeeilt, dem eine schwarze, eindeutig nach Pferdemist aussehende Spur die magere

Wange und eine anscheinend noch kaum verheilte, hässliche Schmarre die Schläfe zierte.

Konrad stieg ab, reichte dem Jungen in der Annahme, dass er der Stallbursche sei, die Zügel seines Pferdes und fragte: »Kannst du uns wohl sagen, wie der hiesige Pastor heißt, Junge?«

»Pastor Riebestahl«, antwortete der Junge mit einem misstrauischen Blick.

»Etwa Thomas Riebestahl?«, fragte Konrad einigermaßen verblüfft.

Nun war der Junge verwirrt und hob fragend die Schultern.

»Ich bin nur erstaunt, weil das ein Verwandter von mir ist, ich mir aber gar nicht im Klaren darüber war, dass er hier Pastor sein könnte. Bitte versorge die Pferde, sie müssen gut abgerieben werden, sie haben heute viel geschafft.«

Damit wandte sich Konrad ab, um an die Pfarrhaustür zu klopfen, und sah nicht mehr den halb entrüsteten, halb bewundernden Blick, mit dem der Junge seine Bewegungen verfolgte.

Von der Magd, die ihnen die Tür öffnete, wurden Konrad und Hans sofort in die Amtstube des Pastors geführt, nachdem Konrad erklärt hatte, dass er Konrad von Velten aus Wolfenbüttel sei und seinem Onkel Pastor Riebestahl einen Besuch abzustatten wünsche.

Konrad hatte seinen Onkel, seitdem dieser gleich nach der Reformation im Braunschweigischen Land im Jahre 1569 die Pfarrstelle in Broistedt übernommen hatte, nur noch einmal bei seinem Besuch anlässlich der Beerdigung seines Vaters, Max von Velten, in Wolfenbüttel gesehen. Doch damals war er, selbst vor Kummer und Selbstverachtung starr, kaum in der Lage gewesen, die Tröstungen durch Verwandte wahrzunehmen. Max von Velten war bei einem Unfall ums Leben gekommen zu einer Zeit, in der Konrad sich in Ausschweifungen und Selbstzerstörung gestürzt hatte, weil er mit dem Bewusstsein, der leibliche Sohn eines Vergewaltigers zu sein, nicht zurechtkam. Der Tod seines geliebten Adoptivvaters hatte nun eine unüberwindliche Schranke vor den Wunsch, diesem Mann und seiner Liebe gerecht zu werden, gesetzt.

»Konrad, mein lieber Neffe, was für eine erfreuliche Überraschung!«, rief der Pastor und eilte auf die Besucher zu. »Bei allem, was recht ist, ich hätte eben beinahe gedacht, da kommt mein lieber Bruder Andreas zur Tür herein. Du siehst haargenau so aus, wie er in deinem Alter ausgesehen hat.«

Damit hatte sein Onkel, wie Konrad nur zu genau wusste, recht, denn er war auf diese Tatsache schon sehr oft angesprochen worden. Tatsächlich war seine Mutter ja die Zwillingsschwester seines Onkels, und Konrad sah es heute noch als einen Gnadenwink Gottes an, dass seine von dem teuflischen Makel der Zeugung durch Vergewaltigung gezeichnete Geburt nicht von dem Übel, dass er irgendeine Ähnlichkeit mit seinem leiblichen Vater hatte, begleitet worden war. Doch oft fragte er sich auch, ob denn das »Dunkle«, was manchmal in seiner Natur hervorzubrechen drohte, nicht vielleicht das Erbe des Vaters sei. Das wäre dann umso verwerflicher, weil es, vor den Augen der Welt verborgen, doch da war und alle Menschen, die ihn liebten, arglistig täuschte.

Nachdem Konrad Hans vorgestellt hatte und sie beide zum Sitzen vor dem voluminösen Schreibtisch des Pastors genötigt worden waren, begann er von dem Grund ihres Besuches, dass eher einem erfreulichen Zufall zu verdanken sei, zu erzählen und betrachtete dabei seinen Onkel.

Als Kind war ihm dieser nur gut zehn Jahre ältere Verwandte immer auf eine seltsame Art fremd geblieben, obwohl er die ersten Lebensjahre mit ihm im gleichen Haus verbracht hatte. Manchmal hatte er den Eindruck gehabt, dass der dickliche, mürrische Junge, der Thomas gewesen war, ihm absichtlich weitgehend ausgewichen war, manchmal aber hatte er auch regelrecht feindliche Blicke auf sich ruhen gefühlt.

Heute war von alldem nichts zu spüren. Thomas Riebestahl besaß nicht die leichtgliedrige, helle Eleganz seiner Geschwister und seines Neffen, sondern war ein großer, etwas übergewichtiger Mann mit dunklen Haaren. Doch sah er, fand Konrad, durchaus gut aus. Seine Mutter Agnes hatte Konrad einmal erzählt, dass Thomas ein durch die Umstände etwas vernachlässigtes Kind gewesen sei, das schwer daran zu tragen gehabt hatte, dass ihm alles, was er glühend zu erlangen wünschte, nicht, wie seinen Geschwistern, einfach durch Begabung zufiel. Seine Laufbahn als Geistlicher hatte er sich durch unablässiges Lernen hart erarbeiten müssen und lange hatte er sich im Schatten des großen, bewunderten Bruders stehen sehen.

Heute schien der Onkel auf eine angenehme Art mit sich im Reinen zu sein. Das Pfarrhaus, so hatte Konrad beim Eintreten festgestellt, schien gut geführt zu sein. Durch die Diele waren angenehme Gerüche gezogen, fröhliches Kinderlachen schallte aus dem Garten vor den Fenstern, und hier in der Amtsstube sorgte eine behagliche Wärme, die einem modernen Kachelofen entströmte, und die schlichte, aber liebevoll zusammengestellte Einrichtung für angenehmes Verharren. Eine große Bücherwand, die für eine Dorfpfarre eine beachtliche Anzahl Schriften theologischer, aber auch weltlicher Literatur enthielt, rief Konrads besonderes Interesse hervor und er nahm sich vor, später seinen Onkel zu bitten, hier ein bisschen stöbern zu dürfen.

Thomas Riebestahl, der der Erzählung seines Neffen sehr aufmerksam gefolgt war, räusperte sich, nachdem dieser geendet hatte.

»Hrrrm, also von diesem Drachen hab ich die Dorfleute natürlich schon reden hören. Er gehört in diese Gegend wie der Braunkohl. Aber dass er in letzter Zeit gesehen worden sein soll, habe ich nicht gehört. Nun erzählen's mir die Leute auch nicht zuerst, denn sie wissen, wie ich über solchen Aberglauben denke. Wir müssten vielleicht Kurt, den Knecht fragen. Der weiß immer, was im Dorf geredet wird.«

In diesem Augenblick wurde an die Tür geklopft und unmittelbar darauf stand eine hübsche, noch junge Frau in der Stube, die temperamentvoll ausrief: »Man meldete mir, dass Verwandtenbesuch eingetroffen ist. Den kannst du mir doch nicht vorenthalten!«

»Mein lieber Konrad, Herr Barhaupt, das ist meine liebe Gefährtin Henni, deine Tante, Konrad.« Und zu seiner Frau gewandt: »Das hatte ich doch auch keineswegs vor, meine Liebe. Das ist mein Neffe Konrad, von dem ich dir erzählt habe, und sein Gehilfe Hans Barhaupt. Die beiden sind in beruflicher Mission hierhergekommen, aber gerade eben hatte ich vor, sie einzuladen, an unserem Abendmahl teilzunehmen und die Nacht in unserem Hause zu verbringen. Da wird sich auch die Gelegenheit ergeben, ein wenig über die Familie zu hören.«

Henni strahlte fröhlich und erwiderte schelmisch: »Und dein lieber Neffe wird erstaunt sein, in welchem Maße sich dieser Zweig der Familie vermehrt hat.«

Wenige Minuten später saß die Familie um den großen Esstisch herum. Nach anfänglicher Verwirrung, wie viele Kinder denn nun wirklich zur Pfarrfamilie gehörten, verstand Konrad, dass am Tisch vier eigene Kinder des Pastorenpaares und zwei Nichten von Henni, deren Mutter kürzlich im Kindbett verstorben war, saßen. Seine beiden jüngsten Verwandten lagen indes schon selig schlummernd in ihren Bettchen, denn sie waren erst 16 und drei Monate alt.

»Sechs Kinder in zehn Jahren, da schlägt doch mein Onkel Thomas alle Rekorde der Familie!«, schmunzelte Konrad in sich hinein.

Außerdem gesellte sich ein wenig später noch der Stallbursche zur Gesellschaft, der Konrad und Hans die Pferde abgenommen hatte. Das verwunderte Konrad ein wenig, war es doch eigentlich auch in Pfarrhäusern nicht üblich, dass sich das Dienstvolk an den Esstisch der Herrschaft setzte, doch Henni, die die Überraschung Konrads registriert hatte, erklärte: »Das ist Laurenz, eigentlich ein Gast der Familie, der es sich aber in den stolzen Kopf gesetzt hat, seinen Unterhalt bei uns verdienen zu müssen. Eigentlich ist er nur hier, weil wir ihm bei der Suche nach seinen Eltern helfen wollen.«

Nach diesem kurzen Bescheid zog aber sofort das jüngste am Familientisch sitzende Kind die Aufmerksamkeit auf sich. Der dreijährige Christoph, der das richtige Benehmen ja erst noch lernen sollte, hatte durch eine ungeschickte Bewegung seinen Suppennapf umgestoßen, und nun gab es erst mal ein großes Hallo, weil die Suppe sich anschickte, über den Tisch auf verschiedene Schöße zu fließen.

Erst einige Stunden später, als endlich alle Kinder im Bett waren, Konrad und Hans eine kleine Kammer mit einem einzelnen Bett zur Übernachtung angewiesen und ihnen gezeigt worden war, wo sich der Abtritt befand, saßen die vier Erwachsenen in der gemütlichen Wohnstube zusammen.

Konrad erkundigte sich nach der Herkunft des seltsamen Stallburschen.

»Wie ein Kesselflickerkind sieht er aber eigentlich gar nicht aus!«, bemerkte er, nachdem ihm die Geschichte erzählt worden war. »Er hat etwas Seltsames an sich und er ist ein entschieden schönes Kind, wie ich beim Abendessen ohne den Pferdedreck im Gesicht feststellen konnte.«

»Mehr hat er uns nicht erzählt, aber, soviel ich verstand, kam seine Mutter aus besseren Kreisen«, wandte Thomas ein.

»Hat man denn hier in der Gegend etwas von Räuberbanden gehört? So etwas spricht sich doch in Windeseile herum!«

»Nein, das ist das Seltsame. Ich habe mich erkundigt. Sowohl im Dorf als auch im Amt. Niemand hat etwas von Raub und einer Räuberbande in der Gegend gehört. Als ich Lorenz gestern darauf ansprach, wurde er totenblass, begann zu zittern und zu weinen und letztlich gestand er, dass er einen Teil seiner Geschichte erfunden habe, weil er sich schäme, dass er in Wirklichkeit nur sehr schemenhafte Erinnerungen an seine Herkunft habe und sich an kaum etwas erinnern könne. Dass seine Eltern aber tot seien und er vor Räubern geflohen sei, dass wüsste er tief in seinem Inneren«, erzählte Thomas.

»Ich habe Thomas dann gebeten, dem Jungen ein wenig Zeit zu lassen, da mir scheint, dass er so Schreckliches erlebt hat, dass sein Geist sich davor verschlossen hat«, ergänzte Henni. »Ein Esser mehr oder weniger für eine Zeit darf im Pfarrhaus um der Barmherzigkeit willen keine Rolle spielen. Und er geht nicht nur dem Knecht zur Hand, sondern spielt sogar besser auf der kleinen Orgel, die mein Mann jüngst für unser Kirchlein angeschafft hat, als der Opfermann es jemals können wird, und das passt in der Tat nicht zu der Geschichte vom Kesselflickersohn.«

Konrad war nun wirklich sehr erstaunt ob der Qualitäten dieses kleinen, mageren Bürschchens und dachte bei sich: Vielleicht seid ihr frommen Pfarrersleut auch einfach zu arglos und hier bindet euch ein kleiner Ausreißer einen Riesenbären auf. Aber der Sache werde ich auf den Grund gehen!

15. KAPITEL

Braunschweig

»Meine Liebe, ich sag es nicht gerne, aber du wirst dich die nächsten Stunden ohne meine Gesellschaft begnügen müssen, es sei denn, du willst der letzten Anprobe meiner neuen Abendroben beiwohnen«, äußerte Margarete ein wenig zerknirscht.

Barbara, der schon während des ausgiebigen Frühstücks im dringenden Wunsch, das Haus zu verlassen und die Straßen Braunschweigs zu durchstöbern, die Füße gezuckt hatten, lachte und beruhigte Margarete.

»Nein, bei der Anprobe möchte ich nicht dabei sein. Aber ich habe viele Pläne für meinen Aufenthalt hier in der Stadt. Sobald ich mich vergewissert habe, dass mein Kindermädchen mit den Zwillingen allein gelassen werden kann, mache ich mich auf.

»Aber du wirst doch gewiss nicht ohne Begleitung durch die Straßen streifen wollen?«, fragte Margarete entrüstet.

»Nein, nein, ich habe ein Anliegen im Kaufmannshaus Kale. Das ist ja nicht weit von hier und vielleicht darf einer deiner Knechte mir Geleit geben?«

»Aber natürlich, darauf muss ich bestehen!«

Eine gute Stunde später fand sich Barbara vor dem Haus Lorenz Kales in der Turnierstraße wieder. Nachdem sie sich beim Hausherrn persönlich hatte anmelden lassen, wurde sie sofort in dessen Kontorsstube geführt. Doch beinahe hätte sie den Mann nicht wiedererkannt, dem sie sich in den letzten Jahren nur in stiller Diskretion als Tochter genähert hatte.

Vor 15 Jahren hatte die Frage, die ihre ganze Kindheit überschattet hatte, fast zufällig geklärt werden können, nämlich wessen leibliches Kind sie war. Ausgerechnet der stattliche und reiche Kaufmann Lorenz Kale, mit dem ihr Ziehbruder und späterer Ehemann Andreas schon seit Jahren befreundet war, und der vor seiner Heimkehr nach Braunschweig ein verwegener Söldnerführer gewesen war, war ihr Vater. Auch er hatte nichts von seiner Tochter, die das Ergebnis einer flüchtigen, verzweifelten Vereinigung zweier sehr junger und heimwehgeplagter Jugendlicher war, gewusst.

Als das Geheimnis der Verwandtschaft zwischen Lorenz und Barbara gelüftet worden war, hatte es eine sehr emotionale Begegnung gegeben, bei der Vater und Tochter aber mit den wenigen Eingeweihten Stillschweigen über die Sache vereinbart hatten. Lorenz' Ehefrau hatte sich gnädig gezeigt, den vorehelichen Fehltritt ihres Mannes zu verzeihen, da er ja lange vor ihrer Eheschließung geschehen war, doch vermochte sie auch nicht so recht mit Barbara warm zu werden. Barbara hatte Lorenz zwar zusammen mit ihrem Ehemann noch einige Male besucht, doch im unruhigen Kaufmannshause unter den kritischen Augen der Familie war wenig Raum für mehr als nur Konversation unter Freunden möglich gewesen.

Auch Lorenz' Besuche in Wolfenbüttel anlässlich der Geburten der Kinder Barbaras, seiner Enkelkinder, waren kurz gewesen. Immer aber hatte Barbara ihren Vater mit Stolz betrachtet. Sie hatte sich gut vorstellen können, wie er als junger Ausreißer und dann als Söldnerführer gewirkt haben musste, denn selbst unter der beleibten Kaufmannshülle blitzte immer wieder der charismatische Tausendsassa, der er gewesen sein musste, hervor.

Doch wie anders sah er heute aus! Vor ihr stand ein gebrochener Mann. Instinktiv eilte sie auf ihren Vater zu und schloss ihn in die Arme. Nach einem Moment der Starre brach Lorenz fast in ihren Armen zusammen. Sein Körper wurde von Beben und Zittern geschüttelt und er schluchzte in Barbaras Haar: »Meine Töchter, meine Töchter …«

Als er sich wieder einigermaßen gefasst hatte, schob er Barbara in Armeslänge von sich, betrachtete sie eingehend und seufzte: »Wie schön du bist. Du siehst deiner Mutter, wie ich sie in Erinnerung habe, wahrhaft ähnlich! Genauso wie meine Elise nach ihrer Mutter kommt!«

Die Erinnerung an seine entführte Tochter löste ein erneutes Beben der Erschütterung in Lorenz aus.

»Ach, Vater, ich habe von dem schrecklichen Geschehen gehört und ich weiß, dass Konrad von Velten auf der Suche meiner kleinen Schwester ist. Er wird sie bestimmt finden!«

»Ja, nicht nur der gute Konrad ist auf der Suche. Unzählige meiner Boten sind über Land unterwegs, um nach Spuren zu suchen, doch niemand hat irgendetwas Brauchbares zutage bringen können. Sie ist nun schon den fünften Tag spurlos verschwunden und ich kann nicht mehr glauben, dass ihr nicht etwas wahrhaft Böses widerfahren ist!«

Dem wusste Barbara nicht viel entgegenzusetzen und so zog sie ihren Vater zu der Wandbank unter dem großen Kontorsfenster und begann ihn über Elise, die kleine Schwester, die sie kaum kannte, auszufragen.

Lorenz tat es gut, über das seit einiger Zeit mutterlose Mädchen zu sprechen, und Barbara erkannte zweierlei. Einmal, dass sie die kleine Schwester ein wenig beneidete, die sich so sicher ihrer Herkunft und der Liebe ihrer Familie sein konnte, zum anderen, dass sie sie eigentlich unbedingt näher kennenlernen wollte, zumal nun nicht mehr der Schatten einer eventuell eifersüchtigen Mutter und Ehefrau von Lorenz zwischen ihnen stand.

»Ich bin noch ein paar Tage in Braunschweig, Vater. Darf ich wiederkommen und Euch besuchen?«

Lorenz schaute sie erstaunt an. »Du bist immer willkommen, mein Kind. Vielleicht hast du ja Lust, deine kleinen Söhne mitzubringen, denn ich will gerne meine Enkel kennenlernen.«

Gerührt versprach Barbara, die sich insgeheim fragte, ob sie in den letzten Jahren die Distanz zum Vaterhaus nicht größer gehalten hatte, als es notwendig gewesen wäre, dass sie das sehr gerne tun wolle.

Auf dem Rückweg zum Burgplatz bedeutete Barbara dem Knecht, der sie begleitete, dass sie noch einen kleinen Schlenker über den Altstadtmarkt machen wolle, um die Auslage in den Krambuden zu begutachten. Schnell bereute sie diesen Entschluss, denn das Gedränge auf dem Markt war sehr groß. Sie kam nur langsam voran und in den Brüsten spürte sie, dass es Zeit wurde, die Zwillinge zu stillen, was sie noch zusätzlich zu den kleinen Breimahlzeiten tat.

»Zeig er mir den schnellsten Weg aus diesem Gedränge!«, wies sie den Knecht an, doch im nächsten Moment wurde sie rüde zur Seite gestoßen, als sich ein keifendes Weib durch die Menge drängte und mit in die Hüften gestützten Armen vor einem Mann aufbaute, der an einer Bude gerade einige Seidenbänder begutachtete. Dieser Mann war, obwohl Barbara in einer Familie mit einer Reihe sehr gut aussehender Männer lebte, das schönste Exemplar seines Geschlechts, was Barbara je gesehen hatte. Geradezu grotesk war der Unterschied zwischen den Kontrahenten des Streits, dessen unfreiwillige Zeugin sie offensichtlich werden sollte. Dort dieser engelsgleiche, edle Mann mit den blonden Locken, die sich wohlfrisiert um sein fein geschnittenes Gesicht schmiegten, und der auserlesen schlichten, aber kostbaren Kleidung und hier das dicke Weib in schmuddeliger Bauerntracht und fettigen, grau melierten Haaren, die ungekämmt unter der schmutzigen Haube hervorquollen.

»Was hast du mit meiner Tochter gemacht, Marschall? Du hast sie ruiniert, und heute Nacht hat sie sich im Roten Kloster aufgehängt. Dafür musst du bezahlen, das schwöre ich!«, schrie die Frau im breiten Braunschweiger Platt.

Der Angesprochene wandte sich in gelassener Langsamkeit der Angreiferin zu, zog eine Augenbraue in die Höhe und rümpfte die Nase.

»Was sollte ich mit einer Bauerndirne zu tun gehabt haben, gute Frau? Ich kenne Euch nicht, geschweige denn, dass ich wüsste, wovon Ihr sprecht.« Diese Worte wurden in gepflegtestem Hochdeutsch hervorgebracht, was den Unterschied zwischen den Parteien noch grotesker erscheinen ließ und die Bauersfrau noch mehr in Rage zu bringen schien.

Sie schoss auf den Mann zu, griff ihn am Aufschlag seines feinen Wamses und zeterte: »Du hast sie mit deiner Schönheit gelockt und mit deiner Verderbtheit den Spielchen deiner verkommenen Freundesbande ausgeliefert. Jetzt ist sie anstatt einer ehrbaren Jungfer, die sich bald mit ihresgleichen verheiratet hätte, eine tote Dirne im Roten Kloster. Mit ihrer Schande wollte sie nicht mehr leben!«

Angewidert versuchte der Beschuldigte, die Hände der Frau von seinem Wams zu lösen, während von hinten auf den Streit aufmerksam gewordene Marktbüttel herbeidrängten und die Frau an beiden Armen ergriffen und sie von ihm wegzerrten. Dabei riss die Frau ein Stück aus dem Kragen und behielt es in der geballten Faust. Während sie von den Bütteln abgeführt wurde, reckte sie dem ruhig an der Stelle verharrenden Angegriffenen die Faust mit dem Stoffstück entgegen und drohte: »Verflucht sollst du sein, Marschall, deine Asche soll verwehen wie dieses Stück Stoff!« Sie ließ den Stofffetzen frei, der sofort von einer Windböe ergriffen wurde und in die Höhe des grauen Himmels wirbelte.

Langsam begannen die Zeugen des Vorfalls sich zu bewegen, die Menge schloss sich um den Mann, der sich schulterzuckend wieder der Krambude zugewandt hatte, und Barbara verlor ihn aus den Augen. Auf dem Heimweg dachte sie noch kurz darüber nach, was wohl wahr an den Anschuldigungen der Bauersfrau sein mochte, und gestand sich ein, dass wohl einiges dafür sprach, dass die Frau die Wahrheit gesprochen hatte. Zu wenig Widerstand hatten einfache, leicht verführbare Mädchen einem womöglich adligen Herrn entgegenzusetzen, der sie mit seiner Schönheit und glatten, schmeichlerischen Worten verführen wollte. Und Anzeigen in dieser Richtung wurden von den Gerichten oft schnell abgetan, weil den Mädchen vorgeworfen wurde, sie hätten sich selbst leichtfertig in eine solche Situation begeben.

Als Barbara im Haus auf dem Burgplatz eintraf, nahmen aber sofort die Bedürfnisse anderer sie vollkommen in Anspruch, sodass sie nicht mehr an den Vorfall dachte.

Die Zwillinge mussten gestillt werden, der Kinderfrau Anweisungen für den Nachmittag gegeben werden und Margarete, die sich wegen einer von ihrem Mann kurzfristig angesetzten Abendgesellschaft ein wenig echauffierte, dahingehend beruhigt werden, das Barbara ihr versprach, bei den Vorbereitungen zu helfen.

Es erwies sich dann, dass Margaretes Anteil an den Vorbereitungen, da sie eine hervorragend tüchtige Haushälterin hatte, hauptsächlich darin bestand, die Vorschläge für die Speisenfolge der Gasttafel gutzuheißen und sich im Übrigen darüber den Kopf zu zerbrechen, welche ihrer zahllosen Abendroben sie anziehen solle.

Den nachmittäglichen Besuch ihrer kleinen Töchter in ihrer Wohnstube kürzte sie ungeduldig ab und auch für ihren

Sohn, den Stammhalter der Familie von Velten, auf den sie so unendlich stolz war, hatte sie heute kaum einen Blick.

Sie regt sich noch genauso auf wie damals vor ihrer Hochzeit, dachte Barbara. Und wenn ich nicht aufpasse, schlüpfe ich in die gleiche Rolle wie damals. In die Rolle der Freundin, die tausend gute Ratschläge gibt, von denen keiner befolgt wird.

Gegen Abend zog sich Barbara dann bewusst mit der Auskunft zurück, dass sie nun selbst ein wenig Zeit mit ihren kleinen Söhnen verbringen wolle, bevor diese einschliefen, dass sie sich aber rechtzeitig zur Abendgesellschaft in der großen Prachtkammer des Hauses einfinden wolle.

Einige Stunden später betrat sie, in ein schlichtes, aber ihrer natürlichen Schönheit sehr schmeichelndes Abendkleid gekleidet, den Repräsentationssaal des Hauses. Immer schon war ihr bewusst gewesen, dass verschiedene Grünschattierungen in geradezu magischer Weise ihr kastanienbraunes Haar zu Wirkung kommen ließen. Da brauchte ein Kleid nicht viel mehr Zierart zu haben, als es durch die Wirkung der Farben bekam. Über ein lindgrünes Unterkleid aus feinstem Batist schmiegte sich ein moosgrünes Überkleid aus italienischem Seidensamt, das, unter der Brust zusammengefasst, sich über dem Unterkleid öffnete. Die weiten Ärmel des Überkleides waren an der Oberseite nur durch Schnürungen verbunden und ließen so auch den Blick auf das Lindgrün des feineren Stoffes darunter frei. Das Haar trug Barbara unter einem kleinen Barett aus den gleichen Stoffen lose zu einem kleinen Knoten zusammengefasst.

Margarete, wieder einmal in Farben gekleidet, die ihrem blassen Teint nicht zum Vorteil gereichten, wie Barbara es schon aus der gemeinsamen Jugend schmerzlich in Erinnerung hatte, winkte sie sofort an ihre Seite und zischte: »Da bist du ja endlich. Es hat sich anscheinend nichts geändert, denn früher kamst du auch immer zu spät! Komm, ich werde dich einigen Gästen vorstellen.«

Barbara erkannte schnell, dass sie die meisten der Gäste bereits vom Hofe in Wolfenbüttel kannte, handelte es sich doch um gerade solche Adlige, die auch dort ein- und ausgingen beziehungsweise wichtige Hofämter innehatten. Margarete bedachte sie, als sie sich dieser Tatsache bewusst wurde, mit einem irritierten Blick. Ihr war nicht so ganz klar gewesen, welch einflussreiche Stellung Barbaras Mann trotz seines nichtadligen Standes am Hofe hatte und dass er deshalb auch zu festlichen Anlässen, natürlich in Begleitung seiner Ehefrau, eingeladen war.

An der festlichen Tafel war Barbara dem ältlichen Witwer Kuno von Asseburg, beigesellt worden, den sie recht gut kannte und mochte. In zwangloser Vertrautheit begann sie sich mit dem Witwer zu unterhalten und sich nach seinen zahlreichen Kindern zu erkundigen, als ein letzter, zu spät gekommener Gast den Saal betrat.

Ehe die Gastgeber den Spätankömmling entdeckt hatten und auf ihn zueilten, um ihn zu begrüßen, stand dieser einen Moment im prächtig verzierten Türrahmen und sah aus, wie einem dieser wunderschönen Gemälde des Meisters Michelangelo in Italien entsprungen, die Barbara vor einigen Jahren auf der einzigen Auslandsreise, die sie mit ihrem Mann unternommen hatte, gesehen hatte.

Gekleidet war der Mann in effektvolles Schwarz und Weiß. Über den weißen Seidenstrümpfen und den unter den Knien gebundenen weißen Hosen trug er ein schwarzes Wams, das ihm bis eine Handbreit über die Knie reichte und durch weiße Besätze seine schmale Taille und seine breiten Schultern exquisit betonte. Die vielfach geschlitzten Ärmel ließen das weiße Seidenhemd hervorblitzen. Auf den wundervollen goldblonden Locken saß ein keckes schwarzweißes Barett mit einer kleinen weißen Feder.

Die Gespräche ebbten ab und ein leises Raunen ging durch den Raum. Neben Barbara zischte Kuno von Asseburg verächtlich: »Es gibt doch keine Abendgesellschaft mehr im Herzogtum, wo dieser Emporkömmling Martin von Kaltenburg nicht eingeladen ist!«

Barbara blickte von Asseburg, den sie nicht als mit Standesdünkeln behaftet kannte, verwundert an und dieser ergänzte: »Glaubt mir, meine Liebe, ich verachte keinen der Stände, aber ich verachte einen unehelich geborenen Mann, der seinem leiblichen Vater mit bösen Schlichen auf dem Sterbebett die Legitimierung und die Vormundschaft für seine ehelich geborene Halbschwester abgaunert, sich dann Marschall nennt, ohne auch nur einen Tag für sein Land gedient zu haben, weil sein Vater in der Linie der Erbmarschälle stand, und seinen neuen Stand dann dazu nutzt, sein Erbe mit verderbten Orgien zu verprassen und seine Schwester in irgendeiner Versenkung verschwinden zu lassen.«

16. KAPITEL

Broistedt

ALS DAS PFARRERSEHEPAAR durch diskretes Gähnen anzudeuten begann, dass der heutige Tag mit seinen zahlreichen
Anforderungen genug an Kraft und Aufmerksamkeit gefördert hatte, sprang Konrad auf und verkündete, dass er vor
dem Schlafengehen noch einen kleinen Abendspaziergang
durchs Dorf machen wolle. Hans, der meinte, eine heran-
ziehende Erkältung aufkommen zu spüren, bat darum, sich
zur Bettruhe zurückziehen zu dürfen. Nicht zum ersten Mal
bedauerte Konrad, dass Hans so gar nicht von der gleichen
Energie wie er selbst angetrieben zu sein schien, und mahnte
diesen, dass er dann die Zeit nutzen solle, die Notizen, die
sie sich während ihrer bisherigen Untersuchungen gemacht
hatten, in eine gute Ordnung zu bringen.

Der Rundgang durch das kleine Dorf war schneller
getan, als Konrad gedacht hatte, doch selbst er war vorsichtig genug, sich in der hereingebrochenen Dunkelheit
nicht mehr auf die Wege außerhalb des Dorfes zu wagen.
Langsam lenkte er seinen Schritt zurück zum Pfarrhaus, als
er aber einen schwachen Lichtschein im Dachfirst des Stalles erblickte, beschloss er, dem seltsamen Gast des Pfarrhauses einen Besuch abzustatten.

Die Tiere in dem kleinen Stall, der normalerweise außer
dem Reitpferd des Pfarrers und einem Kutschgaul noch
eine Kuh und drei Schafe beherbergte, wie Konrad beim
Betreten feststellte, standen nun, da auch noch Konrads
und Hans' Reittiere hatten Platz finden müssen, sehr eng

aneinandergedrängt in zwei Verschlägen, die von einem kleinen Gang abgingen. Am Ende des Ganges sah Konrad eine Leiter stehen, die zu einer Luke im Dachboden führte. Er vermutete, dass sich in einem Obergeschoss ein Schlafboden für den Stallknecht befand, und ging davon aus, dass auch der Knabe Laurenz dort oben Quartier gefunden hatte.

»Hallo, Laurenz, bist du dort oben?«

Als auf sein Rufen nichts weiter geschah, außer dass Konrad ein lautes Schnarchen hörte, begann er, die Leiter zu erklimmen. Nach drei Sprossen befand sich sein Kopf schon in der Höhe des Schlafbodens und er spähte nach dem schwachen Lichtschein, den er von außen gesehen hatte.

Auf der rechten Seite lag eine Gestalt unter Decken auf einem Strohsack und schnarchte herzzerreißend, auf der linken Seite lag, den Kopf in die Hand eines auf den Ellbogen gestützten Armes gelegt, neben sich eine schwache Talgfunzel, Laurenz und schien in einem Buch zu lesen. Auf eine abermalige Ansprache durch Konrad reagierte er nicht, doch als dieser sich auf der Leiter weiter nach oben schob, erklärte sich dieser Umstand plötzlich. Erschrocken fuhr Laurenz, der die Bewegung offensichtlich aus dem Augenwinkel wahrgenommen hatte, hoch und zog aus jedem Ohr einen winzigen Ballen aus Tuchfasern, mit denen er seine Ohren offensichtlich vor den Schnarchattacken des Stallknechts abgeschirmt hatte.

Konrad legte beruhigend einen Finger auf den Mund, um anzudeuten, dass Laurenz den Stallknecht nicht wecken solle, und winkte ihm dann freundlich zu, dass er mit ihm hinunterkommen solle. Zögerlich folgte der Junge, nachdem er die Funzel sorgsam gelöscht hatte, der Aufforderung, und einem Moment später stand er Konrad gegenüber im Gang des dunklen Stalles.

»Gibt es noch einen anderen Ort, wo wir beide uns vielleicht ein bisschen unterhalten könnten?«

Laurenz wies auf eine Kutschremise, hielt eine kleine Talgfunzel in die Höhe und wisperte, dass man diese dort wieder anzünden könne.

Wenig später saßen sich die beiden jungen Männer in der alten Kutsche der Pfarrfamilie gegenüber, zwischen sich auf dem Boden die entzündete Talgfunzel. Mit großen, ein wenig ängstlichen Augen blickte Laurenz den Älteren an.

»Nun, zunächst finde ich es interessant, dass du lesen kannst, und über ein gutes Buch unterhalte ich mich immer gern. Was hast du da oben gelesen?«

»Bitte, verratet es nicht dem Pastor!«, wehrte Laurenz sehr erschrocken ab. »Ich habe zwar die Erlaubnis, seine Bücher in seiner Stube zu lesen, doch darf ich sie nicht mit auf den Schlafboden nehmen, weil es eigentlich zu gefährlich ist, dort oben ein Licht zu entzünden. Dies ist eine Sammlung neuer deutscher Lieder von dem Meister Georg Forster.«

»Ach, ich liebe diese Lieder!«, rief Konrad aus und begann begeistert anzustimmen:

»Dich als mich selbst herzlieb allein
ich warlich mein in rechter trew
mein lieb wirt newgen dir al tag
darumb ich nit mag vergessen dein
das hertze mein sol und wil stetz dein eygen sein.«

Laurenz, der gebannt, doch zunehmend verlegen der vollen, warmen Stimme Konrads gelauscht hatte, legte den Finger auf den Mund.

»Pssst. Ihr weckt den Knecht!«

»Ja, du hast recht, dies ist nicht Ort und Zeit für Liebeslieder, ich könnte noch den ganzen Pfarrhof wecken, aber dieses Liedlein kam mir halt gerade so in den Sinn. Aber meine Frage, warum du lesen kannst, hast du mir noch nicht beantwortet. Und erzähl mir nicht das Märchen, das du meinem Onkel aufgetischt hast, das nehm ich dir nämlich nicht ab.«

Trotz des schwachen Lichtes konnte Konrad erkennen, dass der Junge bei seinen Worten tief errötet war, und lachte belustigt auf: »Du brauchst doch nicht zu erröten wie ein Mädchen!«

Laurenz gab nur einen erstickten Laut von sich.

»Also, pass auf, ich glaube nicht, dass du etwas Böses im Schilde führst, aber was genau du planst, ist mir auch schleierhaft. Doch eines werde ich zu verhindern wissen, und das ist, dass mein argloser Onkel dir Vertrauen schenkt und dich im Schoße seiner Familie walten lässt, wenn du mir jetzt nicht ganz genau erzählst, warum du hier bist!«

»Das würde ich ja tun, wenn ich es wüsste!«, gab der Junge nach. »Ich wachte vor einigen Tagen in der Hütte eines Schäfers auf und wusste nicht, wer ich bin und wie ich heiße. Ich hatte eine Wunde am Kopf und der Schäfer hat sie versorgt. Ich konnte dort nicht bleiben, aber ich wusste auch nicht, wo ich sonst hingehen sollte. So kam ich hierher und mir fiel wenigstens ein, dass ich Laurenz heiße. Aber ich hatte Angst, dem Pastor zu sagen, dass ich überhaupt nichts über mich weiß, und so erfand ich die Geschichte vom Kesselflickersohn, dessen Familie überfallen worden ist, damit ich einen Ort habe, an dem ich in Ruhe darüber nachdenken kann, wer ich bin und was mir passiert ist.«

»Mmmh, ich will dir diese Geschichte wohl glauben, aber meinst du nicht, genau das hättest du auch meinem Onkel erzählen sollen? Na, wie dem auch sei. Ist dir seitdem wieder etwas zu deiner Person eingefallen?«

»Nicht wirklich. Ich habe gemerkt, dass ich des Lesens mächtig und dass ich offensichtlich auch das Befehlen gewöhnt bin, denn ich muss mich immer beherrschen, der Magd keine Anweisungen zu geben. Außerdem spüre ich, dass das, was ich vergessen habe, etwas Schreckliches ist, denn ich will es nicht wirklich wissen!«

»Kommt bei dir eine Erinnerung, wenn ich das Wort ›Gluhschwanz‹ ausspreche?«

»Nein, was soll das sein?«

»Ein Drache, der sich auf Schornsteine setzt und mit seinem Feueratem durch die Schornsteine erschreckt.«

»Ach so, das alte Schauermärchen. Das habe ich als Kind oft von meiner Amme gehört. Doch sagte sie nicht ›Gluhschwanz‹, sondern schwarzer ›Gantar‹!«

»Amme? Du hattest eine Amme? Wie hieß sie und wie sah sie aus?«

Angestrengt dachte Laurenz nach, dann schüttelte er den Kopf und gestand traurig: »Ich höre nur ihre Stimme, aber ich sehe sie nicht.«

»Nun, zumindest scheinst du ein Söhnchen wohlhabender Eltern zu sein. Du hattest eine Amme, die dich erzog, und du hast eine Schulbildung«, stellte Konrad fest. »Außerdem scheinst du mir ein recht pfiffiges Bürschchen zu sein, und genau so jemanden könnte ich im Moment zur Hilfe gebrauchen.« Bei sich dachte er, dass der fremd klingende Drachenname ›Gantar‹ zumindest einen Hinweis geben könnte, aus welcher Gegend Laurenz kam. Dass er nicht aus dem Braunschweigischen stammte, hatte ihm schon die Klangfärbung seiner Sprache verraten.

Dann erzählte Konrad Laurenz, in welcher Mission er selbst unterwegs war und dass er an seiner Seite einen zwar redlichen, doch recht zimperlichen und geistig nicht allzu beweglichen Gehilfen habe und ein zweiter Gehilfe gewiss nicht schaden könne. Wenn es Laurenz recht wäre, würde er seinem Onkel sagen, dass er sich selbst um ihn und die

Aufklärung seiner Herkunft kümmern würde, was ja auch der Nebeneffekt der gemeinsamen Reise sein konnte.

Laurenz war begeistert und strahlte Konrad an. Und so war es beschlossene Sache, dass man am nächsten Morgen gemeinsam weiterreisen würde.

Ins Pfarrhaus zurückgekehrt, entdeckte Konrad bei einem Blick in die Wohnstube, dass das Ehepaar immer noch, jeweils in ein Buch versunken, vor dem fast erloschenen Kaminfeuer saß, und so machte er den beiden gleich den Vorschlag, Laurenz in seine Dienste zu nehmen und gleichzeitig nach seiner Familie zu forschen.

Pastor Riebestahl hatte dem nicht allzu viel entgegenzusetzen. Er bedauerte zwar, auf die Fähigkeiten des Jungen in Zukunft wieder verzichten zu müssen, hätte aber auch nicht mehr viele Wege gesehen, wie er selbst dessen rätselhafte Herkunft hätte aufklären sollen. Henni bedauerte zudem, dass der liebe Verwandtenbesuch schon ein so schnelles Ende haben sollte, sah aber die Notwendigkeit ein. Trotz der späten Stunde begann man angesichts dessen, dass am nächsten Morgen wohl keine Gelegenheit mehr dafür bleiben würde, noch einen Austausch über die anderen Familienmitglieder. Henni erkundigte sich mit warmen Worten nach ihrer Schwägerin Agnes, Konrads Mutter, und wollte wissen, ob diese nun den schmerzlichen Verlust des geliebten Ehemannes einigermaßen überwunden hätte. Konrad erzählte von den schlimmen Ereignissen im letzten Herbst, in deren Zuge Agnes sogar unter dem Vorwurf, eine Hexe zu sein, für eine Nacht im Gefängnis gesessen hatte. Thomas und Henni hatten von diesen Geschehnissen bisher nur in ganz groben Zügen durch Briefe erfahren und zeigten sich nun sehr erschüttert, wie nahe das Verderben des Aberglaubens der Familie gekommen war.

Während Henni glühend allen Hexenglauben in Grund

und Boden verdammte, schaute Thomas ein wenig betreten zu Boden. Plötzlich spürte er den forschenden Blick seines Neffen auf sich ruhen und gestand beschämt: »Leider kann ich mich selbst nicht ganz frei davon machen, über diese Dinge eine Zeit lang anders gedacht zu haben, als ihr es tut. Ihr wisst, dass ich mit Leib und Leben und mit ganzer Seele Theologe bin. Und es ist schwer, sich im Gewirr der oft gut untermauerten Lehrmeinungen ein eigenes Bild zu machen. Das, mein lieber Neffe, hat leider mein Verhalten dir gegenüber bestimmt, als du ein kleiner Junge warst und ich ein einsamer, vernachlässigter Lateinschüler, der seine Gedanken niemandem anvertrauen konnte. Ich kam einfach nicht damit klar, wie die Umstände deiner Zeugung gewesen waren, und hatte den Verdacht, ein Kind, dass unter solchen Umständen gezeugt worden ist, könnte nur das Kind eines Teufels sein.

Als meine Geschwister und ich in unserer Jugend die Bekanntschaft einer sehr ungewöhnlichen Frau machten, die darüber hinaus bereits unter dem Vorwurf, eine Hexe zu sein, verhaftet worden war, sah ich in ihr die personifizierte Zauberin, die meine Geschwister verhext und von sich abhängig gemacht und auch mich in einen höchst unguten Bann gezogen hatte.

Erst im Laufe meines Studiums in stetiger Auseinandersetzung und unter der Führung eines sehr guten Mentors konnte ich zu der Überzeugung gelangen, dass der Glaube, bestimmten Männern und Frauen sei eine Kraft gegeben, die über die Gnade Gottes, die er uns durch das Opfer seines Sohnes hat zuteilwerden lassen, siegen könne, Aberglaube sei. Doch glaube ich, dass es Menschen mit besonderen Fähigkeiten gibt, die zum Guten und zum Schlechten genutzt werden können. Wo wäre all der Fortschritt der neuen Erfindungen, wenn es nicht diese Menschen gäbe?

Doch wie oft sind gerade diese Menschen in den Verdacht geraten, mit dem Teufel im Bunde zu stehen, nur weil sie neue Wege beschritten haben. Der gemeine Mensch ist ein Gewohnheitstier und hat vor dem Neuen Angst.« Schwer seufzend blickte Thomas seinem Neffen in die Augen. »Ich hoffe, du vergibst mir diese alte Schuld, mein lieber Junge!«

Konrad griff nach der Hand seines Onkels. »Ich bin nur froh, dass ich jetzt den Grund deines einstigen Vorbehaltes mir gegenüber kenne, Onkel. Doch vergeben muss ich dir nicht, denn dir ist schon lange vergeben!«

Die ganze Pfarrfamilie verabschiedete sich am nächsten Morgen unter mancherlei Klage von Laurenz, Konrad und Hans, und Konrad musste versprechen, sich bald einmal wieder im Pfarrhaus sehen zu lassen.

Hans, der angewiesen wurde, vorerst sein Reittier mit Laurenz zu teilen, nahm den Zuwachs der kleinen Reisetruppe zunächst mit höchstem Missvergnügen zur Kenntnis. Eifersüchtig blaffte er den Konkurrenten an, dass er sich ja dann hauptsächlich um Verpflegung und die Tiere kümmern könne, damit er, Hans, mehr Zeit für die wichtigen Ermittlungsaufgaben hätte. Laurenz zeigte daraufhin mit einem verächtlichen Schulterzucken an, dass darüber noch nicht das letzte Wort gesprochen sei und man ja sehen werde, für welche Arbeit wer besser qualifiziert sei.

Konrad grinste ob dieser kleinen, begonnenen Fehde in sich hinein und dachte, dass sich das Reisen nun auf jeden Fall noch kurzweiliger gestalten würde.

Den Rest des Tages, der leider wieder kalt und regnerisch war und jegliches Anzeichen eines beginnenden Frühlings vermissen ließ, verrann unter ergebnislosen Befragungen in allen umliegenden Dörfern der Gegend. Konrad schickte bald seine Gehilfen mit der Anweisung, sich sofort zu ihm zu begeben, wenn sie auf irgendetwas Auffälliges stießen, alleine zu den einzelnen Häusern und Gehöften, damit sie durch diese Aufteilung mehr Befragungen schaffen konnten. Außer einigen hanebüchenen, aber sehr allgemeinen Geschichten über Gluhschwanz und die hier und da mit Ärger hervorgebrachten Beschwerden über die Büttel und Reiter, die sie auch schon in dieser Sache befragt hätten, konnte jedoch keiner der Reisegefährten irgendetwas in Erfahrung bringen, was sich im Entferntesten als eine Spur der verschwundenen Elise bezeichnen ließ.

17. KAPITEL

Braunschweig

Im Laufe des opulenten Mahles versuchte Barbara, ein wenig mehr Informationen über den Mann, der sich Marschall nannte, aus ihrem Tischnachbarn herauszukitzeln, denn irgendetwas, das sie nicht benennen konnte, faszinierte sie an diesem Mann und stieß sie zugleich ohne Maßen ab. Doch musste sie ihre Neugier lange bezähmen, denn auch andere Tischnachbarn mussten mit Konversation bedacht werden oder begannen selbst, sie ins Gespräch zu ziehen. Zudem gab es zwischen den Gängen Trinksprüche und kleine Reden.

Der Zweck der Abendgesellschaft war, wie Barbara allmählich zu verstehen begann, unter den anwesenden Adligen und Patriziern der Stadt Braunschweig für ein Projekt des Herzogs Julius zu werben, das ganz unmittelbar die Interessen der Stadt Braunschweig berührte.

Seit Jahrhunderten bestand eine alte Rivalität zwischen der stolzen und auf ihrer Unabhängigkeit vom Herzoghaus mit allen Mitteln bestehenden Hansestadt Braunschweig und dem Herrscherhaus des Herzogtums Braunschweig-Wolfenbüttel. Immer wieder hatte es Bemühungen gegeben, die Selbständigkeit der Stadt zu brechen. In den Jahren der Religionskriege hatten die früh lutherisch gewordene Stadt Braunschweig und das Herzogtum auf verschiedenen Seiten gekämpft.

Bemühungen des derzeitigen Herzogs, auf wirtschaftlicher Ebene einander mehr zuzuarbeiten, waren zu dessen

Enttäuschung auch an dem alten Misstrauen der Stadtvertreter, dass man sich die Stadt auf diesem Wege einverleiben wollte, gescheitert.

Nun ging es um die Schiffbarkeit der Oker, wie Barbara es verstand, beziehungsweise um verschiedene Pläne, Wasserhandelsstraßen des Herzogtums so auszubauen, dass sowohl eine Verbindung der Oker mit der Aller und damit der Weser entstünde, als auch durch den Bau eines besonderen Kanals zwischen der Oker und der Bode, um so einen Zugang zur Elbe zu gewinnen. Dies hätte für Braunschweig, wenn es sich denn darauf einlassen würde, den Vorteil, dass es seine Schifffahrt zur Nordsee nicht mehr allein von der Oker über die Aller und Weser betreiben müsste und so in Verden und Bremen die hohen Zölle zu bezahlen hätte, sondern dass es nun eine Alternative über die Oker, den neuen Kanal, die Bode und Saale in die Elbe gäbe.

Der Nachteil für die Stadt läge in der Bedingung des Herzogs, die Oker unter Umgehung der Stadt Braunschweig ausbauen zu wollen. Dieses versuchte die Stadt seit Jahren durch erbitterte Gefechte zu verhindern, weil zum einen das wirtschaftliche Erstarken des Herzogtums nicht in ihrem Interesse lag, zum anderen das Herzogtum dann nicht mehr darauf angewiesen wäre, seine Schifffahrt durch Braunschweig zu führen und so der Stadt hohe Zolleinnahmen entgehen würden. Durch den Weggang des kundigen Baumeisters de Raet vor vier Jahren seien die Pläne des Herzogs ins Stocken gekommen, doch nun deute sich an, dass ein ausnehmend geeigneter Baumeister für die Pläne würde gewonnen werden können, und damit sei Anlass gegeben, die diplomatischen Verhandlungen im Interesse des Herzogtums und der Stadt wiederzubeleben.

Für die heiß diskutierten Einzelheiten dieses Problems konnte Barbara nicht allzu viel Interesse aufbringen, zumal sie merkte, dass sie im Geiste jeweils immer dem letzten Sprecher recht gab, weil seine Argumente überzeugend klangen. Die Argumente des nächsten Sprechers klangen dann, obwohl genau konträr, wieder so überzeugend, dass Barbara sich eingestand, dass wirtschaftliche Themen anscheinend wirklich nicht ihr Spezialgebiet waren.

Während auf das Auftragen der Süßspeisen gewartet wurde – Barbara wusste allerdings nicht, wo diese nach dem opulenten Mahl in ihrem Bauch noch Platz finden sollten –, ergab sich endlich eine Möglichkeit, noch ein wenig über den geheimnisvollen Martin von Kaltenburg herauszubekommen.

»Sagt mir doch, werter Herr von Asseburg, woher kommt denn dieser Martin von Kaltenburg? Der Name will mir nicht so recht etwas sagen. Er klingt nicht nach Braunschweigischem Adel.«

»Nein, nein, meine Liebe, die Kaltenburgs sind ein altes württembergisches Geschlecht. Es gibt sogar eine große Burg dieses Namens dort unten im Süden, doch sie ist schon lange in anderen Besitz übergegangen. Doch der Name hatte bis vor wenigen Jahren einen guten Klang. Mit dem alten Sigmund von Kaltenburg, der als letzter männlicher Nachkomme der Familie einige Lehen der Württemberger verwaltete, verband mich eine tiefe Freundschaft aus unserer gemeinsamen Studentenzeit. Wir schrieben uns bis ein Jahr vor seinem Tod in regelmäßigen Abständen. Er hat erst sehr spät geheiratet, doch seine Frau starb im Kindbett. Das Kind, ein kleines Mädchen, überlebte und wurde zum Augapfel ihres Vaters. Kein Brief vom alten Sigmund, in dem er nicht mindestens eine Seite lang von diesem Kind schwärmte. Doch plötzlich, ungefähr vor vier Jahren, blieben die Briefe aus. Das ließ mir keine Ruhe, denn ich ahnte, dass etwas passiert sein musste.

Für mich selbst kam die lange und gefährliche Reise in den Süden nicht mehr infrage, doch ich veranlasste, dass ein Kaufmann unserer Stadt, der in der Gegend, in der mein Freund gelebt hatte, Handelsbeziehungen aufrechterhielt, einige Nachforschungen anstellte. Ein halbes Jahr später erhielt ich traurige, aber auch seltsame Nachrichten: Mein Freund Sigmund war etwa in der Zeit verstorben, als ich auf seinen nächsten Brief wartete. Die Umstände seines Todes waren nicht vollkommen geklärt, er war auf dem Bauch liegend in einem relativ flachen Bach gefunden ...«

Hier musste Asseburg seine Erzählung unterbrechen, denn nun wurden mit großem Hallo die Süßspeisen serviert.

Barbara, die der Erzählung mit großen Augen gelauscht hatte, konnte ihre Ungeduld kaum bezähmen und nutzte die Zeit, den in einiger Entfernung sitzenden, ins Gespräch mit einer etwas zu sehr geschminkten Dame vertieften Martin von Kaltenburg genauer zu betrachten. Doch plötzlich wandte dieser seinen Kopf, wie von einem Magneten gezogen, in Barbaras Richtung und zog spöttisch eine Augenbraue in die Höhe. Heiße Röte schoss Barbara in die Wangen und als von Kaltenburg dann auch noch eine kleine Verbeugung in ihre Richtung andeutete, konnte Barbara absolut keinen Grund mehr für die Hoffnung erkennen, sie sei nicht bei einer schamlosen Beobachtung ertappt worden.

Mit einer steifen Verbeugung gab sie den Gruß zurück, in der Hoffnung, dass von Kaltenburg es damit an Strafe für sie belassen würde, doch die Lust auf ihre Ausfragerei war ihr vergangen.

Doch nun fuhr von Asseburg selbst mit seiner Geschichte fort.

»Ja, mein Freund war also in einem flachen Bach ertrunken, wie die amtliche Feststellung es beschrieb. Wenige Wochen vor seinem Tod aber hatte er einen jungen Mann, der behauptete, sein vorehelich mit einer Magd gezeugter Sohn zu sein, anerkannt, ihm seinen Namen gegeben und damit auch zu seinem Erben gemacht. Die kleine Tochter Sigmunds war als seine angebliche Halbschwester unter die Vormundschaft dieses Mannes gestellt worden.«

»Und Ihr glaubt nicht, dass das stimmt mit dem unehelichen Sohn?«, fragte Barbara.

»Doch, doch, das mag ja sein, wie es will. Mein Freund Sigmund war ja auch kein Heiliger! Empörend wird die Geschichte erst damit, in welche Rechtlosigkeit das kleine Mädchen gebracht worden ist. Und verstanden habe ich das auch erst vor zwei Jahren. Da tauchte von Kaltenburg nämlich plötzlich hier im Herzogtum auf, umgab sich mit allerlei arbeitsscheuem Gelichter und verprasste eine Unmenge Geld. Bei einer Abendgesellschaft lernte ich ihn persönlich kennen und verstand jetzt erst, dass dieser Kaltenburg genau der Kaltenburg, der Erbe meines Freundes Sigmund, war. Da fragte ich ihn ziemlich direkt nach dem Ergehen und Verbleib seiner kleinen Schwester und bekam eine Antwort, die mir das Mark im Rücken gefrieren …«

An dieser Stelle wurde die Erzählung Asseburgs erneut unterbrochen, denn Achatz von Velten hatte sich am Kopf der Tafel erhoben, hielt sein Glas in die Höhe und forderte alle Anwesenden auf, in einen Trinkspruch auf die Stadt Braunschweig und das Herzogtum einzustimmen.

Damit war die Tafel beendet und das Tanzvergnügen sollte beginnen. Hierzu begab sich die Gesellschaft in den angrenzenden Teil des Festsaales, an dessen Stirnseite sich eine Empore befand, von der aus schon während des Festmahls ein Traversflötist und ein Lautenspieler feine Klänge hatten wehen lassen. Eben in diesem Moment marschierten weitere Musiker auf, die für diesen Abend engagiert worden waren, denn nun zum Tanz sollten auch eine Sackpfeife, eine Fidel und ein wenig Schlagwerk dafür sorgen, dass die Rhythmen der Tänze die Gäste mitrissen.

An den mit kostbaren Holztäfelungen verzierten Wänden des Festsaales zogen sich Bänke entlang, die die älteren Gäste und die Tanzunwilligen mit bunten Kissen zum Niedersetzen verlockten.

Zu den Klängen einer unbekannten Tanzmusik führte Achatz von Velten seine Dame Margarete über die Tanzfläche.

Der Mann, der Barbaras Gedanken und Neugier heute schon so viel beschäftigt hatte, Martin von Kaltenburg, stellte sich neben das Paar, klatschte laut in die Hände und rief: »Meine edlen Damen und Herren, die neueste Mode aus Frankreich. Am Hofe von Heinrich beginnt man den Tanz mit der Polonaise! Nur Mut und reiht Euch hier hinter Eurem Gastgeber ein!«

Rasant füllte sich die Tanzfläche, denn niemand wollte bei der Einführung einer solchen neuen Mode zurückstehen, und munter zog die Polonaise hinter den Gastgebern unter kundiger Anleitung von Kaltenburgs durch den Raum. Als von Kaltenburg offensichtlich zufrieden mit der Durchführung des Tanzes durch alle Beteiligten war, wanderte sein Blick flüchtig über die am Rande stehenden und sitzenden Menschen und erfasste Barbara. Ohne Zögern tat er die zwei Schritte, die ihn von ihr trennten, und griff nach ihrer Hand. »Mit Verlaub, schöne Dame, Ihr scheint zurzeit keinen Galan zur Hand zu haben und Ihr solltet unbedingt bei dieser Polonaise dabei sein!«

Barbara bekam gar keine Gelegenheit, sich zu zieren, denn nun steigerten die Musiker mutig das Tempo und niemand konnte sich der Ausgelassenheit des Zuges entziehen. Ehe sie sich's versah, fand sie sich eingereiht und spürte die festen Handgriffe von Kaltenburgs auf ihren Schultern, während sie alle Kraft dareinsetzen musste, ihren Vordermann nicht zu verlieren.

Außer Atem wollte sich Barbara, als die letzten Takte der Polonaise verklungen waren, dem Griff des Mannes entziehen, doch dieser hielt sie beharrlich fest.

»Wohin so schnell, das Tanzvergnügen beginnt doch erst, und Ihr scheint mir nicht in Eurem Liebreiz und Eurer Jugend angemessener Begleitung zu sein. Gewährt mir die Freude, auch diese Gaillarde mit Euch zu tanzen.«

Barbara konnte sich auch dieser Aufforderung schlecht entziehen, ohne unhöflich oder kratzbürstig zu erscheinen. Auch lockte gerade dieser Tanz mit seinen koketten, schnellen Schritten und den kleinen Hüpfern sie sehr. Ein zusammenhängendes Gespräch war sowieso nicht möglich, denn immer wieder zwang der Tanz zur Entfernung voneinander.

Doch gelang es von Kaltenburg mit unverschämter Selbstsicherheit, Barbara auch nach Beendigung dieses Tanzes, als sie sich mit Hinweis auf ihre Atemlosigkeit von der Tanzfläche zurückziehen wollte, mit Beschlag zu belegen.

»Auch mir ist sehr nach einer kleinen Pause zumute. Erlaubt, dass ich Euch ein freies Plätzchen suche!«

Barbara beschloss, dass es hier in aller Öffentlichkeit nicht schaden konnte, sich noch auf ein kleines Gespräch einzulassen, selbst wenn es mit dem Ruf dieses Mannes nicht zum Allerbesten stand, und außerdem konnte sie auf diesem Wege vielleicht noch etwas mehr über ihn herausbekommen, als dies durch Herrn von Asseburg möglich gewesen war.

Doch auch dieses Vorhaben kehrte ihr neuer Bekannter in sein Gegenteil, denn unverblümt begann dieser nun, Barbara auszufragen. Er behauptete, es schier nicht glauben zu können, als sie ihm erzählte, dass sie seit zehn Jahren die Ehefrau eines Hofbeamten und Mutter dreier Kinder sei. Barbara konnte sich des Eindrucks nicht erwehren, dass dieser

Mann schamlos mit ihr zu flirten begann, und sprang erleichtert auf, als sie Margarete auf sich zutreten sah. Doch auch diese verhalf ihr zunächst nicht aus der Klemme, denn sie begrüßte nur den Umstand, dass ihr »lieber Freund Martin anscheinend von einer höheren Macht gleich zu ihrer allerliebsten Freundin Barbara« geführt worden sei.

Erst nach einer längeren Lobrede auf sie, die Barbara ein wenig peinlich war und die von Kaltenburg mit amüsiert funkelnden Augen über sich ergehen ließ, rückte Margarete damit heraus, dass Barbaras Kinderfrau nach ihr suchte. Sofort umwölkte sich Barbaras Stirn besorgt und sie knickste vor Martin von Kaltenburg, um sich zurückzuziehen. Dieser verneigte sich mit einer tiefen, höfischen Verbeugung und fügte mit spöttischer Stimme und funkelnden Augen an: »Liebe Dame Riebestahl, das wird hoffentlich nur der Beginn einer erfreulichen Bekanntschaft gewesen sein.«

18. KAPITEL

Wolfenbüttel

Andreas Riebestahl verfluchte innerlich die Aussicht, in eine nur mit Dienstboten bevölkerte Wohnung heimkehren zu müssen. Schon am Tag nach der Abfahrt Barbaras hatte er seine großmütige Zustimmung, dass seine Frau nach Braunschweig reisen und dort so lange bleiben solle, wie es ihr behagte, bereut. Ihm fehlte die warme Fröhlichkeit seiner Frau, der Krach und das Unwesen, mit dem seine Söhne bisweilen die Wohnung füllten, und die bedingungslose Liebe und Anhänglichkeit seiner Tochter Heda, die während der Abwesenheit ihrer Mutter bei ihrer Tante Agnes, der Zwillingsschwester Andreas', und deren drei Töchtern untergekommen war.

Na ja, zumindest Heda könnte ich sehen, und vielleicht hat Agnes ja auch ein einigermaßen schmackhaftes Abendessen zu bieten, dachte er und lenkte seine Schritte anstatt zu seiner nahen Beamtenwohnung hinaus aus der Dammfestung in die Straßen der Heinrichstadt.

Je näher er dem Haus, in dem seine verwitwete Schwester mit ihren drei Töchtern lebte, kam – Konrad hatte eine eigene Wohnung und die Zwillinge Julius und Nicolaus studierten an der Universität Helmstedt –, desto froher wurde er bei der Aussicht, ein wenig mit seiner Schwester plaudern zu können.

Sie hatten sich immer sehr nahegestanden, obwohl sie durch den Umstand, dass Andreas schon mit zehn Jahren von zu Hause ausgerissen war und erst viele Jahre später, von einem harten Söldnerleben gezeichnet, heimgekehrt war, gar nicht besonders lange unter einem Dach gelebt hatten.

Seit dem Tod seines Schwagers Max von Velten hatte Andreas gewissermaßen die Vaterrolle für die unmündigen Kinder seiner Schwester übernommen und war den sehr desorientierten Söhnen zum Rettungsanker geworden.

Nun, da das Leben der Familie seiner Schwester wieder in ruhigere Bahnen zurückgeglitten war, hoffte er, die gelassene und zufriedene Agnes anzutreffen, die sie in den Jahren ihrer Ehe mit Max von Velten gewesen war.

Im Haushalt von Agnes von Velten war es immer ein wenig unkonventionell zugegangen. Eine Hausfrau und Mutter, die gleichzeitig eine bedeutende Schule leitete, konnte es nicht schaffen, ihrem Haushalt selbst so wohlgefällig vorzustehen, wie es Agnes' Stand eigentlich von ihr verlangt hätte. Immer waren Kindermädchen und Haushaltsdamen die eigentlichen Leiterinnen des Haushaltes gewesen und zu Lebzeiten von Max hatte dies auch ausgereicht, denn sein Sold als hoher Offizier des Herzogs und seine Autorität gewährleisteten, dass man das allerbeste Personal einstellen konnte.

Doch nach dem Tod ihres Ehemannes war Agnes auf sich allein gestellt gewesen. Die lähmende Trauer hatte ihr den Blick versperrt für das Nachlassen der Pflichtenerledigung ihrer Angestellten, das langjährige Kindermädchen hatte sie zudem entlassen müssen. Gerade als sie sich einigermaßen zu erholen begann und ihre Augen wieder für ihre Umgebung geöffnet hatte, hatte ein erneutes Aufflammen von Hexenwahn das Herzogtum erschüttert und Agnes war aufgrund ihrer unkonventionellen Art und der für die meisten Menschen ungeklärten Herkunft ihres Sohnes Konrad Verdächtigungen ausgesetzt worden, die sie sogar für eine Nacht in den Kerker des Schlosses gebracht hatten.

Doch dieses Ereignis hatte sie seltsamerweise wie Phönix aus der Asche erstehen lassen. Mit neu gewonnenem Selbstvertrauen widmete sie sich ihren Aufgaben als Schulleiterin und als Mutter ihrer halbverwaisten Kinder. Das Lachen war wieder eingezogen in das Haus derer von Velten und auch der Haushalt funktionierte wieder. Katharina, die Stiefmutter der Riebestahl-Kinder, hatte eine befreundete Pfarrwitwe, die von ihrem Wittum nicht leben und nicht sterben konnte und keine eigenen Kinder hatte, überredet, bei Agnes einzuziehen und ihr den Haushalt zu führen. Sehr schnell wurde deutlich, dass das Arrangement zur vollsten Zufriedenheit für alle Beteiligten ausfiel.

Andreas wurde erfreut von allen Damen des Hauses willkommen geheißen. Die fünfjährige Käte, die jüngste Tochter von Agnes, schaffte es sogar, vor Heda den verehrten Onkel zu erreichen, und wurde von diesem zu ihrem jauchzenden Vergnügen einmal durch die Luft gewirbelt. Heda ließ dies mit gönnerischer Miene der so viel Älteren und Weiseren zu, begrüßte dann aber ihren Vater fast ebenso emphatisch.

Andreas' Hoffnung, ein ordentliches Abendmahl zu erhalten, erfüllte sich auch, denn die Familie war gerade im Begriff gewesen, sich zu Tisch zu setzen, und die Einstellung von Frau Fricke erwies sich auch in lukullischer Hinsicht als ein Volltreffer.

Andreas erkundigte sich sofort bei Agnes, ob sie Neuigkeiten von Konrad gehört habe, und diese erwiderte fröhlich, dass es der Zufall gewollt hatte, dass Konrad im Zuge seiner Suche ausgerechnet in Broistedt bei Thomas, ihrem jüngsten Bruder, gelandet sei. Diese Kunde habe sie selbst durch einen Boten erhalten, den Konrad nach Wolfenbüttel geschickt hatte, vornehmlich, um dem Herzog vom Stand der Untersuchungen zu berichten, aber auch mit einem kleinen Billet zu ihrer Beruhigung.

Seine Suche nach der verschwundenen Kaufmannstochter sei noch nicht von sehr vielen Erfolgen gekrönt, doch habe er einen seltsamen Jungen in seine Gesellschaft übernommen, der offensichtlich nach irgendeiner Art von Überfall alles über seine Herkunft vergessen habe. Dieser Überfall könne vielleicht mit dem jenem auf den Kaufmannszug in Verbindung stehen.

Andreas runzelte die Stirn.

»Ich weiß ja nicht, ob Konrad mit dieser Suche nicht doch überfordert ist. Hat er geschrieben, wie viel Hilfe ihm zur Verfügung steht?«

»So, wie ich es verstanden habe, setzt Lorenz Kale seine verfügbaren Männer für die Suche ein und lässt sie durch Konrad koordinieren. Konrad selbst hat er einen seiner Schreiber zur Seite gestellt.«

Entschuldigt, dass ich ihr Gespräch unterbreche, aber habe ich es richtig verstanden, dass der Herr Konrad auf der Suche nach einem verschwundenen Mädchen aus Braunschweig ist?«, schaltete sich Frau Fricke schüchtern in das Gespräch ein. »Es … es ist nur, weil ich doch am Sonntag bei meiner Schwester in Adersheim war. Sie ist dort mit einem Ackerbauern verheiratet, Herr Riebestahl«, erklärte sie in die Richtung von Andreas. »Und … es ist auch dort ein Mädchen kürzlich verschwunden. Und niemand weiß etwas.«

Interessiert blickte Andreas die Frau an und ermunterte sie, mehr zu berichten.

»Nun, viel weiß ich auch nicht. Das Mädchen ist die Tochter einer verwitweten Kotsassin, die seit dem Tod ihres Mannes kaum ihren Hof bewirtschaften kann. Ein überaus hübsches Ding, wie man mir erzählte. Und obwohl erst 13 Jahre alt, schon recht kokett. Sie wurde mit der Mittagsmahlzeit zu den Männern, die ihrer Mutter bei der Aussaat halfen, geschickt, doch dort kam sie nie an. Das ganze Dorf hat nach ihr gesucht, doch das Mädchen schien wie vom Erdboden verschluckt.«

»Könnt Ihr mir sagen, wie das Mädchen heißt und wie es aussieht?«

»Nachnamen habe ich vergessen, aber den Vornamen weiß ich noch, denn so hieß auch mein armes Kindchen, das nur zwei Tage leben durfte. Grete heißt sie und sie soll eine wahre Flut von roten Locken auf dem Kopf haben.«

»Ich glaube, dieses Geschehen sollte ich Konrad mitteilen. Es könnte ja mit seinem Fall zu tun haben.«

Nun fielen die Kinder mit allerlei Anliegen und Mitteilungen in das Gespräch ein, was ihnen in diesem Haushalt entgegen der gesellschaftlichen Gepflogenheiten niemals von den Erwachsenen verwehrt worden war, und Heda verlangte zu wissen, wie lange die Mutter mit den kleinen Brüdern noch in Braunschweig zu bleiben gedachte.

Andreas beantwortete geduldig alle Fragen und Bitten und schüttelte bei Hedas Frage den Kopf: »Ich weiß nicht, aber ich denke, allzu lange wird sie es ohne uns beide wohl nicht aushalten. Übermorgen muss ich wegen einer Ratssache nach Braunschweig reiten und vielleicht kommt sie ja dann schon mit mir zurück!«

Zu Agnes gewandt fuhr er fort: »Wir werden sehen müssen, dass Barbara wieder eine vernünftige Beschäftigung neben dem Haushalt findet. Das Kindermädchen ist eine Perle und Barbara kommt sich bisweilen ein wenig überflüssig vor.«

»Aber natürlich. Sie sollte unbedingt wieder mit dem Musikunterricht an meiner Schule beginnen! Außerdem habe ich da so eine Idee. Aber die muss ich zuerst mit ihr besprechen.«

Nach Beendigung der Mahlzeit klatschte Agnes in die Hände und schickte die Mädchen zu diversen Aufgaben, die noch vor dem Schlafengehen zu verrichten waren. Frau Fricke zog sich in die Küche zurück und so blieben dem Zwillingspaar noch einige ruhige Minuten zu zweit.

Andreas nahm Agnes' Hände in die seinen, blickte sie aufmunternd lächelnd an und fragte: »Und wie geht es deiner Seele, Schwesterchen?«

Agnes errötete leicht und wandte den Kopf ein wenig zur Seite. »Du kennst mich zu gut, Bruder, ich ahne, dass du mit deiner Frage etwas bezweckst.«

Andreas lachte auf. »Ich hörte nur ein Vögelchen zwitschern, dass ein gewisser Herr sich für Frau Agnes zu interessieren begonnen habe, und wollte von dir selbst hören, ob etwas daran ist.«

»Ach, Andreas, ich dachte, dass dieses Kapitel hinter mir liegen würde. Nie habe ich mir vorstellen können, jemals auch nur einen anderen Mann anzuschauen als meinen geliebten Max. Dies ist nun eine Sache, die ich selbst nicht so recht zu händeln weiß, denn eigentlich ist es gut so, wie es jetzt ist.«

Andreas hatte von einem Kollegen gehört, dass sich der verwitwete Pfarrer von Fümmelse auffällig um Frau Agnes bemühte, nachdem er seine einzige Tochter in ihrer Schule untergebracht hatte. Er konnte sich Agnes nur sehr schwer als Pfarrfrau vorstellen und glaubte, dass die Werbung des Pastors wohl nicht viel Aussicht auf Erfolg habe. Doch da schien er sich, wie er jetzt einsah, getäuscht zu haben. Agnes wies den Gedanken an eine Verbindung durchaus nicht so vehement zurück, wie er erwartet hatte.

»Magst du ihn denn sehr gerne?«

Agnes errötete noch mehr. »Es ist …, ja, ich mag ihn tatsächlich sehr gerne. Er ist ganz anders als Max, doch ich fühle mich in seiner Gesellschaft sehr wohl und liebe die Gespräche, die man mit ihm führen kann.«

Andreas drückte Agnes' Hand noch einmal fest und sagte dann leichthin: »Lass dir Zeit und überstürze nichts. Doch sei gewiss, dass du immer in allem meine Unterstützung haben wirst, wenn du sie brauchst!«

Gedankenverloren verließ Andreas nach einem herzlichen Abschied das Haus in der Krummen Straße. Nach wenigen Schritten hatte er das Dammtor erreicht, dass er durchschreiten musste, um in das Innere der Dammfestung, in der das Haus lag, das er bewohnte, zu erreichen. Mitten unter dem Dammtor stellte er fest, dass sich ein Riemen seiner Schnürschuhe auf gefährliche Art gelöst hatte, und er bückte sich, um ihn wieder zu binden. Da er in der Dunkelheit herzlich wenig sah, nahm dieses Vorhaben einige Zeit in Anspruch, und plötzlich hörte er nahe, aber recht leise Männerstimmen erregt miteinander diskutieren.

Die Männer schienen innerhalb der Festung vor dem Tor stehen geblieben zu sein, vielleicht um ihre Auseinandersetzung dort zu Ende auszutragen, und Andreas konnte nicht umhin, einige Worte zu verstehen. Zunächst fast gezischelt: »Ich sag euch … ich keinesfalls … ein weiteres … zu opfern. Stoppt dieses unselige Vor… um das Heil eurer und unserer See …!«

»Ha, ihr seht doch, dass selbst der Thronfolger involviert ist!«, antwortete eine zweite Stimme höhnisch und recht laut.

»Psst, ich … keinesfalls … lassen, dass man … unbescholtene Frau da mit hineinzieht.«

Die streitenden Männer schienen ihren Weg fortsetzen zu wollen, und ihre Schritte näherten sich Andreas, der wieder aufgestanden war, um seinen Weg fortzusetzen. Im Torbogen stießen sie beinahe zusammen und Andreas erkannte in dem einen Mann Rudolf von Kampstetten.

»Oho, entschuldigt, Herr Kollege, es sollte dieser dunkle

Bogen des Nachts doch tatsächlich besser beleuchtet sein. Ich werde dahingehend morgen gleich etwas unternehmen.«

Rudolf von Kampstetten blickte Andreas vollkommen konsterniert an, aber sein Begleiter, ein anscheinend ausnehmend schöner und eleganter Mann, wie Andreas im schwachen Mondlicht zu erkennen glaubte, zog mit schwungvoller Geste seinen Hut.

»Es ist ja nichts passiert, worüber sich irgendjemand besorgen müsste«, bemerkte er mit weicher Stimme. »Herr von Kampstetten, wollt Ihr mich nicht Eurem Kollegen vorstellen?«

Stammelnd und sichtlich ungern kam Rudolf von Kampstetten der Aufforderung nach. Der Mann, der als Martin von Kaltenburg vorgestellt wurde, lachte hell auf und merkte kryptisch an: »Riebestahl, ein Name, dem ich derzeit oft begegne!«

Von Kampstetten packte seinen Begleiter am Arm und zog ihn weiter.

»Es ist schon recht spät, Herr Kollege, ich wünsche eine angenehme Nachtruhe!«

Andreas blickte den beiden Männern nach. Martin von Kaltenburg, irgendwo ist mir dieser Name schon begegnet und ich meine, es war in keinem guten Zusammenhang.

19. KAPITEL

Vorwerk Northem bei Steterburg

DER ERSTE HINWEIS AUF DEN VERBLEIB VON ELISE, den Konrad und seine Gefährten fanden, wäre ihnen beinahe entgangen. Entmutigt hatte die kleine Gruppe Quartier auf dem Gut Northem gesucht, das als Vorwerk dem Stift Steterburg angehörte. Eher widerwillig wurde Unterkunft gewährt, als Konrad darauf hinwies, dass er in fürstlicher Mission unterwegs sei. Zu dritt mussten sich die jungen Männer eine Kammer mit einem Bett teilen, das gerade genug Platz für zwei Menschen zu bieten hatte.

Gerade als Hans lautstark darauf hinweisen wollte, dass Laurenz als der Jüngste den beiden anderen den Platz abtreten müsse, gestand dieser für seine, wie Hans fand, Vorwitzigkeit erstaunlich bescheiden, zu, dass er auf dem Boden nächtigen wolle, wenn er es noch fertigbrächte, wenigstens eine Decke aufzutreiben.

In der Gesindeküche setzte eine hübsche Magd den jungen Männern einen deftigen Eintopf, den sie aus einem über einem Feuer hängenden Kupferkessel geschöpft hatte, vor und machte dabei vor Konrad wie unbeabsichtigt eine Bewegung, die diesem einen tiefen Einblick in den Ausschnitt ihres Hemdes gewährte. Laurenz, der dies mit zusammengekniffenen Augen beobachtet hatte und dem auch nicht die Reaktion Konrads entgangen war, nämlich, dass er sich ausgiebigst an dem Anblick bedient hatte, scheuchte die Magd mit einer wedelnden Handbewegung fort.

Die Magd bedachte Konrad ungerührt mit einem provozierenden Blick und drehte sich mit einem Schwung, der ihre Röcke in reizender Weise um ihre hübsche Figur wehen ließ, um und verließ die Küche.

Doch wenige Augenblicke später betraten zwei der Knechte den Raum, griffen nach Schüsseln, die auf einem Bord aufgereiht waren, befüllten diese auch aus dem großen Kessel und ließen sich an dem groben Holztisch neben Konrad und seinen Gefährten nieder.

Ehe sie den ersten Bissen zum Munde hatten führen können, wurde jedoch die Tür aufgerissen und zwei der Reiter, die auf Veranlassung von Lorenz Kale überall in der Gegend nach Elise suchten, betraten die Küche. Sie verneigten sich kurz vor Konrad und berichteten, dass sie ihm nachgesandt worden seien, ihm Meldung über die Erfolge der Erkundigungen, die eine ganze Schar von Reitern auf Anweisung des Kaufmannes Lorenz Kale eingezogen hatten, zu machen. Vielerorts seien sie auf die Mär von Gluhschwanz gestoßen, auch andere Räubergeschichten seien ihnen erzählt worden. Zwei Anzeigen seien sie nachgegangen, wo angeblich junge Mädchen verschwunden seien, um festzustellen, dass die eine tatsächlich mit ihrem Liebsten durchgebrannt und samt diesem inzwischen wieder eingefangen worden sei, es sich bei der anderen um eine alte Vettel von über 40 Jahren gehandelt habe, die anscheinend ihren Suff in einer Scheune ausgeschlafen habe und dabei versehentlich im Heu erstickt sei. Auf etwas wirklich Brauchbares seien sie jedoch nicht gestoßen.

Konrad seufzte schwer, gab den Männern eine Kurzfassung seiner eigenen Ergebnisse für Lorenz Kale mit und hieß sie dann, ihre Suche fortzusetzen, so sich dies mit den Befehlen ihres Dienstherrn deckte.

Nachdem die Reiter sich entfernt hatten, nutzte er die Gelegenheit, die beiden Knechte, die sich mit Sicherheit den ganzen Tag auf dem Feld aufgehalten hatten, denn das Sommergetreide musste gesät werden, und die nun immer noch mit aufgesperrten Mündern auf die Tür starrten, durch die sich die Reiter entfernt hatten, nach Vorkommnissen in der Gegend zu fragen.

»Ach, unsereins ist froh, wenn alles ruhig ist. Keine Seuche und keine Zauberei! Das Schlimmste, was hier in den letzten Monaten passiert ist, ist, dass ein Knecht vom Gut in Thiede sein untreues Weib, und ihre Tochter gleich mit, erschlagen hat«, knurrte der eine. Der andere nickte nur brummend mit dem Kopf.

Entmutigt wollte Konrad den müden Männern ihre verdiente Ruhe lassen, doch beschloss er noch einmal die Frage zu stellen, die er und seine Gefährten heute bestimmt mehr als hundert Menschen gestellt hatten und auf die sie verschiedenste, aber keineswegs irgendeinen Hinweis auf die Entführung Elises enthaltende Antworten gehört hatten: »Und habt Ihr in letzter Zeit etwas von dem Drachen Gluhschwanz gehört?«

Belustigt zog der eine der Männer eine Augenbraue in die Höhe und fragte provozierend: »Ach, der Gluhschwanz. Glaubt Ihr auch, dass der jetzt Jungfrauen raubt?«

Sofort hakte Konrad nach: »Wer glaubt das denn noch?«

»Ach, Gerede!«, antwortete der eine der Männer mit einer wegwerfenden Handbewegung. »Wenn die Weiber am Feuer sitzen und nichts Gescheiteres zu tun haben, spekulieren sie so über dies und das!«

»Aber wieso kommen sie darauf, dass Gluhschwanz Jungfrauen raubt? Bisher war doch nur harmloser Schabernack bekannt, den er getrieben hat!«

»Wie ich sagte, dummes Weibergesschwätz. Ist halt nur, weil man die Leiche der kleinen Thilda nicht gefunden hat.«

Laurenz war wie gestochen von der Bank hochgefahren

und fragte mit hektischen Flecken auf den Wangen: »Thilda, ein sehr hübsches Mädchen mit rabenschwarzem Haar?«

»Oho, noch nicht trocken hinter den Ohren und schon ein gutes Auge für die Weiber!«, lachte der Mann. »Ja, ja, genauso hübsch wie ihre unselige Mutter, die wohl kein Mann von der Bettkante gestoßen hätte.«

Konrad sah Laurenz gebannt an und fragte vorsichtig, wie um ihn nicht aus seinem momentanen tranceähnlichen Zustand herauszureißen: »Du kennst das Mädchen? Laurenz, wo ist sie dir begegnet?«

Laurenz starrte weiter in die Luft und begann dann zu zittern. »Sie tanzt, sie und Grete tanzen. Ich …es wird dunkel, es ist so dunkel …!«

Laurenz, der, während er diese Worte gestammelt hatte, immer bleicher geworden war, sackte am Tisch zusammen. Konrad griff geistesgegenwärtig nach seinen Schultern, zog Kopf und Oberkörper längs auf die Bank und befahl Hans, die Füße des Jungen hochzuhalten.

»Das Blut ist ihm in die Beine gegangen, es muss zurückfließen!«, herrschte er den verständnislos dreinblickenden Gehilfen an.

Als er jedoch an dem obersten Knopf des Wamses von Laurenz zu nesteln begann, um ihm mehr Luft zu verschaffen, fuhr dieser wieder hoch, schlug Konrads Hand weg und stammelte: »Es geht schon wieder. Es war nur so deutlich! Ich sah zwei Mädchen, die tanzten. Ich weiß, dass sie Grete und Thilda heißen. Grete ist rothaarig, Thilda hat schwarze Haare. Sie … wir hatten Angst, aber wir … sie mussten tanzen. Dann kam die schreckliche Dunkelheit. Mehr habe ich nicht gesehen.«

»Wer hat behauptet, dass der Mann, der seine Frau erschlagen hat, auch die Tochter umgebracht hat?«, fragte Konrad nun den einen der wie vor den Kopf geschlagenen Knechte.

»Der Mann selbst hat's gestanden, glaube ich.«

»Glaubst Du? Aber Du weißt es nicht genau? Was passierte mit dem Mann?«

»Oh, der liegt längst auf dem Schandanger, denn er ist zum Tode verurteilt worden.«

»Sag mir seinen Namen! Ich muss das überprüfen.«

»Hinrich Hauser, Knecht auf dem Gut in Thiede. Das liegt nur einen Katzensprung von hier, Ihr müsst nur den Berg runter. Das Gut gehört der Familie Napf, aber die weilen meistens in Braunschweig.«

»Wie lange ist das etwa her mit dem Mord?«

Angestrengt verzog der Befragte das Gesicht. »Oh, lasst mich überlegen. Irgendetwas Besonderes war an dem Tag. Ach ja, beim Aschermittwochsgottesdienst hab ich's in der Stiftskirche gehört. Da war's aber schon einen Tag her, also muss es am Faschingsdienstag gewesen sein. Ja, ja, da bin ich mir fast sicher.«

Konrad überlegte kurz, wann dieses Jahr das Osterfest gefeiert worden war, und es gelang ihm, bis zum Aschermittwoch zurückzurechnen.

»Ja, das muss dann Mitte Februar gewesen sein. Und so lange ist das Mädchen Thilda also verschwunden?«

»Ja, Herr, aber mehr kann ich Euch dazu auch nicht sagen. Vielleicht fragt ihr noch mal die Liese. Die Weiber schwätzen ja viel mehr miteinander und die hat's sicher besser behalten!«

In diesem Moment betrat die hübsche Magd, die sie vorhin bedient hatte, wieder die Küche.

»Ah, da kommt sie ja wie gerufen, die Liese!«

Liese zeigte sich sehr bereitwillig, dem jungen Herrn genauere Auskunft zu erteilen, bat ihn aber ein wenig atemlos, sie später hier in der Küche zu treffen, da sie jetzt erst noch die Herrschaft zu bedienen hätte.

Laurenz bedachte diese Auskunft mit einem finsteren, Hans mit einem gequälten Blick, während Konrad freudig zusicherte, dass er auch zu späterer Stunde noch an diesem Ort anwesend sei, um Liese zu treffen.

»Ich bin hundemüde und mich friert's!«, nörgelte Hans. »Ich würde jetzt eigentlich gerne schlafen gehen.«

»Gewiss, gewiss, das ist doch kein Problem. Zur Befragung der Liese reicht einer von uns. Du kannst dich auch schlafen legen, Laurenz. Du siehst sehr schlecht aus und wir werden unsere Kräfte morgen wieder brauchen! Ich setz mich hier noch ein wenig ans Feuer und schreibe Lorenz Kale einen Bericht.«

Laurenz deutete störrisch an, dass er noch nicht müde sei und zu Bett wolle, doch als Konrad ihn sanft, aber bestimmt hinter Hans herschob, schien ihm kein rechter Einwand mehr einzufallen.

Konrad nahm sich von einem Sims eine zusätzliche Talgfunzel, entzündete sie am Feuer des Kamins und setzte sich am Tisch zurecht. Die beiden Knechte hatten nach einem knappen Gruß auch den Raum verlassen und so war Konrad zum ersten Mal seit Tagen wieder mit sich allein.

Bedächtig packte er Papier, Tintenfass und Feder aus einem Ränzlein aus und blieb dann eine Weile vor sich hinsinnend sitzen. Lange überlegte er, wie er die Tatsache, dass tatsächlich schon zwei Tage vergangen waren, in denen er nicht viel hatte herausbringen können, verpacken sollte.

Vielleicht ist's besser, ich warte mit dem Brief, bis ich mehr über diese verschwundene Thilda weiß. Er lehnte sich zurück an die nackte Wand hinter ihm und starrte in das Kaminfeuer.

Durch eine flinke, kleine Hand, die sich an den Knöpfen seines Wamses zu schaffen machte, wurde er mit einem Ruck wieder wach. Neben ihm auf der Bank saß Liese, die sich in ihrem Werk nicht stören ließ und ihn aufmunternd anlächelte.

Konrad, der seit dem Tod Christines, der Frau, die er zu der Seinen hatte machen wollen, kein weibliches Wesen mehr als solches wahrgenommen hatte, blickte Liese gebannt in die Augen. Als ihre Hand immer forscher wurde und er eine für einen jungen Mann sehr natürliche Reaktion seines Körpers vernahm, wollte er sie sanft von sich wegschieben.

»Liese, lass! Du bist ein schönes Mädchen, aber ich …«

»Psst!«, machte Liese und legte einen Finger über ihre vollen Lippen. Dann neigte sie sich vor und küsste Konrad sanft. Als sie spürte, dass sein Widerstand nur aus Anstand geboren war, flüsterte sie sanft: »Ihr seid ein Herr und ich eine Magd, aber ich bin es, die Euch ein Stück von Euch selbst wiedergeben will! Nur einmal, nur heute Nacht.«

Liese setzte sich rittlings auf Konrads Schoß und setzte ihr eifriges Verführungswerk fort. Konrad vergaß alles um sich herum und überließ sich der hitzigen Lust, die Liese in ihm entfachte. Doch war die Gesindeküche auch zu dieser Zeit anscheinend nicht der richtige Ort für ein Schäferstündchen.

Plötzlich war ein Zischlaut von der Tür zu hören und erschrocken glitt die Magd von Konrad weg. Beide ordneten in verlegener Hast ihre Kleider. In der Tür stand Laurenz und betrachtete die Szene mit einem verächtlichen Blick. Liese zwinkerte fröhlich mit einem Auge.

»Oh, mir scheint, da ist jemand eifersüchtig!«

»Ach, d… der Knabe ist doch noch viel zu jung für Liebesabenteuer!«, erwiderte Konrad, der selbst mit den zerzausten Haaren und der Röte der Verlegenheit im Gesicht wie ein kleiner Junge aussah.

Lieses Blick glitt funkelnd zwischen Konrad und Laurenz hin und her, doch gab sie keinen weiteren Kommentar mehr zu der Sache ab, als sie den auf einmal beschwörenden Blick des Jungen sah.

»Nun, dann will ich mal Eure Fragen zu Thilda Hauser beantworten. Was wollt Ihr wissen?«

»Zunächst einmal den Tathergang, soweit er dir bekannt ist.« Konrad hatte sich gefangen und war nun wieder ganz auf die Untersuchung konzentriert.

»Also, ich kannte die Frau Hauser und die Thilda kannte ich auch ein bisschen. Frau Hauser, also Sieglinde, war nicht aus dieser Gegend, sondern stammte aus dem Thüringischen. Hans Hauser brachte sie eines Tages, als er im Auftrag seines Herrn in Erfurt gewesen war, als seine Frau mit nach Thiede. Sie hatte schon das kleine Mädchen Thilda. Niemand weiß, ob sie eine Witwe war oder woher das Kind stammte. Hans hat Sieglinde von Anfang an äußerst argwöhnisch bewacht. Immer wieder hat er behauptet, sie hätte anderen Männern schöne Augen gemacht. Ich persönlich glaube nicht, dass das stimmt, denn Sieglinde hatte nur Augen für ihr kleines Mädchen. Aber Sieglinde hatte oft blaue Flecken im Gesicht und an den Armen, wenn Ihr versteht, was ich meine.«

»Er hat sie geschlagen?«

»Ja, einmal habe ich Sieglinde nach dem Kirchgang darauf angesprochen. Ich habe gesagt, dass ich mir das von keinem Manne gefallen lassen würde. Da hat sie mich nur groß angeschaut und gesagt: ›Aber was soll ich denn tun, er gibt mir und Thilda ein Dach über dem Kopf!‹«

»Und was weißt du nun über ihren Tod?«

»Mitten in der Nacht am Faschingsdienstag fanden Burschen ihre blutüberströmte Leiche auf dem Weg vom Gutshof zum Stift. Man hatte ihr den Schädel eingeschlagen und sie hielt einen Fetzen des Kleides ihrer Tochter in der Hand. Auch ihr ganzer Körper war übersät mit Schrammen und blauen Flecken. Sieglinde wurde ins Gericht in Beddingen gebracht. Dann suchten sie den Hans. Der lag zu Hause vor seinem Bett und war vor Trunkenheit bewusstlos.«

»Und dann? Wieso beschuldigte man ihn?« Laurenz war mit seiner Frage in die Erzählung geplatzt.

»Oh, das hat der schon selbst besorgt. Er musste ins Gericht und da fragte man ihn, ob er wisse, was mit Sieglinde geschehen sei. Da schrie er: ›Geschlagen hab ich die Hure!‹ Und als man ihn nach Thilda fragte, spuckte er aus und nannte sie ›das Hurenkind‹.«

»Aber das heißt doch nicht, dass er sie umgebracht hat!« Konrad schüttelte verblüfft den Kopf.

»Doch, doch, er konnte sich nicht mehr richtig erinnern, aber er gab zu, dass sie beide geblutet hätten, weil er so in Wut gewesen sei und weil die Thilda so rumgeplärrt habe.«

»Aber man fand nie die Leiche von Thilda! Wie erklärt sich das?«

»Der Amtsrichter meinte, dass sie vielleicht von einem wilden Tier geholt worden sei. Die Leute aber meinen, das war der Gluhschwanz, denn der wurde hier schon oft gesehen und er hat ja auch ein Mädchen aus Adersheim geraubt.

20. KAPITEL

Braunschweig

BARBARA ERWACHTE MIT WÜTENDEN KOPFSCHMERZEN und dem Gefühl, dass irgendetwas Ekliges ihre Mundhöhle ausfüllte. Ihre Brüste schmerzten und gleichzeitig fühlte sie eine unangenehme Nässe in dem Kleiderstoff darüber.

Ich hab vergessen, die Jungen zu stillen!, dachte sie und wollte hochfahren, um das Versäumnis nachzuholen. Die Dunkelheit um sie herum war fast undurchdringlich, doch spürte sie plötzlich, dass sie nicht in ihrem Bett lag und dass sie sich nicht bewegen konnte. Ihre Arme und Hände waren dicht an den Körper gepresst und schienen von Stricken dort festgehalten zu werden. Auch um ihre Beine herum spürte sie Fesseln, und die Dunkelheit um sie herum rührte daher, dass man ihr offensichtlich die Augen zugebunden hatte. Der Schrei, der ihr entfuhr, wurde durch den Knebel, wie sie nun bemerkte, erstickt.

Die Panik, die in ihr aufstieg, brachte Barbara zum Würgen.

»Lieber Gott, hilf mir! Ich muss ruhig bleiben, ich darf mich nicht übergeben!«

Barbara zwang sich zur Ruhe, und nach einigen Augenblicken ließ die Übelkeit etwas nach und sie spürte, dass sie weiteratmen konnte. Sie verlangsamte ihre Atemzüge, versuchte aber, tiefer einzuatmen. Nach einigen Augenblicken hatte sie sich so weit beruhigt, dass sie anfangen konnte, über ihre Lage nachzudenken.

Das Letzte, woran sie sich noch ungetrübt erinnern konnte, war, dass sie aus dem Festsaal der von Veltens geeilt war, um nach ihren Zwillingen zu schauen, nachdem ihr von der Kinderfrau Nachricht geschickt worden war.

Ich bin dort noch angekommen. Max schien zu fiebern und die Kinderfrau war beunruhigt. Lorenz jammerte auch und ich beschied die Kinderfrau, sich um die Kinder zu kümmern, während ich Tücher für kalte Wickel besorgen ging. Doch ich kam nicht mehr dazu. Der Gang zur Gesindekammer war dunkel und dann … was ist passiert?

Vor ihr inneres Auge trat auf einmal ein fast überirdisch schönes Männergesicht mit funkelnden Augen.

»Liebe Dame Riebestahl, das wird hoffentlich nur der Beginn einer erfreulichen Bekanntschaft gewesen sein«, hallte eine spöttische Stimme in ihren Ohren wieder.

Es kann doch nicht sein … es waren doch nur zwei Tänze. Jetzt mal nicht den Teufel an die Wand!, versuchte Barbara, die beängstigenden Gefühle, die Martin von Kaltenburg in ihr ausgelöst hatte, niederzuringen.

Aber was heißt hier den Teufel an die Wand malen?, fragte sie sich dann und brach in ein hysterisches Kichern aus, das so grausam von dem Knebel erstickt nur wie ein leises Wimmern klang. Schließlich ist deine Lage nicht gerade himmlisch und irgendjemand hat offensichtlich schrecklich Böses mit dir vor! Aber was, um Gottes willen?

Sie konnte sich nicht gut vorstellen, dass der doch um einige Jahre jüngere Mann in so ungestümer und plötzlicher Liebe zu ihr entbrannt war, dass er sie auf gewaltsame Weise zu der Seinen machen wollte.

Sie versuchte sich in eine bequemere Lage zu bringen, um dann zu überprüfen, ob sich die Fesseln nicht an irgendeiner Stelle lösen ließen. Sie spürte einen beißenden Schmerz am Hinterkopf.

Also ist schon mal klar, was passiert ist, dachte sie verbittert. »Ich bekam einen Schlag auf den Kopf und dann fesselte man mich und brachte mich hierher. Aber wo ist das um Himmels willen, und was will man von mir?«

Barbara erwachte erneut, als sie spürte, wie sie von Händen gepackt wurde, in die Höhe gehoben und einem Mann offensichtlich wie ein Mehlsack über die Schulter gelegt wurde. Sie begann wild zu strampeln, was einen neuen Anfall von Übelkeit hervorrief.

»Hau ihr noch eins über die Rübe, man darf uns nicht hören!«, zischte eine Männerstimme.

»Ne, lass mal, der Marschall hat gesagt, wir sollen sie nicht noch mehr verletzen!«

Jetzt spürte Barbara die Wärme eines anderen Menschen direkt neben sich, und sein Gestank nach ungewaschenem Männerkörper, Alkohol und etwas Erdigem stieg ihr in die Nase.

»Du machst jetzt keinen Mucks mehr, meine Hübsche, sonst schneiden wir deinen kleinen Bübchen flugs die Kehle durch!«, drohte eine Stimme.

Barbara erstickte einen Paniklaut, sackte zusammen und wehrte sich nicht weiter gegen ihre Peiniger.

Mit leisen Schritten trugen die Männer sie aus einem Haus heraus in die Kälte der Nacht.

Bin ich noch im Haus am Burgplatz? Warum hilft mir niemand?

Nach wenigen Augenblicken spürte sie, wie sie in einer Art Holzkiste abgelegt wurde, und kurz darauf verstand sie, dass man sie offensichtlich in einem Kutschkasten verstaut hatte, denn nach einem kurzen Schnalzen setzte sich das Gefährt ruckelnd in Bewegung.

Barbara hatte die nächsten Stunden vollauf damit zu tun, die immer wiederkehrende Übelkeit, die durch das Schaukeln des Gefährts noch gesteigert wurde, niederzukämpfen. Offensichtlich hatte keiner der Entführer ihre drangvolle

Lage erkannt, und die beiden Male, als sie sich durch Tritte an die Holzwände ihres Gefängnisses bemerkbar gemacht hatte, hatte sie nur zur Antwort erhalten, dass sie gefälligst still sein solle, wenn sie ihre Söhne noch einmal lebend wiedersehen wolle. Besonders eindrücklich wurde ihr dies noch einmal verdeutlicht, als man sich offensichtlich den Wachen an einem Stadttor näherte.

»Oh, mein Gott! Wir verlassen Braunschweig!«

Barbara wusste nicht, wie sie sich dieser Tatsache stellen sollte, ohne erneut von Übelkeit überwältigt zu werden, doch wundersamerweise beruhigte sich ihr Magen, als das Geräusch der Räder sich veränderte, nachdem die Kutsche das harte Kieselsteinpflaster der Stadt hinter sich gelassen hatte und ihre Fahrt auf den vom vielen Regen durchweichten Wegen außerhalb der Stadt verlangsamen musste. Sie gab dem bleiernen Schlafbedürfnis erneut nach.

Sie hatte absolut keine Ahnung, wie lang die Fahrt gedauert hatte, die mit ihr unternommen wurde. Doch als man die Holzkiste öffnete, sie grob herauszog und auf die zittrigen Beine stellte, erkannte sie einen gleißenden Lichtschimmer, der sich unter das verrutschte Tuch über ihren Augen stahl.

»Es ist schon Tag. Oh Gott, ich muss zu meinen Kindern!«, dachte sie verzweifelt.

Die Fesseln um ihre Beine wurden gelöst und Barbara wurde von der Kutsche fortgezerrt. Sie strauchelte und ihre Beine schmerzten höllisch, nachdem eine ordentliche Blutzirkulation so lange nicht möglich gewesen war. Unter ihren Knien spürte sie weichen Boden unter sich, und als man sie wieder aufgerichtet hatte und weiterzog, dachte sie verwirrt, dass man sie anscheinend hinein in einen tiefen Wald verschleppte. Doch nach nur einigen Schritten hieß man sie stehen bleiben. Sie hörte ein Quietschen, wie wenn etwas geöffnet wurde, dann stieß man sie weiter und eine brummige Stimme warnte: »Pass auf, Mädel, jetzt geht's ne Treppe runter!«

In ihrer Aufregung zählte Barbara nicht die Stufen, doch hatte sie den Eindruck, dass die Treppe, die sie hinuntergeleitet wurde, nicht allzu lang war. Doch der muffige Geruch, der ihr in die Nase stieg, verdeutlichte ihr, was sie sowieso geahnt hatte: Man befand sich in einer Art Höhle oder Kellergewölbe.

Sie wurde auf eine Sitzgelegenheit gedrückt und das Tuch vor ihren Augen wurde entfernt. Wütend versuchte sie, ihren Blick zu schärfen, was im Halbdunkel des Raumes nicht so schnell gelang. Schemenhaft nahm sie wahr, dass ein Mann vor ihr stand.

»Nehmt ihr um Gottes willen den Knebel aus dem Mund, ihr Idioten, sie kriegt ja fast keine Luft!«

Diese Stimme erkannte sie sofort. Also doch: Martin von Kaltenburg.

Kaum hatte man den Knebel entfernt, als sie schon hochfuhr und den Mann mit vor Zorn sprühenden Augen anschrie: »Was in aller Welt soll das werden? Wie könnt Ihr es wagen? Auf der Stelle bringt Ihr mich zurück zu meinen Kindern!«

Wieder einmal verbeugte sich Martin von Kaltenburg spöttisch vor ihr, wie als wenn er sie zum Tanz auffordern wollte.

»Meine gnädige Dame Riebestahl, ich muss untertänigst um Verzeihung für diese, wie ich zugebe, etwas ruppige Vorgehensweise bitten. Sie entsprang allein dem Verdacht, dass ihr freiwillig nicht gefolgt wäret, und ich bedarf dringend Eurer Dienste und Hilfe in einer Angelegenheit.«

Empört schnappte Barbara nach Luft. »Was sollte das für eine Angelegenheit sein, die ein solches Verhalten rechtfertigt?«

»Nun, das werdet ihr bald erfahren, doch nun soll man Euch zunächst in eine Kammer führen, wo Ihr Gelegenheit haben sollt, Euch ein wenig von den Strapazen der Reise zu erholen. Sicher habt Ihr auch einige körperliche Bedürfnisse, die zu befriedigen Euch die gute Melusine hier behilflich sein wird. Er wies auf eine recht üppige und aufgedonnerte Frauengestalt neben sich, wie Barbara nun, da sich ihre Augen erholt und an das Dämmerlicht des Raumes gewöhnt hatten, erkennen konnte.

»Nichts, was Ihr vorbringen könnt, wird eine Entschuldigung dafür sein, dass ihr eine Mutter ihren Säuglingen entreißt!«, zeterte Barbara, doch es half nichts, Melusine hatte sie beim Arm gepackt und zerrte sie durch den hallenartigen Raum des Kellers zu einer Tür, die sie aufstieß. Sie zog Barbara in eine Kammer, schloss hinter ihnen beiden die Tür ab und pflanzte sich dann davor auf.

»Es wird Euch nichts helfen, hier herumzuzetern, Liebchen. Nutzt lieber die Zeit, Euch ein wenig aufzufrischen, denn Ihr seht arg mitgenommen aus.«

»Ich muss mich erleichtern!«, erwiderte Barbara trotzig und machte einen Schritt auf Melusine und die Tür zu.

»Kein Problem, mein Hübschchen, dort drüben steht ein Nachtgeschirr. Tut Euch keinen Zwang an, ich entsorge es dann. Ich helfe Euch auch, Euch das Haar und die Kleider zu richten, wenn ihr Euch am Waschtisch ein wenig erfrischt habt.«

Wütend ergab sich Barbara vorerst in ihr Schicksal, griff nach dem Nachtgeschirr und verschwand hinter einer spanischen Wand, über die allerlei Kleidungsstücke geworfen worden waren. Nachdem sie ihre Notdurft verrichtet hatte und sich am Waschtisch vor einem fleckigen Spiegel unter Verzicht auf die angebotene Hilfe Melusines ein wenig frisch gemacht hatte, fuhr sie die Frau giftig an: »Ihr könnt jetzt Eurem Ruffer Bescheid sagen, dass ich keiner weiteren Erholung bedarf und aufgeklärt werden möchte, warum ich hier bin.«

Melusine zog nur eine Augenbraue in die Höhe, drehte sich auf der Achse, öffnete die Tür und schloss sie hinter sich von außen ab.

Sich wesentlich weniger mutig fühlend, als sie vor ihren Entführern gewirkt hatte, ließ Barbara sich auf einen Stuhl sinken und bedachte ihre Lage. Wann würde man ihr Verschwinden bemerken? Würde man Andreas schnell benachrichtigen? Und würde dieser irgendeine Möglichkeit haben, sie zu finden? Was wollte man nur von ihr? Es sah nicht so aus, als sei ihre Entführung aufgrund eines plötzlich entbrannten Begehrens dieses schrecklichen Mannes geschehen. Aber es konnte doch auch nicht sein, dass man sie gegen Geld würde auslösen wollen, denn da gab es doch in jedem Falle lohnendere Entführungsopfer als eine kleine Beamtenfrau.

Eine ungeduldige Bewegung machte ihr die Schmerzen in den prallen Brüsten bewusst und als sich unwillkürlich ihre Gedanken auf ihre zurückgelassenen Säuglinge richteten, wurde der Schmerz noch schlimmer und neue nasse Flecken breiteten sich auf der Vorderseite ihres Kleides aus. Sie schluchzte auf und fragte sich schaudernd, wie die Kinderfrau wohl mit zwei Säuglingen fertigwerden sollte, von denen einer kränkelte und beide sicher empört auf den Verlust der mütterlichen Milch reagierten. Sie hoffte sehr, dass Margaretes Freundschaft so weit reichte, dass man die Amme ihres Kronsohnes anwies, die Söhne Barbara Riebestahls ihrer Milch teilhaftig werden zu lassen.

Gerade als ihr deutlich wurde, dass sie durch alles Grübeln trotzdem nicht auf die Lösung ihrer Probleme kommen würde, drehte sich der Schlüssel im Türschloss und Melusine trat erneut ein.

»Kommt, Goldvögelchen, der Marschall wünscht, mit Euch zu Mittag zu speisen.«

Durch die große Halle wurde Barbara in einen Raum auf deren anderen Seite geführt. Dieser Raum unterschied sich in jeder Hinsicht vom Rest des Kellers, den sie bisher gesehen hatte. Prächtige Teppiche hingen an weiß gekalkten Wänden, die hölzernen Dielen des Bodens waren blank gescheuert und auch hier lagen kostbare Teppiche. Im hinteren Teil des Raumes erblickte Barbara durch die geöffneten Vorhänge einen Alkoven mit einem breiten Bett, auf dem kostbare Decken aus Seide und Spitze lagen. An einer Wand stand ein mit Schnitzereien verzierter Schrank, an einer anderen Wand erblickte Barbara gar ein Klavichord.

An einem mit einem makellosen weißen Tischtuch bedeckten Tisch in der Mitte des Raumes saß Martin von Kaltenburg. Vor ihm standen einige dampfende Schüsseln, und Barbaras Magen krampfte sich zusammen, als sie merkte, wie hungrig sie war.

Martin von Kaltenburg erhob sich und rückte einladend einen Stuhl für Barbara zurecht.

»Kommt, meine Liebe, teilt mein bescheidenes Mahl mit mir, dann werde ich Euch über den Grund Eurer Anwesenheit hier aufklären.«

Barbara sah keinen Sinn darin, sich zu zieren. Zu groß war ihr Hunger und auch die Neugier, was dieser unverschämte Mensch ihr zu offenbaren gedachte. Von Kaltenburg klatschte zweimal laut in die Hände und die Tür öffnete sich wie durch Zauberhand. Vier sehr junge Mädchen betraten mit gezierten Schritten den Raum und trugen kostbares Kristallglas, wie es eigentlich als Tischgeschirr nur an fürstlichen Höfen benutzt wurde, und Karaffen mit in verschiedenen Tönen funkelndem Wein herein.

»Was wünscht Ihr zu trinken, meine Liebe? Lieber den

süßen roten Wein Italiens oder den frischen, herben Wein von der Mosel?«

Barbara indes reagierte gar nicht auf diese Frage, denn sie betrachtete schockiert die jungen Mädchen. Jede von ihnen war auf ihre Art eine Schönheit, doch waren sie auf eine seltsame und für ihr Alter vollkommen unangemessene Art gekleidet und frisiert. Das erste Mädchen, dem eine wallende rote Lockenflut über die nackten, weißen Schultern und den Rücken bis hin zur Taille floss, trat auf einen Wink des Marschalls näher und er nahm ihr ein Kristallglas aus der Hand. Dann bedeutete er dem zweiten Mädchen, einer zarten Brünetten, dass sie das Glas aus der Karaffe, die sie in der Hand hielt, befüllen solle. Das dritte Mädchen war eine exotische, schwarzhaarige Schönheit, deren Haar nach Art einer orientalischen Prinzessin mit Edelsteinen eingeflochten war und deren Augen mit einem schwarzen Strich betont wurden.

Barbaras Blick traf sich mit dem des vierten Mädchens. Sie war sehr hellhäutig und das fast weißblonde Haar war zu einer Art Turban auf ihrem Kopf getürmt. Die riesigen blauen Augen und der volle, kirschrote Mund schufen einen bemerkenswerten Farbkontrast. Dieser Mund formte nun unhörbar die Worte: »Tante Riebestahl!«

21. KAPITEL

Auf dem Weg nach Adersheim

NACHDEM KONRAD, LAURENZ UND HANS früh am nächsten Morgen zusammen mit dem Hofgesinde eine stillschweigende Mahlzeit eingenommen hatten, einigten die drei sich, zunächst auf eine Befragung in Thiede zu verzichten, und machten sich in das eine gute Meile entfernte Adersheim auf.

Bei der emsigen, hübschen Magd hatten sie über den angeblichen Mädchenraub in Adersheim nicht mehr viel erfahren können. Die lustige Liese hatte auf Nachfragen sehr vernünftig geantwortet, dass viele Geschichten, die durch die Dörfer zogen, beim dritten oder vierten Dorf schon ins Unermessliche aufgebauscht seien, sodass diese sich zwar sehr spannend anhörten, wenn man aber die Wahrheit wissen wolle, so müsse man sich schon in das Dorf begeben, wo sich die Geschichte zugetragen habe. Was sie selbst mit Sicherheit nur sagen könne, sei, dass ein weiteres Mädchen verschwunden sein sollte.

Mit finsterem Blick hatte Laurenz beobachtet, dass Liese Konrad zum Abschied noch einmal einen ausgiebigen Blick in ihren Ausschnitt gönnte und sich gar zum Schluss auf Zehenspitzen stellte und ihm einen zarten Kuss auf die Wange hauchte. Was sie ihm danach in die Ohren raunte, war nicht zu verstehen, aber Laurenz hatte eine gewisse Vermutung, als er das, wie er fand, etwas dümmliche Grinsen auf Konrads Gesicht sah.

Konrad berechnete, dass sie für den Weg etwa knapp zwei Stunden brauchen würden und dass sie, wenn nicht neue

Erkenntnisse sie in eine andere Richtung führen würden, die Nacht in seiner Wohnung in der Heinrichstadt, die dann auch nur noch einen Ritt von einer Stunde entfernt lag, verbringen könnten.

»Dann kann ich gleich in der Kanzlei einen kurzen Bericht erstatten und vielleicht auch noch Soldaten zur Hilfe für die weitere Suche beantragen. Wir kommen einfach zu langsam voran.«

Laurenz, der sich während des gestrigen Rittes als ein sehr kurzweiliger Plauderer erwiesen hatte und der selbst immer wieder überrascht über sein umfangreiches Wissen zu sein schien, zeigte sich heute mürrisch und übellaunig. Hans, der die Nähe, die sich so schnell zwischen Konrad und Laurenz entwickelt hatte, mit größtem Missfallen beobachtet hatte, nutzte die Situation für sich. Immer wieder trieb er sein Pferd neben Konrad und versuchte, ihn in ein Gespräch über diese oder jene Belanglosigkeit zu verwickeln. Es fiel ihm nicht auf, dass auch Konrad nicht sehr bei der Sache zu sein schien, denn dieser gab gelegentlich ein »hm« oder »ja« von sich, als wenn er ihm zuhörte. In Wirklichkeit war Konrad tief in Gedanken versunken. Doch plötzlich drangen die Worte »Maibraut heimführen« in sein Bewusstsein. Er sah auf und wollte von Hans wissen: »Was sagtest du eben über das Heimführen einer Maibraut?«

»Habt Ihr nicht gesehen, dass sie schon in allen Dörfern beginnen, den Dorfanger zu schmücken? Der nächste Donnerstag ist der 1. Mai und da werden überall die Maibräute gekürt.«

Konrad, der sein Leben nur in Städten verbracht hatte, als Kind in Braunschweig, dann in der Heinrichstadt beziehungsweise an der Universität in Helmstedt, konnte mit dieser Aussage nicht allzu viel anfangen. Hans hinwiederum wusste sehr viel über das Geschehen in den Dörfern, weil er als Kind viel Zeit bei seinen Großeltern in dem Dorf Waggum verbracht hatte, wo die Wahl der Maikönigin entweder schon am 1. Mai vorgenommen wurde oder zu Pfingsten und fast den eigentlichen Sinn des Pfingstfestes überlagerte.

»Man möchte meinen, der 1. Februar stände bevor und nicht der 1. Mai, so kalt ist es!«, maulte Laurenz und ritt von hinten heran, um sich nun doch an der Unterhaltung zu beteiligen.

Tatsächlich standen die Bäume erst im ersten zaghaften Grün, und die Blüten der Obstbäume sahen teilweise erfroren aus, so sie sich denn überhaupt entwickelt hatten. Keiner von den drei Reitern hatte jemals erlebt, dass sich der Frühling so schwertat wie dieses Jahr. Und nun hatte man schon fast den Mai erreicht. Konrad bedachte Laurenz mit einem aufmunternden Lächeln, da er dachte, es müsse belohnt werden, wenn dieser erste Anzeichen zeigte, sich aus seiner beleidigten Zurückgezogenheit zu befreien.

»Ja, tatsächlich, ein paar wärmende Sonnenstrahlen könnten uns allen nicht schaden. Dann wandte er sich interessiert Hans zu. »Aber erzähl mir noch mehr von dem Maiköniginnenbrauch, Hans.«

Dieser begann, weitschweifig zu schwärmen: »Also, jedes Dorf hat so seine eigenen Traditionen, nicht überall ist das Vorgehen genau das Gleiche. Jedenfalls wird in der Woche vor dem 1. Mai eine Maibraut gewählt. Die zieht dann am 1. Mai oder zum Pfingstfest mit einer Schar festlich gekleideter Mädchen mit Kränzen aus Frühlingsblumen im Haar durch das Dorf: Meist ist die Maibraut das Schönste der Mädchen, obwohl man darüber ja bekanntlich auch verschiedener Meinung sein kann.«

»So, da zieht die Maibraut mit ihrem Gefolge durch das Dorf, und weiter?«, schaltete sich Laurenz neugierig in das Gespräch ein.

»Die Mädchen ziehen von Hof zu Hof, singen Lieder und bekommen zum Lohn Eier, Würste und Kuchen.«

»Häh, das ist alles?«

»Wieso?«

»Bei uns zu Hause war das aber viel mehr Gewese. Und das Ganze nur zum 1. Mai und nicht zu Pfingsten. ›Mailehen‹ heißt das bei uns.« Laurenz sann einen Moment in Erinnerung versunken nach, dann sprach er weiter: »Zuerst wird der Maikönig gewählt. Und der herrscht den ganzen Mai über alle unverheirateten Burschen und Mädchen. Er gibt am Abend vor dem 1. Mai die ledigen Mädchen, die im heiratsfähigen Alter sind, als Maibräute zur Versteigerung frei. Das können übrigens alle Jungfern sein, auch die nicht mehr ganz frischen bis ins hohe Alter. Doch die, die die Hoffnung schon aufgegeben haben, entziehen sich durch die Abgabe eines Pfandes in Form einer Wurst oder eines Kuchens der Verpflichtung.

Ein Bursche, der ›Scholtes‹, also ›Schultheiß‹ genannt wird, bietet jedes der Mädchen an. Eine Jede versucht natürlich zu diesem Zwecke, ihre Vorzüge im besten Licht erscheinen zu lassen, denn oft entstehen hier wirklich Paare, die schon bald vor den Altar treten. Alle Burschen können sich dann um die Ersteigerung eines Mädchens bemühen.«

»Pah, das wollte mir aber nicht recht gefallen, wenn ein Bursche mehr Geld besäße und mir die Liebste wegsteigert!«, warf Hans ein.

»Das kann schon passieren. Da darf man dann halt nicht geizen mit seinen Kreuzern, wenn's einem wichtig ist!« Laurenz streckte arrogant die Nase in die Luft.

»Aber wenn's passiert, dann hat der Verlierer ja nur den Maimonat das Nachsehen. Denn zu allen Festen im Mai darf der, der sich ein Mädel ersteigert, dieses ausführen. Übrigens wird das Mädchen, das die meisten Gebote erzielt hat, zur

Maikönigin. Die armen Mauerblümchen, die nicht ersteigert wurden, werden als Gruppe vom Scholtes übernommen, denn auch sie sollen sich in männlicher Begleitung der Maifeste erfreuen können.«

»Und du, hast du auch schon dein Glück bei einer Maibraut versucht?«, fragte Konrad scherzhaft, weil er nicht annahm, dass zu dieser Vergnügung so junge Burschen wie Laurenz zugelassen würden. Doch der errötete jäh und schüttelte den Kopf.

»Mir scheint aber, dass da wieder ein gutes Stück Erinnerung in deinem Kopf aufgetaucht ist. Weißt du noch, wo ›bei uns zu Hause‹ war? Es klingt mir gar sehr nach südlicheren Gefilden als die unseren. Beschreib mir die Festtagstracht der Bauern!«

Laurenz gab sich alle Mühe, doch seine Beschreibungen blieben so vage, dass durch sie nur ein sehr allgemeines Bild, wie es sich überall befinden konnte, ergab. Als Konrad ihn jedoch aufforderte, einen Satz in der in seiner Heimat gängigen Mundart zu sprechen, ergab sich ein deutlicheres Bild, denn wie aus der Pistole geschossen sagte er mit einem breiten Grinsen: »Bei dir isch Hobfe unn Malz vergore, hajo, so isch des!«

»Aus Württemberg kommst du, das ist schon einmal klar! Was hat dich nur hierherverschlagen? Aber sagt mir«, fuhr Konrad an beide seiner Begleiter fort »habt ihr aus irgendeiner Erzählung davon gehört, dass zu diesen Maibräuchen auch Mädchen gegen ihren Willen entführt werden?«

Laurenz und Hans schüttelten beide verwundert die Köpfe. Doch während Hans zu erfahren verlangte, wie Konrad auf solch eine Idee käme, bekam Laurenz wieder den in sich gekehrten Blick, den er aufsetzte, wenn er seine Vergangenheit zu ergründen versuchte.

Zunächst fiel es weder Konrad noch Hans auf, dass Laurenz sein Pferd wieder nach hinten hatte fallen lassen. Konrad versicherte Hans, dass sein Gedankengang jeglicher gesicherten Grundlage entbehre, dass ihm aber eben bei der Erzählung über das Mailehen der Gedanke gekommen sei, dass es irgendwie seltsam sei, dass gerade in dieser Vorbereitungszeit des Festes mehrere Mädchen verschwunden seien.

Hans schüttelte nur den Kopf. »Nein, nein, Herr Konrad, da seid ihr auf einer falschen Fährte. Es gibt nichts Gewaltsames an unserem Mailehen. Die Dinge, die Laurenz erzählt hat, werden in einigen Dörfern unserer Gegend auch so gehandhabt. Aber wenn eine Jungfer nicht mittun will, so wird sie nicht gezwungen. Wie gesagt, die Alten dürfen sich freikaufen und die Jungen brauchen einfach nicht zur Versteigerung erscheinen, wenn sie nicht wollen. Aber ich glaube, das kommt so gut wie nie vor, denn es ist doch einfach nur eine Gaudi unter jungen Dorfleuten!«

Konrad machte eine wegwerfende Geste. »Sicher, es war ja auch nur so ein Gedan…«

Konrad unterbrach sich, denn nun erscholl von hinter ihm auf einmal Gesang, der wunderschön hätte klingen können, wenn er nicht zwar mit lieblicher, doch sehr monotoner Stimme gesungen worden wäre:

Es steht auf unsrer Wiesen drei Fähndelein stolz
Ein Baum mit Haselnüssen, drei Fähndelein
döhndelum, dideldumdei!
Der Liebchen und der sind zwei.

Wen wolln wir der Laura geben?
Drei Fähnedelein stolz
Den Marschall wohl in den Löwen …

Laurenz brach sein Lied plötzlich ab, stieß einen Klagelaut aus und rutschte langsam von seinem Pferd hinab und schlug hart auf dem Boden auf. In kürzerer Zeit, als ein Augenzwinkern brauchte, war Konrad von seinem Pferd abgestiegen und ließ sich neben Laurenz, der blass und still wie ein Toter auf dem Rücken lag, auf den Knien nieder. Behutsam drehte er dessen Kopf, um zu schauen, ob er sich den aufgeschlagen hatte. Doch er ertastete kein Blut und hoffte, dass es bei einer Beule verbleiben würde. Er fühlte die Halsschlagader, die zwar schnell, aber gleichmäßig pochte. Dann nahm er sanft Laurenz' Kopf in seinen Schoß und herrschte Hans, der immer noch wie vom Donner gerührt auf seinem Pferd saß, an, dass er absteigen und den Schlauch mit dem Wasser bringen solle. Selbst nestelte er das Wams über der Brust des ohnmächtigen Jungen auf und erstarrte. Das Geheimnis, das Laurenz schon dem alten Hirten Hinrich unfreiwillig offenbart hatte, lag jetzt vor Konrad entblößt. Mit einer hastigen Bewegung raffte er das Wams wieder über der Brust von Laurenz zusammen, legte seinen Kopf zurück und verlagerte sein eigenes Gewicht von den Knien auf die auf den Boden abgestützten Füße. So saß er einen Moment da, während die Gedanken in seinem Kopf Purzelbäume schlugen. Erst als Hans mit der Wasserflasche herantrat, rief er sich zur Ordnung.

»Setz dich auf den Boden, nimm seine Beine und halte sie ein Stück in die Höhe!«, befahl er Hans und nahm ihm die Wasserflasche ab.

In diesem Moment schlug Laurenz die Augen auf und versuchte, die Situation zu erfassen. Konrad schob ihm eine Hand unter den Kopf, hob diesen an und setzte Laurenz die Wasserflasche an den Mund. Dieser trank einen kleinen Schluck daraus, schob sie dann verlegen zur Seite und machte Anstalten, sich aufzurichten.

Konrad befahl ihm, noch einen kleinen Moment liegen zu bleiben und sich dann sehr langsam zu erheben.

»Ganz ruhig, mein Junge. Du hast irgendwelche Reime gesungen und fielst dann in Ohnmacht. Sind die Reime eine neue Erinnerung?«

Zweimal öffnete und schloss Laurenz den Mund wie ein Karpfen an Land, dann stieß er mit rauer Stimme hervor: »Es ist nichts, nur eine kleine Ohnmacht, das ... das passiert mir manchmal!«

Konrad nickte und sah Laurenz scharf an. »Ja, nach Weiberart, wenn der Schrecken zu groß wird, nicht?«

Laurenz fuhr zusammen und blickte Konrad in die Augen wie ein Kaninchen der Schlange. Hans lachte hämisch.

»Ja, ja oder wie ein Knabe, der noch nicht trocken hinter den Ohren ist und sich zu viel zumutet!«

Konrad machte eine beschwichtigende Handbewegung, als Laurenz zu einer Erwiderung ansetzte.

»Na ja, vielleicht war es auch einfach zu viel Reiterei in den letzten Tagen. Es ist ja noch nicht so lange her, dass du eine über den Kopf bekommen hast, nicht wahr, Laurenz?«

Laurenz schien nicht zu wissen, ob er dankbar in diesen Tenor einstimmen sollte, oder ob er noch irgendetwas zu seiner Verteidigung beibringen sollte, aber Konrad wies freundlich auf die Pferde und fragte: »Es ist nicht mehr weit bis Adersheim. Wirst du das noch schaffen?«

Laurenz beeilte sich zu versichern, dass es ihm schon wieder recht gut ging und dass die Fortsetzung des Rittes ihm keinerlei Probleme bereiten würde.

Den Rest des nunmehr nur noch sehr kurzen Weges legte die kleine Truppe in Schweigen zurück, jeder in seine eigenen Gedanken versunken. Hin und wieder warf Laurenz Konrad einen unsicheren Blick zu, den dieser aber gar nicht zu bemerken schien.

Konrads Gedanken kreisten unablässig um seine Entdeckung. Er fragte sich, wie er so blind hatte sein können, nicht gleich zu bemerken, dass dieser zierliche Junge mit den allzu hübschen, zarten Gesichtszügen ein Mädchen war.

Da bist du in deiner eigenen Familie von einer Unzahl solcher Wesen umgeben, meinst, auch schon einige Erfahrungen mit dem zarten Geschlecht gemacht zu haben, und lässt dich so hinters Licht führen!

Schließlich tröstete sich Konrad damit, das Laurenz – oder Laurentia? – ja auch alle anderen durchaus erfolgreich getäuscht hatte, und wandte seine Gedanken dem zu, was er bis jetzt bereits über ihn oder sie erfahren hatte.

Sie hat ihr Gedächtnis verloren, aber alle Erinnerungen, die ihr kommen, zeigen, dass sie aus gutem Hause, ja, wahrscheinlich sogar vornehmer Abstammung ist. Die Klangfärbung ihrer Sprache und ihre Erzählung über die Mailehenbräuche weisen auf eine südwestliche Herkunft hin. Heute Abend werde ich sie unter vier Augen befragen und morgen muss ich zusehen, dass ich ihr Quartier verschaffe, wo sie wieder als Mädchen auftreten kann, denn es schickt sich wahrlich nicht, dass sie weiter mit uns reist.«

22. KAPITEL

Braunschweig

WER AN DIESEM Tag IN BRAUNSCHWEIG von der Schützen-
straße auf den Kohlmarkt einbog, blieb, so es seine Zeit
zuließ, einen Moment stehen und versuchte zu erfassen, was
es mit dem Lärm, der aus einem offen stehenden Fenster
im ersten Obergeschoss der »Münze« drang, auf sich hatte.
Dort tagte der »Küchenrat«, wie der Enge Rat im Volks-
mund noch hieß, weil er einst sein Sitzungszimmer über
der Ratsküche im Neustadtrathaus gehabt hatte. Schon vor
Jahrzehnten war der Enge Rat in die komfortableren Räum-
lichkeiten der »Münze« gezogen, doch der alte Name war
hängen geblieben.

Der Enge Rat setzte sich hauptsächlich aus den Bürger-
meistern der fünf Weichbilde der Stadt zusammen. Je sechs
Bürgermeister schickten Altstadt und Hagen, je drei die
Neustadt, der Altewiek und der Sack. Dazu kamen noch
vier Kämmerer, und so bestand die Gruppe aus 25 Männern.
Heute allerdings hörte es sich an, als wäre der Allgemeine
Rat der Stadt, der immerhin aus mehr als hundert Ratsher-
ren bestand, zusammengekommen.

»Was regt die Ratsherren so auf, dass man's bis auf die
Straße hört?«, fragte eine Bürgersfrau, die aus der Schützen-
straße kam, eine andere, die schon länger an der Stelle unter
dem Fenster zu stehen schien.

»Ach, das alte Leid. Der Herzog piesackt uns schon wieder mit neuen Plänen. Man sollte meinen, man würde irgendetwas verstehen können bei diesem Lärm, aber die schreien

alle durcheinander und man hört nur Worte wie ›Julius-schifffahrt‹, beim Kaiser anmelden oder ›Verweigerung der Zölle‹.«

Tatsächlich hatte die Bürgersfrau mit diesen Worten, die sie hatte verstehen können, das Wesentliche des Tumultes erfasst.

Wie vom Donner gerührt hatten die würdigen Ratsherren des Engen Rates den Worten ihres schon recht betagten Vorsitzenden, des Großen Bürgermeisters der Altstadt, Jobst Kale, gelauscht. Lähmende Stille lag einige Augenblicke im Raum, nachdem der Bürgermeister mit seiner Rede zu Ende gekommen war. Die Perfidie der neuen Pläne des Herzogs musste erst langsam in den Köpfen der Anwesenden ankommen. Doch dann brach der Tumult aus und Bürgermeister Kale ließ ihm zunächst seinen Lauf.

Die jahrhundertealte Feindschaft zwischen der auf ihrer Unabhängigkeit bestehenden Handelsstadt und dem Fürstenhaus hatte einen neuen Höhepunkt erreicht.

Was im Jahr des Regierungsantrittes des neuen Herzogs 1569 so hoffnungsvoll mit einem Huldigungsvertrag begonnen hatte, war wenige Jahre später schon wieder Stück für Stück zerbrochen.

Begonnen hatte es mit einer schlichten Auslieferungsstreitigkeit über einen aus Wolfenbüttel entwichenen Diener Namens Kettwig, der in Braunschweig verhaftet worden war. Die Stadt verweigerte die geforderte Auslieferung, und als dem Diener gar die Flucht gelungen war, beschuldigte der Herzog den Braunschweiger Rat, dabei die Hand im Spiel gehabt zu haben.

Da aber eben dieser Kettwig in hochstaplerische Betrügereien verwickelt gewesen war, die den Wolfenbüttler Hof zutiefst erschüttert hatten, war es dem Herzog unbedingt angelegen, den Diener zum Verhör zu bekommen.

Die Stadt Braunschweig hatte es sich angesichts der Drohungen des Herzogs zwar einiges kosten lassen, um Kettwig wiederzufinden, doch dessen Verhaftung gelang schließlich den Soldaten des Herzogs.

Der Prozess, den der Herzog gegen den untreuen Diener und einen weiteren Beteiligten anstrengen ließ, wurde kurzerhand ohne Braunschweiger Beteiligung geführt. Die Geständnisse der Angeklagten, die den Rat der Stadt schwer belasteten, ließ der Herzog durch einen Trompeter verkünden. Er forderte den Rat auf, zu seiner Rechtfertigung vor die Landstände zu treten. Dies wies der Rat empört zurück und die Angeklagten wurden hingerichtet.

Der Rat brachte diese Sache nun aber mit einer Klageschrift, in der gleich noch andere Streitpunkte, wie Auseinandersetzungen über Jagdrechte, unrechtmäßig erhobene Zölle und Neubelehnungen mit aufgeführt wurden, vor das Reichskammergericht und hob damit die Auseinandersetzung auf eine andere Ebene.

Nicht eben zur Beruhigung der Beziehungen trug der Umstand bei, dass die Stadt Braunschweig zu den Feierlichkeiten der Eröffnung der Universität Helmstedt nicht eingeladen wurde, aber der Stadtsuperintendent Martin Chemnitz, dem Herzog Julius sehr nahestand, die Festpredigt halten sollte. Die Stadt verbot kurzerhand dem Superintendenten, in Helmstedt zu predigen, und trübte dadurch auch das gute Verhältnis, das zwischen Stadt und Herzogtum auf theologischer Ebene bestanden hatte. Gänzlich erschüttert wurde dies allerdings durch das Handeln des Herzogs im Bezug auf die Besetzung des Halberstädter Bischofsstuhls. Um das Bistum seinem Einflussbereich zufügen zu können, hatte er seinen unmündigen Sohn Heinrich Julius nicht nur zum lutherischen Administrator des Bistums wählen lassen, wie dies in solchen Fällen durchaus üblich war, sondern ihn regelrecht zum Bischof weihen lassen. Dies empörte die lutherische Stadt Braunschweig zutiefst.

Die Schifffahrtspläne des Herzogs, die vor vier Jahren dem Ganzen die Krone aufgesetzt hatten und auch Gegenstand der Klagen vor dem Reichskammergericht waren, hatte dieser teilweise unbekümmert fortgeführt, so zum Beispiel das Floßwerk auf der Oker und der Nette. Doch die Pläne, die Oker ganz von Braunschweig ab und durch kleine Nebenflüsse in die Aller zu leiten, waren wenigstens aufgrund des scharfen Protestes des Herzogs von Lüneburg gescheitert. Die Stadt hatte gehofft, dass dies zusammen mit dem Fortgang des Baumeisters de Raet den Plänen des Herzogs einen endgültigen Dämpfer versetzt hatte. Doch nun sah sich der Rat der Stadt in dieser Hoffnung getäuscht. Die Pläne waren nur vorläufig in der Schublade gelandet, der Herzog hatte sie nun wieder herausgeholt.

Nachdem der erste Sturm der Entrüstung endlich abgeebbt war, verschaffte sich Bürgermeister Kale erneut die Aufmerksamkeit der Mitglieder des Engen Rates, indem er mit einem kleinen Hammer auf den Tisch klopfte.

»Die Sitzung des heutigen Tages soll dazu dienen, sich einen Überblick zu verschaffen, welche Vorhaben des Herzogs Aussicht auf erfolgreiche Durchführung haben, wie sehr er uns damit schaden könnte und wo er seine Verbündeten suchen wird. Außerdem werden wir zu überlegen haben, ob wir irgendwelche Vorteile für unsere Stadt in den Vorhaben des Herzogs erkennen können. Ist dies nicht so, sondern gereichen sie uns weiterhin nur zum Nachteil, dann haben wir zu erkunden, wessen Unterstützung wir uns versichern müssen beziehungsweise welchen anderen Mächten in unserem Land die Vorhaben des Herzogs schaden. Wir müssen dann Verbündete suchen.«

»Nie und nimmer wird ein Wolfenbüttler etwas tun, was

unserer Stadt zum Vorteil gereicht!«, rief einer der Ratsherren aufgebracht und erntete zustimmendes Gemurmel.

»Der Herzog von Lüneburg war und ist in dieser Sache der beste Verbündete!«

»Die Stadt Celle wird nie und nimmer das Monopol der Oker- und Allerschifffahrt aufheben, also kann's dem Herzog auch nichts nützen!«

»Eine Umleitung der Oker gefährdet nicht nur unseren Handel, sondern auch unsere Festungswälle!«

»Ha, der Herzog hat doch, seitdem er de Raet vergrault hat, keinen Baumeister mehr!«

»Wer sich mit den Wolfenbüttlern ins Boot setzt, wird sehr schnell über Bord gehievt werden!«

Die Vorbehalte und Anklagen folgten immer schneller und erregter aufeinander und bald war wieder die alte Lautstärke erreicht, in der der eine nicht mehr hören konnte, was der andere sagte, und so selbst umso lauter sprach, um seine Meinung zum Besten zu geben.

Johann Bestmann, ein Bürgermeister der Neustadt, hob indes nach einiger Zeit den Arm und suchte Blickkontakt mit dem Vorsitzenden. Dieser reagierte widerstrebend, denn er mochte diesen Ratsherrn, der seine Arbeit nicht ehrenhalber, sondern für eine gute Bezahlung tat, nicht besonders. Durch neuerliches Klopfen auf den Tisch nötigte er jedoch die Ratsherren zur Ruhe. Dann erteilte er dem Neustädter das Wort.

Bestmann, ein Mann in den Dreißigern, dem man die Genusssucht an seiner Leibesmitte und dem von übermäßigem Alkoholgenuss geröteten Gesicht ansah, stand auf und räusperte sich.

»Meine Herren, es gilt doch zu überlegen, ob die Haltung der Stadt zu dieser Sache nicht doch noch stark zu überdenken ist. Wir haben hier einen Herzog, der sich in der Durchführung seiner Pläne in den letzten Jahren noch nicht einmal vom Kaiser bremsen ließ. Wir haben auf der anderen Seite unsere Stadt, die immer wieder den Kürzeren zieht, nicht nur in Bezug auf den Herzog, sondern auch in Bezug auf die Vorrechte anderer Städte in der Schifffahrt.«

»Was wollt Ihr damit sagen, Meister Bestmann, werdet deutlicher!«, verlangte Bürgermeister Kale zu erfahren.

»Was ich sagen will, ist, dass der Herzog bereits dabei ist, einen neuen Baumeister zu gewinnen, und dass er alle Widerstände leicht umgehen kann, wenn er seinen Plan durchführt, eine Verbindung zwischen der Oker und der Bode zu schaffen. Denn dabei hat er die Unterstützung seiner Bundesgenossen in Brandenburg und Sachsen.«

»Woher wisst ihr, dass er einen neuen Baumeister hat?«

»Nun, ich war gestern geladener Gast im Hause von Velten, wo man versucht hat, den Adel und eine Schar Patrizier unserer Stadt für die neuen Pläne zu gewinnen. Und dort wurde berichtet, dass der neue Baumeister so gut wie gewonnen ist.«

Erneut erhob sich erregtes Geschrei. Diesmal gelang es Kale nur sehr mühsam, wieder Ruhe einkehren zu lassen. Dann verlangte er mit von Sarkasmus triefender Stimme zu wissen: »Und Ihr wart geladener Gast zwischen Adligen und Patriziern im Hause von Velten, Herr Bestmann? Das nenne ich einen schnellen Aufstieg!«

Jobst Kale war einer der erbittersten Verfechter der Forderung gewesen, dass das Amt eines Ratsmitglieds ein Ehrenamt blieb und damit ein unbezahltes Amt. Jahrhundertelang hatte diese Tradition Bestand gehabt. Den Bürgermeistern und Räten war es eine Ehre gewesen, im Stande zu sein, ein zeitaufwendiges Amt neben dem eigentlichen Geschäft oder Handwerk auszufüllen, ohne dafür Entschädigung verlangen zu müssen. Schließlich amtierte man zwar lebenslang, aber immer nur eins von drei Jahren, während die beiden anderen Jahre sogenannte Ruhejahre waren. So blieb genug Zeit für die Geschäfte und die Vorbereitung auf das Amtsjahr. Die seltenen Fälle, wo bei Abstimmungen der Volle Rat einberufen wurde, also auch die Ratsmitglieder, die sich eigentlich in einem ruhenden Jahr befanden, waren in einem Leben an den Fingern abzuzählen. Und sie waren dann auch so wichtig, dass es für jeden einsehbar war, dass er seine Geschäfte kurzzeitig hintanstellen musste.

Johann Bestmann nun war einer derjenigen gewesen, die vor fünf Jahren gegen den erklärten Widerstand von Kale und einiger anderer alteingesessener Patrizier durchgesetzt hatten, dass Ratsmitglieder eine Entschädigung für die der Allgemeinheit zur Verfügung gestellten Zeit erhielten. Bestmann hatte sich aus sehr bescheidenen Verhältnissen durch geschicktes Wirtschaften emporgearbeitet und gehörte seit einigen Jahren sogar dem Engen Rat an. Seine Argumente für die Einführung der Entschädigung waren gewesen, dass Braunschweig eine starke Schwächung der Konjunktur erlebt hatte und dass Ratsmitglieder in finanzielle Nöte geraten waren, die sie bestechlich machten für Ansinnen, die mit freigiebiger Hand unterstützt wurden.

Das Eingeständnis, dass Bestmann an einer Abendgesellschaft teilgenommen hatte, die Kales Meinung nach die Selbstständigkeit und Unabhängigkeit der Stadt vom Herzogtum zu unterhöhlen drohte, erbitterte Kale so tief, wie ihn die feiste Selbstgefälligkeit des Emporkömmlings Bestmann anwiderte.

Der sarkastische Tadel in Richtung Bestmann verpuffte jedoch nahezu wirkungslos, denn nun blickten ihn viele der Ratsherren neugierig, zum Teil sogar respektvoll an. Zu bitter war der wirtschaftliche Niedergang einige zu stehen gekommen und die Rufe nach einem neuen Denken wurden lauter. Dies wurde nicht zuletzt dadurch gefördert, dass viele der alten Patrizier in den vergangenen blühenden Jahrhunderten ihre Schäfchen ins Trockene gebracht hatten und sich nun, von den Zinsen lebend, nicht mehr allzu sehr für einen Aufschwung interessierten und einsetzten.

»Erzählt mehr von diesem Abend, Meister Bestmann!«, rief ein anderer der jüngeren Ratsherren, und sofort wurde spürbar, dass sich der Enge Rat in zwei Lager spaltete: Das der jüngeren, zum Teil noch nicht sehr lange im Amt befindlichen Herren, und das der erklärten Anhänger des alten Jobst Kale und seines alten Freundes und Mitstreiters Johannes Roßbeck.

Bestmann warf sich noch mehr in Positur.

»Meine werten Ratsbrüder, ich skizziere nur eine Vision: Wir stimmen einer großzügigen Lösung der Verlegung der Oker um Braunschweig herum zu, unter der Bedingung, dass der Herzog der Stadt Braunschweig einen großzügigen Hafenabschnitt baut. Wir stimmen zu, dass er seine Waren um Braunschweig herum ohne Zölle verschiffen darf, wenn er beim Herzog von Lüneburg erstreitet, dass der Stadt Celle das Monopol der Allerschifffahrt streitig gemacht wird. Der Herzog gibt dafür entweder seine Pläne auf, die Oker mit der Bode zu verbinden, oder er beteiligt die Stadt Braunschweig an diesem Projekt und lässt diese diesen neuen Wasserweg ebenso zollfrei nutzen.«

23. KAPITEL

Wolfenbüttel

LÄRM AUF DEM HAUSFLUR weckte Andreas zu ungewöhnlich früher Morgenstunde. Durch die geschlossene Tür seines Schlafzimmers hörte er aufgeregte Stimmen und erregtes Disputieren.

Barbara ist zurück!, war sein erster glücklicher Gedanke, allein aus Hoffnung und nicht der Vernunft geboren.

Er wurde dann auch recht schnell eines Besseren belehrt, denn nach einem kurzen Klopfen trat die energische Köchin ein und meldete: »Herr Riebestahl, es ist ein Bote aus Braunschweig, der Euch umgehend zu sprechen wünscht. Er will nur Euch persönlich melden, worum es geht!«

Andreas, der es noch nie erlebt hatte, dass die Köchin einen Besucher meldete, konnte sich dies nur so erklären, dass sie wohl die Einzige in seinem Haushalt war, die schon wach war, und es sich somit um eine sehr frühe Stunde handeln musste.

Besorgt winkte er die Frau hinaus, erhob sich in Windeseile aus dem Bett und warf sich einen Hausmantel über das Nachthemd. Dann war er auch schon an der Tür und im Flur, wo der verschwitzte Bote verlegen von einem Fuß auf den anderen trat.

»Seid Ihr der Hofrat Andreas Riebestahl?«, verlangte er zu wissen, und als er die bejahende Antwort registriert hatte, stellte er sich als ein Diener des Hauses derer zu Velten vor, den seine Herrschaft mit einer mündlichen Nachricht geschickt habe. Die Nachricht lautete, dass Frau Barbara

Riebestahl spurlos verschwunden sei, ihre kleinen Söhne aber im Haus am Burgplatz in Braunschweig zurückgelassen habe.

Andreas starrte den Boten wie vom Donner gerührt an.

»Was heißt ›verschwunden‹? Wie soll das geschehen sein?«

»Freifrau von Velten hat mir aufgetragen, Euch zu sagen, dass sie Frau Riebestahl auf dem Bankett zuletzt gesehen habe, danach nicht mehr. Das Bankett war vorgestern Abend, aber erst gestern Nachmittag hat die Kinderfrau der kleinen Söhne von Frau Riebestahl bei Frau von Velten angefragt, wo Frau Riebestahl sei und ob sie denn wohl vergessen habe, dass sie mittags ihre Kinder stillen wollte.«

»Wie kann es denn sein, dass niemand früher das Verschwinden meiner Frau bemerkt hat?«, fragte Andreas entgeistert.

»Das Bankett zog sich bis in die Morgenstunden, danach schliefen alle Herrschaften bis in den Mittag und man nahm an, dass Frau Riebestahl dies auch getan habe.«

»Und warum schickt man erst jetzt nach mir?«

»Als man bemerkte, dass Frau Riebestahl nicht in ihrem Zimmer war, nahm man zunächst an, dass sie jemanden besuchte, denn das hatte sie am Tag vor dem Bankett auch getan. Als sie am Abend immer noch nicht wieder da war, wurde das Personal befragt und die Magd, die das Zimmer von Frau Riebestahl versorgte, meldete, dass diese die Nacht gar nicht in ihrem Bett verbracht haben konnte, da es am Morgen noch ebenso aufgebettet, aber unberührt war, wie es die Magd am Abend zuvor hergerichtet habe. Man habe aber noch die nächste Nacht abwarten wollen, für den Fall, dass Frau Riebestahl mit einer völlig verständlichen Erklärung zurückkehre.«

Andreas schnaubte empört. »Niemals hätte meine Frau ihre Kinder so lange vernachlässigt, das hätte doch jemandem auffallen müssen!«

Der Bote zuckte nur mit den Achseln und behielt seine Gedanken über die Gewohnheiten der vornehmen Herrschaften in Bezug auf ihre Kinder für sich.

»Lass er sich ein Frühstück geben und halte sich dann bereit, dass er mich nach Braunschweig begleite«, beschied Andreas den Mann und eilte zurück in das Schlafgemach, um sich anzuziehen.

Der Bote hatte gerade nur seinen gröbsten Hunger stillen können, da rief Andreas auch schon nach ihm, und wenig später trieb er sein Reitpferd in einem scharfen Galopp aus dem Dammtor, ohne sich zu vergewissern, ob der Bote ihm auf seinem Pferd zu folgen vermochte.

Eine knappe Stunde später hatte er die Stadtmauern Braunschweigs erreicht und fluchte lästerlich darüber, dass er angesichts der durch das Stadttor in die Stadt drängenden Menschenmengen und Fuhrwerke das Pferd nur noch im Schritt gehen lassen konnte. Er warf einen Blick hinter sich und stellte fest, dass es der Bote aufgegeben hatte, bei seinem Tempo mitzuhalten. Er war nicht mehr zu sehen.

Aus seiner Kindheit kannte Andreas aber die Straßen der Stadt recht gut, denn damals war es seine größte Freude gewesen, mit dem Durchstöbern der Gassen, Plätze und Winkel seinen Abenteuerfantasien Nahrung zu verschaffen, und so konnte er, nachdem er erst einmal durch das Tor hindurchgeritten war, dem Hauptstrom der in die Stadt drängenden Menschen ausweichen und zügig durch enge Nebengassen vorankommen. So manches Mal musste er seinen Kopf einziehen, damit er sich diesen nicht an den in die Gassen hineinragenden Erkern oder Handwerkerzeichen stieß.

Vor dem prächtigen neuen Haus der von Veltens gegenüber der mächtigen St. Blasii Stiftskirche, die die Braunschweiger selbstbewusst ›Dom‹ nannten, obwohl sie keine Bischofskirche war, sprang er vom Pferd, reichte die Zügel einem Burschen, der den Anschein machte, zum Haus zu gehören, und klopfte an das Portal, das ihm unmittelbar geöffnet wurde. Nach seinem Begehr gefragt, wurde er in den ersten Stock in die Damenstube geführt, wo Margarete von Velten sofort von ihrem Stuhl aufsprang, als sie ihn sah, und ihm entgegeneilte.

»Mein lieber Hofrat Riebestahl, ich bin zutiefst beunruhigt!«, begrüßte sie Andreas.

»Man kann sie einfach nicht finden, nicht die kleinste Spur von ihr, und wir wissen nicht, wo wir noch suchen sollen. Zudem ist der eine Eurer Söhne, ich kann sie leider überhaupt nicht auseinanderhalten, erkrankt und fiebert stark. Man kann nur von Glück sagen, dass er die Milch der Amme meines Sohnes annimmt, wie im Übrigen der andere auch. Nur, wie lange soll das gut gehen? Ich kann es nicht gutheißen …«

An dieser Stelle unterbrach Andreas, der sich so kurz verneigt hatte, wie es die Höflichkeit gerade noch zuließ, Margarete und begann, die Fragen zu stellen, die er sich auf dem scharfen Ritt nach Braunschweig überlegt hatte.

»Wann saht ihr meine Frau zuletzt? Mit wem hat sie auf dem Bankett gesprochen? Hat irgendetwas sie beunruhigt? Welcher Stimmung war sie?«

Margarete versuchte zunächst etwas fahrig, dann zunehmend ruhiger, die Fragen zu beantworten.

»Also, sie machte an dem Abend des Banketts einen ruhigen Eindruck auf mich. Am Nachmittag war sie im Hause des Kaufmannes Lorenz Kale zu Besuch gewesen, aber sie hat mir nicht gesagt, was der Zweck dieses Besuches gewesen ist. Doch ich glaube nicht, dass dieser Besuch sie irgendwie erschüttert hat. Auf dem Bankett hat sie viel mit Herrn von Asseburg gesprochen, doch beim Tanz bemühten sich dann jüngere Männer um sie. Besonders kann ich dies wohl von Herrn von Kaltenburg behaupten.«

»Wie das?«, merkte Andreas bei den letzten Worten auf.

»Nun, nachdem sie ausgiebig mit ihm getanzt hatte, traf ich sie wenig später, als ich sie mit Nachrichten von ihrer Kinderfrau suchte, im Gespräch mit ihm an und er verschlang sie geradezu mit den Augen. Oh …!«, sie schlug sich mit der Hand vor den Mund »sie wird doch nicht in seiner Gesellschaft …?«

Andreas' Miene war regelrecht versteinert, doch dann fügte Margarete an: »Ach, ich dummes Huhn, natürlich nicht! Ich sah doch Herrn von Kaltenburg noch, wie er sich erst gestern Abend von meinem Gatten verabschiedete!«

»Herr von Asseburg, … wisst Ihr, ob er noch in der Stadt weilt?«

»Aber sicher, er ist noch Gast unseres Hauses, und wenn Ihr es wünscht, kann ich eine Magd nach ihm schicken.«

Wenige Minuten später betrat Kuno von Asseburg das Zimmer. Andreas kannte den alten Herrn aus mancherlei Begegnungen im Schloss Wolfenbüttel und hatte sehr große Achtung vor ihm. Er war ein Mitstreiter des alten Herzogs Heinrich gewesen, eher ein aufrechter Loyaler dem Fürstenhause gegenüber als ein echter Anhänger des alten römisch-katholischen Glaubens. Seine uneingeschränkte Sympathie hatte er auf den jungen Herzog Julius übertragen, als dieser die Herrschaft übernommen hatte.

In der schwierigen Übergangszeit der Durchführung der Reformation war er als eifriger Begleiter der Braunschweiger Theologen, die von Julius mit der Visitation und Neuordnung der Braunschweiger Landgemeinden betraut worden

waren, gereist und hatte durch seine freundliche Vermitt-
lung noch bestehende Vorbehalte bei Patronen und Lehens-
herren gemildert. Gleichzeitig hatte er sich mit glühender
Begeisterung von den Theologen, vor allem von dem Stadt-
superintendenten Martin Chemnitz, alle bestehenden Unsi-
cherheiten in Bezug auf die reformatorischen Lehren nehmen lassen.

»Oh, sicher, ich habe mich recht ausführlich mit Eurer
Gattin unterhalten, eine wirklich außerordentlich kurzwei-
lige Unterhaltung, soweit es die Umstände zuließen, denn es
wurden ja auch offizielle Reden gehalten. Aber nein, etwas
Besonderes ist mir dabei nicht aufgefallen … nur …«

»Nur?«, legte Andreas nach.

»Nun, man wird Eurer Gattin dies kaum verdenken können, aber als der Gockel Martin von Kaltenburg eintrat,
da wurde sie sehr neugierig, was es mit ihm auf sich hatte.
Zumal ich es mir nicht verkneifen habe können, eine abfäl-
lige Bemerkung über ihn zu machen.«

»Auf diesen Namen stoße ich nun schon zum zweiten
Mal.«

Andreas rieb sich die Stirn. Er war sich der Klugheit und
der bedingungslosen Zuneigung, die seine Frau mit ihm verband, so sicher, dass er keinen Augenblick lang glaubte, hier
hätte sich ein amouröses Abenteuer angebahnt, doch konnte
er sich auch absolut keine andere Verbindung zwischen seiner
Frau und diesem ihm völlig unbekannten Mann vorstellen.

»Erzählt mir, was Ihr meiner Frau über diesen Mann
erzählt habt!«, bat er sein Gegenüber.

Schwer seufzend folgte von Asseburg der Aufforderung,
und Andreas hatte das Gefühl, immer weiter ins Dunkle zu
tappen, denn nichts, was der alte Herr erzählte, ließ einen
Grund erahnen, warum Barbara sich mit diesem zwielich-
tigen Manne eingelassen haben sollte.

»Aber was war denn nun aus der Tochter ihres Freundes Sigmund geworden?«

Andreas stellte diese Frage, als von Asseburg am Ende seiner Erzählung angekommen, einfiel, dass genau an dieser Stelle seine Erzählung erneut unterbrochen worden war und er auch später nicht mehr dazu gekommen war, Barbara davon zu erzählen.

»Er hat sie in ein Waisenhaus gesteckt. Nein, nein, das hat er mir so natürlich nicht erzählt, sondern nur, dass er sie in geistliche Obhut bei Stiftsdamen gegeben habe. Doch war diese geistliche Obhut nichts weiter als ein Waisenhaus, das von ehemaligen Kanonissinnen geführt wurde, die nach Auflösung ihres Klosters in lockerem Verband als Stiftsdamen zusammengeblieben waren und sich ihren Lebensunterhalt mit der Führung eines Waisenhauses aufbesserten. Er hat sie nicht als Stiftsfräulein eingekauft, sondern hat sie als Waise ausgegeben, die mit anderen mittellosen Waisenkindern unter ärmlichsten Verhältnissen ihr Dasein fristeten. Das habe ich durch meine Kontakte in Erfahrung bringen können. Und außerdem, dass dieses Mädchen vor ein paar Monaten plötzlich spurlos verschwunden ist.«

»Wieder ein spurlos verschwundenes Mädchen. Aber es wird doch nicht …«, Andreas wagte nicht, den flüchtigen Gedanken, der sich seiner zu bemächtigen versuchte, zu Ende zu denken.

»Eure Frau Gattin hat sich sehr für diese Geschichte interessiert, hatte ich den Eindruck, doch später, als Martin von Kaltenburg mit ihr tanzte, kam es mir nicht so vor, als wenn sie von seiner Gesellschaft sehr erbaut gewesen wäre.«

»Wie kamt Ihr zu diesem Eindruck?«

»Nun, seiner Tanzaufforderung konnte sie sich schlecht erwehren, ohne unhöflich zu sein, aber in den zweiten Tanz, den er von ihr forderte, willigte sie meines Erachtens nur noch sehr widerstrebend ein, und als Frau von Velten ihr dann mit der Nachricht von der Kinderfrau einen Grund für das Beenden des folgenden Gespräches gab, schien sie mir gar ein wenig erleichtert.«

»Habt Ihr irgendeine Ahnung, wie ich diesen Herrn von Kaltenburg finden kann?«

»Oh, man trifft ihn hier, man trifft ihn dort. Er scheint in dieser Stadt manch einen Gönner zu haben. Doch weiß ich nicht, ob er über ein festes Quartier verfügt. Da solltet Ihr meine Gastgeber befragen.«

Margarete von Velten, die dem Gespräch staunend gelauscht hatte, schüttelte verwirrt den Kopf.

»Was soll dieser Mann und seine Geschichte mit meiner lieben Freundin zu tun haben? Ich kann es kaum glauben, dass es hier einen Zusammenhang gibt. Doch meine ich, dass der Herr von Kaltenburg bei dem Ratsherrn Bestmann zu logieren pflegt, mit dem ihn eine Freundschaft zu verbinden scheint. Nicht die vornehmste Gesellschaft, wie mir dünkt, denn er gehört den von den Weißen Ringen an, aber was dies betrifft, scheint mir, nach dem, was ich gerade gehört habe, dieser Herr von Kaltenburg auch nicht allzu wählerisch zu sein.«

24. KAPITEL

Adersheim

In dem winzigen Dorf Adersheim ritten Konrad und seine Weggefährten an der verfallenen Turmhügelburg vorbei, von der Konrad aus Erzählungen wusste, dass sie den Auseinandersetzungen im Schmalkaldischen Krieg vor mehr als 30 Jahren zum Opfer gefallen war. Um den Hügel herum duckten sich niedrige Bauernkaten, die verlassen und abweisend wirkten.

Doch ließ sich Konrad von diesem Umstand nicht schrecken. Alle Bauern befanden sich vermutlich auf ihren Feldern, einige davon hatten sie von Weitem gesehen. In den Katen befanden sich aller Wahrscheinlichkeit nach nur Alte und kleine Kinder, die an diesem unwirtlichen Frühlingstag noch nicht viel Lust verspüren zu schienen, ihr Leben auf die Plätze vor den Häusern zu verlagern.

Ein ungemütlicher Nieselregen hatte eingesetzt und die wahrscheinlich vorher schon schlammigen Wege in Matschflächen verwandelt.

Konrad hielt nach so etwas wie einem Gasthaus Ausschau, doch war keine der Katen als solches erkenntlich. Aber ein Kirchturm, der sich über den Häusern erhob, lockte automatisch, sich dorthin zu begeben. Die Kirche sah nicht so alt aus, wie es in dieser Gegend üblich zu sein pflegte. Konrad nahm an, dass sie nicht viel länger als 100 Jahre stand. Am Ende des Kirchhofes erblickte Konrad ein Fachwerkhaus, das, wie er annahm, das Pfarrhaus sein musste.

»Bemühen wir halt mal wieder einen Pastor. Ein Verwandter kann's diesmal nicht sein, aber Auskunft werden wir wohl hier am besten erhalten«, brummte er mehr für sich, als dass er sich seinen immer noch bemerkenswert stummen Gefährten mitteilen wollte.

Pastor Nicolaus Müller, dem sich Konrad als Jurist des Hofes in Wolfenbüttel mit seinen Gehilfen vorstellte, erwies sich als ein fröhlicher Mann mittleren Alters, der dem Krach vieler Kinderstimmen nach zu urteilen über eine mindestens ebenso große Kinderschar zu verfügen schien, wie Konrads Onkel Thomas. Konrad machte eine anerkennende Bemerkung in dieser Richtung, doch diesen Irrtum klärte der Pastor schnell auf.

»Gewiss, ich nenne drei wohlgeratene Kinder mein Eigen, doch zwei sind bereits den Kinderschuhen entwachsen und das Dritte ist eben erst geboren. Die Kinder, die Ihr hört, sind die Kinder der Bauern, die unsere kleine Schule besuchen. Mir scheint, der Unterricht ist gerade zu Ende, denn sonst müsste ich meinen, der gute Opfermann Meiers hat sie nicht recht im Griff!«

Wie um seine Worte zu bestätigen, schossen ein paar kleine Bauernlümmel, die aus einem Haus hinter dem Pfarrhaus gekommen zu sein schienen, an ihnen vorbei und warfen verlegene Blicke und Grüße in die Richtung des Pastors, als sie diesen erblickten.

»Doch Ihr seid sicher nicht gekommen, um Euch nach unserer Schule, auf die wir zugegebenermaßen sehr stolz sind, zu erkundigen? Darf ich Euch hereinbitten? Dieses Wetter verlockt ja wahrlich nicht zu längerem Verweilen im Freien!«

Konrad und seine Gefährten nahmen das Angebot dankbar an. Ein eilig herbeigewunkener Knecht nahm ihnen die Pferde ab und versprach, sie zu versorgen.

Im Flur des Pfarrhauses trat ihnen eine sehr junge Frau entgegen und der Pastor stellte sie zum Erstaunen Konrads als seine Gemahlin vor.

Da ist wohl dann die erste Gemahlin schon verstorben!, dachte Konrad bei sich.

»Adelheid, hol doch unseren Gästen etwas zu trinken in die Stube und geselle dich dann zu uns!«, forderte der Pastor seine Frau mit freundlichem Blick auf.

Als sie in der wohnlichen Stube rund um einen gescheuerten Eichentisch saßen und jeder einen Becher mit schäumender Mumme in der Hand hielt, begann Konrad: »Wir sind aufgrund eines Hinweises hier, dass aus diesem Dorf ein junges Mädchen geraubt worden sein soll. Ich bin als fürstlicher Advocatus mit der Untersuchung eines anderen Falles einer Entführung betraut und es wäre vielleicht hilfreich für meine Ermittlungen, wenn ich mehr über diesen Fall in Erfahrung bringen könnte.«

Die junge Pfarrfrau war bei diesen Worten ein wenig blass und der fröhliche Pastor sehr ernst geworden.

»Tatsächlich ist hier vor einiger Zeit ein Mädchen verschwunden und sie ist eine Verwandte meiner Frau. Gerade vorhin hat meine Frau ihre Base, die Mutter von Grete besucht. Die Arme will sich überhaupt nicht von dem Schlag erholen, zumal im Dorf viel krudes Zeug getratscht wird.«

»Was erzählt man sich?«

Pastor Müller warf seiner Frau einen mitleidigen Blick zu.

»Nun, Grete hat nicht so einen guten Ruf und ihre Mutter schon gar nicht. Gretes Mutter, Erna, ist seit einigen Jahren Witwe, und man sah seit dem Tod ihres Mannes ab und zu den einen oder anderen Mann bei ihr ein- und ausgehen. Das Schlimme daran war, dass es auch verheiratete Männer aus dem Dorf waren. Ich habe ein paarmal versucht, mit Erna zu reden. Sie wich mir immer aus und ich weiß auch nicht, was ich ihr hätte anbieten können, damit sie auf andere Weise ein wenig für ihren und Gretes Lebensunterhalt verdienen konnte. Und Almosen hätte sie nicht genommen, dazu ist sie zu stolz.«

»Und warum hat Grete keinen guten Ruf? Wie alt ist sie?«

»Grete ist ein liebes Mädchen«, verteidigte Adelheid Müller das Kind ihrer Base, »sie ist nur ein bisschen wild, wie das Rothaarige oft sind.« Verlegen fuhr sie mit der Hand zu einer Strähne ihres eigenen dunkelroten Haares, die sich unter der Haube hervorgewagt hatte.

»Nun, von dir kann man ja nicht eben sagen, dass du wild bist!« Nicolaus Müller tätschelte seiner Frau liebevoll die Hand.

Mit einer Spur von Trotz erwiderte seine Frau: »Nein, ich hatte ja auch meinen sehr strengen Vater, der mir alle Wildheit ausgetrieben hat.«

Konrad blickte die Frau des Pastors eine Spur interessierter an, als er es bisher getan hatte, denn sein Leben lang war er von Frauen umgeben gewesen, die ein Stück weit gegen die ihnen von alters her auferlegten Muster auf ihre Weise aufbegehrt hatten.

Nur Mut, kleine Pastorsfrau!, dachte er, zeig, was in dir steckt!

»Diese Grete, könnt Ihr sie noch ein wenig genauer beschreiben?«, schaltete sich nun auf einmal Laurenz ins Gespräch ein. Er hatte wieder diesen seltsam in sich gekehrten Blick, den Konrad nun schon als den der Erinnerung erkannte. Gebannt wartete er auf die Antwort und Laurenz' Reaktion darauf.

»Sie ist rank und schlank und trotz ihrer 12 Jahre schon recht weiblich geformt. Sie hat eine wilde Flut karottenroter Locken auf ihrem hübschen Kopf und wunderschöne graublaue Augen«, beschrieb Adelheid ihre Verwandte.

»Sie weiß ein wenig um ihre Wirkung und sie hat bestimmt auch schon allerlei mitbekommen im Hause ihrer Mutter, doch ich glaube, in ihrem Herzen ist sie unschuldig und ein kleines Mädchen. Und bestimmt ist sie mit keinem Manne freiwillig mitgegangen.

»Ich habe sie gesehen. Ich kenne Grete und ich weiß, dass man sie zwingt!«, brach es aus Laurenz hervor. Dann legte er den Kopf auf seine auf der Tischplatte verschränkten Arme und begann bitterlich zu weinen.

Die Frau des Pastors legte ihm mütterlich ihre Arme um die Schultern und ließ die erstaunlichen Worte hören: »Weine, meine Kleine, weine! Und dann sag, wo und wann du Grete gesehen hast.«

Der Pastor schaute recht fassungslos erst auf den vermeintlichen Jungen, dann auf seine Frau. Konrad zupfte verlegen an seinem Ohr und Hans sah aus, als wenn er überhaupt nichts mehr verstand.

»Könnt Ihr mir das vielleicht erklären? Das schickt sich doch wahrlich nicht, dass eine Jungfer in Knabenkleidern mit zwei Männern reist!«, verlangte der Pastor zu wissen.

Konrad stotterte errötend, dass er den Umstand, dass Laurenz ein Mädchen sei, auch erst seit ungefähr zwei Stunden wisse, woraufhin der Kopf von Laurenz hochfuhr und das Mädchen Konrad tief errötend anstarrte.

»Laura, nicht wahr, das ist dein Name. Vor zwei Stunden, als du bewusstlos wurdest, habe ich es der Umstände wegen erkannt. Ich wollte heute noch mit dir darüber sprechen.« Konrad wandte sich an den Pastor.

»Sie ist vor irgendetwas Schrecklichem auf der Flucht und kann sich selbst an kaum etwas erinnern. Aber die Erinnerung kehrt in Etappen zurück. Und ihre Verkleidung als Junge hat sie sich vermutlich zum eigenen Schutz angelegt. Noch heute Abend werde ich sie in Wolfenbüttel unter den

Schutz meiner Mutter stellen. Doch sag, Laura, was ist dir zu Grete eingefallen?«

»S… sie… w… w…ir, wir mussten tanzen und uns gar seltsam bekleiden. Er nannte uns den ›Mailehenreigen‹ oder die ›Mailehenprinzessinnen‹. U… und da war eine Frau, die lehrte uns, wie man den Männern gefallen könne, aber es war … n… nicht züchtig!«

Laura legte beide Hände über ihren offenen Mund, Tränen rannen lautlos über ihre Wangen und die Augen blickten weit aufgerissen wie in die Ferne.

Entschlossen erhob sich Adelheid Müller und nahm Laura bei der Hand.

»Was immer dieses Mädchen erlebt hat, es war zu viel für eine junge, unschuldige Seele und es muss behutsam ans Licht gebracht werden!«

Die Pastorsfrau ließ fast drohend ihren Blick über die drei Männer schweifen, die wiederum vollkommen gebannt Laura anstarrten.

»Ich denke, das Beste wird sein, ich führe Laura in unsere Schlafkammer, suche ihr ein paar Kleider zusammen und sie darf sich langsam wieder gestatten, ein Mädchen zu sein. Ich werde Euch nach Wolfenbüttel begleiten, wenn Euch das recht ist, und in der sicheren Obhut Eurer Mutter wird Eure Befragung dann sicher mehr zu Tage treten lassen, als Laura einfallen kann, wenn drei Männer sie anstarren, als wenn sie sie gleich verschlingen wollen.«

Sehr erleichtert, ein Stück weit aus dieser Peinlichkeit befreit worden zu sein, stimmte Konrad zu. Hans starrte noch lange auf die Tür, die sich hinter der Frau und dem Mädchen geschlossen hatte.

Konrad versuchte, noch mehr über die Umstände des Verschwindens von Grete zu erfahren, doch der Pastor konnte ihm nur berichten, dass eigentlich niemand etwas wisse. Die

Mär von Gluhschwanz, dem Drachen, habe aber sofort Verbreitung gefunden, nachdem ein altes Weibchen in sich hineingekichert habe, dass sich da der Gluhschwanz wohl endlich mal eine hübsche Jungfer geholt habe, anstatt immer nur mit dem Herdfeuer anständiger Leute Schabernack zu treiben.

Der Weg nach Wolfenbüttel war am Nachmittag schnell zurückgelegt. Konrad hatte einige Zeit des Ritts damit verbracht, den zierlichen Rücken des Mädchens anzustarren, das für ihn vor wenigen Stunden noch ein vorwitziger Lümmel gewesen war. Jetzt, da er sie in Frauenkleidern sah, konnte er sich gar nicht mehr vorstellen, warum er das Offensichtliche nicht schon früher bemerkt hatte. Sicher, die weiblichen Formen Lauras waren noch nicht sehr entwickelt. Doch sie besaß eine anmutige Grazie in den Bewegungen, die bei einem Jungen doch seltsam hatten anmuten müssen. Ihre Zartheit und die Erlesenheit ihrer klaren Gesichtszüge – gewiss, das sah man auch manchmal bei Knaben, doch waren diese doch dann meist noch sehr viel jünger. In ihrem Alter entwuchsen Jungen der Weichheit, und ihre Züge bekamen die männlichen Kanten und Ecken.

Irgendwann jedoch rief sich Konrad zur Ruhe.

Es hat keinen Sinn, die Gedanken in ergebnisloser Grübelei zu versenken, ich muss um des Falles willen eine Ordnung in das bringen, was ich erfahren habe! Was haben wir? Wir wissen von drei verschwundenen Mädchen, die eine blond, die andere schwarzhaarig, die dritte rot. Die Reihenfolge ist: Erst verschwand das rote, dann das schwarzhaarige, zuletzt das blonde Mädchen. Aber wir haben auch ein blondes Mädchen, das aufgetaucht ist und das sich an ein Zusammensein mit einem rothaarigen, einem braunhaarigen und einem schwarzhaarigen Mädchen erinnert. Also muss irgendwo auch ein brünettes Mädchen geraubt worden sein.

Diese Gedanken teilte Konrad sogleich auch leise seinem Gehilfen Hans mit. Gerne hätte er auch Laura einbezogen, doch er wagte es nicht, da er die Warnung der wachsamen Pfarrfrau sehr ernst nahm. Hans verblüffte Konrad das erste Mal seit ihrem Kennenlernen mit einer scharfsinnigen Bemerkung.

»Der Räuber hatte schon eine Blonde, doch die ist ihm abhandengekommen. Da musste dann Ersatz her und er entführte die Tochter meines Herrn.«

»Ja, das klingt sehr schlüssig, Hans«, lobte Konrad. »Und er braucht diese Mädchen für einen Reigen, in dem absichtlich Mädchen sehr verschiedenen Typs tanzen. Aber wozu braucht er diesen Reigen?«

Hier drehte sich Laura auf ihrem Pferd zu den beiden jungen Männern um. Sie schien doch Einiges von der leise geführten Unterhaltung verstanden zu haben.

»Der Mailehenreigen wird ein Märchen wie aus dem Orient, sagt der Marschall, und Emma, die Braune kommt aus dem Waisenhaus in Braunschweig.«

25. KAPITEL

Irgendwo in den Wäldern

»Seht Euch diese Komödie an, meine Liebe. Währenddessen erzähle ich Euch von meinem Traum und am Schluss werdet Ihr verstehen, warum ich Euch entführt habe.«

Fassungslos beobachtete Barbara die Mädchen, die sie am Tisch bedienen sollten. Alle vier waren unter der dicken Schicht ihrer Schminke, den unmöglichen Kleidern und Frisuren deutlich sichtbar noch Kinder. Unglückliche Kinder. Die eine trotzig, die andere resigniert, die dritte eingeschüchtert, die vierte starr vor Schrecken.

Elise, ihre Halbschwester, die sie als Tante Riebestahl kannte, schien die Unglücklichste von ihnen zu sein. Geradezu grotesk mutete der zarte Mädchenkörper unter der hochgetürmten Frisur in den seltsamen Kleidern an. Die riesengroßen Augen blickten aus einem Gesichtchen, das Barbara so blass und durchscheinend nicht in Erinnerung hatte.

Der Mann, der hier ›Marschall‹ genannt wurde, hatte gottlob die leisen Erkennungsworte Elises nicht mitbekommen und Barbara hatte Elise mit einem eindringlichen Blick und einem leicht über die Lippen gelegten Zeigefinger gewarnt, ihre Bekanntschaft nicht preiszugeben.

Hinter den Mädchen hatte die grell geschminkte Frau namens Melusine den Raum betreten, die nun in die Hände klatschte und mit turtelnder Stimme rief: »Nun, meine Täubchen, nun zeigt der feinen Dame, was ihr schon alles bei der guten Melusine gelernt habt. Setzt zierlich eure Schritte und wiegt euch in den Hüften. Führt dem Marschall und der Dame die Leckerbissen zum Mund und lasst dabei eure Vorzüge wirken!«

Das Schauspiel, das folgte, hätte grotesker nicht sein können. Jede einstudierte Bewegung der Mädchen wirkte hölzern. Barbara konnte nicht glauben, was sie sah, aber hinter jeder Bewegung ahnte man trotzdem den eigentlichen Zweck. Diese Mädchen sollten verführen, nicht nur zum Essen, sondern zu viel mehr. Immer wieder warfen die Mädchen gehetzte Blicke auf Melusine, die hier anfeuerte, dort bissig kommentierte und zwischendurch dem Marschall zuckersüße Blicke zuwarf und wie um Verständnis heischend den Kopf schüttelte.

Jäh sprang Barbara von ihrem Stuhl hoch, als sie sah, wie sich das rothaarige Mädchen geziert zu Martin von Kaltenburg vorbeugte, um ihm eine Gabel zu reichen, und dabei einen Blick in die auseinanderklaffenden Stoffstücke ihres Mieders gewährte.

»Genug! Das ist das Abscheulichste und Widerwärtigste, was ich jemals gesehen habe!«

Mit zornesrotem Gesicht, glühenden Augen und geballten Fäusten stand Barbara vor Martin von Kaltenburg. Dieser sah sie einen Moment fasziniert an, hob dann seine Hände und begann affektiert zu klatschen.

»Und seht Ihr, meine Liebe, das ist genau der Grund, warum Ihr hier seid. Als ich Euch gestern auf dem Bankett beobachtet habe, erschient Ihr mir tatsächlich, die Rettung in letzter Stunde zu sein. Selten sah ich solch mädchenhafte, fast unschuldige Anmut gepaart mit solch perfektem Benehmen und einem inneren Strahlen, das eines jeden Mannes Herz erweichen muss!«

»Was hat das mit dieser Schmierenkommmödie zu tun, die ihr diese Mädchen vorführen lasst?«

»Gemach, meine Liebe. Ich will es Euch ja erklären. Ihr seht mich hier sozusagen als einen Künstler, der ein Kunstwerk erschaffen will, das Seinesgleichen sucht. Doch ist es nicht ein starres Kunstwerk, wie die Bilder und Fresken der großen Meister, sondern es ist ein lebendiges Kunstwerk, der Traum einer Mainacht. Es ist ein Traum von Unschuld und Übergang. Der Frühling erwacht und mit ihm die Sehnsucht nach dem Leben. Nennt es ›Mailehen‹, nennt es ›Beltane‹, nennt es ›Walpurgisnacht‹. Das Göttliche vereint sich mit dem Menschlichen und das Werden und Vergehen manisfestiert sich in der Vereinigung von Frau und Mann.«

Ungläubig hatte Barbara den Worten gelauscht. Die Stimme von Kaltenburgs war sanft und schwärmerisch geworden und es war Barbara, als glaube er wirklich an seine Worte.

»Ihr meint also, Ihr wollt Euch mit diesen Mädchen vereinigen?«, fragte sie mit schneidender Bissigkeit.

»Oh Gott, nein. Ich bin nur der Erschaffer des Kunstwerkes, des Traumes. Träumen darf ihn der, der am meisten dafür bezahlt, in diesem Falle ein ganz bestimmter Herr, dessen Preisgeld Geschichte machen wird.«

»Und dies also«, Barbara wies mit einer verächtlichen Handbewegung auf die still verharrenden Mädchen, »dies soll ein Kunstwerk sein, ein wunderbar Traum? Haha, das ich nicht lache. Das sind Kinder, die vor Verzweiflung starr sind, und niemanden wird solch ein Schauspiel zu irgendetwas verführen!«

»In diesem Punkt stimme ich Euch ohne Einschränkung zu, meine Liebe. Ich habe mich bitter verschätzt und die Dinge zu lange unkontrolliert laufen lassen. Die gute Melusine dort mag durchaus ihre Vorzüge haben und so manchem Mann mit ihren Künsten zur Glückseligkeit verholfen haben, aber bei Lichte besehen ist sie doch nur eine schlichte Hure und Puffmutter. Nichts für ungut, Melusine.«

Melusine bedachte den Marschall mit einem säuerlichen Blick. »Nun, mit meinen Diensten war bisher ein jeder Mann recht zufrieden, aber ich hatte auch noch nie so junges Material, mein Herr. Und die meisten kamen zu mir, weil sie es so wollten!«

»Gewiss, gewiss«, winkte von Kaltenburg ab. »Das ist genau das, was ich meine, wenn ich sage, dass ich mich verschätzt habe. Diese Knospen brauchen eine sanfte Hand, die sie zum Erblühen bringt. Sie müssen Vertrauen gewinnen und sie müssen von jemandem erzogen werden, der natürliche Verführung ausstrahlt. Das wird nun Eure Aufgabe sein, meine Liebe. Und es muss sehr schnell gehen, denn in wenigen Tagen soll das Märchen wahr werden.«

»Ihr glaubt doch nicht allen Ernstes, dass ich auch nur einen Finger rühren werde, um Euch bei der Durchführung solch eines perfiden Planes behilflich zu sein?«

»Nun, im Grunde genommen hat Melusine schon viel gute Vorarbeit geleistet, Ihr braucht dem Ganzen nur noch den Schliff geben. Die Mädchen kennen die Tanzschritte, macht Ihr daraus anmutige Tanzschritte, die Mädchen kennen den Augenaufschlag, macht Ihr daraus einen unschuldig wirkenden Augenaufschlag. Geht mit Melusine den reichen Schatz der Kleiderkammer durch und macht aus ihren märchenhaften Verkleidungen etwas, das ihre Unschuld unterstreicht, anstatt sie zu verhöhnen.«

»Und wie wollt Ihr mich dazu zwingen, bei solch einem Verbrechen mitzuwirken?«

Nun stand der Marschall auf und bewegte sich mit katzenhafter Anmut, bis er Barbara sehr nahe gegenüberstand. Er hob mit einem Finger ihr Kinn an, schaute Ihr mit unergründlichen Augen in die ihren und sagte dann leichthin: »Nun, habt Ihr nicht auch eine kleine, wunderhübsche Tochter? Hedwig heißt sie, nicht wahr? Und sie besucht mit ihren hübschen Cousinen zusammen die Schule ihrer Tante in Wolfenbüttel. Ein wahrhaft reizendes Trio, wenn sie auf dem Heimweg sind!«

Barbara merkte, wie ihre Knie unter ihr nachgeben wollten. Der Marschall ließ ihr Gesicht aus seinem Griff und sie sank auf ihrem Stuhl nieder.

»Und wie wollt Ihr verhindern, dass ich Euer abscheuliches Verbrechen vor dem Herzog zur Anzeige bringe?«

»Wie Ihr schon sagt, es ist in den Augen des Gesetzes ein abscheuliches Verbrechen. Zeigt Ihr es an, so versinken diese Mädchen in Schande und Elend und die Welt wird erfahren, dass Ihr dabei mitgewirkt habt. Ich aber werde längst über alle Berge sein, und das Preisgeld für meinen Traum wird mich bis an mein Ende in Wohlstand leben lassen. Gebt Ihr und die Mädchen aber an, dass Ihr Euch alle zusammen nach einer Bewusstlosigkeit in einer Scheune eingesperrt wiederfandet, wo Ihr tagelang mit Brot und Wasser versehen, verharren musstet, so wird man sich zwar lange wundern, was Euch widerfahren ist, aber niemand wird an der Unversehrtheit der Mädchen zweifeln, da sie in Eurer Gesellschaft waren.«

»Und die Mädchen? Was ihnen widerfahren soll, werden ihre jungen Seelen nicht verkraften! Es wird nicht geheim bleiben, weil sie es nicht verschweigen können!«

»Glaubt mir, alles wird nicht so schlimm werden, wie Ihr meint. Es gibt wunderbare Drogen, die einem vieles im Leben erleichtern und annehmbar machen. Und es gibt Drogen, die seliges Vergessen herbeiführen.«

»Ihr seid der Teufel höchstpersönlich!«, zischte Barbara.

»Nein, das nun nicht, aber ich gebe zu, dass er ein sehr guter Berater ist. Mit seiner Hilfe gelang mir schon manch genialer Streich! Und, habe ich Euch nun von der Unabwendbarkeit Eurer Aufgabe überzeugen können?«

Barbara beschloss, sich fürs Erste zum Schein zu fügen und eine Möglichkeit des Entkommens zu prüfen, wenn sie mit den Mädchen alleine war.

Sie nickte eisig und gestand zu: »Ich werde den Mädchen allein damenhaftes Benehmen beibringen, gerne auch ein wenig Schliff beim Tanz, doch Verführungskünste musste ich nie erlernen, denn in meiner Ehe sind wir uns auf natürliche Weise sehr zugetan. So kann ich darin auch schlecht zu Eurem Zwecke die Mädchen unterweisen.«

Der Marschall winkte fröhlich ab: »Dabei können wir es ruhig belassen, denn wenn die Mädchen Euch nur anschauen und nachahmen, so sind ihnen unendlich viele Verführungskünste mitgegeben.«

Damit verneigte sich der Marschall spöttisch vor Barbara. Im Hinausgehen wies er Melusine an, den Unterrichtsstunden Barbaras beizuwohnen, sich noch einiges damenhaftes Benehmen abzuschauen und Barbara ansonsten strikt von den Mädchen zu trennen. Dies versetzte Barbaras zuversichtlichen Plänen, mit den Mädchen einen Fluchtplan ersinnen zu können, einen groben Dämpfer.

Melusine wies auf das kleine Klavichord in der Ecke.

»Könnt Ihr darauf spielen, so könnten wir mit dem Tanz beginnen?«

Barbara erwog eine scharfe Erwiderung, dass Melusine doch bitte ihr überlassen solle, womit sie beginnen wolle, aber dann betrachtete sie die eingeschüchterten Mädchen und dachte bei sich, dass der Tanz vielleicht eine gute Möglichkeit sei, sie aus ihrer Erstarrung zu lösen. Sie schlenderte zu dem Klavichord, schlug probehalber ein paar Töne an und war ob der guten Qualität des Instrumentes ein wenig überrascht. Dann setzte sie sich und fragte: »Womit sollen wir beginnen?«

Melusine klatschte entzückt in die Hände und rief: »Die Gaillarde!«

Die Mädchen nahmen Aufstellung und versuchten sich in den Takt einzufinden, den Barbara spielte. Alles, was Barbara erkennen konnte, war ein unrhythmisches Wiegen in den Hüften und provozierendes Winken und Locken der Arme und Hände.

»Nein, nein, so geht das gar nicht!«, unterbrach Barbara ihr Spiel.

In den nächsten zwei Stunden bügelte Barbara mühselig aus, was in der Gaillarde der Mädchen nicht zu dem passte, was ihrer Meinung nach so junge Mädchen zeigen sollten. Der Tanz wurde wieder zu dem, was er war: ein Wechsel von fröhlichem Springtanz und höfischem Schreittanz. Alles überflüssige Balzen, Winken und Beugen strich Barbara radikal. Die Bewegungen der Mädchen wurden allmählich natürlicher und weicher und somit viel anmutiger. Als sie mit der Gaillarde zufrieden war, verordnete sie eine kleine Pause.

Melusine, die sich schon eine ganze Weile schmollend in einen Winkel des Zimmers verzogen hatte, als sie erkannte, dass Barbara wirklich alle Elemente aus dem Tanz strich, die sie für den Inbegriff der tänzerischen Verführung hielt, war auf einem Sessel eingeschlafen und schnarchte laut. Das rothaarige Mädchen kicherte und äffte das im Schlaf entspannte und unsagbar dämlich aussehende Gesicht Melusines nach. Doch Barbara hob den Zeigefinger an die Lippen und flüsterte:»Ich werde ein wenig weiter auf dem Klavichord klimpern, dann wacht sie nicht so schnell auf. Und ihr gesellt Euch hier um mich herum und erzählt mir alles, was ihr von diesem schauerlichen Ort wisst und wie ihr hierhergekommen seid.«

Die Mädchen folgten der Anweisung sofort und Elise ergatterte einen Platz neben Barbara und lehnte sich wie zufällig an ihrer Seite an. Barbara griff mit ihrer Linken kurz nach der Hand des Mädchens und wisperte: »Sei unbesorgt, mir wird ein Weg einfallen, wie ich euch retten kann. Und der Neffe meines Mannes, ein tüchtiger Mann des Herzogs, ist schon auf der Suche nach Euch. Aber besser ist es, wenn du nicht zeigst, dass du mich kennst.«

In kurzen Zügen ließ sich Barbara schildern, woher ein jedes der Mädchen stammte und wie es hierhergelangt war. Während Grete und Thilda ebenso wie Elise gewaltsam entführt worden waren, Grete vom Feld beim Blumen-pflücken, Thilda von der Hand ihrer Mutter weg, mit der sie auf dem Heimweg vom Markt gewesen war, war Emma von einem schönen Mann – dem Marschall, wie sie nun wusste – mit Versprechungen von Liebe und Reichtum aus der Armut des Waisenhauses in Braunschweig gelockt wor-den. Mit Tränen in den Augen erzählte Grete, dass einem Mädchen, das ursprünglich zu ihren Leidensgenossinnen gehört hatte, die Flucht gelungen sei, aber dass es wahr-scheinlich tot sei, denn das hatten sie den Marschall sagen gehört.

Barbaras Finger schmerzten schon ein wenig, als Melusine erste Zeichen von sich gab, dass sie gleich erwachen würde.

Emma, das Mädchen mit den hübschen braunen Locken und den kecken Grübchen in den Wangen, schien das letzte Mädchen gewesen zu sein, das vor Elise angekommen war. Grete und Thilda erzählten, dass Laura, das entflohene Mädchen, das Durcheinander und die nachlassende Auf-merksamkeit Melusines während der Ankunft Emmas für die Vorbereitungen ihrer eigenen Flucht genutzt hätte, und

Emma fügte hinzu, dass sie Laura kaum gekannt habe, weil sie am Tag nach ihrer Ankunft geflohen sei.

Als Melusine erwacht war, klatschte sie in die Hände und forderte: »Jetzt einen Branle!«

Doch Barbara erwiderte scharf, dass es für heute mit dem Tanz genug sei und man sich lieber um die Kleiderfrage bemühen solle, denn da gebe es ja auch noch einiges zu tun.

26. KAPITEL

Wolfenbüttel Heinrichstadt

Mitleidig blickte Agnes von Velten auf den blonden, verschämt gesenkten Schopf des Mädchens in ihrem großen Badezuber, der mitten in der Küche stand und vor sich hindampfte.

Laura rieb sich mit einem Tuch die dünnen Arme ab und blickte fast erstaunt auf die helle, leicht gerötete Haut, die zum Vorschein kam. Das Wasser hingegen war schon zu einer unansehnlichen Brühe mit schmutzigen Seifenflocken geworden. Erstaunt fragte sie sich, wie lange es wohl her war, dass die Haut ihres Körpers mit Wasser in Berührung gekommen war. In der Zeit, in der sie mit Konrad und Hans unterwegs gewesen war, hatte sie sich zwar immer darum bemüht, Gesicht und Hände rein zu halten, doch die gemeinsamen Quartiere hatten nicht mehr Körperhygiene zugelassen, wenn sie sich nicht hatte verraten wollen. Auch ihre Unterkunft bei Pastor Riebestahl in der Kammer über dem Stall, die sie sich mit dem Knecht geteilt hatte, hatte ihr keine Möglichkeit gegeben. Und der Knecht selbst, hatte sie neidvoll beobachtet, wusch sich, wenn überhaupt, dann mit nacktem Oberkörper am Brunnen im Hof des Pfarrhauses.

»Soll ich dir die Haare waschen, Laura?«, fragte Agnes behutsam.

Laura blickte hoch und war von Neuem fasziniert von dem Angesicht, das sie mit freundlichen Augen anblickte, denn es unterschied sich allein in der Weiblichkeit der Züge von dem Gesicht Konrads. Seine Mutter hatte Konrad mit ihrer hohen Stirn, der geraden Nase, dem großzügigen Mund und den kornblumenblauen Augen jeden der exquisiten Vorzüge ihres Aussehens vererbt.

Agnes nahm einen Kessel mit Wasser vom Herd, überprüfte vorsichtig, wie warm das Wasser inzwischen geworden war, und begann es dann Laura, die ihren Kopf in den Nacken gelegt hatte, über die blonden, nur gerade bis zu den Schultern reichenden Locken zu gießen.

»Deine Haare sehen aus, als wären sie recht unsachgemäß mit einem Messer abgesäbelt worden!«, bemerkte sie.

Laura errötete und gestand, dass sie das selbst getan habe, als sie sich auf der Flucht befand.

»Ich band meine Haare zu einem Zopf und schnitt sie mit dem Messer ab. Der Zopf war sehr lang.« Laura zeigte mit den Händen eine recht lange Spanne, der zufolge Lauras Haare ihr bis auf die Hüften gereicht haben mussten, und Agnes schüttelte bedauernd den Kopf.

»Wie wunderschön muss dein Haar gewesen sein! Aber es wird ja wieder wachsen.«

Gerne hätte Agnes dieses seltsame Mädchen, das Konrad in schlecht sitzenden, zu großen Kleidern und mit wild um das Gesicht fallendem Jungenhaar ins Haus gebracht hatte, mit Fragen überhäuft. Doch Konrad hatte sie gebeten, sehr behutsam mit Laura umzugehen, da sie Schreckliches erlebt habe und sich die Erinnerungen daran nur langsam und dann in Verbindung mit schlimmen Seelenzuständen wieder einstellten. Agnes, die selbst genau in diesem Alter unter brutalen Umständen aus all ihrer Sicherheit gerissen worden war und Jahre gebraucht hatte, um wieder zu sich selbst zu finden, drang nicht in das Mädchen, sondern ließ sie nur all ihre mütterlichen Wärme zuteilwerden. Und sie stellte fest, dass sich das Mädchen langsam zu entspannen begann.

Die Tür öffnete sich und ein blaues Paar Augen unter einem Schopf wirrer brauner Locken spähte vorsichtig herein.

Laura war zusammengezuckt, doch Agnes beruhigte sie.

»Das ist nur Käte, meine jüngste Tochter. Komm herein, Käte, wenn dich die Neugier nicht verlassen will, und schließe die Tür hinter dir.«

Käte, eine muntere Fünfjährige, ließ sich dies nicht zweimal sagen und schlüpfte in die Küche. Vertrauensvoll lächelte sie Laura an und verlangte dann geradeheraus zu wissen: »Stimmt es, dass du bis heute in Knabenkleidung herumgereist bist?«

»Käte, was fällt dir ein, was erzählst du da?«, verlangte Agnes streng zu wissen.

»Ich hab's gehört, wie der Herr Hans das dem Knecht erzählt hat. Er hat gesagt, dass es eine Schande ist, wie mancherlei Volk sich bei vornehmen Herrschaften einzuschleichen weiß und dass der Herr Konrad, obwohl er ein Studierter ist, doch von recht gutgläubiger Art ist.«

Erschrocken blickte Laura Agnes in die Augen, doch Agnes beschied ihre vorwitzige Tochter nur streng: »Wie oft hab ich dir schon gesagt, dass du keine erwachsenen Leute beim Gespräch belauschen sollst. Wenn das Fräulein Laura in Knabenkleidern gereist ist, wird sie ihre Gründe gehabt haben, und dein Bruder wird seine Gründe gehabt haben, ihr zu helfen. Wehe dir, wenn du diesen Unsinn im Haus weitererzählst!«

Ein wenig eingeschüchtert blickte Käte Laura an. Diese hatte sich bei Agnes' Worten schon wieder entspannt und lächelte das kleine Mädchen ein wenig spitzbübisch an.

»Es stimmt wohl, kleine Käte, ich bin in Knabenkleidern gereist, aber glaube mir, es empfiehlt sich nicht zur Nachahmung. Die armen Knaben, ihre Kleidung zwickt an den seltsamsten Stellen und schöne Haare haben sie auch nicht, wie du siehst!«

Sie ist entzückend!, dachte Agnes und nahm ihre Haarwäsche wieder auf. Dann wies sie Käte an, das vorgewärmte Trockentuch vom Ständer beim Ofen herbeizuholen, und hüllte Laura, nachdem sie aus dem Zuber gestiegen war, darin ein. Sie wies das Mädchen an, ihre Haare vorm Ofen trocknen zu lassen, während sie sich nach passenden Kleidern für Laura in den Truhen ihrer größeren Töchter umschauen wollte. Käte kauerte sich vor Laura auf den Boden und begann, ihr von ihrem Kleinmädchenalltag im Hause der von Veltens zu erzählen.

Als Agnes nach einigen Minuten in die Küche zurückkehrte, fand sie die beiden Mädchen kichernd in ein Abzählspiel vertieft.

Eine halbe Stunde später fand sich die ganze Familie am großen Tisch in der Wohnstube zur Abendmahlzeit ein. Laura, die von Käte deren größeren Schwestern vorgestellt worden war, hätte eine von ihnen sein können. In den ordentlichen Kleidern Adelheids, die zu kurzen, blonden Locken geschickt in ein Band eingeflochten und so aus dem Gesicht gehalten, schien sie nur noch ein unbelastetes junges Mädchen zu sein.

Konrad hatte Laura einen Moment verdattert angeschaut, dann einen anerkennenden kleinen Pfiff ausgestoßen und ihr brüderlich an einem Ohrläppchen gezupft.

»Laurenz, Laurenz, ein gar ansehnliches Frauenzimmer ist aus dir geworden.« Mit diesen Worten hatte er sich seiner 14-järigen Schwester Elisabeth zugewandt, sie ihrerseits an einer Locke gezupft und angefügt: »Doch wie mir scheint, aus dir auch, kleine Schwester.« Er sah nicht mehr den verletzten Blick Lauras, der die Beiläufigkeit des Vergleichs mit einer von Konrads Schwestern gar nicht zu gefallen schien, doch Agnes hatte ihn sehr wohl wahrgenommen.

Oh, Konrad, mein Sohn, sei vorsichtig mit den Gefühlen, die du hervorrufst!, dachte sie teils erheitert, teils besorgt.

Schließlich gesellte sich auch Hans, der Gehilfe Konrads zu der Abendrunde und bedachte Laura mit einem erötenden Seitenblick. Diese streckte ihm keck die Zunge heraus und der Bann war gebrochen, denn beide begannen mit ihrer gewohnten Streiterei.

Nach kurzer Zeit unterbrach Konrad den Schlagabtausch und er, Laura und Hans erzählten der gebannten Zuhörerschaft den Teil ihrer Erlebnisse, der ihnen für diese zum Teil recht jungen Ohren geeignet schien. Erst als die Töchter des Hauses sich gemeinsam mit Laura zur Nachtruhe begeben hatten, fand sich für Konrad Gelegenheit, seiner Mutter die Brisanz der Lage Lauras sowie seine Vermutungen über ihre Verbindung mit dem Fall, den er zurzeit untersuchte, zu verdeutlichen.

Agnes stimmte aus vollem Herzen zu, dass Laura vorerst bei ihr und ihren Töchtern bleiben solle. Sie schlug vor, Laura auch mit in die Schule zu nehmen, der sie als Rektorin vorstand, und Konrad meinte, dass dies nicht schaden könne, wenn man nur bemüht wäre, sie keinen Augenblick unbegleitet zu lassen.

»Wenn du wirklich glaubst, dass all diese Mädchen und Laura Opfer ein und desselben perfiden Verbrechens sind, so muss dahinter eine organisatorische Kraft stecken, die das Ganze zu einem bestimmten Ziel unternimmt.« Agnes legte ihre Stirn in Falten. »Aber diese Meilehengeschichte erscheint mir so absurd! Was sollte denn für irgendjemanden damit gewonnen sein?«

Konrad, der in seinen wilden Studentenjahren mancherlei Ausschweifungen kennengelernt hatte und ohne die Rettung durch seinen Onkel Andreas diesen vielleicht ganz verfallen wäre, blickte seine Mutter versonnen an. Sie ist Opfer eines verderbten Anschlages geworden, ich bin ungewolltes Ergebnis, doch so, wie sie mich trotzdem all ihrer Liebe teilhaftig werden lässt, ahnt sie nichts von den Abgründen, in denen sich das Böse bewegen kann, dachte er erstaunt.

In diesem Moment klopfte es an der Haustür und Agnes blickte verwundert auf. Man hörte das Hausmädchen zur Tür eilen und einen kurzen Augenblick später an die Tür der Wohnstube klopfen. Es trat mit einem zusammengefalteten Zettel ein und überreichte ihn Agnes mit den Worten, dass ihn ein Berittener aus Braunschweig gebracht habe und dass er noch warte, ob sie ihm Antwort mitschicken wolle. Beim Verlassen des Raumes stellte sie überrascht fest, dass dieses seltsame Mädchen, das seit heute im Hause Gast war, leise hereingehuscht war, aber kommentierte es nicht, denn sie hielt es nicht für ihre Sache.

Laura huschte in eine dunkle Ecke zwischen dem riesigen Stubenschrank und der Wand und weder Agnes noch Konrad, die beide ihren Blick auf den Brief in Agnes' Händen richteten, da die Adresse sichtbar die Handschrift von Andreas Riebestahl trug, bemerkten sie.

Agnes entfaltete den Brief, und las laut vor: »Liebe Schwester,

ich schreibe dir in aller Eile in der Hoffnung, dass du etwas von Konrad gehört hast. Barbara ist verschwunden und ich habe die Vermutung, dass es etwas mit dem Fall des verschwundenen Mädchens zu tun haben könnte, den Konrad untersucht. Denn diese ist eine Tochter Lorenz Kales, also eine Halbschwester von Barbara. Ich suche jetzt einen Mann, der zuletzt mit Barbara gesehen wurde, aber ich hoffe, sehr schnell mit Konrad in Kontakt zu kommen. Wenn du weißt, wo er ist, so schicke dem Boten Nachricht mit, er weiß, wo er mich finden kann.

In großer Besorgnis, dein Bruder Andreas.«

Konrad sprang wie angestochen von seinem Sitz hoch. »Mein Gott, das ist furchtbar! Aber ... nein, das kann nicht sein! Tante Barbara passt nicht in das Muster. Die entführten Mädchen sind doch alles Jungfern, weit vom Heiratsalter entfernt!«

Agnes, selbst ganz blass geworden, schüttelte den Kopf. »Nein, das kann ich auch nicht glauben! Aber Andreas weiß ja nichts von den anderen verschwundenen Mädchen und von Laura. Was ist nur wieder in Barbara gefahren? Immer, wenn sie sich allein auf den Weg macht, kommt ein Abenteuer hinten raus!«

»Mutter, ich will mich sofort zu Oheim Andreas aufmachen und erkunden, warum er auf diese Idee gekommen ist. Ich muss zunächst noch Hans wecken, hoffentlich schläft er noch nicht zu fest. Ich weiß, Ihr werdet Euch liebevoll um Laura kümmern. Ich werde versuchen, regelmäßig Boten zu schicken. Schreibt mir bitte, wenn Laura sich an mehr erinnert. Und wenn es Euch möglich ist, macht morgen einen Besuch im Schloss. Dort wollte ich eigentlich morgen als Erstes hin, um dem Herzog Bericht zu geben und um Verstärkung zu bitten. Vielleicht könnt aber Ihr dem Herzog schon einmal erzählen, welch ungeheuerliche Taten im Herzogtum vor sich zu gehen scheinen.«

Hastig umarmte Konrad seine Mutter und begab sich hinaus zu dem Boten, um mit ihm zu reiten. Agnes folgte ihm aus der Wohnstube und niemand bemerkte den Schatten, der sich aus einer Ecke löste und einige Augenblicke, aufmerksam den Anweisungen, die draußen in der Halle erteilt wurden, lauschend, starr in der Mitte des Raumes verharrte.

Es verging noch eine halbe Stunde, die Konrad wie eine Ewigkeit vorkam, bis auch endlich Hans in den Stall trat, um sein Pferd herauszuführen. Ein wenig ärgerlich fuhr Konrad den Gehilfen an, der sich tief in seinen Mantel vermummt und die Kappe ins Gesicht gezogen hatte, als würde es in Strömen regnen und nicht nur ein leichter Nieselregen vom Himmel fallen.

»Mensch, Bursche, sei nicht so zimperlich! Es ist fast Sommer und du doch wohl auch nicht aus Zucker!«

Da er sein Pferd schon angetrieben hatte und aus dem Stall ritt, wurde ihm auch nicht bewusst, dass er von seinem Gehilfen keine Antwort erhalten hatte.

27. KAPITEL

Wolfenbüttel

Milde betrachtete Herzog Julius seinen ältesten Sohn. Der 15-jährige Knabe war äußerlich bereits fast zum Manne gereift und auch seine Worte erschienen, wenn er sie in Ruhe setzte, die eines Erwachsenen zu sein. Doch gerade eben hatte sich der Thronfolger einmal wieder in Rage geredet und ließ das jugendliche Ungestüm frei, in dem unausgegorene Gedanken genauso freimütig preisgegeben wurden wie wohlüberlegte.

Doch Julius verstand recht gut, warum sein Sohn sich so engagierte, denn dies war ja ein Thema, was auch ihn schon zu höchsten Fantasien angespornt, ihm aber auch größte Enttäuschungen und Ärgernisse eingebracht hatte: der geplante Ausbau der Juliusschifffahrt und all die lästigen Hindernisse, die ihm in den Weg gelegt wurden.

»Aber, verehrter Herr Vater, wie könnt Ihr es zulassen, dass eine solch entscheidende Frage in irgendeiner Weise noch von dem guten Willen der Braunschweiger abhängen soll? Baut um Himmels willen den Oker-Bode-Kanal und lasst die Braunschweiger an der Zahlung der Zölle zugrunde gehen.«

Mit einem wütenden Fußstampfer unterstrich der junge Mann seine Empörung.

»Nun, das ist ja durchaus auch im Blickfeld, mein lieber Sohn. Doch könnten wir mit einer Einigung mit Braunschweig ungleich mehr erreichen als nur die Anbindung an die Elbe. Staatsmännisch gesehen ist es immer besser, zwei

Eisen im Feuer zu haben. Und wie mir von der letzten Sitzung des Engen Rates berichtet wurde, stehen die Chancen für eine Einigung mit der Stadt gar nicht so schlecht. Mir scheint, wir haben dort einen starken Fürsprecher für unsere Sache.«

Selbstbewusst warf sich Heinrich Julius in die Brust. »Und das haben wir nicht wenig mir und meinen Kontakten zu verdanken, möchte ich meinen!«

»Wie das?«

»Nun, Vater, ich habe mir erlaubt, einen Hofbeamten zu einem besonderen Vorgehen zu animieren. Nicht immer reichen wohlüberlegte diplomatische Vorgehensweisen für das erwünschte Ziel. Man muss die Entscheidungsträger und ihre Einflüsterer dort packen, wo ihre geheimsten Wünsche liegen.«

»Was genau willst du mir damit sagen, Sohn?«, verlangte Julius misstrauisch zu erfahren.

»Euer Hofrat Rudolf von Kampstetten hat auf meine Bitte hin überprüft, welche der Ratsleute in Braunschweig zurzeit viel Einfluss haben. Das Gleichgewicht hat sich dort etwas verschoben. Die alten Patrizierhaudegen wie Jobst Kale ziehen sich mehr und mehr von den Geschäften zurück und ruhen sich auf den Zinsen ihres jahrhundertelang zusammengerafften Geldes aus. Doch es erheben sich ganz neue Kräfte. Kleine Krämer versuchen ihre Geschäfte und sich selbst aus der Bedeutungslosigkeit zu erheben. Sie drängen in den Rat, um mehr Einfluss zu bekommen, und sie schaffen sich eine Anhängerschaft, indem sie Gesetze und Änderungen fordern, die den Niedergang des florierenden Handels in Braunschweig verhindern sollen. Von Kampstetten fand einen Mann, der geradezu ein Paradebeispiel für diese neue Generation ist, und das ist eben dieser Bestmann, der in der letzten Ratssitzung so laute Töne gespuckt hat.

»Doch ging die Sitzung mit einer Mehrheit der Stimmen gegen eine Einigung zu Ende«, seufzte Julius.

»Das liegt daran, dass viele Ratsleute, die nur halb überzeugt von dem, was Bestmann sagte, waren, aus alter Gewohnheit Jobst Kale folgten und in seinem Sinne abstimmten.«

»Was hat denn von Kampstetten unternommen, dass er solch einen Einfluss auf Bestmann hat?«

»Das weiß ich auch nicht so genau. Er sagte etwas von einem Bekannten, der es sich zum Lebenszweck gemacht habe, Menschen bei ihren Träumen zu packen und sie damit beeinflussbar zu machen.«

»Oder gar zu erpressen?«, fragte Herzog Julius scharf.

Heinrich Julius hob abwehrend die Hände vor die Brust.

»Ihr kennt von Kampstetten, Herr Vater. Glaubt Ihr wirklich, dass er zu solchen Methoden greifen würde? Aber selbst wenn, so braucht es Euch nicht zu berühren, Vater, solange Ihr nichts davon wisst und bei den Braunschweigern zu einem erwünschten Ziel kommt.«

Julius wollte zu einer scharfen Erwiderung anheben, doch in diesem Moment betrat nach einem knappen Klopfen sein Kanzler Franz Mützeltin den Raum. Da dies sonst nicht seine Art war, sondern er sich dem Herzog immer förmlich ankündigen ließ, schaute dieser seinen Kanzler erstaunt an.

»Mit Verlaub, Durchlaucht, ich habe sehr dringende und beunruhigende Nachrichten von dem jungen von Velten erhalten. Seine Mutter, Frau Agnes von Velten, hat sie mir überbracht und sie dulden in ihrer Eigenartigkeit nicht, auf die lange Bank geschoben zu werden. Wenn Ihr gestattet, so bittet Frau von Velten, direkt zu Euch vorgelassen zu werden.«

Heinrich Julius bat mit einer Verbeugung, die sein errötetes Gesicht vor seinem Vater und dessen Kanzler verbergen sollte, um Entlassung zu seinen Pflichten. Doch Julius winkte ihm knapp und bedeutete ihm, zu bleiben.

»Nein, nein, bleib, mein Sohn. Wie du weißt, betraute ich den jungen Konrad von Velten mit der sehr verantwortungsvollen Aufgabe der Schaffung eines neuen Ressorts in unserem Herzogtum und hier scheinen erste Ergebnisse vorzuliegen. Das sollte dich als Thronfolger auch interessieren.«

Diese Antwort war Heinrich Julius sichtbar unangenehm. Doch gehorsam verbeugte er sich erneut und zog sich ein Stück hinter seinen Vater zurück.

Seine letzte Begegnung mit der Familie von Velten war für ihn nicht sehr ehrenvoll verlaufen. Agnes von Velten war aufgrund von ihm gehaltener Predigten über Hexerei verhaftet worden. Konrad von Velten hatte ein Verbrechen aufgedeckt, das letzten Endes auch seinen Ursprung in Hexenverurteilungen gehabt hatte.

Er selbst war als Enkel des daran beteiligten Herzogs Heinrich darin verwickelt gewesen. Für die Rächerin war er aufgrund seiner Predigten und der Verwandtschaft des Blutes mit seinem Großvater die Wiedergeburt eines Fürsten, der seinen Untertanen ein schlechtes Beispiel in jeglicher Charakterart war.

Agnes von Velten betrat den Raum, nachdem der Kanzler einem Bediensteten befohlen hatte, sie hereinzuholen. Sie knickste tief vor Julius, der aber sofort nach ihrer Hand griff, sie hochzog und wie eine alte Freundin, die sie ja tatsächlich für die Fürstenfamilie war, begrüßte.

Julius geleitete Agnes zu einem bequemen Stuhl am Kachelofen, der durch seine Verbindung mit den Öfen der Schlossküche eine angenehme Wärme verströmte. Der Herzog selbst setzte sich auf die Kaminbank und bedeutete seinem Kanzler, neben ihm Platz zu nehmen. Allein Heinrich

Julius blieb stehen, wo er stand, und betrachtete Agnes mit verlegenen Blicken.

Diese schien seine Verlegenheit allerdings gar nicht bemerkt zu haben. Freundlich hatte sie auch vor ihm geknickst und mit mütterlicher Stimme gesagt: »Oh, wie schön, Euch wiederzusehen, Heinrich Julius. Ich hoffe, Euch geht es gut?«

Agnes begann zu berichten, was Konrad ihr erzählt hatte, und fügte zuletzt besorgt an, dass nun auch die Gattin ihres Bruders, Barbara Riebestahl, verschwunden sei und dass ihr Bruder einen Zusammenhang mit den von Konrad verfolgten Fällen vermutete, den ihr Sohn Konrad und sie selbst aber beim besten Willen nicht sehen könnten.

»Und dieses junge Mädchen, diese Laura, weilt nun also in Eurem Hause?«

Agnes lachte etwas erbittert auf. »Das sollte sie eigentlich, denn Konrad hat sie mir anvertraut. Aber leider ist sie auch schon wieder verschwunden, wohl aus eigenem Willen. Als ich sie heute mit meinen Mädchen wecken wollte, fand ich sie nicht bei diesen. Dafür fand ich in der Waschstube den armen Gehilfen meines Sohnes, Hans Barhaupt. Viel war nicht aus ihm herauszubekommen. Nur eine wirre Geschichte, dass Laura ihn mit einer vermeintlichen Nachricht in die Waschstube gelockt habe, um ihm dann von hinten die Kurbel der Waschwalze über den Kopf zu schlagen. Als er benommen auf dem Boden gelegen hätte, habe sie ihm einfach seine Hose, sein Wams und seine Stiefel ausgezogen, habe ihn mit ein paar Wäschestücken geknebelt und gefesselt und dann die Waschstube hinter sich von außen abgeschlossen. Diesem dummen Jungen fiel nichts Besseres ein, als einzuschlafen und sich erst heute Morgen durch Tritte gegen die Tür bemerkbar zu machen.«

»Aber warum wollte sie nicht bei Euch bleiben? Wohin mag sie geflüchtet sein?«

»Oh, ich glaube nicht, dass sie irgendwohin geflüchtet ist, ich glaube viel eher, dass sie, als Hans Barhaupt verkleidet, meinem Sohn und dem Boten gefolgt ist. Mein Sohn glaubt, dass es bei dem Verschwinden der Mädchen einen klaren Zusammenhang gibt. Jemand macht sich den Aberglauben des Volkes zunutze und will die Menschen glauben machen, dass der Drache Gluhschwanz nun Mädchen raubt. Eine Ahnung, zu welchem Zwecke die Mädchen entführt werden, ergibt sich aus dem, was Laura erzählt hat. Eine Art Mädchenreigen soll zusammengestellt werden. Doch wozu nur und warum anhand gewaltsamer Entführungen?«

Weder Agnes noch der Herzog und sein Kanzler bemerkten, dass sich der junge Thronfolger bei diesen Worten zunächst ein wenig krümmte, als sei ihm plötzlich schlecht geworden, und dann leise und unauffällig den Raum verließ.

Der Herzog ließ ein empörtes Schnauben hören und schimpfte:

»In jedem Falle scheint mir hinter dieser Geschichte eine perfide Intrige zu stecken, ja, ein abscheuliches Verbrechen, das umgehend aufgeklärt werden muss. Ein seltsamer Zufall, dass ich gerade jetzt Euren Sohn mit der Erfassung von Verbrechen und ihrer wissenschaftlichen Systematisierung im Herzogtum betraut habe. Mir scheint, da kam die rechte Idee zur rechten Zeit.«

28. KAPITEL

Irgendwo in den Wäldern

DIE STUNDE IN DER KLEIDERKAMMER hätte unter anderen Umständen ein höchst vergnüglicher Zeitvertreib sein können, denn keines der Mädchen, nicht einmal Elise, hatte je in seinem Leben einen so nahezu unerschöpflichen Fundus an Kleidern, Bändern, Schals und anderem Tand zur Verfügung gehabt.

Um Melusine mit ihrer unfreiwilligen Machtübernahme nicht ganz zu verärgern und um ihr ein wenig Sand in die Augen zu streuen, was sie wirklich im Sinn hatte, lobte Barbara wortreich den hervorragenden Farbensinn, den Melusine bei der Kleiderwahl bisher bewiesen habe. Diese wiederum entgegnete ein wenig geschmeichelt, aber ungetrübt ehrlich, dass da auch der Marschall seine Hand mit im Spiel gehabt habe, aber immerhin habe sie selbst ja auch unzählige unscheinbare Mädelchen in verlockende Sirenen verwandelt, seit sie ihr Geschäft betreibe.

Barbara, die mit einem unauffälligen Blick in die Mädchenrunde festgestellt hatte, dass alle vier vollauf mit dem Anprobieren und Anhalten waghalsiger Roben beschäftigt waren und wenigstens für den Moment ihre Angst vergessen zu haben schienen, zog Melusine ein wenig zur Seite und fragte sie, um was es denn nun genau bei diesem Geschäft Melusines ginge. Melusine beschrieb ihre Tätigkeit als Hurenmutter, die sie begonnen hatte, als sie selber die erste Blüte ihrer Jugend verlassen hatte, so begeistert und wortreich, dass sich Barbara bitter wünschte, sie hätte nicht nachgefragt. Andererseits wollte sie dringend wissen, wie viel Melusine von den Plänen Kaltenburgs kannte und worauf diese Pläne denn überhaupt wirklich hinausliefen.

»Aber wozu braucht Herr von Kaltenburg Eure Dienste, wenn er doch offensichtlich etwas anderes im Sinn hat als ein gewöhnliches Hurenhaus?«

Entrüstet straffte Melusine ihre Gestalt, hob den ohnehin üppigen Busen mit den Handflächen noch ein wenig in die Höhe, machte einige Trippelschritte mit provozierend schwingenden Hüften und verlangte zu wissen: »Mir scheint, Ihr habt mir eben nicht recht zugehört, denn sonst könntet Ihr nicht auf die Idee gekommen sein, dass ich ein gewöhnliches Hurenhaus geführt habe. Ich selbst habe mich in meiner Blütezeit in Frankreich mit so hohen Herren wie dem Herzog von Guise befasst. Wisst Ihr, Kindchen, in dieser Zeit ging es hoch her. Die französische Krone hat ihre Protestanten erbittert bekämpft und mein Francois war einer der Führer in ihrem Auftrag. Bei der Belagerung von Orleans, Gott sei meiner Seele gnädig, wir wären fast im Schlamm ersoffen, bestand er darauf, dass ich jeden Abend sein Zelt und sein Bett teilte. Und dann das Unglück: Durch ein hugenottisches Attentat wurde er bei einem Ausritt schwer verwundet. Ach, was habe ich geweint, als er dort dahinsiechte. Es dauerte noch einige Tage, doch obwohl mein armes Lämmchen solche Schmerzen litt, versicherte er mir wenige Stunden vor seinem Tod, dass jemand, der meine Dienste im Leben gehabt habe, ohne Bedauern dem Tod in das Auge sehe, denn er gehe nur von den einen himmlischen Freuden hinüber zu den anderen.«

Barbara konnte sich an dieser Stelle ein belustigtes Glucksen nicht verkneifen, aber Melusine interpretierte dies offensichtlich als einen Ton der Bewunderung, denn sie fuhr fort: »Gewiss, ich hätte meine Dienste nun noch anderen hohen Herren andienen können, doch durch die Großzügigkeit des Herzogs hatte ich mir einen hübschen Groschen zusammengespart und so beschloss ich, in die Heimat zurückzukehren und mein reichlich erworbenes Wissen an neue Blumen weiterzugeben. In meinem Haus in Heidenheim, das ist im Herzogtum Württemberg, müsst Ihr wissen, arbeiteten nur die lieblichsten Blüten und ich machte mir zur Aufgabe, jedes Ideal, das einem Manne vorschweben konnte, zu bedienen. Ich hatte Mädchen aller Coleur. Man höre und staune, ich hatte sogar eine Mohrin aus Mauretanien und Ihr würdet staunen, wie viele Männer an solch einer Heidin Wohlgefallen finden!«

»Aber Ihr hattet gewiss keine Mädchen, die noch nicht einmal geblutet hatten?«, hakte Barbara ein.

»Nein, meine Liebe, das wäre zu gefährlich gewesen. Und es ist ja auch nicht das, was ich wirklich gutheiße, denn die Natur hat's ja eigentlich nicht so vorgesehen«, gab Melusine ein wenig geniert zu. »Und außer der kleinen Emma sind die Mädchen ja auch schon voll entwickelt. Selbst Elise, die vielleicht nicht unbedingt so aussieht, hat schon geblutet. Und, wisst Ihr, ich hatte auch ab und zu einen Lustknaben im Haus, denn auch auf Seinesgleichen kann sich das Begehren eines Mannes richten. Und nun wünscht der Marschall eben für ein bestimmtes Geschäft diese ganz jungen Mädchen.«

»Sicher waren aber die Lustknaben freiwillig in Eurem Haus und nicht gezwungenermaßen?«, stichelte Barbara.

»Ach!«, Melusine machte eine wegwerfende Bewegung, »die Lustknaben sahen es als Geschäft, weil sie damit einem wahrscheinlich sonst sehr erbärmlichen Leben entfliehen konnten, und die Mädchen werden am Ende auch so reich entlohnt, dass sie vergessen werden, dass sie nicht freiwillig kamen.«

»Das sagt der Marschall? Hat er Euch auch gesagt, dass Elise aus einem reichen Kaufmannshause stammt und sowieso ein Leben in Wohlstand und Ehre zu erwarten hatte?«

»Ja, ich glaube auch, dass da aus der Not geboren ein schwerer Fehler gemacht wurde. Aber sie sieht Laura sehr ähnlich, dem ersten blonden Mädchen im Reigen. Und Laura ist geflohen. Wahrscheinlich ist sie tot, das arme Schäfchen. Es war keine Zeit mehr, nach einem passenden Mädchen in den Armenhäusern oder Bauernkaten zu suchen. Wisst Ihr, Laura war von Anfang an dabei, wir brachten sie aus Württemberg mit.«

»Ihr kamt mit Martin von Kaltenburg und Laura zusammen aus Württemberg?«

»Nun, der Marschall war wohl vorher schon einige Zeit hier im Norden gewesen, aber als er dieses Geschäft zu planen begann, holte er erst mich und später noch Laura aus dem Süden nach.«

»Wisst Ihr, woher er Laura holte?«

»Aus dem Armenhaus, denke ich. Sie war wohl so eine arme Waise, um die sich keiner mehr kümmerte.«

»Hat sie Euch das gesagt?«

»Nein, sie trug ihr hübsches, kleines Näschen von Anfang an recht weit oben. Ich glaube, zu mir sprach sie in der ganzen Zeit keine fünf Worte. Vor dem Marschall hatte sie Angst, aber man sah auch, dass sie ihn von ganzem Herzen hasste.«

Als sich Grete soeben mit einem roten Schal geschmückt hatte, der sich auf das Übelste mit ihren karottenfarbenen Haaren biss, und sich stolz vor den anderen Mädchen zu drehen begann, brach Barbara die Befragung Melusines ab und fragte schmeichelnd, ob man sich nicht vielleicht auf einen Schwatz treffen wolle, wenn die Mädchen sich zur

Nachtruhe begeben hätten. Mit einem übertriebenen, verschwörerischen Zwinkern stimmte Melusine zu.

»Ich werde Euch in Eurer Kammer aufsuchen. Und sicher fallen mir auch noch ein paar Ratschläge für Euch ein, wie Ihr Euch diesem oder jenem Manne noch gefälliger machen könnt.«

Barbara schüttelte sich innerlich, zeigte Melusine aber nur ein dankbares Lächeln und wandte sich wieder ihren Schützlingen zu.

»Meine Damen, genug gewühlt, jetzt müssen wir eure Ausstattung ein wenig ernsthafter betreiben, denn sie soll heute Abend abgeschlossen sein!«

Mit sicheren Griffen zog Barbara nun hier ein Kleid, dort ein Band, hier einen Gürtel und dort ein Schmuckstück heraus und verteilte sie vor den Mädchen. Melusine durfte beim Ankleiden helfen, doch das Frisieren behielt sich Barbara vor.

»Helft mir nur beim Bürsten der Haare. Sie müssen glänzen und weich fallen, bei allen vieren so, wie es die Natur vorgesehen hat. Glatt, wo sie glatt gewachsen sind, in Locken, wo der Herrgott Locken beschert hat.«

Die Zeit verging wie im Fluge und in eben dem Moment, als Barbara endlich die Hände sinken ließ und sich das Ergebnis ihrer Bemühungen ansah, betrat Martin von Kaltenburg auf lautlosen Sohlen den Raum. Einen Moment verharrte er auf der Schwelle, dann drehte er sich halb um und rief über die Schulter den Befehl, mehr Licht zu bringen. Ohne seine Blicke von den Mädchen zu nehmen, suchte er sich in dem Durcheinander einen Stuhl, der halbwegs frei geblieben war, und setzte sich wortlos hin.

Zwei Männer brachten mehrere Leuchter mit brennenden Kerzen herein und der Raum wurde warm erleuchtet. Es vergingen etliche Augenblicke, in denen die Mädchen unter den Blicken der kalten Augen des Marschalls zu schrumpfen schienen. Barbara beobachtete halb fasziniert, halb angeekelt, wie der Mann jeden Zoll an den Mädchen zu taxieren und zu bewerten schien. Sie selbst war sich ziemlich sicher, dass sie bei den Mädchen den Effekt erreicht hatte, den sich der Marschall wünschte. Alle vier Mädchen trugen nun farblich perfekt auf sie abgestimmte Kleider und Unterkleider, die im Schnitt in raffinierter Weise unterstrichen, dass es sich hier um sehr junge Mädchen handelte. Die Haare hingen einer jeden offen und glänzend über die Schultern, bei Elise und Thilda reichten sie bis über die Hüften, bei den gelockten Mädchen immerhin auch bis zur Taille. Elise und Grete hatten jeweils einen sehr dünnen Silberreif auf dem Kopf, an dem hinten ein zartes Schleiergewebe hing, das bis zum Boden reichte. Thilda und Emma waren wie zufällig hingestreut kleine Blumenspangen in den Haaren befestigt worden.

Plötzlich hob der Marschall seine Hände und begann langsam zu klatschen.

»Zeigt mir einen Tanz, Mädchen. Seid so freundlich und spielt auf, werte Dame Barbara!«

Die Mädchen mussten nur wenige Schritte ihrer neu eingeübten Gaillarde tanzen, da sprang der Marschall von seinem Stuhl auf.

»Ihr habt Wunder gewirkt, Dame Barbara! Das Märchen ist wahr geworden. Ihr habt noch einen Tag Zeit, Euer Wunder zu verfeinern!«

»Auf ein Wort unter vier Augen, Herr von Kaltenburg!«, flehte Barbara, als dieser aufstand und den Raum verlassen wollte.

Von Kaltenburg drehte sich langsam wieder um, blickte Barbara mit amüsiert blitzenden Augen an und winkte dann Melusine und die Mädchen hinaus.

»Ihr könnt das nicht wirklich zu Ende bringen, aus diesen unschuldigen Mädchen Huren zu machen!«

»Gebraucht doch nicht ein so hässliches Wort, meine verehrte Dame, habt ihr nicht eben aus ihnen einen perfekten Traum gemacht?«

»In wessen Traum sollen sie auftreten? In Eurem?«

»Ich bin nur der, der die Träume anderer für sie wahr werden lässt. Zufällig gibt es Männer, deren heißeste Träume sich um sehr junge, unschuldige Mädchen drehen und die dafür einen exorbitant hohen Preis zu zahlen bereit sein werden.«

»Was seid Ihr für ein Ungeheuer. Habt Ihr Eure Schwester auch schon an diesen Mann verkauft?« Erschrocken schlug sie sich die Hand vor den Mund, als sie die Veränderung im Gesicht des Marschalls wahrnahm.

Eben noch amüsiert und nur mäßig an den Worten Barbaras interessiert, fuhr er nun auf sie zu, packte ihren rechten Arm, zog sie dicht an sich heran und zischte mit funkelnden Augen und hässlich verzerrtem Mund: »Was wisst Ihr über meine Schwester?«

»N… nur, dass sie verschwunden ist, nachdem Ihr sie unter Eure Vormundschaft gebracht habt.«

»Wer hat Euch das erzählt. Etwa der senile Asseburg? Ja, er war es, nicht wahr? Auf dem Bankett. Euer Blick über den Tisch geschah nicht aus Sympathie, sondern aus Neugier!«

»Und, ist es wahr? Habt Ihr Teufel auch Eure Schwester an ein perverses Ungeheuer verschachert?«

Der Marschall hob die freie Hand, wie um Barbara zu schlagen. Dann plötzlich erschlaffte sein Griff und er warf den Kopf in den Nacken und lachte höhnisch.

»Was immer ihr gehört habt, so kann ich Euch doch trösten. Das kleine Luder ist wahrscheinlich gestorben, ohne seine Unschuld zu verlieren.«

Er ließ Barbara stehen und verließ den Raum. Barbara sackte auf dem Stuhl, auf dem der Marschall gesessen hatte, zusammen und versuchte, ihre Fassung zurückzugewinnen.

Es war also wahr. Der Reigen der Mädchen war dazu bestimmt, die abartigen Gelüste eines oder mehrerer Männer zu befriedigen. Es würde nicht bei dem Reigen bleiben, sondern den Mädchen würde Gewalt angetan werden. Sie würden entehrt werden und Barbara konnte sich nicht vorstellen, dass ihnen und auch ihr die Rückkehr in ihr normales Leben ermöglicht werden würde.

Sie werden ihr Leben in irgendwelchen Hurenhäusern fristen und mich wird man nicht am Leben lassen können mit meinem Wissen.

Eine Träne stahl sich aus Barbaras Augenwinkel, als sie sich gestattete, an ihre Kinder und ihren Mann zu denken. Doch sie wischte sie sogleich entschlossen weg, hob das Kinn und dachte: Das werden wir noch sehen, Marschall, wer hier am Ende unversehrt hinausgeht.

29. KAPITEL

Braunschweig

KONRAD ACHTETE AUF DEM RASANTEN RITT durch die Nacht nur darauf, dass er den Anschluss an den Boten nicht verlor. Aus dem unangenehmen Nieselregen des Nachmittags war ein gleichmäßiger Landregen geworden, der die Herzen der Bauern sicher hätte höher schlagen lassen, wäre es nicht schon seit vielen Wochen zu kalt und zu nass für die Jahreszeit gewesen.

Hinter sich hatte Konrad die ganze Zeit den Hufschlag des Pferdes seines Gehilfen gehört und deshalb keine Veranlassung gehabt, sich auch nur einmal umzudrehen.

Nach gerade eben einer Stunde begehrte der Bote lauthals Einlass am Ägidientor Braunschweigs und bekam den samt seiner Begleiter auch sofort gewährt, als er sich als ein Bediensteter des Hauses von Velten auswies.

Vom Stadttor aus war es nicht mehr weit bis zum Ölschlägern, der Straße, wo sich nach Aussage des Boten Andreas Riebestahl mit seinem Neffen treffen wollte.

Konrad fluchte ein wenig lästerlich, als sich plötzlich die Tür einer düsteren Spelunke auftat und ein torkelnder Betrunkener genau vor seinem Pferd im Matsch zu Boden ging. Das Tier scheute und Konrad stieß sich den Kopf an einem weit in die Straße hereinragenden Erker eines der kleinen, engbrüstigen Fachwerkhäuser.

»Was in aller Welt soll mein Onkel in diesem Viertel zu schaffen haben, dass er mich hierherbestellt?«, fragte er den Boten übellaunig und rieb sich die Stelle am Kopf, an der er bereits die Schwellung einer deftigen Beule zu spüren begann.

»Euer Onkel wollte hier jemanden aufsuchen, der Eure Tante zuletzt gesehen hat. Wenn wir ihn hier nicht mehr antreffen, erwartet er Euch am Burgplatz bei meinem Herrn.« Vor einem etwas großzügiger gebauten Fachwerkhaus hielt der Bote an und wies darauf.

»Hier beim Beckenbauer Bestmann wollte er den Mann treffen.«

Konrad stieg vom Pferd und trat auf die Haustür zu. Auf sein Klopfen und Rufen erhielt er auch nach der langen Zeit, die man jedem Hausbewohner zu so nachtschlafender Zeit zugestehen mochte, keine Antwort und er trat einige Schritte zurück, um zu schauen, ob sich vielleicht hinter einem der Fenster etwas regte. Dabei fiel ihm auf, dass das Tor, das zu dem Hof gehörte, der sich an das Haus anschloss, einen Spalt offen stand. Er stieß es ein wenig weiter auf und spähte in den dunklen Hof. Nicht einmal ein Wachhund schlug an, als er sich einige Schritte hineinwagte.

»Hier geht es nicht ganz mit rechten Dingen zu. Welcher Kaufmann, und sei sein Hab und Gut noch so bescheiden, lässt des Nachts seinen Hof unbewacht?«, dachte er sich und zog sich wieder auf die Straße zurück.

»Wen wollte mein Onkel hier treffen, weiß er das?«, fragte er den Boten, der auch sehr unbehaglich hierhin und dorthin spähte, als befürchte er, in dieser finsteren Gasse überfallen zu werden.

»Soweit ich weiß, einen Gast des Bankettes, das am Abend des Verschwindens Eurer Tante im Hause meiner Dienstherren gegeben wurde.«

»Halte er die Augen und Ohren zu beiden Richtungen der Straße offen und rufe mich, wenn er irgendjemanden kommen sieht. Hans, steig ab und komm mit mir!«

Umständlich rutschte der Gehilfe vom Pferd hinunter, die Kapuze seines Mantels immer noch tief ins Gesicht gezogen, und trat zögerlich zu Konrad. Dieser hatte sich jedoch schon wieder ungeduldig abgewandt und betrat nun entschlossener den Hof. In Abständen rief er immer wieder »Hallo, ist hier jemand zu Hause?«, doch zur Antwort erhielt er nur bleierne Stille und das entfernte Bellen eines Hundes aus einem der Nachbarhöfe.

Stallungen und wahrscheinlich die Werkstätte und das Lager des Beckenbauers begrenzten den Hof an zwei Seiten. An der Seitenwand des Haupthauses entdeckte Konrad, wie erwartet, eine Hintertür. Auch diese stand offen und ein schwacher Lichtschein leuchtete in den Hof.

Abermals machte sich Konrad mehrmals lauthals bemerkbar, doch nichts als die unheimliche Stille der späten Nacht antwortete ihm. Er bemerkte, dass Hans ihm dicht auf den Fersen blieb, und drehte sich, als sie die Hintertür erreicht hatten, halb zu ihm um und flüsterte: »Halt ein wenig Abstand, aber folge mir. Wenn irgendetwas Ungewöhnliches passiert, mache kehrt und lauf zum Boten auf der Straße!«

Hans nickte nur und Konrad betrat mit einem unterdrückten Seufzer das Haus. Der Lichtschein lockte ihn durch eine Art Spülküche weiter in den angrenzenden Raum. Die Küche des Hauses. Der Lichtschein, dem Konrad gefolgt war, erwies sich als der Schein des Herdfeuers, das durch die weit geöffnete Herdluke sichtbar war. Offensichtlich hatte noch vor Kurzem jemand dem Feuer frische Nahrung zugeführt, dass es jetzt noch so hell loderte. Konrad bückte sich ein wenig und sah, dass es sich bei der Nahrung um Papier gehandelt haben musste, das allerdings soeben endgültig schwarz in sich zusammenfiel.

In dem Moment, da er sich wieder zu voller Größe strecken wollte, erblickte er, halb verdeckt von einer hohen

Anrichte, ein Paar Stiefel, als er sich weiter vorbeugte, ein dazugehöriges Paar Beine, die in ihnen steckten. Rasch blickte er sich zu Hans um, der immer noch in der Tür zur Spülküche verharrte. Mit dem Finger wies er auf das Beinpaar und umrundete dann vorsichtig die Anrichte. Ein nur mühsam unterdrückter Ruf des Entsetzens wollte ihm entfahren, denn nun erkannte er die Gestalt, die mit dem Kopf in einer kleinen Blutlache auf dem festgestampften Lehmboden lag.

»Onkel Andreas!«

Ohne auch nur einen Moment zu zögern, trat er zu dem Liegenden und kniete sich neben ihn nieder. Auch Hans vergaß alle Vorsicht und warf sich auf der anderen Seite nieder. Ungeduldig strich er sich die Kapuze vom Kopf und tastete nach dem Puls des Reglosen. Konrad indes erlebte den zweiten Schock innerhalb einer Minute, als er erkannte, dass sein Gefährte nicht Hans, sondern Laura war. Doch für Vorwürfe war keine Zeit.

»Er lebt, aber sein Herzschlag ist sehr schwach!«, flüsterte Laura

Konrad drehte vorsichtig den Kopf des halb auf der Seite Liegenden ein kleines Stück, um nach der Ursache der Blutung zu schauen. Erschauernd entdeckte er eine klaffende Wunde, die sich von der linken Schläfe bis an den Hinterkopf zog und aus der immer noch Blut hervorpulsierte.

Vorsichtig drehten Konrad und Laura den Bewusstlosen auf den Rücken. Konrad öffnete Mantel und Wams und riss einen großzügigen Streifen aus seinem Leinenhemd, den er zusammenknüllte und auf die Wunde drückte.

»Er hat sehr viel Blut verloren, aber ich glaube, die Wunde geht nur am Schädel entlang. Wenn er aufhört zu bluten, hat er bestimmt eine Chance.«

Laura stand auf, drehte sich suchend um ihre eigene Achse, riss schließlich ein Tuch, das über frisch gebackenes Brot gebreitet worden war, an sich und reichte es Konrad. Dieser vervollständigte damit den provisorischen Verband um die Wunde und bettete dann den Kopf seines Onkels behutsam auf Lauras gefalteten Mantel, den diese ihm gereicht hatte.

»Lauf und hol den Boten von der Straße. Wir müssen meinen Onkel zum Burgplatz bringen, dort wird man sich um ihn kümmern!«

Während Laura eilig dem Auftrag folgte, blickte sich Konrad in der Küche um. Der Raum machte durchaus nicht den Eindruck, als würde sich hier kein Leben abspielen. Das Feuer im Herd, das frisch gebackene Brot, die sauber auf die Borde gereihten Teller und Krüge, das wie zum baldigen Putzen auf die Platte des großen Tisches in der Mitte ausgelegte Gemüse.

Schritte näherten sich und aufgeregte Stimmen.

»Der Herr hat uns freigegeben, damit wir an den Vorbereitungen für die Maifeier im Viertel teilnehmen können, selbst ritt er schon am Nachmittag fort …«

Ein ältliches Paar hatte mit dem Boten und Laura die Küche betreten.

»Diese Leute kamen eben am Tor an. Sie sagen, dass sie die Köchin und der Knecht des Hauses sind.«

Empört blickte sich die stämmige Frau in ihrem Reich um und entdeckte die Blutpfütze vor ihrer Anrichte.

»Oh, Allmächtiger, was ist das denn für eine Schweinerei!«

Ihr Blick wanderte weiter zu Andreas und sie schlug angesichts des blassen, leichenstill liegenden Mannes die Hände über dem Kopf zusammen.

»Das ist der Herr, der, kurz bevor wir gingen, Einlass

begehrte. Er fragte nach dem Besuch des Herrn, dem Herrn von Kaltenburg. Da wir schon spät dran waren, bat ich ihn, in der Stube zu warten, da der Herr von Kaltenburg ebenfalls zu einer Besorgung aus war, aber bald wiederkommen wollte. Dann vergaß ich den Besuch in der Aufregung und wir machten uns auf.

»Euer Herr, das ist der Beckenbauer Bestmann? Gibt es noch mehr Bedienstete?«

»Hier im Haus nicht, aber in der Werkstatt leben noch der alte Geselle Karl und der Lehrjunge Friedhelm. Aber der Herr hat sie nach Wolfenbüttel geschickt, um das neue Kupfer des Herzogs für die Werkstatt zu prüfen. Die kommen erst morgen wieder.«

»Hat Euer Herr keine Familie?«

Die Alte stockte ein wenig und gab dann verächtlich kund: »Seine Mutter starb voriges Jahr. Und eine Braut gab's noch nicht. Wird er auch Schwierigkeiten haben, eine im rechten Alter zu f...«

»Halt's Maul, Weib, das geht uns nichts an!«, bremste sie der Mann, der mit ihr zusammen gekommen war.

»Wie meint Ihr das, gute Frau?«

Doch die Alte nahm sich den warnenden Blick des Mannes zu Herzen, schüttelte den Kopf und sagte nur noch kurz: »Nein, eine Meisterin gibt's, wie gesagt, noch nicht.«

Laura räusperte sich vernehmlich und mahnte: »Wir sollten Euren Onkel zum Burgplatz bringen, Herr Konrad!«

Erleichtert, sich dieses Problem recht günstig vom Leibe schaffen zu können, bestätigte der Knecht, dass es in der Werkstatt einen Handkarren gäbe, mit dem der Meister die Kessel zum Verkauf auf den Markt karren ließ. Rasch wurde ein provisorisches Lager aus Säcken und Pferdedecken darauf gerichtet und Andreas behutsam hineingelegt.

Der Verletzte gab keinen Laut von sich und Konrad war nun sehr besorgt über diese tiefe Bewusstlosigkeit.

Der Bote und Laura wurden mit den Pferden zum Burgplatz vorgeschickt, um einen Verwundeten anzukündigen und den Medicus holen zu lassen. Konrad zog an dem Handkarren, und als er merkte, dass sich dieser nicht so ohne Weiteres durch einen einzelnen Mann bewegen ließ, wies er den Knecht an, ihm zu helfen, da er ja dann auch gleich den Karren wieder mit zurücknehmen könne. Brummelnd gehorchte der Mann.

Auf dem Weg durch die nun absolut verlassen liegenden Gassen versuchte Konrad, dem Mann noch ein wenig über seinen Herrn zu entlocken.

»Könnt Ihr Euch vorstellen, welches Anliegen meinen Onkel bei seinem Herrn gehabt haben könnte?«

Der Knecht drehte den Kopf zur Seite, spuckte aus und erwiderte: »Nee, das geht mich nichts an, was die feinen Pinkel miteinander zu schaffen haben. Euer Onkel war ja nicht der Erste von der Sorte.«

»Ach, bekommt Euer Herr oft Besuch von vornehmen Leuten?«, hakte Konrad nach.

Diesmal traf die Spucksalve kurz vor Konrads Füßen auf dem Pflaster auf.

»Hier und da. 'S geht mich nichts an, aber wenn ich wüsste, wohin, dann würde ich mein Weib nehmen und müsste dem Teufel nicht mehr begegnen.«

»Dem Teufel?«

»Ich sag nichts mehr, aber der eine, der jetzt schon seit Wochen hier wohnt … ich glaub, das ist der Leibhaftige!«

»Wie heißt er und wie sieht er aus?«

»Schön wie die Sünde! Mit Verlaub, Ihr seht auch nicht übel aus, aber eben nicht wie der. Alles an diesem von Kaltenburg trägt den Geruch von Schwefel und Verderben!«

»Von Kaltenburg, mhh.«

Den Rest des Weges brachten die beiden Männer, jeder in seine eigenen Gedanken versunken, hinter sich. Ab und zu warf Konrad einen besorgten Blick auf seinen Onkel, doch an dessen bleichem Unbeteiligtsein an der Welt änderte sich nichts.

Im hell erleuchteten von Velten'schen Haus am Burgplatz wurde der Bewusstlose sofort auf ein Lager gebettet und zwei herbeigerufenen Ärzten in Obhut gegeben. Konrad selbst wurde von Achatz von Velten mit einem knappen Nicken begrüßt.

»Vetter, Euer Onkel berichtete mir bereits von Eurer Mission. Soweit ich zu irgendeiner Aufklärung beitragen kann, stehe ich zu Euren Diensten.«

Erst in diesem Moment wurde Konrad bewusst, dass er das erste Mal in seinem Leben mit dem Haupt der Familie seines Stiefvaters, dessen Namen auch er trug, zu tun hatte.

30. KAPITEL

Wolfenbüttel

»Wir müssen die ganze Sache abblasen, sie sind uns zu dicht auf den Fersen!«

Rudolf von Kampstetten, der, wie er selbst in einem der hohen Wandspiegel erkannte, nur noch ein Schatten seiner selbst war, wanderte in dem kleinen Audienzraum des Wolfenbüttler Schlosses auf und ab.

In einem der kostbaren Sessel saß, wie immer die abgeklärte Ruhe selbst, Martin von Kaltenburg und betrachtete seine makellosen Hände und Fingernägel, als wenn er es dort doch noch etwas zu entdecken gäbe, das der täglichen Pflege entgangen sein könnte.

Auf der anderen Seite des Raumes plusterte sich der Beckenbauer Johann Bestmann auf: »Das solltet Ihr auf keinen Fall tun, wenn Euch noch irgendetwas an einem positiven Bescheid des Rates und van Bastens liegt!«

»Wenn Heinrich Julius oder gar sein Vater, Herzog Julius, jemals davon Wind bekommen, zu welchem Preis ihr Plan erkauft worden ist, werden wir alle brennen, denn es ist unbestreitbar Werk des Teufels!«

»Wenn Ihr meint, Ihr habt Euch mit dem Teufel eingelassen, so werdet Ihr wissen, dass der Teufel einmal verlockte Seelen nicht wieder freigibt!«, spöttelte von Kaltenburg.

»Außerdem möchte ich annehmen, das unser werter Thronfolger gerne die Augen vor den Mitteln verschließt, mit denen seine Ziele erreicht werden, Hauptsache, sie werden denn erreicht.«

»Aber was sollen wir nun tun? Alles hängt davon ab, ob dieser Riebestahl wieder aufwacht und wie viel er wirklich erraten hat!«

Von Kampstetten wandte sich an Bestmann. »Wie konnte es nur passieren, dass Riebestahl Einlass in Euer Haus erfuhr, obwohl niemand da war, und dann auch noch alle Pläne finden konnte?«

»Mein Dienstvolk war schon ganz kirre wegen der Maifeierlichkeiten«, blaffte Bestmann zurück. »Und wer ahnt denn schon, dass jemand ins Haus kommt und rumschnüffelt. Bis jetzt dachten wir doch wohl, dass Herr von Kaltenburg alles bestens in der Hand hat.«

Langsam erhob sich der Marschall aus seinem Sessel, schritt auf Bestmann zu und blickte ihn kalt an.

»Ein Narr, wer's mit dem Teufel treibt,
und seine Schand auf Wände schreibt,
denn weiß er nicht, dass er verloren,
denn alle Wände haben Ohren!«

»Euer arrogantes Gefasel hilft uns jetzt auch nicht weiter!«, schrie Bestmann sein Gegenüber mit zorngerötetem Gesicht an. »Dass van Bastens Pläne für die Durchführbarkeit der Wünsche des Herzogs bei mir liegen, ist ja angesichts meiner Position im Rat keineswegs verfänglich! Das Ganze wird schließlich nur durch Euren Leichtsinn gefährlich. Ihr habt mir doch die Skizze des Mailehentraumes zukommen lassen, um van Basten und mir den Mund wässrig zu machen!«

Von Kaltenburg wandte sich mit einem verächtlichen Schulterzucken ab.

»Wie dem auch sei, die Vorbereitungen sind getroffen, van Bastens Preis steht fest, ob mit oder ohne Euch. Ihr könnt gerne zurücktreten, werter Bestmann, doch Euer Verzicht wird die Sache nicht mehr ändern, und so wäre es doch eher töricht, sich diese wunderbare Gelegenheit entgehen zu lassen.

Herr Riebestahl hat ja auch nur ein paar Pläne und eine Zeichnung gesehen, die mittlerweile verbrannt sind. Er selbst liegt darnieder und wird voraussichtlich nie wieder erwachen. Denn da ist der Teufel höchstpersönlich vor.«

»Und was ist mit seinem Neffen? Der reitet selbst wie der Teufel durch die Gegend und spürt überall Familien verschwundener Mädchen auf. Und wisst Ihr nicht, dass er ein Mädchen im Schlepptau hat, das eine verdammte Ähnlichkeit mit der Beschreibung Eurer Laura hat?«, legte von Kampstetten nach.

Erstmals waren für einen kurzen Moment Risse in von Kaltenburgs kalter Maske zu sehen.

»Ich werde mich darum kümmern und ich verspreche einen störungsfreien Ablauf der Zermonie und einen sehr zufriedengestellten Bauherrn van Basten!«, beschied der Marschall, der sich sofort wieder gefasst hatte.

In diesem Moment betrat der Sohn des Herzogs, Heinrich Julius, den Raum.

»Meine Herren, wie sieht es aus mit der Durchführung unserer Pläne? Herr Bestmann, seid Ihr Euch der Mehrheit im Rat inzwischen sicher? Die Ratssitzung, die über die Zukunft unseres Herzogtums entscheidet, findet nächsten Montag statt und noch kommen mir zu wenig positive Meldungen!«

Bestmann verneigte sich und beeilte sich zu versichern: »Gewiss, gewiss, mein Prinz, es ist alles in bester Vorbereitung. Meine Leute stehen hinter mir und die Leute Kales wanken wie das Schilfrohr im Wind. Der letzte Streich wird sie umpusten, denn van Basten hat ein entscheidendes Ass im Ärmel. Er könnte, ohne dass irgendjemand etwas dagegen tun könnte, die Oker so umleiten, dass die Braunschweiger über kurz oder lang auf dem Trockenen säßen. Nicht die Lösung, die wir anstreben, aber ein wahrhaftes Druckmittel.«

Zufrieden wandte sich der Thronfolger zu von Kampstetten. »Das wird unser bestes und größtes Werkstück auf lange Zeit. Mit diesem Streich wird der Widerstand der Braunschweiger auf Jahrhunderte gebrochen werden und ein endlich geeintes Herzogtum wird den wirtschaftlichen und kulturellen Mittelpunkt des ganzen Reiches bilden können. Euer unermüdlicher Einsatz für diese Sache wird mit Sicherheit reich belohnt werden.«

Alle drei Männer verneigten sich tief, als der zufriedene junge Mann sich anschickte, den Raum wieder zu verlassen. Auf der Schwelle drehte er sich noch einmal um und schickte mit einem unschuldigen Jungenblick nach: »Und ich gehe natürlich davon aus, dass Mittel und Wege, die uns unser Ziel erreichen ließen, niemals ein schlechtes Licht auf das Herrscherhaus der Welfen fallen lassen werden!«

Einigermaßen entgeistert blickten die drei verbliebenen Männer auf die Tür, die sich hinter Heinrich Julius geschlossen hatte.

Zum großen Verdruss seiner beiden Mitverschwörer begann von Kaltenburg wieder einmal zu rezitieren:
»Wie Pilatus wusch in Unschuld die Hand,
hat sich auch der Herrscher zu jener bekannt.
Die Bauern fällt's, wenn die Schand kommt raus,
sauber bleibt das Welfenhaus«,
sprachs, verneigte sich und verließ ebenfalls den Raum.

Auf seinem Weg aus dem Schloss überdachte der Marschall seine Optionen.

Er hatte sich in diesem Spiel hier im Fürstentum sehr exponiert. Er hatte nicht geglaubt, dass man seinen verbrecherischen Aktivitäten auf die Schliche kommen würde, weil er sie auf verschiedene Orte und Ämter verteilt hatte. Er hatte darauf vertraut, dass das Verschwinden von Mädchen aus ganz verschiedenen Orten sich zwar vielleicht durch Gerüchte verbreiten würde, aufgrund der geringen gesellschaftlichen Stellung dieser Mädchen sich aber niemand die Mühe machen würde, die Fälle zusammenzubringen.

Sein erster großer Fehler war gewesen, dass er seine Schwester, das kleine Luder, unterschätzt hatte und ihr nicht den gleichen Erfindungsreichtum zugetraut hatte, der ihn selbst zu seinen Taten anspornte.

Der zweite große Fehler war die Entführung Elises gewesen. Die hatte dummerweise diesen Ermittler des Herzogs auf den Plan gebracht. Welch eine Ironie des Schicksals, dass die Schaffung einer neuen Institution, die die Ämter in der Verbrechensbekämpfung zusammenbinden sollte, just in diesem Moment ins Leben gerufen worden war, als er selbst am meisten darauf bauen musste, dass zwischen den Fällen keine Verbindung hergestellt werden konnte.

Der dritte und vielleicht größte Fehler war gewesen, auf halbseidene Kräfte zur Unterstützung seiner Pläne zu vertrauen. Dies hatte die Verzweiflungstat, eine richtige Dame zu entführen, nötig gemacht, und die Zeitnot hatte es wiederum unmöglich gemacht, nach einer unauffälligen Frau zu suchen. Von Kaltenburg hatte die Verwandschaftsverhältnisse dieser verfluchten Familie Riebestahl nicht gekannt beziehungsweise ordentlich recherchiert und aus einer spontanen Eingebung gehandelt, als er den Liebreiz und die gesellschaftliche Gewandtheit Barbara Riebestahls gesehen hatte.

»Du alter Teufel bist überheblich geworden!«, mahnte er sich selbst, und für einen Moment ließ er seine überhebliche Maske fallen. Seine ebenmäßigen Züge verzerrten sich zu einer hässlichen Maske der namenlosen Wut und er schlug mit der flachen rechten Hand auf den nächsten Türrahmen ein. So schnell, wie sie gefallen war, legte sich die Maske wieder über sein Gesicht und die Schlosswachen sahen nur einen vornehm gekleideten, hervorragend gewachsenen Mann mit beschwingten Schritten auf den Schlosshof treten, sein Pferd besteigen und sich mit freundlichem Gruß entfernen.

Rudolf von Kampstetten verließ das Schloss in wesentlich offensichtlicherer Verfassung. Ihm war übel und man sah es ihm an. Seit einigen Stunden spürte er einen beängstigenden Druck in der Brust, und als er an den Schlosswachen vorbeiging, begann er so zu schwanken, dass ihm der eine der Soldaten zur Hilfe eilte.

»Geht es Euch nicht gut, mein Herr? Soll Hilfe geholt werden?«

Entsetzt blickte von Kampstetten den jungen Mann an, straffte die Schultern und befreite sich von der stützenden Hand.

»Nein, es geht wieder, es geht, es muss gehen!«, stammelte er, trat zwei Schritte von dem Soldaten weg und brach auf dem Kopfsteinpflaster zusammen. Der eilends herbeigerufene Hofmedicus stellte wenige Minuten später nur noch den Tod des Hofrates fest.

Johann Bestmann war von Weitem Zeuge des Zusammenbruchs des Mitverschwörers geworden. Unauffällig hielt er sich in der Nähe auf, bis er vernahm, dass der Medicus den Tod von Kampstettens festgestellt hatte. Gleichzeitig tief erschüttert und doch erleichtert, dass der Hingestreckte keine letzten Worte mehr von sich gegeben hatte, eilte er in die nächste Wirtschaft, um sich von den ausgestandenen Schrecken der letzten Stunden bei einem guten Schluck zu erholen.

»Verflucht sei diese ganze unselige Verquickung! Das kommt davon, wenn man sich dazu überreden lässt, seine kleinen Laster mit der großen Politik zu verknüpfen. Verflucht, verflucht, verflucht seist du, Martin von Kaltenburg!«

Bestmann überlegte, an welcher Stelle diese Geschichte begonnen hatte zu seinem persönlichen Desaster zu werden. Gewiss, ehrgeizige Pläne, seine Stellung im Rat der Stadt auszuweiten und zu festigen, hatte er schon lange gehabt. Dafür hatte er sich auch diese oder jene kleine Einflussnahme erlaubt, die streng genommen ungesetzlich gewesen waren. Erpressung, Drohungen und Fälschungen, um seine Ziele zu erreichen – dafür hatte er Kontakte zu Menschen aufnehmen müssen, die auf der anderen Seite des Gesetzes standen, und war angreifbar geworden. Doch anders gab es ja auch in diesen festgefügten Strukturen Braunschweigs für einen wie ihn keine Möglichkeiten – zu fest saßen die Patrizier seit der Hochblüte der Hanse im Sattel.

Wenn er es recht betrachtete, so war alles einigermaßen überschaubar gewesen bis zu dem Abend, als ihn Martin von Kaltenburg im Roten Kloster dabei beobachtet hatte, wie er sich an ein sehr kindliches Mädchen herangemacht hatte, das nur Zugeharbeiten verrichtete und eigentlich noch nicht für Liebeszwecke zur Disposition stand. Das Mädchen war erschrocken von ihm zurückgewichen und mit dem Rücken gegen Kaltenburg gestoßen. Dieser hatte das Mädchen einen Moment festgehalten und Bestmann dabei tief über das Mädchen hinweg in die Augen geschaut. Dann hatte er der Kleinen einen Klaps auf das Hinterteil gegeben, sie fortgeschickt und Bestmann zugeflüstert: »Ihr mögt sie sehr jung? Das braucht Euch nicht zu beschämen, da seid Ihr nicht allein. Nehmt einen Trunk mit mir, dann erzähl ich Euch von der Welt.«

Fasziniert hatte Bestmann den schönen, jungen Mann mit den großen blauen Augen angeschaut. Er hatte sich in seinen Bann ziehen lassen und ihm schon an diesem Abend seine

Seele verkauft. Gegen eine Information aus dem Rat hier, eine Einführung in gesellschaftliche Kreise dort hatte von Kaltenburg Bestmann Kontakte vermittelt, wo sehr junge Mädchen für Liebesdienste zu haben waren.

Bestmann hatte nicht geahnt, dass das möglich war, und war selig gewesen, endlich seinen Neigungen mehr und mehr frönen zu können. Die Steigerung war gewesen, als von Kaltenburg ihm angeboten hatte, ihm ein jungfräuliches Mädchen zu vermitteln. Beinahe wäre die damalige Begegnung zu einem Desaster geworden, denn Bestmann war nicht klar gewesen, dass dieses Mädchen nur so lange willig war, wie die Drogen, die man ihm verabreicht hatte, wirksam waren.

Doch nun gab es auch kein Zurück mehr für ihn, denn er war unrettbar dem unseligen Teufel von Kaltenburg verpflichtet, der mehr und mehr von ihm zu fordern begann und seine subtilen Drohungen, was Bestmann in der Stadt geschehen würde, wenn er hier und da einen Hinweis gäbe, unmissverständlich klingen ließ.

Vor einigen Wochen hatte von Kaltenburg ihn mit Robert von Kampstetten zusammengebracht, dessen erklärtes Ziel es war, sich eine Einigung der Stadt Braunschweig mit dem Herzogtum über den Neubau von Wasserwegen zum Verdienst zu machen. Kaltenburg hatte angedeutet, dass von Kampstetten fast zu allem bereit wäre, wenn man den holländischen Baumeister van Basten dazu bringen könne, dem Rat der Stadt Braunschweig einen Einigungsplan von der technischen Seite her plausibel zu machen. Dieser van Basten wäre sich allerdings seines unschätzbaren Wertes nur allzu bewusst und könne nicht allein durch Geld oder Titelversprechen dazu gebracht werden, gerade für diesen Plan und nicht in einem anderen Fürstentum tätig zu werden. Man müsste ihn bei seiner Neigung packen, die er kaum auszuleben Gelegenheit hätte, und dies sei eine Neigung, die ihm, Bestmann nur allzu vertraut sei.

Mit einem teuflischen Funkeln in den Augen hatte von Kaltenburg einen Mainachttraum vor Bestmanns Augen entworfen, dem dieser sich nicht zu entziehen vermochte. Von Kaltenburg hatte ihn zum Mittelsmann und zum Mitakteur in diesem Traum gemacht. Als Gegenleistung hatte er, Bestmann, nur dafür zu sorgen, dass die Stimmung im Rat gegen eine Einigung mit dem Herzog zu kippen begann und der Boden für ein Auftreten van Bastens bereitet wäre. Den Rest würden von Kaltenburg und von Kampstetten erledigen.

31. KAPITEL

Irgendwo in den Wäldern

BARBARA SPÜRTE, DASS sie sich nicht mehr allzu lange Zeit lassen dürfte. Mühsam, da ihr Zeitgefühl sehr ins Wanken gekommen war, hatte sie errechnet, dass der letzte Apriltag begonnen hatte. Heute Nacht würden die Maifeiern beginnen, und in einem Mainachtstraum sollten die vier jungen Mädchen »tanzen«.

Den ganzen gestrigen Tag hatte sie damit verbracht, Melusines Misstrauen abzubauen. Unermüdlich hatte sie diese in die »Erziehung« der Mädchen mit einbezogen, ihr geschmeichelt, sie um Rat gefragt, sie aus ihrem reichen Schatz an Erfahrungen erzählen lassen.

Die Mädchen, die sie bei den kurzen Gelegenheiten, zu denen sie von Melusine allein gelassen worden waren, in ihren Plan eingeweiht hatte, hatten mitgespielt. Scheinbar hatten sie mehr und mehr ihr Widerstreben gegen alles, was von Melusine kam, aufgegeben. Sie hatten sich gebogen, gewogen und den Traum, wie er für den Marschall aussehen sollte, wahr werden lassen.

Der Marschall war den ganzen Tag nicht erschienen, um Barbaras Bemühungen zu kontrollieren, und das gab ihr die Freiheit, Melusine schalten und walten zu lassen. Erst am späten Nachmittag war er mit einem kleinen Fläschchen in der Hand aufgetaucht, hatte Barbara genötigt, sich in einen Sessel zu setzen und genau zu beobachten, was geschehen würde. Den Inhalt des kleinen Fläschchens schüttete er in den Krug mit frischem Fliederbeersaft, der für die Mädchen bereitstand, wenn sie von ihren Übungen durstig waren. Er winkte eines nach dem anderen der Mädchen heran, reichte einer jeden einen Becher mit dem Gemisch und mahnte sie freundlich, aber streng, den ganzen Inhalt auszutrinken.

Allein Grete wagte aufzubegehren, doch nach einem Blick auf Barbara, die genau wusste, dass der Marschall seiner kostbaren Mailehenschar jetzt wohl kaum Schaden zufügen würde, und daher Grete beruhigend zuwinkte, gehorchte auch sie.

Sprachlos sah Babara dann, was die Droge aus den Mädchen machte. Mit riesenhaft vergrößerten Pupillen ließen sie alles geschehen, was der Marschall mit ihnen anstellte. Jeden seiner Befehle führten sie mit einem seeligen Lächeln auf dem Gesicht aus. Befahl er ihnen, zu tanzen, so taten sie das mit einer noch gesteigerten Anmut, befahl er ihnen, sich auszuziehen, so begannen sie damit unverzüglich ohne Scham, doch auch ohne Vulgarität.

Zufrieden ließ der Marschall nach kurzer Zeit von den Mädchen ab.

»Das, meine Liebe, war nur eine Kostprobe von dem, wie es den Mädchen unter Wirkung dieser Zauberdroge ergehen wird, wenn der große Augenblick gekommen ist. Hinterher werden sie das meiste vergessen und nicht das Gefühl bekommen, gelitten zu haben. Ich habe ihnen nur eine sehr schwache Dosis verabreicht und sie werden gleich wieder ganz normal sein, höchstens ein wenig Kopfschmerz verspüren.«

Mit einer spöttischen Verbeugung verneigte er sich vor Barbara und verließ den Raum.

Nun wurde die Zeit knapp. Barbara wusste nicht, wo sich der »Traum« abspielen sollte, da sie aber nicht glaubte, dass es hier in diesem Keller geschehen würde, musste sie damit rechnen, dass die Mädchen jeden Moment abgeholt werden könnten.

Barbara klatschte in die Hände und wies die Mädchen, die sie mit verwundertem, aber eindeutig klarerem Blick anschauten, an, dass man noch einmal das Aufdecken des Mahles üben wollte, eine Übung, die Melusine zutiefst langweilte und jetzt nach dem opulenten Mittagsmahl zuverlässig in ein kleines Schlummerchen abtauchen lassen würde.

Grete fasste sich jammernd an den Kopf, die anderen Mädchen taten es ihr nach. Barbara erklärte ihnen kurz, was der Marschall mit ihnen gemacht hatte.

»Das heißt, dass unsere Flucht unbedingt gelingen muss, denn reicht man euch erneut diesen Trank, so seid ihr nicht mehr Herrinnen eures Willens!«

Unverzüglich begannen sie, Barbaras Plan in die Tat umzusetzen. Der war so einfach, wie sein Gelingen höchst ungewiss war. Wenn Melusine zu schnarchen begonnen hätte, sollten Elise, Thilda und Emma die imaginären Gäste weiter bedienen, während Grete und Barbara im Schutze von Tischtüchern die kostbaren Weingläser zerbrechen wollten und sich damit scharfe Waffen verschufen. Hatten sie dies geschafft, ohne das Melusine erwachte, wollte Barbara in die Hände klatschen und verkünden, dass nun getanzt würde. Melusine würde kurz erwachen und sich dann erleichtert wieder in den Schlaf fallen lassen. Barbara hatte sich für diesen Teil des Planes einen besonders gleichmäßigen und einschläfernden Takt überlegt. In Windeseile würden die Mädchen mit den scharfen Glasbruchstücken die Tischtücher in lange Streifen zerschneiden.

Dann trat der Teil des Planes in Kraft, vor dem sich Barbara am meisten fürchtete. Sie mussten Melusine mit einem Schlag auf den Kopf unschädlich machen, ohne dass der Wächter, der vor der Tür stand, davon etwas mitbekam.

Grete hatte sich unmissverständlich und begeistert zu diesem Part bereit erklärt.

»Ich nehm den Weinkrug und bautz ... schlaf schön, liebste Melusine!«

»Nur umbringen wollen wir sie nicht!«, hatte Barbara gemahnt.

»Pah, das kümmert mich nicht und schade wär es auch nicht um die!«

Der Plan ließ sich tatsächlich reibungsloser als gedacht umsetzen. Grete hatte den schweren Weinkrug mit einem dicken Stück Tuch umwickelt, und nachdem er auf Melusines Kopf fast lautlos zerbrochen war, sank diese ein Stück tiefer im Sessel zusammen, und es war ein Leichtes für die Mädchen, sie mit den zerschnittenen Tischtüchern zu fesseln und zu knebeln.

Barbara schloss vorsichtig den Deckel des Klavichords, wies die Mädchen mit Zeichen an, sich in eine Reihe vor der Tür aufzustellen, nahm selbst einen zweiten Krug in die Hand, stellte sich auf einen Hocker neben der Tür, und rief mit verstellter Stimme in der geziert flötenden Sprechweise Melusines: »Ach, guter August, kommt doch einmal kurz herein und betrachtet meine wunderschönen Blümchen!«

Dies ließ sich der Wächter vor der Tür nicht zweimal sagen, hatte Melusine ihn doch schon einige Male eingeladen, sich die Darbietungen der Mädchen anzuschauen und dabei seine Hände über Melusines Rundungen wandern zu lassen.

August öffnete die Tür, betrachtete lüstern die aufgereihten Mädchen und sank im nächsten Moment, von dem schweren Krug getroffen, auf den Boden. Hätte allein der Schlag nicht gereicht, so tat das Auftreffen seines Kopfes auf der harten Kaminumrandung sein Übriges. In Windeseile fesselten die Mädchen auch ihn mit einigen Streifen Leinen, verließen gemeinsam mit Barbara den Raum und schlossen die Tür hinter sich ab.

Ohne sich zu bemühen, besonders leise zu sein, durchstöberten die Mädchen und Barbara die Halle nach Dingen, mit denen sie sich bewaffnen konnten. Barbara fand eine Pistole neben dem Stuhl des Wächters, von der sie nicht wusste, ob sie geladen war und wie man das überhaupt tat. Thilda hatte bereits geistesgegenwärtig den bewusstlosen Wächter um sein Messer erleichtert. Emma und Elise konnten nichts anderes finden als zwei schwere Scheite Holz, die vor der Esse lagen.

Mehr konnte nicht getan werden, und so winkte Barbara den Mädchen, ihr auf die Treppe zur Falltür zu folgen. Der Anstieg war nicht erleuchtet und Barbara hatte das Gefühl, in ein großes, schwarzes Loch zu steigen. Sie stieß am Ende der Treppe unsanft mit dem Kopf gegen das Holz der Falltür, stemmte dann ihre Hände dagegen und hob diese ganz leicht an. Einen Moment schloss sie, geblendet vom hellen Tageslicht, die Augen und als sie sie wieder öffnete, blickte sie direkt auf ein zu Hochglanz poliertes Paar Reitstiefel. Das Gewicht der Falltür wurde jäh von ihren Händen genommen. Als sie erschrocken in die Höhe schaute, blickte sie in die babyblauen Unschuldsaugen des kalt lächelnden Martin von Kaltenburg.

Eine halbe Stunde später hörte Barbara die Falltür erneut und, wie sie vermutete, endgültig zuschlagen.

Oh Gott, ich habe zu lange gewartet. Was soll meine Mädchen jetzt noch retten?

Eine Schrecksekunde hatte sie dem verhassten Marschall wenigstens bereitet, als sie ihm instinktiv die Pistole entgegenreckte. Er war zurückgeschnellt, hatte die Falltür nach außen hin fallen gelassen und hatte Barbara einen Moment lang in seiner vollen Größe ein perfektes Ziel geboten. Barbara hatte auch keinen Moment gezögert, doch das leise Klicken, als der Hammer auf den Bolzen traf, zauberte unmittelbar ein seliges Lächeln auf das Gesicht von Kaltenburgs. Er verbeugte sich tief und spottete:

»Sonderbar die Waffen der Frauen,
wenn sie zu töten sich trauen,
auch wenn der Mann das Ziel ihr bot,
ist er am Ende doch nicht tot.«

Barbara war ein Stück auf der Treppe zurückgewichen und hatte unauffällig die Hand hinter dem Rücken ausgestreckt. Tatsächlich spürte sie nach ein paar Augenblicken den Griff des Messers, das Thilda ihr reichte, in der Hand. Doch anstatt es dem Angreifer entgegenzustrecken, ließ sie es in der in einer Rockfalte verborgenen Tasche ihres Kleides verschwinden, denn zu deutlich war die Übermacht der nun zusammen mit dem Marschall nach unten drängenden Männer.

Elise und Thilda brachen in Tränen aus, als sie jeweils von einem der Männer gepackt wurden, Grete jedoch schlug mit dem schweren Holzscheit, mit dem sie sich bewaffnet hatte, um sich. Als ihr dieser entwunden worden war, schaffte sie es noch, ihrem Angreifer in eine Hand zu beißen, ehe es diesem gelang, sie zu fesseln.

Der Marschall legte Barbara nur leicht eine Hand auf die Schulter, schob sie nach einem Blick auf die immer noch bewusstlose Melusine in seinem Gemach durch die Halle hinüber zu Melusines Kammer und schnurrte: »Nehmt es nicht persönlich, meine Liebe, ich schätze Euch sehr. Doch Eure Aufgabe ist nun beendet und ich muss einen Traum wahr werden lassen.«

Sanft drückte er sie auf einen Stuhl, suchte sich in der unordentlichen Kammer Tücher und Bänder zusammen, mit denen er Barbara zu fesseln begann.

»Es widerstrebt mir zu sehr, Hand an eine Dame wie Euch zu legen. Doch kann ich Euch auch nicht entkommen lassen. So wird nun dieser Keller Euer Grab werden und die Wüstung Klein Vallstedt wieder das sein, was alle Welt annimmt: ein wahrhaft verlassener Ort.«

Barbara verzichtete darauf, an die Gnade dieses kaltherzigen Mannes zu appellieren. Sie wusste, dass es zwecklos gewesen wäre. Stattdessen funkelte sie ihn wütend an: »Ihr wisst doch, dass Ihr dafür in der Hölle schmoren werdet?«

Einen Augenblick starrte Martin von Kaltenburg wie in eine weite Ferne, die Schönheit seines Gesichtes zerfloss in einer Fratze, die das unendliche Grauen sah, doch im nächsten Moment fasste er sich wieder und entgegnete: »Ich habe schon vor Jahren meine unsterbliche Seele dem Teufel verkauft, und seid dessen gewiss, dass mein Leben mit mir selbst schon immer die Hölle auf Erden war.«

Barbaras Füße waren fest an den Stuhlbeinen fixiert, ihre Hände hinter der Stuhllehne an einer Querstrebe festgebunden. Martin von Kaltenburg prüfte ein letztes Mal die Fesseln, verbeugte sich vor Barbara, die, aus Angst, dass die Hoffnung in ihrem Blick Kaltenburg verraten würde, dass sie noch ein Ass im Ärmel hatte, den Kopf gesenkt hielt.

Erst kurz bevor der Marschall den Raum verließ, hob sie noch einmal den Blick und fragte:

»Wohin bringt Ihr die Mädchen?«

Verwundert blickte Martin von Kaltenburg sie an. »Was nützt Euch das, den Ort zu kennen? Doch will ich gnädig sein und Euren hübschen Kopf mit einem kleinen Rätsel beschäftigen, dessen Lösung Euch die Wartezeit auf Gevatter Tod verkürzen mag:

Mailehentanz an einem Ort,
wo sich Sünde suhlt in einem fort,

doch sagt ganz andres dessen Namen,
vielleicht suchst du dort Nönnchen, Amen.«

Die Tür zu Melusines Kammer fiel ins Schloss und Barbara hörte, wie sich der schwere Schlüssel unwiderruflich darin drehte.

Einige Minuten war noch ein Räumen und Schieben in der Halle zu vernehmen, dann kehrte Stille ein. Erst als sie sich ganz sicher sein konnte, dass sich niemand außer ihr mehr im Keller befand, begann Barbara, sich auf ihrem Stuhl zu winden und zu drehen. Als der Marschall ihr die Hände an der Strebe der Rückenlehne festgebunden hatte, hatte sie mit einiger Genugtuung bemerkt, dass sich ihre Handgelenke genau auf der Höhe der Tasche in ihrem Rock befanden. Optimistisch hatte sie angenommen, dass es ihr wohl irgendwie gelingen würde, die Hände zu dieser Tasche zu führen und das Messer, das darin verborgen lag, zu greifen. Frustriert musste sie nun erkennen, dass der Marschall gründlicher gearbeitet hatte, als sie angenommen hatte. Ihre Hände waren an der Strebe so fest fixiert, dass sie sich nicht einen Millimeter in die eine oder andere Richtung bewegen ließen. Erst als sie glaubte, ihre Hände müssten gleich abfallen, da sie sie nicht mehr spürte, merkte sie, dass sie nicht mehr ganz mittig auf dem Stuhl saß, sondern mehr zur rechten Seite.

Ich muss also die Hände doch ein Stück herübergezogen haben!

Mit kleinen Hüpfern brachte sie nun ihr Hinterteil wieder zurück in die Mitte der Sitzfläche und streckte die Finger der linken Hand zur Rocktasche. Ein Blick an der Schulter vorbei zeigte ihr, dass ihr Zeigefinger schon ein Stück in der Rocktasche verschwunden war. Das gab ihr Hoffnung.

Wenn ich es so weit geschafft habe, schaffe ich auch den Rest. Ich gönne mir einen Moment Pause.

Erschrocken fuhr Barbara wenig später hoch. Sie musste eingeschlafen sein! Doch wie lange hatte ihr Nickerchen gedauert? Sie hatte wirr geträumt und hörte noch das herzzerreißende Weinen ihrer Zwillinge in ihr nachhallen. Eine unangenehme Kälte über den Brüsten zeigte ihr, dass ihre Milch immer noch nicht versiegt war, obwohl die Brüste schon vor einiger Zeit aufgehört hatten, zu schmerzen.

Mit neuer Entschlossenheit zwang sie ihre Hände, gegen den Widerstand der Fesseln anzukämpfen, und nach einiger Zeit gelang es ihr tatsächlich, das Messer zwischen Zeigefinger und Mittelfinger zu fixieren. Unendlich langsam begann sie, die beiden Finger zu krümmen, und dann die Hand Stück für Stück aus der Tasche zu ziehen. Die Fesseln waren mittlerweile so locker, dass das Blut in ihren Händen wieder zirkulieren konnte. Sie wusste hinterher nicht zu sagen, wie es ihr gelungen war, den Griff des Messers unter ihr Gesäß, das sie leicht anhob, zu schieben. Doch als sie es einigermaßen sicher auf der Sitzfläche wähnte, senkte sie ihr ganzes Gewicht darauf. Nun allerdings erkannte sie, dass ihre Hände zu hoch über der Sitzfläche fixiert waren, als dass sie mit der Klinge des Messers etwas hätte ausrichten können. Eine Welle der Verzagtheit wollte sie überfluten.

Andreas, hilf mir!, dachte sie. Doch sofort erkannte sie die Unsinnigkeit ihres Flehens und begann von Neuem zu kämpfen. Sie zog an der Klinge des Messers und hangelte diese mit den Fingerspitzen immer mehr in eine senkrechte Position. Schließlich spürte sie das Heft zwischen den Fingern und berührte mit der Klinge das Band, das die Hände zusammenhielt. Unendlich langsam und vorsichtig, wohl wissend, dass, wenn sie das Messer fallen ließ, dies ihren sicheren Tod bedeuten würde, begann sie, an ihren Fesseln zu säbeln.

Nach einer Zeit, die ihrem Gefühl nach Ewigkeiten angedauert hatte, spürte sie einen leichten Ruck in den Handgelenken. Sie hatte die Fesseln durchtrennt. Mit einer Schüttelbewegung befreite sie sich von den Bändern und schrie auf, als der Schmerz der aufgelösten Dehnung in ihre Schultern schoss. Doch sie verweilte keinen Augenblick, sondern führte das Messer hastig zu den Fußfesseln. Keine Minute später stand sie vor der verschlossenen Tür und suchte nach einer Lösung für ihr nächstes Problem.

32. KAPITEL

Braunschweig

KONRAD ERWACHTE JÄH aus einem albtraumbehafteten Schlaf und rieb sich schmerzverzerrt den Nacken. Er hatte nach der Untersuchung durch den Arzt den Rest der Nacht am Bett seines Onkels verbracht und hatte sich fest vorgenommen, wach zu bleiben. Doch aufgrund der Anstrengungen der letzten Tage und der unverändert tiefen Bewusstlosigkeit von Andreas hatte ihn der Schlaf doch übermannt und in seinem Sessel zusammensinken lassen.

Konrad erhob sich und beugte sich tief über seinen Onkel. Bevor er eingeschlafen war, hatte eine wächserne Blässe über dem Gesicht von Andreas Riebestahl gelegen. Inzwischen war sie einer fiebrigen Röte gewichen. Ein Schweißfilm über der Röte kündete von dem, was Konrad befürchtet hatte: Sein Onkel hatte tatsächlich hohes Fieber. Der einzige Vorteil war, dass er zwar nicht aus seiner Bewusstlosigkeit erwachen wollte, doch in seinen Fieberfantasien immer wieder Worte ausstieß. Kaum eines der Worte war bisher zu verstehen gewesen, außer den Worten: »Mailehen« und »Schwestern«.

Sein Onkel Andreas war also bei seiner Suche nach seiner Frau auf das Wort »Mailehen« gestoßen und das bewies Konrad, dass die Fälle etwas miteinander zu tun haben mussten.

»Mailehen … Juliusschiff … Barb…«

Konrad erstarrte. Ein Schiff? Ein Schiff des Herzogs? Was sollte das bedeuten? Waren die verschwundenen Mädchen auf einem der Kanalkähne zu suchen?

»Oheim Andreas, bitte, sagt mir, was Ihr im Hause von Bestmann entdeckt habt!«, flehte Konrad wider besseren Wissen.

»Johann Bestmann, ist Andreas dort niedergeschlagen worden?«, ertönte eine tiefe Stimme hinter Konrad. Dieser drehte sich erstaunt um, da er die sonore Stimme Lorenz Kales auf Anhieb erkannt hatte.

»Welch günstiger Zufall, der Euch hierhergeführt hat, Herr Kale. So erspare ich mir den dringend nötigen Weg zu Euch!«

»Einen Zufall möchte ich das nicht unbedingt nennen«, entgegnete Kale. »Euer Onkel unterrichtete mich von der Entführung seiner Frau, meiner Tochter, und bat mich gestern Abend, ihn hier zu treffen. Da ich einige Zeit hier wartete und dann unverrichteter Dinge gehen musste, benachrichtigte mich heute Morgen Herr von Velten über das Eintreffen Eures Onkels unter diesen widrigen Umständen und ich eilte abermals hierher.«

»Ja, mein Onkel wurde aus irgendeinem Grunde im Hause des Beckenbauers Bestmann niedergeschlagen. Der Hausherr war nicht zu Hause und auch nicht sein Gast Martin von Kaltenburg. Was Andreas dort allerdings gesucht hat, kann ich euch nicht sagen. Bisher verstand ich nur drei Worte: ›Mailehen‹, ›Juliusschiff‹ und ›Barbara‹.«

»Das Wort ›Mailehen‹ sagt mir in diesem Zusammenhang nichts, aber mit Juliusschiff könnte die Juliusschifffahrt gemeint sein. Ein diesbezüglicher Vorstoß des Herzogs erhitzt derzeit die Gemüter der Braunschweiger, insbesondere des Rates, und der gute Herr Bestmann ist einer der eifrigsten Verfechter einer Einigung mit dem Herzog.«

Konrad hatte das Gefühl, dass sich irgendwo in seinem Unterbewusstsein das Puzzle schon zusammenzusetzen begann. Er konnte aber noch nichts in Worte fassen und so bat er Lorenz, ihm die Zusammenhänge und Geschehnisse in Braunschweig genau zu erklären.

Noch zweimal stieß Andreas in der halben Stunde, die Lorenz brauchte, um Konrad über die Ereignisse in Braunschweig ins Bild zu setzen, unzusammenhängende Worte aus, doch waren sie nun noch unverständlicher als zuvor und es war nur wiederholt das Wort ›Mailehen‹ zu verstehen.

Gerade, als er dieses Wort wieder ausgesprochen hatte, betrat Laura, die vor ein paar Stunden einer Dienstmagd gefolgt war, um ein wenig zu schlafen, schüchtern den Raum. Sie ahnte, dass Konrad ihr noch nicht verziehen hatte, dass sie sich, anstatt wohlbehütet bei seiner Mutter in Wolfenbüttel zu bleiben, an seine Fersen geheftet hatte.

Lorenz Kale war beim Eintreten des Mädchens von seinem Stuhl hochgefahren, um sich dann enttäuscht wieder niedersinken zu lassen.

»Ich … ich dachte, Elise in Knabenkleidern hätte den Raum betreten« stammelte er und fasste sich einen Moment an die Brust, als ob sie schmerzen würde.

Konrad, der den Vorfall interessiert verfolgt hatte, stellte Laura vor.

»Dies ist Laura. Ihren Nachnamen kann ich euch leider nicht nennen und auch nicht ihre Herkunft, denn sie hat durch einen Schlag auf den Kopf fast alles vergessen, was sie betrifft. Doch die Dinge, an die sie sich erinnern kann, lassen mich immer mehr zu der Überzeugung gelangen, dass sie etwas mit unserem Fall zu tun hat. Und nun erzählt Ihr, dass sie Ähnlichkeit mit Elise hat. Worin besteht die Ähnlichkeit?«

Die Figur, die Haarfarbe, die Augen. Fast möchte man meinen, sie wäre eine Schwester Elises.«

Konrad berichtete Lorenz knapp von den Ereignissen, die ihn mit Laura zusammengeführt hatten, und veranlasste

Laura, selbst von dem Reigen der Mädchen zu erzählen, dessen Teil sie gewesen war.

Laura kam der Aufforderung zunächst mit sehr leiser Stimme und gesenkten Augen nach. Doch je mehr sie versuchte, sich zu erinnern, desto lauter wurde ihre Stimme. Sie hob den Kopf und blickte Konrad an, doch dieser sah, dass sie durch ihn durch wie in weite Ferne schaute.

»Grete, Thilda, Laura, … ganz zum Schluss kam noch Emma. Rot, schwarz, gold und braun, und … tanzt, Mailehenbräute … Grete, Thilda, Emma, Laura, … tanzt, Mailehenbräute …«

»Grete, Thilda, Emma, Elise, … rot, gold, schwarz und braun!«, nahm Konrad Lauras Singsang auf. »Elise ist Ersatz für die entflohene Laura!«

Laura starrte Konrad mit großen Augen an, während Lorenz aufsprang, dabei seinen Stuhl polternd umstieß und schrie: »Was ist das für ein verderbtes Spiel? Warum sollen diese Mädchen tanzen?«

Laura richtete ihren nun klaren Blick auf Lorenz. »Sie sollen Mailehenbräute sein. Sie sollen Männer entzücken mit ihrem Reigen, sie bedienen und sich ihnen hingeben für eine Nacht.«

Beide Männer starrten das zarte Mädchen an und versuchten, das Unfassbare zu begreifen. Sowohl Lorenz als auch Konrad konnten durchaus auf einen Erfahrungsschatz in Bezug auf Verderbtheit und Ausschweifung der Lust zurückblicken. Konrad hatte diese in seiner Studentenzeit erlebt und gelebt, Lorenz im verrohten Landsknechtdasein der Religionskriege.

»Eine Frau namens Melusine lehrte uns alle Dinge, die ein Mädchen wissen muss, wenn es einen Mann für sich einnehmen will. Tanz und Gesang, zierliches Schreiten und sich auf den Schoß eines Mannes setzen. Wir mussten seltsame

Kleidung ausprobieren, anprobieren und Melusine malte uns Farbe ins Gesicht und auch an andere Stellen.«

Tränen rannen lautlos über Lauras bleiches Gesicht.

»Und wenn wir Neues gelernt hatten, mussten wir es meinem Bruder vorführen, aber er war nie zufrieden mit dem, was wir vorführten. Er herrschte Melusine einmal an, dass sie uns nicht zu klein geratenen Kopien ihrer Hurenschwestern machen sollte.«

»Deinem Bruder?«, keuchte Konrad entsetzt. »Wer ist dein Bruder?«

»Ich heiße Laurentia von Kaltenburg und mein Halbbruder ist Martin von Kaltenburg.«

»Aber was soll mit all dem Tante Barbara zu tun haben?«, wunderte sich Konrad.

In diesem Moment erklang vom Bett die Stimme des Fiebernden: »... Wüste ... r ... Kloster ...«

Ohne seinen Blick von Laura abzuwenden, trat Konrad an das Lager seines Onkels. Erst als er direkt am Bett stand, wandte er sich um und blickte in die für den Moment scheinbar klaren Augen seines Onkels.

»Es ... ist ein ... Komplott. Bestmann ... van Basten ... Rat überzeugen. Preis ... Mailehen.«

Stöhnend schloss Andreas seine Augen und im nächsten Moment warf er sich wieder fiebernd von einer Seite zur anderen, nur noch unverständliche Wortfetzen stammelnd.

»Habt Ihr jemals von einem wüsten Kloster gehört?«, fragte Konrad Lorenz »heute Nacht um 12 Uhr beginnen überall die Maifeierlichkeiten. Wir müssen die Mädchen ganz schnell finden!«

»Der Ort, wo wir versteckt waren, kann nicht so sehr weit von Broistedt gelegen sein. Dort wachte ich bei einem Schafhirten auf, der mich zunächst pflegte. Und der Ort war ein Keller, ohne dass darüber ein Haus stand.«

Konrad wandte sich Laura zu, ergriff ihre beiden Hände und beschwor sie: »Kannst du dich noch an mehr erinnern? Wie konntest du entkommen und wie weit bist du gelaufen?«

Laura, die unter den eindringlichen Blick Konrads tief errötet war, stieß einen frustrierten Seufzer aus, als sie bemerkte, dass sich ihr dieser Teil ihrer Vergangenheit nicht enthüllen wollte.

Konrad ließ ihre Hände los und griff nach seinem kleinen Ranzen, den er die ganze Zeit über bei sich getragen hatte. Er zog die Kopie einiger Karten aus dem Kartenwerk des ehrenwerten Gottfried Mascop heraus und breitete sie auf dem Tisch aus.

»Hmmm, der Ort der Entführung Elises liegt im Eichgericht. Der Ort, an dem Laura sich wiederfand, im Amt Lichtenberg, nahe an der Grenze zu dem Gericht Beddingen, das zwischen diesen beiden Orten liegt. Da steckt der Teufel im Detail, denn wir haben es mit drei verschiedenen Gerichtsbarkeiten zu tun, da auch zwei der anderen entführten Mädchen aus verschiedenen Ämtern und Gerichten stammen. Von dem dritten Mädchen, dieser Emma, wissen wir noch nichts.«

Laura und Lorenz beugten sich nun ebenfalls über die drei Einzelkarten, die Konrad aneinandergelegt hatte.

Nachdenklich fuhr Lorenz mit dem Finger über die Schnittstellen der Karten.

»Aber hier gibt es weit und breit kein Kloster, außer dem Stift Steterburg, und das ist ja nicht wüst.«

»Nein, nur wüste Orte gibt es einige in der Gegend«, brummte Lorenz in sich hinein. »Hier im Amt Lichtenberg sogar eine ganze Menge: Dutzum, Kirchheerte, Eitzum, Vahlem … und hier bei Broistedt Klein Vallstedt.«

»Das ist es! Den Namen habe ich einmal gehört!«, rief Laura aufgeregt. »Mein Bruder meinte, dass ich in der Kut-

sche fest schliefe, als er mich aus meiner Heimat hierher-
brachte und er erzählte Melusine, die mich damals schon
betreute, dass es einen wüsten Ort mit dem Namen Klein
Valltstedt gäbe, in dem seit irgendeiner Stiftsfehde kein Stein
mehr auf dem anderem stünde. Wohl aber gäbe es noch ein
Kellersystem, tief im Unterholz verborgen, das ausreichend
wäre für ihre Zwecke. Niemand würde sich in dieses Unterholz wagen, da man durch wohlgesetzten Spuk das abergläubische Volk dazu gebracht hätte, diesen Ort zu mei-
den. Hätte ich damals verstanden, was mein Bruder und
Melusine vorhatten und zu welchem Zwecke sie mich aus
dem Heim, in dem ich lebte, geholt haben, wäre ich bei der
nächsten Gelegenheit geflohen.«

Wieder lief eine große Träne über Lauras Gesicht, die sie
zornig fortwischte.

»Ich dachte, mein Bruder hätte sich seiner Pflichten ent-
sonnen und wollte mich in ein wohlgeordnetes Leben bringen!«

Konrad wischte Laura mit einer sanften Geste eine weitere Träne aus dem Gesicht und diese starrte ihn daraufhin
mit riesigen Augen gebannt an. Ein wenig irritiert wandte
er sich ab, räusperte sich und fuhr dann an Lorenz gewandt
fort: »Könnt Ihr Befehl geben, eine berittene Schar zusam-
menzustellen? Wir müssen möglichst schnell losreiten, denn
ich schätze, wir benötigen etwa drei Stunden für den Ritt.
Vielleicht ist es noch nicht zu spät und wir finden Eure Tochter und die anderen Mädchen dort.«

»Lasst mich mitreiten!«, flehte Laura. Vielleicht finde ich
den Keller, wenn ich den Ort sehe!«

»Ich werde ebenfalls mitkommen.«

Mit gestrafften Schultern und seinem alten kämpferi-
schen Bild wieder sehr viel ähnlicher, verließ Lorenz den
Raum.

Unentschlossen drehte sich Konrad zu seinem Onkel herum. Die Lösung zu vieler ungelöster Rätsel schienen in seinem bewusstlosen Kopf gespeichert zu sein. Was hatte Barbara mit dem Ganzen zu tun? Was hatte es mit dem Kloster auf sich?

»Jemand sollte bei ihm bleiben«, murmelte er.

Als in diesem Moment ein ältlicher Herr in schlichter Kleidung den Raum betrat, wollte Konrad diesen, in der Annahme, dass es sich um einen Diener handelte, bitten, für das weitere Wohlergehen und die Überwachung seines Onkels Sorge zu tragen. Doch der Mann verbeugte sich kurz, trat an das Bett und jammerte: »Mein Gott, was habe ich da nur angerichtet?«

Konrad stutzte. »Mit Verlaub, mein Herr. In welcher Hinsicht solltet Ihr hier etwas angerichtet haben?«

»Oh, ganz einfach. Ich erzählte Eurem Onkel – denn aufgrund der Ähnlichkeit nehme ich an, dass ihr der viel gelobte Konrad von Velten seid – dass der letzte Mann, der mit seiner Frau vor ihrem Verschwinden geredet hat, ein Herr Martin von Kaltenburg ist, der im Hause des Herrn Johann Bestmann logiere. Daraufhin brach Euer Onkel sofort auf und begegnete dort wohl seinem Unglück!«

»Und Ihr seid …?«

»Oh, verzeiht, mein Name ist Johann von Asseburg. Ich saß auf dem Bankett neben Eurer Tante und unterhielt mich höchst kurzweilig mit ihr.

33. KAPITEL

Braunschweig

KEINES DER VIER MÄDCHEN unternahm noch irgendeinen Versuch, dem für sie bestimmten Schicksal zu entkommen. Nachdem sie von des Marschalls Männern grob aus dem Keller gezogen worden waren, waren sie zu einer kastenförmigen Kutsche gezerrt worden. Wenn eine von Ihnen gehofft hatte, die mit dicken Stoffen verhängten Fenster würden ihr irgendwann Gelegenheit geben, sich für die Außenwelt sichtbar zu machen, wurde sie sofort eines Besseren belehrt, denn nachdem ihnen Knebel um den Mund gebunden waren, wurden ihnen Säcke über die Köpfe gestülpt und in der Taille zusammengebunden, wodurch auch ihre Arme in der Leibesmitte fixiert wurden. Dann wurden sie in die Kutsche verfrachtet und sie hörten, wie nach ihnen mindestens einer der Bewacher und die theatralisch jammernde Melusine die Kutsche bestiegen.

»Glaubt ja nicht, dass wir Euch noch irgendwelche Mätzchen durchgehen lassen werden«, drohte Melusine. »Genug Nachsicht habe ich Euch gezeigt, Euch gehegt und gepflegt und zugesehen, wie dieses vornehme Luder kein gutes Haar an meiner wochenlangen Arbeit gelassen hat! Ha, da hat sich der Marschall ja ganz schön in diesem feinen Lämmchen getäuscht. Hat gemeint, dass er sie handzahm gemacht hat! Aber die bekommt jetzt, was sie verdient, und ihr werdet noch heute eurer Bestimmung begegnen!«

Da sie keine Reaktion bei einem der stummen Säcke erkannte und diese ja angesichts der Knebelung auch kaum erwarten konnte, mummelte sie sich nach diesen gehässigen Worten in einer Ecke der Kutsche ein. Wenige Minuten später, die Kutsche war gerade eben erst rumpelnd gestartet, war sie fest eingeschlafen.

Hätte man einen Blick durch das Sackleinen auf die Gesichter der Mädchen werfen können, hätte man gesehen, wie eine jede von ihnen anders mit dem Schock und der Enttäuschung über die vereitelte Flucht umging. Elise rannen stille Tränen über die bleichen Wangen, Emma versuchte mühsam, die aufkommende Übelkeit zu unterdrücken, die ihren Tod bedeuten konnte, wenn sie sich unter dem festen Knebel übergeben musste, Thilda versuchte, sich fast gleichmütig mit dem Gedanken an die Zukunft als Dirne zu befreunden, und Gretes Augen sprühten immer noch vor Zorn über die erlittene Schmach.

Der Bewacher, der sich zu ihnen in die Kutsche gesellt hatte, erkannte die Gelegenheit, sich ein paar verstohlene Blicke auf frisches Mädchenfleisch zu verschaffen, und streifte mit der Stiefelspitze der ihm direkt gegenübersitzenden Grete das Kleid hoch. Als er jedoch zur Antwort einen wütenden Tritt vor das Schienbein bekam und ihm dabei ein gequälter Schrei entfuhr, rappelte sich Melusine noch einmal aus dem Schlaf hoch, erfasste mit einem Blick die Situation und warnte den Übeltäter zischend: »Noch einmal und ich sorge dafür, dass du den ganzen Weg nach Braunschweig hinter dem Wagen herlaufen musst, Karl!«

»Nichts für ungut, Melusine, an denen ist doch sowieso noch nichts dran. Ich mag doch viel lieber solche Formen wie die deinen!«, brummte der Gemahnte kleinlaut.

Keines der Mädchen hätte zu sagen vermocht, wie lange man unterwegs war. Grete, die Einzige, die angestrengt lauschte, was außerhalb ihres rumpelnden Gefängnisses vor sich ging, konnte es nicht fassen, dass mehrere Male

Laute, die eindeutig von anderen Wesen als ihren Bewachern stammten, an ihr Ohr dringen konnten, ohne dass es für sie irgendeine Möglichkeit gab, sich diesen als Gefangene, die unbedingt befreit werden musste, zu offenbaren. Sie hörte zweimal das Gerumpel entgegenkommender Kutschen und etliche Male Gesprächsfetzen von Menschen, die zu Fuß auf der Straße unterwegs zu sein schienen und von ihrer Kutsche überholt wurden. Ein halbherziger Versuch, durch Stampfen des Fußes gegen die Kutschwand auf sich aufmerksam zu machen, wurde sofort von dem Bewacher unterbunden, indem er den spitzen Absatz eines seiner Stiefel fest in Gretes leichtbeschuhten Fuß bohrte und sie anzischte, dass jeder weitere Versuch ihrerseits, sich zu verraten, nach sich ziehen werde, dass er sie und ihre Freundinnen mit einem Schlag gegen den Kopf in Bewusstlosigkeit versetzen wolle, damit er seine Ruhe hätte.

Grete ergab sich vorerst und beschloss, ihre Energie für einen geeigneteren Augenblick, der vielleicht noch kommen würde, aufzusparen, und fragte sich verwundert, wie man sie wohl unbemerkt durch die Tore der gut bewachten Stadt Braunschweig bringen wollte.

Dieses Rätsel erfuhr bald eine Lösung. Die Kutsche wurde gestoppt, der Schlag geöffnet und die seidige Stimme des Marschalls, die dieser immer anwandte, wenn er seinen Befehlen besonderen Nachdruck verleihen wollte, erklang: »Wir erreichen gleich den ersten Wachposten an der Landwehrgrenze. Folgendes, meine lieben Damen: Ich nehme euch jetzt eure kleidsame Behutung und die Knebel ab und ihr setzt euch gar sittsam hier neben eure Mutter, die gute Melusine. Nein, du, meine liebe Elise, setzt dich hier neben mich, deinen herzensguten großen Bruder. Sollte eine der Wachen nicht dem vertrauen, was mein Kutscher und euer Bewacher hier ihnen über den Inhalt dieser Kutsche berichten und einen Blick hier hineinwerfen, tun meine lieben kleinen Schwestern keinen Mucks und lächeln im besten Fall nur schüchtern, sonst hat meine liebe kleine Schwester Elise just einen kurzen Augenblick später dieses grausige Messer zwischen den Rippen. Die gleiche Prozedur wiederholt sich selbstredend am Stadttor. Nichts ist doch unverfänglicher als ein unschuldiger, kleiner Familienurlaub, nicht wahr?«

Wenige Augenblicke später war der Plan in die Tat umgesetzt und mit einer gewissen Verbitterung nahm Grete zur Kenntnis, dass ihr Gehorsam noch nicht einmal auf die Probe gestellt wurde, denn die Kutsche durfte sofort nach der lakonischen Auskunft des Kutschers, dass die Familie von Kaltenburg ihren Landaufenthalt auf Einladung des werten Patriziers Achatz von Velten unterbrechen und ein paar Tage in der Stadt verbringen wolle, anstandslos passieren.

Auch am Stadttor reichte es über die Auskunft des Kutschers hinaus, dass von Kaltenburg den Vorhang zur Seite schob und sein wohlfrisiertes, vornehmes Haupt sehen ließ. Vom Stadttor aus dauerte die Fahrt nur noch wenige Augenblicke, dann schien sie endgültig beendet.

Der Marschall griff nach den hinter den Rücken der Mädchen versteckten Säcken und wies eine nach der anderen an, sich wieder damit zu verhüllen. Doch unterließ man es, die Säcke zuzubinden, und so konnten die Mädchen, als sie aus der Kutsche genötigt wurden, zumindest erkennen, dass sie über das unebene Pflaster eines Hofes geführt wurden und dann über zwei Stufen ein Haus betraten.

Eine herrische, weibliche Stimme empfing sie mit der Anweisung, ein bisschen schneller einzutreten, da es ja nicht das ganze Kloster gleich mitbekommen müsse, welchen Zuwachs es bekam.

Kloster, dachte Elise. Ein Kloster kann doch nichts Unrechtes sein.

Sie ließ einen kleinen Wimmerlaut hören, fast ungewollt und doch mit der uneingestandenen Erwartung, dass gottesfürchtige Wesen ihre Lage erkennen und aus christlichem Erbarmen sofort beenden würden. Doch sie erntete nichts außer einem groben Stoß in den Rücken und der höhnischen Bemerkung: »Oh, eine Heulsuse! Ooch, auch die finden ihre Gönner!«

Grete, die sehr genau darauf achtete, dass sie alles aufnahm, was ihre durch den groben Sack über ihren Kopf eingeschränkten Sinne aufnehmen konnten, stellte fest, dass die Fußböden und die Treppen, über die sie geführt wurden, mit der Zeit einen immer kostbareren Belag aufwiesen. War es zunächst nur grober Stein beziehungsweise Kieselsteinpflaster gewesen, schloss sich nach dem Ersteigen einer steinernen Treppe ein gefliester Gang an. Am Ende des Ganges führte eine weitere Treppe noch weiter empor. Diese Treppe hatte Stufen aus einem wunderbar glatten, glänzenden Material, das in verschiedenen Farbtönen schimmerte. Grete hatte so etwas noch nie gesehen und hätte sich am Liebsten hingesetzt und das Material mit den Händen erkundet. Doch schon war das Ende der Treppe erreicht und der neue Gang zeigte sich mit weitaus kunstvolleren Fliesen belegt als der untere.

»Welch ein seltsames Haus, das in der Höhe immer kostbarer wird. Macht man es nicht eigentlich umgekehrt?«

Grete hörte, wie eine Tür geöffnet wurde, von deren Rahmen sie beim Durchqueren einen kurzen Blick in der Höhe ihrer Füße erhaschte. Glänzend poliertes und mit Einlegearbeiten versehenes Holz.

Ein verzierter Türrahmen – das erschien Grete als eine so unglaubliche Verschwendung, dass sie zu der Überzeugung gelangte, man müsse sich in dem Haus eines außerordentlich reichen Menschen befinden. Der Fußboden, über den sie geschoben wurde, war ebenfalls aus Holz, aber nicht aus langen, knarrenden Holzbohlen, wie sie es schon in den besseren Häusern, wie etwa dem heimischen Pfarrhaus, gesehen hatte. Dieses Holz funkelte und glänzte in einer honiggelben Farbe. Man sah kaum und noch weniger spürte man die Stellen, an denen die einzelnen Bohlen zusammengefügt waren. Es war, als schwebten die Füße über das Eis eines bei völliger Windstille zugefrorenen Sees.

Inmitten des Raumes wies man die Mädchen an, still stehen zu bleiben, und es wurden ihnen die Säcke von den Köpfen gezogen. Grete sah sich sofort neugierig um. Der Raum, in dem sie standen, war sehr groß, wies aber an den Wänden anstatt Fenstern nur riesige Spiegel auf. Die Wände dazwischen waren nicht etwa weiß gekalkt, sondern mit schimmerndem Gewebe in wunderbaren Mustern bedeckt. Es gab nur zwei Möbelstücke von seltsamer Form, die in einiger Entfernung voneinander standen. Sie stellten eine Mischung aus Bett und sehr bequemen Sessel dar mit kostbarem Samt bezogen und mit reich bestickten Kissen geziert. Zierliche Tischchen aus glänzendem Holz und auch wieder reich mit Einlegearbeiten geschmückt, standen neben den Ruhemöbeln. In einer Ecke des Raumes befand sich eine hohe Anrichte, auf der funkelnde Kristallgläser und silberne Platten drapiert waren.

»Dies, meine lieben Mädchen, ist heute Euer Arbeitsraum!«, ließ sich nun die herrische Stimme der Frau vernehmen, die sie vorhin schon gehört hatten. Die Frau stand zusammen mit dem Marschall und Melusine in der Nähe der Tür, durch die sie geschoben worden waren.

So grotesk aufgeplustert Melusine mit ihrer farbenfrohen Kleidung und der reichlichen Schminke im Gesicht wirkte, so vornehm präsentierte sich diese andere Frau. Fast sah sie aus wie die Mutter Maria auf der Abbildung der Kreuzigungsszene des Altarbildes in Gretes Dorfkirche. Maria war dort mit eben dieser Frisur, einem um das in der Mitte gescheitelte Haar gewundenen Zopf, dargestellt. Ihr Gesicht war das einer schon reiferen Frau, aber doch faltenlos. Das Haar der Unbekannten war von einem ebenso tiefen Braun, allerdings mit einigen wenigen weißen Strähnen an den Schläfen durchzogen, was ihrem Gesicht seltsamerweise einen fast überirdisch schönen Ausdruck verlieh. Das schlichte blaue Kleid, das sich aber in einem überaus eleganten Faltenwurf um die schlanke Gestalt schmiegte, verstärkte den Eindruck des Marienhaften noch. Doch der Klang ihrer befehlsgewohnten Stimme ließ dies alles sofort wieder vergessen.

»Meine lieben Mädchen. Ihr dürft mich fortan mit Dame Katharina ansprechen. Für ein paar Stunden seid ihr mir anvertraut und ich werde mich um alle eure Belange kümmern. Ihr werdet gleich in ein Zimmer geführt, in dem ihr gebadet werdet. Dann dürft ihr noch einige Augenblicke ruhen, danach kommen wir, um euch anzukleiden, und dann werde ich euch eure Anweisungen geben. Ich erwarte strikten Gehorsam, dann werdet ihr euch hinterher nicht über die Belohnung beklagen müssen.«

Was geschah, wenn sie nicht gehorchten, verriet die Frau nicht, doch es schwang unausgesprochen in ihren Worten mit: Gehorcht ihr nicht, so wird es euch sehr schlecht ergehen!

Während Melusine die Mädchen albern gackernd aufforderte, ihr zu einer weiteren Tür am Ende des Raumes zu folgen, verneigte sich der Marschall vor der strengen Dame und verabschiedete sich mit den Worten: »Ich sehe, ich übergebe meine Schäflein in die besten Hände und

281

bin gewiss, dass der heutige Abend von höchstem Erfolg gekrönt sein wird!«

Der Blick seines Gegenübers wurde ein wenig weicher und sie erwiderte mit sanfter Stimme: »Ich war es doch noch nie, mein Sohn, die Euch enttäuscht hat, oder?«

34. KAPITEL

Irgendwo in den Wäldern

BARBARA HATTE DAS ZEITGEFÜHL VERLOREN, als sie erst nach einem Gegenstand, mit dem sie die Tür aushebeln konnte, gesucht, endlich ein Stuhlbein aus einem der Stühle herausgebrochen und mit diesem nach unzähligen Versuchen die Tür tatsächlich aus den Eisenangeln gestemmt hatte. Krachend war die Tür in den Raum gefallen, nachdem sie gerade noch hatte zur Seite springen können.

Schwer atmend lauschte Barbara eine kleine erzwungene Ewigkeit, doch kein Laut reagierte auf ihr Tun und sie war sich sicher, dass weit und breit keine Menschenseele mehr war. Sie griff nach dem kleinen, fast erloschenen Talglicht, dass ihr der Marschall dagelassen hatte, tippelte langsam und auf Zehenspitzen durch die große Kellerhalle zur Anrichte und entzündete alle Kerzen, derer sie habhaft werden konnte. Mit einem Leuchter in der Hand ging sie nun weiter zur Treppe, die zur Falltür führte, erklomm diese und stemmte die freie Hand gegen die Klappe.

Barbara stieß einen frustrierten Schrei aus, als trotz der Kraft, mit der sie sich gegen die Tür gestemmt hatte, diese sich keinen Millimeter bewegte. Fieberhaft stellte sie den Leuchter auf einer Stufe ab und versuchte es nun mit beiden Händen. Als sich wiederum absolut nichts bewegte, suchte sie nach einer Verriegelung oder einem Mechanismus, der die Tür verschlossen hielt, doch von ihrer Seite der Falltür konnte sie nichts entdecken.

»Vielleicht haben die auch von außen etwas darüberge-
rollt«, dachte sie verzweifelt. »Ich muss einen Keil zwischen Tür und Erdboden treiben.«

Sie eilte zurück in ihr Gefängnis und nahm das Stuhlbein an sich. In der Anrichte in der großen Halle fand sie
ein Brotmesser, dessen Griff sie mit den Stoffbahnen, mit
denen Melusine gefesselt gewesen war, fest an das Stuhlbein band. Mit diesem improvisierten Keil begab sie sich
zurück zur Falltür.

Nach etlichen vergeblichen Versuchen gelang es ihr
schließlich, die Spitze des Messers so weit in den Spalt
zu treiben, dass sie es wagen konnte, die Hebelwirkung
auszuprobieren, ohne gleich befürchten zu müssen, dass
die Klinge abbrach. Millimeter für Millimeter trieb sie
die Klinge weiter und drückte das Stuhlbein nach unten.
Schließlich veränderte sich die Dunkelheit und schwaches
Licht fiel durch den Spalt. Aber mehr erreichte sie nicht,
denn nun hätte sie den Spalt mit einem Mal so vergrößern müssen, dass die Dicke des Stuhlbeines hindurch-
passte, und diesen Druck wagte sie nicht auf den Hebel
auszuüben.

»Ich muss etwas finden, womit ich den Spalt stabilisieren kann!«

Hektisch wühlte sie in der Anrichte und dann in der
Unordnung von Melusines Raum, bis sie die eiserne Brenn-
schere, mit denen Melusine die Haare ihrer Zöglinge
bearbeitet hatte, fand. Diese Vorrichtung war nach dem
Prinzip einer Schere gefertigt, wobei aber der eine Schenkel ein runder Stab war, der andere nur eine schmale, flache Platte, die die Haare um den runden Stab fixieren sollte.
Diesen Schenkel schob Barbara nun durch den erarbeiteten
Spalt und nickte befriedigt, als er sich genau einpasste. Bei
einer weiteren Suche förderte sie noch ein paar hölzerne

Löffel zutage, deren Griffe sie ebenfalls in den Spalt einpasste. Ein kleines Holzbrettchen, das allerdings nicht flach genug war, um auch hineinzupassen, hielt sie bereit, als sie es nun wagte, wieder Druck auf ihren Hebel auszuüben. Es gelang ihr eben noch, das Holzbrettchen in den sich vergrößernden Spalt zu schieben, als die Klinge des Brotmessers mit einem Pling genau am Schaft abbrach.

Barbara fixierte den nun etwa fingerdicken Spalt genau und überlegte, wie sie für die Vergrößerung zu Werke gehen konnte. Ihr war inzwischen klar, dass es keine Verriegelung der Tür gab, die es zu sprengen galt, sondern dass man irgendetwas Schweres außen auf die Tür gelegt haben musste. Schwer, aber doch mit viel Kraft zu stemmen.

Garantiert ist das nur ein dicker Stein und wenn ich nur ein wenig kräftiger wäre oder meine Kräfte irgendwie bündeln könnte, würde ich es schaffen, die Tür so weit anzuheben, dass er vielleicht herunterrutscht.

Erneut machte sie sich auf die Suche nach verschieden dicken Gegenständen, die sie in den zu vergrößernden Spalt schieben konnte. Sie kehrte nach einiger Zeit mit zwei weiteren Brettchen und einem dicken Buch zurück. Erschrocken stellte sie fest, dass das Licht, das durch den Spalt hereinfiel, schwächer wurde, und gleichzeitig erkannte sie, dass die Dämmerung hereinzubrechen schien.

Es ist schon dunkel, wie spät mag es bloß sein?, dachte sie erschrocken.

Sie erklomm wieder die Treppe, drehte sich aber, als ihr Kopf gegen die Falltür stieß, um, sodass sie mit dem Rücken zur Öffnung stand, beugte sich Stufe für Stufe immer mehr in einen Buckel, bis schließlich die Fläche der Falltür glatt gegen ihren Rücken gepresst lag. Dann begann sie, sich langsam hochzustemmen, und konnte schließlich den Erfolg verbuchen, dass die Öffnung so groß wurde, dass sie zwei der Brettchen auf das bereits vorhandene schieben konnte. Nun war die Öffnung immerhin schon drei Finger breit und Barbara konnte sich in einer Verschnaufpause einen kleinen Überblick über die Lichtung verschaffen.

Die gebotene Eile trat nun noch deutlicher zutage, denn das Dämmerlicht erhellte kaum noch den Waldboden und schwarz zeichnete sich das Unterholz um die Lichtung ab.

Nach dem nächsten Kraftakt, bei dem Barbara das Gefühl hatte, er würde ihren Rücken sprengen, schaffte sie es, das Buch auf die Brettchen zu schieben. Nun passte durch die Öffnung ihr ganzer Arm und sie versuchte, nach dem Gegenstand, der auf der Tür liegen musste, zu tasten. Zu ihrer grenzenlosen Erbitterung fühlten ihre Finger die Kanten eines rechteckigen Steines, der fest auf der Klappe lag. Da der Stein nicht rund war, würde er also nicht von der Platte rollen, sondern im besten Falle nur irgendwann ins Rutschen kommen.

Es reicht nicht, es reicht nicht! Ich weiß nicht, wie ich noch einmal die Kraft aufbringen soll, die Platte noch weiter anzuheben.

Sie setzte sich auf eine der Stufen und ließ für einen Moment zu, dass die Verzweiflung überhandnahm. Dicke Tränen, die auf ihre Handrücken platschten, schufen ein kleines feuchtes Muster auf ihrer zerschrammten Haut.

Das Kerzenlicht auf der Stufe geriet ins Flackern, als ein stärkerer Luftzug durch die Öffnung hereinwehte. Barbaras Augen weiteten sich und in ihrem Kopf nahm eine wahnwitzige Idee Gestalt an: Die Tür ist aus Holz, also kann sie brennen. Wenn sie ordentlich verbrennt, wird der Stein irgendwann herabfallen, und die Öffnung ist frei.

Fieberhaft überlegte Barbara, womit sie die Tür behandeln konnte, dass sie wirklich Feuer fangen und schnell genug verbrennen würde, damit es für sie noch von Nutzen sein konnte. Papier, Stoff und …

Ihr fiel ein, dass einmal bei einem Bankett im Wolfenbüttler Schloss flambierte Apfelschnitze die Dekoration der Süßspeisen gebildet hatten und sie ihren Mann fasziniert befragt hatte, wie man Alkohol, der doch flüssig sei, dazu brachte, zu brennen.

»Man muss ihn erwärmen. Brennen tun nur die Gase, die dann emporsteigen«, hatte er ihr erklärt.

Alkohol hatte bei den Bewachern der Mädchen und vor allem bei Melusine des Öfteren eine Rolle gespielt und Barbara war sich beinahe sicher, dass hier irgendwo noch ein kleiner Vorrat gelagert sein musste. Und wirklich fand sie schnell ein kleines Fässchen mit hochprozentigem Branntwein, das nur flüchtig vor den strengen Augen des Marschalls versteckt worden war. Sie goss eine tönerne Schale randvoll und begann dann, den Branntwein über einem Talglicht zu erwärmen.

Als die Dämpfe aus der Flüssigkeit emporzusteigen begannen, wurde ihr für einen Moment leicht schwindelig, bis sie erkannte, dass sie ihre Atemorgane ein wenig von der Schale entfernen musste. Sie wusste nicht, wie heiß der Branntwein sein musste, um entzündet werden zu können, sie befürchtete jedoch, dass das Gas, wenn sie zu lange wartete, schon verdampft wäre, bevor es seinem Zweck zugeführt wurde, und so goss sie die Flüssigkeit nach Schätzung über die vorbereiteten Leinenbahnen, knüllte diese schnell zusammen und stopfte sie in den Spalt und in den Abstand zwischen oberster Stufe und Falltür. Den Rest der Flüssigkeit warf sie mit beherztem Schwung gegen das Holz der Falltür. Ohne auch nur einen Augenblick zu zögern, hielt sie die Flamme ihres Talglichtes an die Tücher. Diese entfachten sich sofort mit einer hellen Stichflamme, sodass Barbara, die nicht schnell genug zurückgetreten war, entsetzt auf ihren ebenfalls in Brand gesetzten Kleiderärmel blickte. In Sekundenschnelle hatte sie die Flamme durch Schläge mit der Hand erstickt.

Sie wich weit in den Keller zurück, betrachtete fasziniert das von ihr in Gang gesetzte Inferno, bis ihr die Rauchschwaden bewusst machten, dass sie sich selbst in die große Gefahr des Erstickungstodes gebracht hatte. Sie wich langsam zurück und überlegte gleichzeitig, wo es in diesen Kellern noch andere Wege der Luftzufuhr gab, denn die musste es zweifelsohne geben, da der Keller immer gut gelüftet gewirkt hatte. Sie betrat den Raum, den der Marschall bewohnt hatte und in dem die feine Tafel und das Klavichord standen, blickte sich um und entdeckte tatsächlich in einer Ecke ein Rost in der Mauer, hinter dem sie einen versteckten Gang für die Luftzufuhr vermutete. Tatsächlich spürte sie die frische Luft in ihrem erhitzten Gesicht, als sie sich vor das Rost kniete. Noch einmal erhob sie sich, um die Verbindungstür zur inzwischen ziemlich verrauchten Halle zu schließen, ließ sich neben dem Rost nieder und war Sekunden später in einen tiefen Erschöpfungsschlaf gefallen.

Laute Rufe und Gepolter schreckten sie nach einer Zeit, die sie nicht einzuschätzen vermochte, aus dem Schlaf. Entsetzt schlug sie die Hände vor den Mund. Wie hatte das passieren können, dass sie eingeschlafen war, wo doch der Moment der Befreiung zum Greifen nahe gewesen war? War die Tür inzwischen verbrannt und der Stein in den Keller herabgefallen? Wie auch immer, nun waren Menschen in der Halle und sie wusste nicht, ob Freund oder Feind.

Mit schmerzenden Gliedern erhob sie sich aus ihrer kauernden Stellung und schlich zur Kammertür. Sie legte ihr

Ohr an die Wand und versuchte, Geräusche und Stimmen zu unterscheiden. Husten und Flüche drangen an ihr Ohr. Eine Stimme brummte vernehmlich, dass in dieser Räucherhöhle wohl kaum jemand überlebt haben könne. Eine andere Stimme, die Barbara bekannt vorkam, die sie aber nicht zuordnen konnte, rief, dass es anscheinend noch mehr Kellerräume gäbe, denn dort drüben sei eine Tür.

Der Marschall oder seine Männer konnten es also nicht sein, denn sie kannten sich hier unten ja aus.

Einige Momente wog Barbara noch das Für und Wider ab, ihre Anwesenheit bemerkbar zu machen, aber sie kam zu dem Schluss, dass Menschen, die zufällig auf diese Höhle gestoßen waren, vielleicht angelockt von den Rauchschwaden ihres Feuers, ihr nicht so böse gesinnt sein konnten, dass sie ihr Übles antun wollten.

Langsam entriegelte sie die Tür und öffnete sie einen Spalt. Der Anblick, der sich ihr bot, war so befreiend, dass sie einen kleinen Jauchzer tat, auf die Knie sank und in hemmungsloses Schluchzen ausbrach.

Vier rußverschmierte hustende Männer blickten sie an, als wäre sie ein Gespenst: Ihr Vater, ihr Neffe sowie ein junger Bursche und ein anderer Mann, die Barbara beide nicht kannte.

»Barbara!« Mit zwei langen Schritten eilte Lorenz Kale auf seine Tochter zu, kniete vor ihr nieder und schloss sie in die Arme.

»Tante Barbara!« Auch Konrad eilte hinzu, und gemeinsam fassten die beiden Männer Barbara unter die Arme und zogen sie hoch.

»Ist der Brand gelöscht?«, fragte sie mit einem Blick in die Richtung, in der irgendwo hinter Rauschschwaden die Treppe zur Falltür verborgen lag.

»Ja, gleich wird es auch bessere Luft geben.«

»So kommt einen Moment in diesen Raum, hier gibt es frische Luftzufuhr. Wenn wir die Türe schließen, können wir solange ausharren, bis es in der Halle besser ist.« Barbara zog ihren Vater und Konrad hinter sich her, die beiden anderen Männer folgten.

»Was machst du hier, wer brachte dich her, waren Elise und andere Mädchen auch hier, wer legte das Feuer …?«

Barbara lachte ein wenig hysterisch auf. »Ach, ganz der alte Konrad, immer fünf Fragen auf einmal! Aber ja, bis vor einigen Stunden waren hier noch Elise und drei andere Mädchen. Man hat sie weggebracht und mich hier eingesperrt, nachdem ich versucht hatte, mit ihnen zu fliehen.«

»Wohin?«, erscholl es unisono aus den Mündern ihrer Verwandten und des jungen Burschen.

Mit knappen Worten schilderte Barbara alles, was sie wusste, gestand aber so zerknirscht, als wenn es ihre Schuld wäre, ein, dass sie nicht wusste, wohin man die Mädchen gebracht hatte, um ihrer schauerlichen Aufgabe zugeführt zu werden.

»Er gab mir ein Rätsel auf, aber ich vergaß, darüber nachzudenken, weil ich so viel anderes zu bedenken hatte!«, jammerte sie.

Lorenz zog sie an sich, strich ihr beruhigend über den Rücken und sagte: »Lass uns gemeinsam darüber nachdenken. Erinnerst du dich an das Rätsel?«

Es war ein Ort, dessen Name etwas anderes sagt, als er ist. Dort suhlt sich die Sünde, aber zum Schluss kam etwas mit Nonnen und Amen.«

»Nonnen, … Onkel Andreas sprach von einem Kloster.«

»Andreas? Ist er auch hier?«

Erschrocken blickten sich Lorenz und Konrad an, dann beeilte sich Konrad zu sagen: »Nein, davon erzählen wir dir später. Jetzt müssen wir zuerst das Rätsel lösen!«

Lorenz kratzte sich am Kopf, murmelte etwas in sich hinein und schlug sich dann mit der Hand vor die Stirn: »Das Rote Kloster in Braunschweig, einen Steinwurf von meinem Haus entfernt und das Hurenhaus der Stadt!«

35. KAPITEL

NACHDEM DIE MÄDCHEN GEBADET und mit duftenden Ölen eingerieben worden waren, durften sie eine Weile auf einem weichen Lager ruhen. Eng aneinandergekuschelt hatten sie versucht, mit dem Unfassbaren fertigzuwerden. Sie waren hier, niemand konnte ihnen helfen und der Tag, für den sie von Melusine und dann von Barbara vorbereitet worden waren, war unausweichlich gekommen.

Grete, die noch den meisten Widerspruchsgeist in sich fühlte, war von dem gemeinsamen Lager wieder aufgestanden und hatte jeden Zoll des Raumes untersucht, in dem alles darauf ausgerichtet war, zu pflegen und zu schmücken. Die großen Badezuber waren auf Rollen hinausgeschoben worden.

In der Mitte des Raumes stand das riesige Bett, auf dem die Mädchen lagen, an einer Wand des Raumes waren vier zierliche Tischchen vor großen Spiegeln aufgestellt. Davor luden kleine Schemel zum Sitzen ein, und wäre die Situation eine andere gewesen, so hätten die kleinen Tiegelchen und Flakons, silbernen Bürsten und Kämme und die bereitgelegten Bänder und Spangen höchste Neugier und Begeisterung ausgelöst.

Die gegenüberliegende Wand wurde fast völlig von einem Gerüst eingenommen, an dem die für diese Gelegenheit ausgewählten Kleider hingen. Unter ihnen waren in Reih und Glied zierliche Schuhe in allen möglichen Farben und Größen angeordnet. Vor der dritten Wand stand ein Gestell, das einen kleinen Teil des Raumes abzuteilen schien, und wie Grete gleich vermutet hatte, befand sich dahinter ein großes irdenes Gefäß mit einem Deckel, in das sie anscheinend ihre Notdurft verrichten sollten.

Die Wände des Raumes waren, was Grete als der Gipfel der Verschwendungssucht erschien, mit einem roten Seidenstoff bespannt. Es gab nicht ein einziges Fenster und Grete hatte den Verdacht, dass die vielleicht ursprünglich vorhandenen Öffnungen zugemauert und mit ebendiesem Seidenbehang überspannt worden waren.

Nachdem Grete erbittert festgestellt hatte, dass sich vorerst absolut kein Fluchtweg anbot, schlüpfte sie zurück zu den anderen Mädchen in das Bett. Thilda war tatsächlich erschöpft eingeschlafen, Emma starrte an die hölzerne Decke und Elise, die sich wie ein Ungeborenes im Mutterleib zusammengerollt hatte, wischte sich mit der Hand immer neue Tränen von den Wangen, die unaufhaltsam herunterrannen.

»Elise, du musst aufhören zu weinen. Wenn du ganz verheult aussiehst, wirst du noch großen Ärger bekommen!«, mahnte Grete.

Elise schluckte zweimal, kam der Aufforderung Gretes aber unmittelbar nach, denn die Anrede verschaffte ihr vorerst genug Ablenkung.

»Hast du etwas entdecken können?«

»Nein, aus diesem Raum gibt's erst mal kein Entkommen, aber noch ist nicht aller Tage Abend!«

»Wie meinst du das? Glaubst du, es wird uns jemand zu Hilfe kommen?«

»Dummchen, denk doch mal nach, was deine Tante erzählt hat. Die ganze Welt sucht nach dir! Und nach ihr wird man ebenso suchen. Es kann doch gar nicht sein, dass man nicht wenigstens sie findet!«, behauptete Grete mit

Nachdruck, obwohl sie selbst nicht so recht von dem überzeugt war, was sie da sagte.

»Meinst du, dass sie noch lebt? Ich glaube, der Marschall hat sie umgebracht, er hat sie so eiskalt angeblickt!«

»Unsinn, er hat sie nur eingesperrt und sie wird einen Weg finden!«

Die Mädchen verfielen wieder in Schweigen.

Die Stille des Raumes wurde plötzlich durch betriebsame Geschäftigkeit abgelöst. Die schöne Frau, die sie Dame Katharina nennen sollten, trat geschäftig ein, hinter sich drei weitere Frauen, die wie Zofen gekleidet waren.

»Käte, du nimmst diese, Maria, von dir erwarte ich ein Kunstwerk mit dieser, Lene, du nimmst die Schwarze und Sibylle, du kümmerst dich um dieses Engelchen.«

Die Frau fasste Elise beim Arm, stellte sie vor die als Sibylle Angesprochene, während die anderen drei Frauen nach dem jeweils ihr zugeteilten Mädchen griffen.

Dame Katharina wies nun die Frauen einzeln an, welches Kleid sie für das jeweilige Mädchen von den Ständern zu holen hatten.

»Kommt Melusine nicht wieder?«, wagte Thilda schüchtern zu fragen.

Sie erntete einen erst erstaunten, dann höhnischen Blick.

»Habt ihr euch so an die Gute gewöhnt, dass sie euch jetzt fehlt? Nein, die Arbeit der guten Melusine ist nun beendet. Sie erfreut sich in einem gemütlichen Zimmer an einer hübschen Flasche Wein und wird wohl bald in ein seliges Schlummerchen verfallen.«

Grete fand das fast ein bisschen schade, war Melusine doch relativ leicht zu manipulieren gewesen, was man von dieser Frau, die also die Mutter des Marschalls war, nicht sagen konnte.

Die Farbauswahl, der der Marschall einst zugestimmt

hatte, war bei der Bereitstellung der Kleidung der Mädchen streng eingehalten worden, doch welch ein Unterschied bestand zu den Fetzen, die Melusine zur Verfügung gehabt hatte. Feinste Tuche waren in erstklassigem Schnitt verarbeitet und Grete sah, dass die Kleider genau denen nachempfunden waren, die Barbara dem Marschall vorgeschlagen hatte, nur dass sie neu und mit wesentlich kostbareren Stoffen gearbeitet waren.

Grete trug über einem lindgrünen Unterkleid eine raffiniert an den Seiten geraffte Tunika, deren Stoff an der Brust ausgespart worden war, sodass sie die vom Unterkleid verdeckten, kleinen Brüste ein wenig anhob und so gerade eben erahnen ließ. An den Füßen hatte sie goldfarbene Schühchen. Ihre üppigen roten Locken wurden nur von einem grünen Band aus dem Gesicht gehalten. Sie wirkte wie eine eben dem Wald entsprungene Elfe.

Thilda dagegen sah aus wie eine kleine Madonna. Über einem blassblauen Unterkleid öffnete sich ein unter der Brust zusammengebundener, seidiger nachtblauer Mantel, dessen Kapuze mit einer silbernen Spange weit hinten an ihrem madonnenhaft frisierten Haar befestigt war. Die Kapuze verdeckte nicht, sondern umschmeichelte nur ihre blassen Züge und unterstrich das tiefe Blau ihrer Augen.

Emma dagegen sah in ihrem sonngelben, einfach von den Schultern herabfließenden Gewand aus wie eine eben erblühende Sonnenblume. Die wunderbaren braunen Haare waren gestriegelt worden, bis sie glänzten wie Mahagoni, und dann in ein mit kleinen gelben Blüten verziertes Netz drapiert worden.

Elise schließlich war zu einer fast überirdischen Erscheinung aus Silber und Rosa geworden. Durch zahllose Schlitze blitzte das silberne Unterkleid durch die rosafarbene Tunika. Die hellblonden Haare waren teilweise zu einem kleinen Helm aufgesteckt worden, aus dem sich einzelne Strähnen über ihre Brust bis zu ihrer Taille wanden. Schräg auf dem blonden Helm war ein keckes kleines silbernes Barett befestigt worden. An den Füßen trug sie silberne Sandalen.

Als endlich der letzte Handgriff getan war, mussten sich die vier Mädchen vor Dame Katharina aufreihen, und diese überprüfte noch einmal jedes Detail, zupfte hier eine Locke, entfernte dort eine Spange und stäubte dort noch mal einen Hauch Parfüm über eines der Mädchen. Dann reichte sie jedem von ihnen einen kleinen Krug.

»Trinkt das, es wird euch ein wenig lockerer machen!«, befahl sie. »Es hat keinen Sinn, etwas an dem, was ihr tun sollt und was euch passieren wird, zu beschönigen, doch solltet ihr euch auch nicht zu sehr fürchten. Es gibt kleine Hilfen, die euch in Gänze zur Verfügung stehen werden, und es gibt eine reichliche Belohnung. Ihr seid der Preis für die Durchführung einer großen Aufgabe und könnt somit sogar ein wenig stolz auf das sein, was ihr heute tun müsst. Ihr steht die ganze Zeit unter Bewachung und fällt etwas untragbar hart aus, schreiten wir sofort ein. Lasst euch auf den Wunsch dieser zwei Männer ein, mit euch ein Märchen zu leben, und ihr findet vielleicht sogar selber Gefallen daran! Man hat euch gelehrt, zu tanzen und zu bewirten. Damit fangt ihr an, alles andere ergibt sich von selbst.«

Nach diesen Worten nahm sie den Mädchen die Krüge wieder ab. Als sie bei Grete ankam, stellte sie fest, dass diese überhaupt nichts getrunken hatte. Herausfordernd blickte ihr das Mädchen in die Augen und erhielt von Dame Katharina ein anerkennendes Lächeln.

»Du hast Mut, Kleine! Aber sei nicht zu stolz, du kannst jederzeit auf meine Hilfe zurückkommen!«

Knicksend entfernten sich die Bediensteten und Dame Katharina führte die Mädchen zurück in den Raum, in dem sie von ihr empfangen worden waren.

Wie hatte dieser sich aber mittlerweile verändert! Fast geblendet schlossen die Mädchen ihre Augen. Hunderte von Kerzen waren in zierlichen mannshohen Haltern, an denen glänzende und sich wie Wasserfälle bis zum Boden ergießende Stoffe drapiert waren, über den ganzen Raum verteilt worden und wurden in den Wandspiegeln tausendfach vervielfältigt.

Auf der hohen Anrichte funkelten nun verheißungsvolle Flüssigkeiten in Kristallkaraffen neben den Gläsern und auf den silbernen Platten türmten sich allerlei essbare Köstlichkeiten.

Von irgendwoher aus der Höhe erklang Musik, eine Flöte, eine Laute, eine Trommel und eine Fidel, doch es war kein Musikant zu sehen. Grete ließ neugierig suchend ihren Blick in die Höhe schweifen und erkannte auf einmal, dass direkt unter der Decke in der ganzen Breite der Wand ein etwa zwei Hand breites Gitter eingelassen war.

Dahinter sitzen die Musiker! Was hören die wohl von uns hier?, fragte sich Grete.

Nun betraten zwei Männer den Raum und die Augen der Mädchen weiteten sich. Das waren die Männer, für die all das hier vorbereitet worden war. Was mussten das für mächtige Männer sein. Doch sie sahen nicht fürstlich oder gar königlich aus. Beide recht grobschlächtig, nicht mehr ganz jung, aber auch noch nicht alt und in Hemd und Hose sehr gewöhnlich.

Doch sie wurden von Dame Katharina ehrerbietig begrüßt. Mit einer einschmeichelnden Stimme, die die Mädchen bei ihr noch nicht vernommen hatten, bat sie die Männer, näher zu treten. Sie hätten den Mailehenpreis gewonnen und wären daher auserkoren, eine märchenhafte Nacht lang die Könige ihrer Mailehenbräute zu sein.

Sie stellte die Mädchen einer nach der anderen vor und wies sie an, sich vor den Männern im Kreis zu drehen. Erstaunt beobachtete Grete, wie ihre doch sonst wesentlich schüchterneren Gefährtinnen der Aufforderung grazil und ohne Ziererei nachkamen. Sie selbst erntete einen sehr strengen Blick von Dame Katharina, denn sie kam zwar ebenfalls der Aufforderung nach, machte aber eine Darbietung, die von Stolz und Trotz zeugte, daraus. Mit Erschrecken bemerkte sie, dass die Augen des einen der beiden Männer sich vollkommen fokussiert auf die zarte Elise konzentrierten und diese bereits mit den Augen zu entkleiden begonnen hatten.

»Lasst Euch auf den Diwanen nieder, meine Herren, die Damen werden sofort beginnen, euch mit wunderbaren Köstlichkeiten einer jeden Art zu beglücken. Tanzt, meine Mädchen, und reicht den Herren Wein und Leckereien!«

Daraufhin zog sie sich rückwärtsgehend aus dem Raum zurück, nicht ohne das Arrangement noch einmal mit scharfen Augen zu mustern.

Elise, Thilda, Emma und Grete begannen mechanisch mit dem, was ihnen akribisch von Melusine und Barbara beigebracht worden war. Sie bewegten sich in Tanzschritten zur Anrichte, ergriffen Karaffen und Platten und teilten sich paarweise auf, die Männer auf den Liegen zu bedienen. Grete sorgte dabei unmerklich dafür, dass sie und Elise für den Mann zuständig waren, der das behütetste Mädchen unter ihnen mit den Augen verschlungen hatte. Während Elise dem Mann mit einem träumerischen Ausdruck in den Augen ein Glas Wein reichte, beugte sich Grete nieder und präsentierte die Köstlichkeiten auf der Platte. Doch der Mann wandte seinen faszinierten Blick nicht von Elise ab und langte nur beiläufig nach einer kandierten Frucht, die er sich in den Mund steckte, ohne sie vorher genauer angesehen zu haben, und streckte die Hand aus, um nach Elise zu greifen.

In diesem Moment wechselte der Rhythmus der Musik aus dem Hintergrund und Grete griff beherzt nach der Hand Elises und zwang sie, mit ihr in die Schritte einer Polonaise einzufallen. Erleichtert sah sie, dass auch Thilda und Emma sich dem Zug anschlossen, während die beiden Männer von den Lagern aus jede Bewegung der Mädchen mit den Augen verschlangen.

Wie zufällig führte Grete den Reigen an und bewegte sich in die Richtung eines Kerzenständers, der vor einer mit einem seidenen Tuch drapierten Säule direkt unter dem Gitter in der Wand stand. Mit einer zierlichen Handbewegung streifte sie beiläufig den Ständer, der aber von allen anderen unbemerkt nur leicht ins Wanken kam. Schon zwangen sie die Schritte des Tanzes, sich von dem Ständer zu entfernen, da streckte sie ihr Bein aus und brachte Elise neben sich zum Straucheln, die vollkommen ungraziös umfiel und den Ständer mit sich niederriss.

Blitzschnell bückte sich Grete, um Elise aufzuhelfen, denn rings um sie herum hatte der drapierte Stoff, der von dem Alkohol, den Elise bei ihrem Sturz verschüttet hatte, getränkt war, Feuer gefangen. Die Männer waren von den Diwanen aufgesprungen und schlugen fluchend mit Kissen auf die Flammen ein. Grete zog ihre Freundinnen unauffällig immer weiter in Richtung der Tür, behielt aber dabei die Rauchentwicklung im Auge. Erfreut stellte sie fest, dass der Rauch geradezu von der Öffnung in der Wand angezogen wurde und dass die Instrumente aufgehört hatten, zu spielen.

36. KAPITEL

Wolfenbüttel

Schockiert blickte Heinrich Julius seinem Gegenüber in das kalte, schöne Gesicht. Er wollte nicht glauben, dass ausgerechnet er, wenn auch unwissentlich, einen Pakt mit dem Teufel geschlossen hatte. Von Kaltenburg hatte soeben alle seine schlimmsten Befürchtungen mit erbarmungslosen Worten bestätigt.

Als er dem Bericht, den Agnes von Velten seinem Vater gegeben hatte, gelauscht hatte, hatte er zunächst gar nicht den Zusammenhang erkannt. Erst als das Wort »Mädchenreigen« gefallen war, hatte ihn die Erkenntnis wie ein Blitz getroffen. Er hatte den Raum verlassen, eine schnelle Nachricht an Martin von Kaltenburg verfasst, ihn schnellstmöglich im Wirtshaus am kleinen Weghaus zu treffen, dem Ort, an dem ein Großteil ihrer vorherigen Treffen stattgefunden hatten. Dann hatte er fiebrig und bis zum Äußersten angespannt auf die Rückkehr des Boten gewartet. Die restlichen Stunden des Vormittages waren in unerträglicher Zähigkeit vergangen, am frühen Nachmittag war der verschwitzte und müde Bote wieder eingetroffen und reichte seinem Herrn ein kleines Billet, auf denen nur die Worte: »Um 8 Uhr des Abends im Wirtshaus zum Kleinen Weghaus« notiert waren.

Heinrich Julius konnte es nicht fassen, dass er auf seine dringende Nachricht hin wie ein x-beliebiger Untergebener zu so einer späten Stunde zum Treffpunkt beordert wurde, aber es blieb ihm nichts anderes übrig, als die verbleibenden Stunden bis dahin, mit den halbherzigen Entwürfen von

Plänen, wie er den vermuteten Wahnsinn stoppen könnte, zu verbringen.

»Ihr werdet es jetzt nicht mehr verhindern können, mein werter Prinz.

Der Fürst will haben, was ihm im Sinn,
er will nicht kennen den Weg dahin,
doch ist des Frevels Urheber er,
entgeht der Hölle auch nicht mehr!«

»Beim Allmächtigen, hört sofort auf mit Euren lästerlichen Reimen.« Heinrich Julius war aus seiner Starre erwacht und blickte Martin von Kaltenburg mit zornesrotem Gesicht an. »Natürlich trifft mich an diesem Desaster keine Schuld, denn von Kampstetten verhandelte das mit Euch. Seine Schuld hat ihn gefällt. Begebt Euch sofort ins Rote Kloster und macht dem Spuk ein Ende!«

»Das, mein verehrter Prinz, wird nicht gehen. Bis ich dort eintreffen würde, dürften die Mädchen bereits entehrt sein, und was habt Ihr dann gewonnen? Auch die Zustimmung Braunschweigs zu Euren Plänen wäre dann verspielt! Nein, vielmehr meine ich, dass wir dem Geschehen nun seinen Lauf lassen sollten. Der Rat der Stadt Braunschweig wird nächste Woche den Plänen Eures Vaters in allen Punkten zustimmen, der herausragende Baumeister van Basten wird sie durchführen. Ihr, mein verehrter Prinz, steht als der Mann da, der den Zugang zum Herzen des Rates gefunden hat und Euer Vater wird Euch das mit Anerkennung und Vertrauen in Eure Fähigkeiten lohnen. Und Ihr werdet mich ebenso belohnen. Fortan werde ich Euer engster Berater sein und dereinst, wenn Euer Vater von uns gegangen sein wird, werdet Ihr mich zu Eurem Kanzler machen. Nun aber werdet Ihr mich entschuldigen, denn ich möchte mich tatsächlich gerne zum Roten Kloster begeben und mich des Erfolges unserer Bemühungen versichern.«

»Aber Konrad von Velten ist Euch auf den Fersen. Ihr werdet damit nicht durchkommen!«

»Es ist nicht viel, was er herausbekommen hat, und er hat keine Beweise. Das Einzige, was er erreicht hat, ist, dass wir Sorge dafür tragen müssen, dass die Mädchen auf Nimmerwiedersehen aus dem Herzogtum verschwinden. Darum werde ich mich kümmern.«

Martin von Kaltenburg verbeugte sich tief vor dem jungen Thronfolger, drehte sich um und verließ den Raum, ohne eine Erlaubnis abzuwarten.

Heinrich Julius sank in einen in der Nähe stehenden Sessel und vergrub den Kopf in den Händen. Wie hatte es zu diesem Desaster kommen können? Als er vor einem halben Jahr Martin von Kaltenburg durch Rudolf von Kampstetten vorgestellt worden war, war er gerade dabei gewesen, sich von einem auf ihn verübten misslungenen Attentat zu erholen. Die Frau, die ihn beinahe umgebracht hätte, hatte sich auf ihn fixiert, weil er das Erbe seines Großvaters in sich trug: den Hass auf alles, was mit Hexen- und Teufelswerk zu tun hatte.

Wie sich im Zuge der Aufklärung herausgestellt hatte, hatten zwei unverblümte Predigten, die er gehalten hatte, das Misstrauen gegen eine Frau, die dem Herzoghause sehr nahestand, geschürt und den Beginn einer Hetze ausgelöst, der ein unschuldiger Mann zum Opfer gefallen war.

Selbst war er schon in sehr jungen Jahren mit großer Verantwortung und Macht ausgestattet worden.

Grundsätzlich bewunderte er das Werk seines Vaters, das das Herzogtum in wenigen Jahren wirtschaftlich und kulturell so hatte erstarken lassen, doch ihm gingen die Maßnahmen seines Vaters nie weit genug, und die Rückschläge, die dieser immer wieder in Bezug auf seine Schifffahrtspläne scheinbar stoisch hinnahm, hatten in Heinrich Julius den

Wunsch entfacht, die Durchsetzung und die Bezwingung der widerspenstigen Stadt Braunschweig endlich selbst in die Hand nehmen zu können.

Nach dem misslungenen Attentat war er von seinem Vater sehr stark gemaßregelt worden, ein fast nicht zu ertragender Rückschlag nach den Monaten, in denen er schon so viel eigenverantwortlich hatte handeln müssen. Da erschien es ihm wie ein Fingerzeig Gottes, als ihn der mächtige Ratsherr seines Vaters ansprach und von einem Plan berichtete, wie man die Stadt Braunschweig in die Knie zwingen könnte.

Er war Martin von Kaltenburg vorgestellt worden, einem Mann ganz nach seinem Geschmack. Von edler Gestalt, vornehm, aber dezent gekleidet, eloquent und gar mit einem schauspielerischen Talent gesegnet. Die kleinen Verse, die der Mann spontan von sich gab, trafen die jeweilige Sache immer mit solchem Scharfsinn und Witz, dass Heinrich Julius gar nicht genug davon bekommen konnte.

So, das erkannte Heinrich Julius jetzt im Nachhinein, war er in die Entwicklung der Pläne involviert worden, ohne dass er jemals die Details beachtet hatte. Immer, wenn es dazu hätte kommen können, war er von von Kaltenburg durch die Macht seiner Persönlichkeit abgelenkt worden.

Natürlich hätte er nachfragen müssen, als die Worte »Mailehentraum« und »Tanz der Mädchen« fielen. Er billigte keineswegs den Einsatz von käuflicher Liebe für politische Ziele, war aber subtil dazu gebracht worden, zu akzeptieren, dass Politik noch nie ohne dieses Mittel ausgekommen war. So hatte er diesen Aspekt stillschweigend hingenommen, unbewusst erleichtert, dass man ihm anscheinend genaueres Wissen in dieser Hinsicht ersparen konnte, ohne seine Bedeutung für das Gesamte zu schmälern.

»Und genau das ist schon wieder das Teufelswerk, das mir so verhasst ist, ich habe es nur nicht erkannt. Ich habe mich vom Teufel Martin von Kaltenburg genauso umgarnen lassen wie einst mein Vater von der Hexe Schlüter-Liese!«

Bitter lachte er auf, als er sich den Vers, den Martin von Kaltenburg ihm eben deklamiert hatte, noch einmal ins Gedächtnis rief.

Der Fürst will haben, was ihm im Sinn,
er will nicht kennen den Weg dahin,
doch ist des Frevels Urheber er,
entgeht der Hölle auch nicht mehr!

Heinrich Julius schnellte wie eine Feder aus seinem Sessel und wusste in diesem Moment, was er sofort zu tun hatte. Er eilte aus dem Wirtshaus, stieg auf sein Pferd, bedeutete den zwei Reitern, die ihn hierher begleitet hatten, ihm zu folgen, und machte sich auf den Weg zum Roten Kloster.

Der eigentliche Ritt zu den Stadtmauern Braunschweigs nahm nicht viel Zeit in Anspruch. Der Dreiviertelmond am ausnahmsweise einmal klaren Himmel beleuchtete die Straße ausreichend und so keimte in Heinrich Julius die Hoffnung, vielleicht noch rechtzeitig eintreffen zu können, um das Schlimmste zu verhindern. Doch an der Stadtgrenze stieß er bitter auf die persönlichen Grenzen, die einem Reiter in zwar vornehmer, doch durchaus üblicher Kleidung in Begleitung von zwei Soldaten, die das Wappen des Herzogs auf der Kleidung trugen, gesetzt waren. Die Stadttore waren natürlich zu dieser späten Stunde fest verschlossen und einer seiner Reiter verbrachte kostbare Zeit damit, einen Wachhabenden aus dem Wachhäuschen herauszuklopfen, um den Ankömmlingen Einlass zu gewähren.

Als der wachhabende Hauptmann sich endlich bequemt hatte, das Würfelspiel, das er mit seinen Kameraden zur Vertreibung der Langeweile begonnen hatte, zu unterbrechen, trat er recht unwirsch aus dem Wachraum ins Freie, hielt seine rechte Hand abwehrend hoch, um anzuzeigen, dass er, bevor er dienstlich tätig werden konnte, erst einem dringenden Bedürfnis nachgehen musste, und erleichterte sich geräuschvoll am Fuße der Stadtmauer.

Empört fuhr ihn Heinrich Julius an.

»Lasse er gefälligst das Tor öffnen und gewähre mir und meinen Begleitern Einlass!«

»Hm, Bürschen, und warum sollte ich wohl herzoglichen Reitern zu dieser Stunde das Tor öffnen lassen?«, grollte der Mann halb belustigt, halb gereizt, nachdem er dem sehr jungen Mann, dessen Gesicht gerade erst den ersten Flaum eines beginnenden Bartwuchses zeigte, mit einer Laterne ins Antlitz geleuchtet hatte.

»Weil der Thronfolger Heinrich Julius von Braunschweig-Wolfenbüttel persönlich wünscht, bevorstehendes Unheil von der Stadt abzuwenden!«, gab Heinrich Julius selbstbewusst zurück.

»Und welches Unheil sollte unserer Stadt drohen, das nicht direkt aus Wolfenbüttel geritten kommt?«, höhnte der Wachsoldat. »Mache er lieber sofort kehrt, wenn er nicht die Bekanntschaft mit Braunschweiger Verliesen machen will!«

Wütend lenkte Heinrich Julius sein Pferd einen Schritt auf den Mann zu, wie um ihm mit dieser Gebärde deutlicher zu machen, wem er hier zu gehorchen habe, doch in diesem Moment traten die anderen Wachhabenden aus dem Torhaus heraus, die Speere wachsam in die Höhe gereckt und die Schwerter in den Scheiden gelockert. Am Ton ihres Kameraden hatten sie gehört, dass hier offensichtlich mit Nachdruck eine unbillige Forderung gestellt worden war.

»Höre Er«, fuhr Heinrich Julius mit mühsam gemäßigter Stimme fort, »ich bin tatsächlich Heinrich Julius von Braunschweig-Wolfenbüttel. Schickt einen Boten in das Haus des Kaufmannes Lorenz Kale, denn dieser kennt mich persönlich und kann für mich zeugen. Es geht um seine Tochter und um ein paar weitere Mädchen, deren Zukunft sowie die Zukunft der Stadt und des Herzogtums genau in dieser Nacht auf dem Spiel steht. Gelange ich nicht in sehr kurzer Zeit zum Roten Kloster, so ist nichts mehr zu retten!«

Bei den Worten »Rotes Kloster« brach Gejohle begleitet von zotigen Gesten unter den Wachmännern aus. Doch der Hauptmann war bei der Erwähnung des Namens des Kaufmannes und seiner Tochter wach geworden, denn er hatte von der Entführung gehört. Barsch befahl er seinen Männern, ruhig zu sein.

»Könnt Ihr Euch mit irgendetwas ausweisen?«, fragte er nun schon bedeutsam vorsichtiger, da es ja tatsächlich sein konnte, dass er hier einen Spross des Wolfenbüttler Herrscherhauses vor sich hatte.

Hastig streifte Heinrich Julius seinen Siegelring vom Mittelfinger der rechten Hand und reichte ihn dem Hauptmann. Dieser winkte nach einem kurzen, erschrockenen Blick auf Muster und Initialen einen seiner Männer zu sich heran und flüsterte ihm ein paar Worte ins Ohr, worauf dieser sich eilends durch das Tor ins Stadtinnere entfernte.

Nach einer Zeit, die Heinrich Julius wie eine Ewigkeit vorkam, kehrte der Entsandte zurück und meldete, dass der Kaufmann Lorenz Kale nicht zu Hause anzutreffen gewesen war und auch nichts über seinen derzeitigen Aufenthaltsort bekannt sei.

In diesem Moment sprengte zur großen Verwunderung der Wachmänner eine zweite Reiterschar heran, machte kurz vor der ratlosen Schar vor dem Tor Halt und eine Stimme rief: »Öffnet das Tor. Ich bin Lorenz Kale und diese Menschen hier begleiten mich. Wir müssen eiligst zum Roten Kloster!«

37. KAPITEL

Braunschweig

ANDREAS RIEBESTAHL ERWACHTE mit schweren Kopfschmerzen und der unerschütterlichen Klarheit darüber, dass er sofort aufstehen und seine Erkenntnisse in die Rettung seiner Frau und vierer Mädchen umwandeln musste. Irritiert sah er sich in der elegant eingerichteten Stube um. Er wusste nicht, wo er sich befand. Doch als er seinen Blick auf das große Fenster, dessen Vorhänge trotz der Dunkelheit nicht zugezogen waren, richtete, erkannte er im Mondlicht die mächtige Silhouette der Türme des Doms zu Braunschweig.

Ich bin bei den von Veltens. Wie komme ich hierher? Was ist passiert? Ich las die Pläne, dann ... nichts mehr. Wer hat mich hierhergebracht?

Schemenhaft tauchten die Gesichter Konrads und eines blonden, hübschen Jungen, die in seinen Fieberträumen vorgekommen waren, in seiner Erinnerung auf.

»Konrad! Konrad hat mich gefunden.«

Mühsam richtete Andreas sich auf, versuchte, den Schwindel, der ihn zurück auf das Bett reißen wollte, zu unterdrücken. Als sich vor seinen Augen ganz langsam alles wieder an die richtige Stelle gesetzt hatte und auch die Wogen der aufkommenden Übelkeit sich einigermaßen gelegt hatten, entdeckte er auf einem Stuhl zu seiner großen Freude seine Kleidung, unter dem Stuhl seine Stiefel.

Nicht eben leise, weil er bei neuerlichen kleineren Schwindelanfällen immer wieder gegen Stuhl und Tisch stieß, kleidete er sich an. Die Tür öffnete sich und ein verschlafen wirkendes Dienstmädchen blickte erschrocken herein.

»Herr, Ihr dürft nicht aufstehen! Ihr habt eine schwere Wunde am Kopf und lagt den ganzen Tag im Fieber.«

Andreas, erschrocken, dass er also einen ganzen Tag verloren hatte, winkte ab und legte einen Finger auf den Mund.

»Bitte, halte mich nicht davon ab und sei leise, dass du niemanden weckst. Ich muss nur einen kurzen Weg hier in der Stadt machen und bin bald wieder zurück.«

Hinter dem Dienstmädchen betrat nun eine weitere Gestalt den Raum, und Andreas, der seine Zwillingsschwester überaus liebte, war in seinem ganzen Leben noch nie so froh wie in diesem Moment gewesen, sie zu sehen.

»Agnes. Gott sei Dank! Du musst mir helfen! Ich weiß, wo Barbara und die Mädchen wahrscheinlich sind! Es ist nicht weit von hier im Roten Kloster.«

Fassungslos betrachtete Agnes ihren Bruder.

»Du kannst jetzt nicht aufstehen und dorthin gehen. Das kann dich umbringen!«

»Mein Schädel hat schon mehr ausgehalten, als du dir vorstellen kannst! Wir können jetzt nicht auf Hilfe warten, dann ist es vielleicht zu spät.«

»Aber das Rote Kloster ist doch ein …«,

»… ein Hurenhaus, ja. Und dem Scharfrichter von Braunschweig untersteht es. Und den guten Wilhelm kennen wir zufälligerweise aus alten Zeiten, wenn du dich noch erinnerst?«

Vor 16 Jahren hatte Andreas Riebestahl bereits einmal im Zuge der Suche nach einer Bekannten ein paar ungemütliche Stunden unter der Obhut Wilhelm Pfeffers verbracht, später war aber deutlich geworden, dass sie auf der gleichen Seite im Einsatz für den damaligen Thronfolger und heutigen Herzog Julius gewesen waren. Die Bekannte, die Andreas damals gesucht hatte, eine schöne Böhmin namens Ludmilla mit etwas zweifelhafter Vergangenheit, mit der sich Barbara angefreundet hatte, war später Wilhelms Frau geworden und mittlerweile eine stolze Matrone, die ihrem Mann zehn gesunde und kraftstrotzende Kinder geboren hatte.

»Aber Wilhelm würde doch nie zulassen, dass sich entführte Mädchen im Roten Kloster aufhalten!«, rief Agnes empört aus.

»Wenn er es weiß! Es heißt, er habe die Belange des Roten Klosters weitgehend in die Hände einer Dame mit dem Namen Katharina Schafgärber gegeben. Und vielleicht geschieht hier etwas hinter seinem Rücken. Deswegen lass uns losgehen und ihn aufsuchen.«

Agnes schluckte ihre Bedenken und lotste ihren Bruder mit schlechtem Gewissen aus dem gastfreundlichen Haus der von Veltens. Für Margarete von Velten war es am Nachmittag keine Frage gewesen, ihre Gastfreundschaft auf die frisch aus Wolfenbüttel angereiste Agnes, die nach dem Rest ihrer Familie suchte, auszuweiten. Im Gegenteil war sie zutiefst beglückt gewesen, die Verantwortung für die Pflege eines schwer verletzten Mannes und zweier mutterloser Säuglinge in andere Hände geben zu können. Dem kleinen Max Riebestahl ging es zwar schon besser, aber nun hatte sich dessen Bruder angesteckt. Daher kam Agnes sich ein wenig schäbig vor, sich so einfach aus dem Haus zu schleichen, ohne jemanden zu informieren. Andererseits war es schon so spät, dass die Hausherren sich gewiss längst zur Ruhe begeben hatten und es vielleicht sogar besser war, dass man sie nicht störte.

Agnes befand den Weg vom Burgplatz bis zum Roten Kloster in der Echternstraße als zu weit, dass Andreas ihn in seinem Zustand zu Fuß hätte zurücklegen können, und blickte sich auf dem Burgplatz suchend nach einer Hilfe um. Weit und breit war keine Mietkutsche zu erblicken, auch Fußgänger und Reiter schienen kaum noch unterwegs zu sein.

Andreas zog seine Schwester jedoch einfach hinter sich her auf die Straße vor der Burg und hier erblickte das Geschwisterpaar einen Karren, vor den ein alter Maulesel geschirrt war. Just in diesem Moment öffnete sich ein Hoftor hinter dem Gefährt und ein Mann, der der Kleidung nach ein einfacher Hausangestellter eines Kaufmannes sein mochte, trat heraus und brummte: »So, Lotte, jetzt geht's endlich in den Stall.«

Agnes eilte zu dem Mann, nestelte eine kleine Börse unter ihrer Kleidung hervor und bat ihn, ihr und ihrem Bruder Karren samt Maultier für eine kurze Weile zur Verfügung zu stellen. Der Mann lachte auf und beschied, dass er froh sei, dass sein langer Tag nun zu Ende ginge, er Tier und Karren schnell verstauen wolle, und um endlich in sein Bett zu kommen. Doch als Agnes einige größere Münzen auf ihrem Handteller im Mondlicht schimmern ließ, besann er sich eines Besseren.

»Nun gut, bis zur Echternstraße kann ich Euch bringen, doch dann kehre ich sofort um!«

Erleichtert half Agnes dem mittlerweile schon sehr erschöpften Andreas auf den Karren und setzte sich neben ihn. Nun, da sie nicht mehr laufen mussten und die Straßen und Gassen zu dieser späten Stunde menschenleer waren, erreichten sie die Echternstraße recht zügig. »Da hinten wohnen Wilhelm und Ludmilla«, Andreas zeigte auf ein hübsches Haus am Ende der Straße, »und gleich daneben ist das Rote Kloster.«

Vor dem Haus des Scharfrichters sprang Agnes vom Karren und hämmerte mit dem löwenköpfigen Türklopfer wild an die Tür des Scharfrichters. Es dauerte nicht lang und ein Fenster im zweiten Stockwerk öffnete sich. Eine Frau mit einer kaum durch das Schlafhäubchen gebändigten roten Lockenflut beugte sich heraus und wollte eben anheben, zu schimpfen, als sie im hellen Mondlicht die emporgewandten Gesichter der Störer erkannte.

»Ludmilla, weckt bitte sofort Wilhelm. Er muss uns ins Rote Kloster begleiten!«

»Bei meiner Seele, die Geschwister Riebestahl zu nachtschlafender Zeit und wollen ins Rote Kloster. Da muss ja die Hölle am Einstürzen sein, dass so etwas passiert! Aber Wilhelm ist nicht da, ja leider nicht einmal in der Stadt. Doch wartet, ich komme und begleite Euch und Ihr erzählt mir auf dem Weg, was passiert ist.«

Während Agnes Andreas vom Karren half und dem Besitzer die versprochenen Münzen aushändigte, der daraufhin eilends sein Maultier packte und sich auf seinen Heimweg machte, nahm sie unterschwellig Brandgeruch wahr.

Zwei Minuten später stand Ludmilla angekleidet vor ihnen. Eine große, üppige Walküre mit einer wallenden, roten Haarflut, durchaus attraktiv durchzogen von ersten silbernen Strähnen.

Auf den ersten Blick erkannte Ludmilla den Zustand von Andreas.

»Ach, du lieber Gott, Ihr habt mal wieder was über den Kopf bekommen und müsst unbedingt jemanden retten!«

Andreas lächelte kurz ein wenig gequält, doch Agnes war es, die antwortete.

»Wir glauben, dass Barbara, Eure Freundin und Andreas' Frau und vier weitere Mädchen im Roten Kloster gewaltsam für unlautere Zwecke festgehalten werden. Wir hatten gehofft, dass Wilhelm uns helfen könnte.«

»Wilhelm hat die Geschäfte für ein paar Wochen ganz in

die Hände einer Frau namens Katharina Schafgärber gelegt, weil er sich um Familienangelegenheiten in Hamburg kümmern muss. Ich habe ihn vor dieser Frau gewarnt, denn sie kam mir immer schon höchst zwielichtig vor!«

Agnes schnupperte und nun drang die Erkenntnis in ihr Bewusstsein, gleichzeitig rief Ludmilla: »Hier in der Nähe brennt es!«

Sie trat von ihrer Haustür weg auf die Straße und schrie auf. Aus dem Obergeschoss eines der nächsten Häuser loderten helle Flammen. Schemenhafte Gestalten flüchteten aus dem Gebäude und just in diesem Moment waren auch die warnenden Rufe zu hören.

»Feuer, Leute, kommt aus den Häusern, es brennt! Das Rote Kloster brennt!«

Eine Reiterschar kam aus der Richtung des Giselerwalls herangesprengt und drohte Andreas, Agnes und Ludmilla zu überrollen. Kurz vor den dreien kamen die Pferde zum Stehen und Agnes erkannte zu ihrer übergroßen Freude ihren Sohn Konrad neben Lorenz Kale und … dem Thronfolger Heinrich Julius. Diese würdigten allerdings die Fußgänger keines Blickes, sondern stürmten direkt auf den Eingang des brennenden Hauses zu. Erleichtert fasste Agnes Andreas, der inzwischen sehr schwer atmend zwischen ihr und Ludmilla hing, fester beim Arm und beruhigte ihn: »Konrad und Lorenz sind da, sie werden sie retten. Setz dich hier auf die Kirchhofmauer.«

Mehr und mehr Menschen stürmten in Panik aus den Häusern und organisierten eine Wasserkette zum nahe liegenden Brunnen. Halb bekleidete Männer, Frauen, die teilweise ihre käuflichen Blößen nur durch hastig übergeworfene Tücher verbargen, die immer wieder ins Rutschen kamen. Doch es waren alles Erwachsene, kein annähernd so junges Mädchending wie die vermissten Mädchen.

Immer wieder wollte sich Andreas aus dem Griff seiner Schwester befreien, um sich in das Brandhaus zu stürzen.

»Sie können ja nicht herauskommen, denn sie sind gefangen!«, rief er verzweifelt.

Da löste sich eine Gestalt von der bei den Pferden verbliebenen Reitern und trat mit zögernden Schritten näher. Mit einem Schrei warf sie sich dann plötzlich auf Andreas.

Einen Moment sehr erschrocken, dann mit übergroßer Erleichterung erkannte Agnes ihre Schwester und Schwägerin und über Ludmillas Gesicht legte sich ein breites, zufriedenes Grinsen.

Das wiedervereinte Paar presste sich einige Augenblicke schluchzend vor Erleichterung aneinander, dann zog sich Barbara ein Stück zurück und rief erschrocken: »Du siehst entsetzlich aus! Was ist passiert?«

Andreas grinste schwach. »Nichts, was nicht wieder gut wird, und im Übrigen siehst du auch nicht viel besser aus, möchte ich meinen. Wo kommst du her und stimmt es, dass die entführten Mädchen dort drin sind?«

»Ja, wir glauben es. Konrad und mein Vater haben mich gefunden, ich erzähle später davon. Am Stadttor begegneten wir Heinrich Julius und er wusste auch, dass die Mädchen im Roten Kloster sein müssen, weiß Gott, woher er das weiß! Hinter allem steckt ein schrecklicher Mann mit dem Namen Martin von Kaltenburg. Er ließ die Mädchen dazu erziehen, irgendwelchen Männern für eine Nacht gefällig zu sein. Mich entführte er spontan nach dem Bankett bei Margarete, weil ihm die Erziehung, der sie durch eine Frau namens Melusine unterzogen wurden, nicht damenhaft genug war.«

Nun strömten Tränen über Barbaras Gesicht.

»Es war schrecklich, ich musste gehorchen und ihnen Tanz und Benimm beibringen und wusste doch die ganze

Zeit, zu welchem Zweck. Ich brachte sie dazu, mir zu vertrauen, dass ich einen Ausweg finden würde, und habe dann doch versagt.«

Mittlerweile hatten die Flammen auf das Dachgeschoss des nächsten Hauses übergegriffen.

Ludmilla, die schon eine ganze Zeit lang mit tief gefurchter, nachdenklicher Stirn von einem der Häuser des Roten Klosters zum anderen blickte, setzte sich plötzlich in Bewegung, rief ihren Begleitern über die Schulter zu, dass sie nun wisse, wo sich die Mädchen aufhalten würden und dass sie einen Weg dorthin kenne, und rannte auf den Eingang des am weitesten von dem brennenden Haus entfernten Teils des Roten Klosters zu. Niemand stellte sich ihr in den Weg, denn dieses Haus erschien noch relativ ungefährdet.

Mit eisernem Griff hielt Andreas Barbara fest, die Ludmilla nachlaufen wollte.

»Es sind genug Leute zur Rettung unterwegs, die ihr Leben bereits aufs Spiel setzen. Wir müssen jetzt abwarten!«

Im gleichen Moment war Bewegung am Eingang des brennenden Hauses zu beobachten. Erst wankten fünf Männer heraus, ein jeder mit seinen Armen ein Musikinstrument schützend. Ihnen folgte eine Gestalt, die eine schwere Last auf den Schultern trug, und brach vor dem Eingang in die Knie. Ein zweiter Mann, ebenfalls mit einer Last über der Schulter, folgte unmittelbar.

Sofort bildete sich eine Traube von hilfreichen Menschen um die Retter und Geretteten. Agnes und Barbara, die ebenfalls nichts auf ihren Plätzen gehalten hatte, drängelten sich beherzt durch den Kreis der Menschen. In der Mitte saßen Konrad und Heinrich Julius neben den reglos auf dem Boden liegenden Gestalten zweier großer Männer, deren Gesichter von Rauch geschwärzt waren und deren

Köpfe nur noch wenige Reste blonder, fast völlig verkohlter Haare aufwiesen.

Konrad erhob sich mühsam, hustete und rief mit heiserer Stimme: »Wir haben sie noch nicht gefunden. Diese Männer waren in einem Raum eingeschlossen, aber dort waren keine Mädchen. Ich muss Lorenz helfen. Er wollte nicht aufgeben und weitersuchen.«

Einer der Umstehenden warf Konrad eine nasse Decke über die Schultern, ein anderer reichte ihm ein nasses Tuch, das er sich vor die Nase halten sollte, und wieder verschwand Konrad im Eingang des Hauses, aus dem schwarzer Rauch quoll.

38. KAPITEL

Braunschweig

Zu ihrer grossen Überraschung und Freude fand Grete die Tür zum Flur unverschlossen. Die beiden Männer waren immer noch völlig davon in Anspruch genommen, das Feuer ersticken zu wollen, und bemerkten zunächst nicht, dass sich eines nach dem anderen Mädchen aus der Tür stahl. Ohne zu überlegen, drehte Grete den von außen steckenden Schlüssel zweimal im Schloss herum.

In diesem Augenblick hörten die Mädchen, dass sich der Klang aufgeregter Stimmen über die Treppe, die sie heute Nachmittag heraufgeführt worden waren, näherte. Panisch blickten sie sich um, entdeckten in einer kleinen Nische eine schmale Tür, drückten diese auf und standen auf dem Absatz einer engen Wendeltreppe, die nach oben und nach unten führte. Von oben waren Husten, Fluchen und sich nähernde Schritte zu hören.

»Es muss irgendwo brennen. Es zieht hier durch ein Gitter herein. Schnell, wir müssen unsere Instrumente retten!«

Die Musiker!, dachte Grete. Da sie aber nicht wusste, ob von diesen Männern Rettung zu erwarten war oder ob sie in die böse Verschwörung eingeweiht waren und ganz genau wussten, wem und welcher Sache sie dort oben aufgespielt hatten, zischte Grete ihre Freundinnen an, dass man nach unten laufen müsse. Kichernd, als wenn sie das Ganze für ein herrliches Spiel hielten, taten sie, was ihnen gesagt worden war. Grete machte sich bewusst, dass ihre Freundinnen immer noch unter dem Einfluss der Droge standen, und seufzte schwer ob der Verantwortung, die wohl allein auf ihren Schultern lag.

So schnell es Kleidung und die zierlichen Schühchen zuließen, tasteten die Mädchen sich die enge, sehr unebene Treppe hinab. Nachdem sich die Flurtür hinter ihnen geschlossen hatte, war es stockdüster. Grete wies die Mädchen an, mit den Händen nach dem Holz einer weiteren Tür zu tasten, doch sie berührten nur kalten Stein.

Sie führt nirgendwohin!, dachte Grete panisch. Trotzdem blieb ihnen nichts anderes übrig, als immer weiter hinabzusteigen, denn oben waren immer noch die Stimmen der Musiker zu vernehmen.

Plötzlich war das Ende der Treppe erreicht. Die Mädchen stolperten in der Erwartung einer weiteren Stufe übereinander. Thilda war die Erste, die sich wieder aufrappelte und das ersehnte Holz einer Tür unter der Handfläche, mit der sie sich abstützte, spürte.

»Hier ist eine Tür!« jauchzte sie aufgedreht. Grete begann nach einer Klinke oder einem Riegel zu tasten, während die anderen Mädchen erneut anfingen, zu kichern und kleine Tanzschritte zu setzen, doch sie fand nichts. Gleichwohl war die Tür unverrückbar geschlossen und ihr wurde klar, dass sie von außen verriegelt war. Sie wagte nicht, dagegenzuklopfen, einmal, weil sie sowieso niemanden, der sie hören konnte, dahinter vermutete, zum anderen wollten sie die Musiker weiter oben nicht auf sich aufmerksam machen. Diese schienen gerade die Tür zum oberen Flur gefunden zu haben. Man hörte sie wild diskutieren, denn anscheinend hatte sich der Rauch des Feuers auch schon in diesem Flur ausgebreitet.

Zu ihrer Erleichterung hörte sie einen der Männer sagen, dass es nach unten auch keinen Ausweg gäbe und sie durch den Rauch gehen müssten.

»Wir bleiben hier!«, befahl Grete. »Hierher werden der Rauch und die Flammen zuletzt kommen, denn ich glaube, wir sind schon im Keller.«

»Es ist nicht so schön hier, hier spielt ja keine Musik!«, jammerte Emma.

»Tanzen kann man auch nicht!«, ergänzte Thilda und setzte einen Fuß auf die nächste Stufe, wie um sich wieder nach oben zu begeben.

Grete zog sie barsch zurück und herrschte die Mädchen an, sich auf den Boden zu kauern, wenn ihnen ihr Leben und ihre Unversehrtheit lieb sei.

Eingeschüchtert, doch immer noch kichernd gehorchten die Mädchen und kauerten sich eng aneinander auf den Boden. Grete legte ihre Arme um Elise, bei der die Wirkung der Droge nachzulassen schien und die sich erschauernd in der unwirtlichen Umgebung zu orientieren versuchte.

Krampfhaft bemühte sich Grete, die Geräusche, die von außen in ihr Verlies drangen, dem Geschehen dort oben zuzuordnen.

Schreie, entferntes Husten und plötzlich die deutlich vernehmbare Stimme des Marschalls: »Lasst sie verbrennen, Mutter, wir können sie nicht mehr retten und so wird es keine Zeugen geben. Die Kellertür unten ist von der anderen Seite verriegelt. Wir müssen nach oben über die Dächer!«

Halb empört und halb starr vor Angst, sie könnten nun doch noch von ihrem Peiniger entdeckt werden, zischte Grete ihre Freundinnen an, sich ja nicht zu bewegen oder einen Laut von sich zu geben. Thilda, die mit einem entrückten Lächeln auf dem Gesicht etwas entgegnen wollte, hielt sie kurzerhand den Mund zu. Nach einem Moment, der ihr wie eine Ewigkeit erscheinen wollte, entfernten sich die Schritte eilig nach oben.

Grete stand auf. Zweifelnd blickte sie die regungslos kauernden Mädchen an.

»Wir müssen ihnen nach. Über die Dächer scheint es einen Fluchtweg zu geben.«

In diesem Moment hörte sie hinter sich das Rasseln eines Riegels, der aus der Halterung geschoben wurde, und ein Lichtschein fiel durch die sich langsam öffnende Tür. Eine Ehrfurcht einflößende große Frau mit einer roten Lockenpracht wurde von hinten erleuchtet. Sie stieß einen Pfiff aus und sagte dann mit überraschend warmer Stimme: »Ihr seid die entführten Mädchen, nicht wahr? Kommt, von mir habt ihr nichts zu befürchten, ich bin eine Freundin von Barbara Riebestahl und ich führe euch hier heraus.«

Wenige Minuten später sah die Menschenmenge, die sich vor den brennenden Häusern versammelt hatte, um entweder beim Löschen zu helfen oder einfach nur das Spektakel zu beobachten, eine seltsame Schar aus dem äußersten der Häuser treten. Eine große Frau, die sich eben nur ein Tuch über das alte Hauskleid geworfen hatte und auf deren Lockenflut ein Nachthäubchen thronte, neben vier zierlichen Mädchen in kostbarster Gewandung.

Barbara sprang auf, und nun hinderte sie Andreas auch nicht daran, auf die Mädchen zuzueilen. Halb lachend, halb weinend schloss Barbara eine nach der anderen in die Arme und kam zuletzt, den Arm um eine zierliche Blonde gelegt, zu Andreas und Agnes zurück.

Ludmilla, die ihnen gefolgt war, rief triumphierend: »Sie hatten sich schon in den Keller gerettet und ich kannte den Verbindungsgang.«

Eine der in der Nähe stehende Dirnen des Roten Klosters rief erstaunt: »Was sind das denn für Vögelchen, die habe ich ja noch nie gesehen?«

»Das sind ja noch Kinder, das sind keine von uns. Was habt ihr denn mit denen hier gemacht, Ludmilla!«, schaltete sich eine andere ein.

Ludmilla machte eine wegwerfende Handbewegung. »Das fragt ihr besser Dame Schafgärber! Habt ihr nichts von dem bemerkt, was hier vorging?«

Die Frauen verstummten erschrocken angesichts der Erkenntnis, dass es im Roten Kloster offensichtlich Dinge gegeben hatte, die unter der Regie von Wilhelm dem Scharfrichter nie geduldet worden wären.

Immer besorgter behielten Andreas und Agnes den Eingang des brennenden Hauses im Auge.

»Es wird gleich einstürzen. Wo bleibt Konrad?«

In diesem Augenblick gellte ein hoher Schrei vom Dach, und als die Umstehenden hinaufblickten, sahen sie eine schlanke Frauengestalt, die lichterloh in Flammen stand. Hinter ihr versuchte ein Mann zu verhindern, dass die Frau vom Dach stürzte, doch diese entwickelte in ihrer Feuerqual solch eine Kraft, dass am Ende beide Menschen eng verschlungen in einem Feuerball hinabstürzten.

Sofort eilten Menschen mit wassergetränkten Decken herbei und erstickten die Flammen. Während die Frau still und fast schon zur Unkenntlichkeit verbrannt auf dem Pflaster lag, bewegte sich der Mann qualvoll stöhnend, und die direkt um ihn herum Stehenden blickten in eisblaue Augen in einem qualvoll verzerrtem, rußgeschwärzten Gesicht. Eilig wurde der Mann auf eine Trage gelegt und fortgetragen. Als die Träger an einem blonden Knaben vorbeikamen, der die ganze Zeit bei den Pferden, mit denen Konrad und seine Begleiter herangepprescht waren, gewacht und immer wieder Anstalten gemacht hatte, die Pferde im Stich zu lassen, um sich ebenfalls in das Haus, in dem seine Begleiter verschwunden waren, zu begeben, blickte dieser geradewegs in die Augen Martin von Kaltenburgs.

»Das ist der Verbrecher, der dies alles verursacht hat!«, rief der Knabe laut.

Martin von Kaltenburg lachte höhnisch auf. »Und der fährt jetzt geradewegs zur Hölle, liebstes Schwesterlein!«, entgegnete er und verlor das Bewusstsein.

In diesem Moment kündigte ein unheimliches Geräusch berstender Balken den Einsturz des brennenden Hauses an.

Agnes schrie laut auf und schlug entsetzt die Hände vor den Mund. Umstehende hielten die verzweifelte Frau eisern fest, die immer wieder den Namen »Konrad« schrie.

Mit einem ungeheuren Krach stürzte das Haus in sich zusammen. Schuttstaub und Rauch hüllte die Umstehenden ein und die Hitze der Feuersglut umhüllte sie mit ihren Ausläufern. Die Menge wogte ein Stück zurück und die Nächststehenden betrachteten mitleidig die schreiende Frau, die offensichtlich einen ihr sehr Nahestehenden verloren hatte. Tief erschüttert umklammerte Barbara ihre Schwester und Schwägerin und versuchte ihr, irgendeinen Halt in diesem Augenblick des Verlustes zu bieten. Dabei fiel ihr Blick über die Schulter von Agnes auf eine Bewegung, die vor dem äußersten Haus, aus dem Ludmilla mit den Mädchen gekommen war, durch den Staub und Rauch zu erkennen war.

Ihre Augen weiteten sich, denn eine Gestalt, die eine schwere Last auf den Schultern trug, wurde deutlich erkennbar.

»Konrad. Dort ist Konrad!«, schrie sie, lockerte den Griff um Agnes ein wenig und drehte sie in die Richtung, in der sie ihren Neffen erblickt hatte.

Alle Umstehenden wandten den Blick in diese Richtung, dann kam Bewegung in die Menge. Der erste Mann, der auf

Konrad zustürzte, fing dessen Fall ab, als dieser zusammenbrach, ein zweiter nahm ihm die Last, Lorenz Kale, von den Schultern.

Barbara und Agnes drängten sich zu den Geretteten durch, knieten neben Konrad und Lorenz nieder und vergewisserten sich angstvoll, dass beide am Leben waren.

Lorenz Kale atmete nur sehr schwach und lag in tiefer Bewusstlosigkeit. Konrad jedoch hatte zwar erschöpft die Augen mit den versengten Wimpern geschlossen, lächelte aber leicht, als er die besorgte Stimme seiner Mutter vernahm, und brachte mit hustender Stimme hervor:

»Mit mir ist alles in Ordnung, brauch nur ein bisschen Ruhe«, woraufhin er die Augen schloss.

Der blonde Knabe, der Martin von Kaltenburg vorher laut bezichtigt hatte, drängte sich nun ebenfalls zu Konrad durch, griff nach dessen Hand und betrachtete den still Daliegenden mit Tränen in den Augen.

Agnes sah den Knaben an und bemerkte dann mit ihrer wiedergewonnenen Ruhe: »Sei unbesorgt, Laura, Konrad ist nur sehr erschöpft, aber alles wird gut werden.«

EPILOG

Wolfenbüttel

IN EINEM DER EMPFANGSSALONS im Schloss Wolfenbüttel hatte sich eine kleine, bunte Schar versammelt, die auf ausdrücklichen Befehl des Herzogs zusammengekommen war, um diesen endgültig über alle Umstände des in letzter Minute verhinderten bösen Ausgangs eines unaussprechlichen Verbrechens in seinem Herzogtum aufzuklären.

Auf einem Sofa saßen fünf sittsam gekleidete, recht junge Mädchen eng aneinandergedrängt. Neben ihnen stand wie eine wachsame Glucke Barbara Riebestahl.

Auf Stühlen um einen Tisch herum saßen Andreas Riebestahl, um dessen Kopf noch ein weißer Verband gewunden war, seine Schwester Agnes und ihr Sohn Konrad, der mit seinen gestutzten, weil fast völlig versengten Haaren und den wimpernlosen Augen ein wenig gerupft aussah.

Der Kaufmann Lorenz Kale hatte schon wieder etwas von seiner eindrücklichen Gewichtigkeit zurückgewonnen und ließ seine beiden Töchter, Elise und Barbara, keinen Moment aus den Augen.

Thronfolger Heinrich Julius saß mit sehr betretener Miene neben seinem Vater Herzog Julius und harrte ergeben der Vorwürfe, die unzweifelhaft über ihn hereinbrechen würden, wenn er seine Rolle in dem Drama dargelegt haben würde.

Mit wohlgesetzten Worten begann Konrad die ganze Geschichte, wie sie sich nun aus den verschiedenen Einzelaussagen zusammengesetzt hatte, darzulegen.

Die Stirn des Herzogs umwölkte sich mehr und mehr und zwischendurch warf er immer wieder finstere Blicke auf seinen Sohn, dessen Anteil an der Geschichte er vorerst nur erahnen konnte.

Andreas Riebestahl ergänzte die Geschichte mit dem Bericht über seine Funde im Hause des Ratsherrn Bestmann. Da die beiden Männer, die zuerst aus dem brennenden Haus gerettet worden waren, sich als ebendieser Ratsherr Bestmann und der Baumeister Van Basten erwiesen hatten, wurde allen deutlich, für was die Unschuld der entführten Mädchen der Preis gewesen sein sollte.

Es lag nicht in des Herzogs Macht, den Rat der Stadt Braunschweig zu zwingen, die beiden Männer seiner Gerichtsbarkeit auszuliefern, und so waren diese vorerst relativ ungestraft davongekommen. Sie hatten sich in ihre jeweilige Bleibe verkrochen und leckten im wahrsten Sinne des Wortes ihre Wunden.

Rudolf von Kampstetten war offensichtlich von seinem eigenen Gewissen gerichtet worden, denn was sonst hätte den urplötzlichen Tod eines sonst als gesund und robust geltenden Mannes veranlassen sollen.

Martin von Kaltenburg, der, nachdem sich die Aufregung der Brandnacht einigermaßen gelegt hatte, fieberhaft gesucht wurde, war spurlos verschwunden.

Die Dirnen des Roten Klosters hatten angegeben, dass sie dem Mann ab und zu im Roten Kloster begegnet waren, immer in flüsternde Gespräche mit Dame Katharina Schafgärber vertieft. Auch wussten sie zu berichten, dass eine sehr junge Dirne, die erst ein paar Monate im Roten Kloster gearbeitet hatte und sich vor zwei Wochen mit einem Strick an einem Fensterbalken aufgehängt hatte, von ebendiesem vor einigen Monaten ins Rote Kloster gebracht worden war. Diese Dirne hatte immer wieder unter Tränen wirres Zeug von einer Nacht mit einem Freier erzählt, zu der sie von einem blonden Engel gezwungen worden war, und hatte die Kunden im Roten Kloster mit ihrer weinerlichen Tour immer mehr abgeschreckt, sodass Dame Schafgärber mehr als einmal hart mit ihr ins Gericht gegangen war.

Melusine wies, nachdem sie von den geretteten Mädchen zwischen den Dirnen entdeckt und angezeigt worden war, bei einer ersten Befragung mit zuckersüßer Stimme darauf hin, dass sie ja nur zum Zweck der Reisebegleitung aus einem kleinen Städtchen in Württemberg hierher nach Braunschweig gekommen und dann um der weiteren Erziehung der »reizenden kleinen Laura« willen angestellt worden sei. Im Übrigen berief sie sich auf ihr Recht, in der Stadt Braunschweig zu bleiben und sich deren Gerichtsbarkeit zu unterstellen. Viel nützen würde ihr dies wahrscheinlich nicht, denn die erste Tat, die der Scharfrichter Wilhelm nach seiner Rückkehr ins Rote Kloster getan hatte, war, Melusine des Hauses zu verweisen.

Laura von Kaltenburg, das Mädchen, das sich vollkommen auf sich gestellt aus den Fängen dieser grausamen Menschen befreit hatte, bestätigte blass und sehr gefasst, dass es sich bei Martin von Kaltenburg um ihren Halbbruder gehandelt habe, der sich nach dem Tod ihres Vaters als Erbe präsentiert und sie für Jahre in ein Waisenhaus verfrachtet habe, um sie plötzlich vor ein paar Monaten dort abzuholen und mit ihr in den Norden zu reisen. Anstatt, wie man ihr versprochen hatte, sie in Braunschweig einer edlen Familie als Gesellschafterin der Kinder zuzuführen, sei sie in einen Keller gebracht worden und Frau Melusine habe ihr dort den wahren Zweck ihrer Reise offenbart.

»Es kamen dann sehr schnell noch drei andere Mädchen, Thilda, Grete und Emma. Aber ich konnte nur allein fliehen und hoffte, Hilfe herbeiholen zu können. Auf der Flucht wurde ich verwundet, verlor mein Gedächtnis und es kam leider nur sehr langsam wieder zurück.«

»Und weil Ersatz für Laura hermusste, wurde Elise entführt. Ein Mädchen sehr ähnlichen Typs, aber mit so auffälligem Familienhintergrund, das ihr Verschwinden nach seiner Anzeige nicht in der Begrenztheit der Gerichtsbarkeit eines Amtes unterging«, ergänzte Konrad.

Heinrich Julius räusperte sich zweimal verlegen, nachdem der Bericht beendet worden war, und bekannte dann mit gesenktem Kopf: »Ich gebe zu, dass mich an diesen Ereignissen eine Mitschuld trifft. Zu sehr lag mir am Herzen, dafür zu sorgen, dass Ihr, verehrter Herr Vater, die Zusage van Bastens erhieltet, Eure Schifffahrtswege zu bauen. Ebenso wollte ich Wege finden, den Rat der Stadt Braunschweig endlich einsichtig und offen für unsere Pläne werden zu lassen. Rudolf von Kampstetten machte mich mit Martin von Kaltenburg bekannt, und nur dieser wusste über die Beschaffenheit der »Mailehenveranstaltung« Bescheid. Ich meinerseits dachte nur an eine Veranstaltung mit Dirnen, verwerflich genug, wie ich jetzt beschämt zugebe. Erst am Vorabend der bewussten Nacht weihte mich Martin von Kaltenburg ein und lachte mich aus, als ich das Ganze stoppen wollte. Ich ritt ihm hinterher zum Roten Kloster und traf dort gleichzeitig mit Herrn von Velten ein und konnte mit ihm zusammen die beiden Männer aus dem brennenden Haus retten.«

Alle schauten Heinrich Julius entgeistert an. Zu brisant war diese Offenbarung für das ganze Herzoghaus.

Herzog Julius räusperte sich ein ums andere Mal und rang um Fassung. Ehe er jedoch das Wort ergreifen konnte, ließ sich Agnes mit sanfter Stimme hören: »Nun, und durch Euer beherztes Eingreifen und die Rettung eines Menschenlebens unter Todesgefahr für Euer eigen Leib und Leben habt Ihr gezeigt, wie sehr Euch Euer Leichtsinn und Eure Unbedarftheit gereut hat, und habt doch damit Einiges wieder gutgemacht, möchte ich meinen.«

»Rhmm, ja, da habt Ihr allerdings recht, liebe Frau von Velten«, griff der Herzog dankbar diese teilweise Rehabilitation seines Sohnes auf. »Die genaue Aufklärung dieses Falles und die Bestrafung der Täter steht sowieso vor dem Dilemma der verschiedenen Gerichtsbarkeiten. Was meint Ihr, Herr Kale, sollte man den ganzen Fall vor dem Rat der Stadt Braunschweig zur Anzeige bringen?«

Lorenz schüttelte den mächtigen Kopf. »Nein, es würde den Riss weiter vertiefen und die Gemeinheit der Intrige würde dem Herzoghaus unterstellt werden. Martin von Kaltenburg ist spurlos verschwunden. Man möchte meinen, dass er nicht weit kommen wird mit seinen schweren Verletzungen, doch scheint er sich wieder der Hilfe des Teufels versichert zu haben. Aber er ist gebrandmarkt und wird sich bestimmt nicht mehr im Herzogtum blicken lassen. Herrn Bestmann sollte man, auch wenn wir damit einen Streiter für die Öffnung der Stadt gegenüber dem Herzogtum verlieren, verdeutlichen, dass er sich sofort aus dem Rat der Stadt zurückziehen muss, sonst würde der Grund seines Aufenthaltes im Roten Kloster allgemein bekannt gemacht werden. Herrn van Basten wiederum muss nahegelegt werden, seine Sachen zu packen und auf Nimmerwiedersehen aus dem Herzogtum zu verschwinden.

Das Herzogtum sollte sich allerdings Gedanken für eine angemessene Entschädigung, vielleicht in Form einer Patenschaft und ordentlichen Mitgift für diese drei jungen Damen machen«, Lorenz wies mit einer Handbewegung auf Emma, Grete und Thilda.

»Für meine Tochter wird dies allerdings nicht nötig sein. Und wie ich gehört habe, bittet Herr von Asseburg, die

junge Dame Laura von Kaltenburg unter seine Vormundschaft zu stellen. Er will sich für sie um die Rechtsansprü-
che an ihrem Erbe kümmern.«

»Und so gewinnt das Herzogtum drei reizende Paten-
schaften, verliert aber wieder einen genialen Baumeister,
und die Pläne für meine Schifffahrtswege müssen wieder in
der Schublade verschwinden«, seufzte der Herzog schwer.

ENDE

WAHR UND UNWAHR

EINE GUTE FREUNDIN SAGTE MIR, noch mehr Vergnügen, als den eigentlichen historischen Roman zu lesen, bereite es ihr immer, am Ende darüber aufgeklärt zu werden, was in dem jeweiligen Roman historisch verbürgt ist und was erfunden. Und Tatsache ist, dass es mir auch großen Spaß macht, dies am Ende einer Geschichte für mich noch einmal zusammenzufassen.

Wer meinen ersten Roman mit Konrad von Velten als Ermittler gelesen hat, dem wird hier an dieser Stelle schon einiges bekannt sein. Doch soll es um der Vollständigkeithalber doch alles noch einmal dargestellt werden:

Konrad von Velten und fast seine gesamte Familie sind meiner Fantasie entsprungen, aber nur fast. Die Adelsfamilie von Velten, eigentlich von Veltheim, gab und gibt es tatsächlich im Braunschweiger Land. Und Achatz von Veltheim (bei mir Achatz von Velten) ist eine historisch verbürgte Gestalt aus genau der beschriebenen Zeit. Ebenso seine Gemahlin Margarete von Veltheim, geborene von Saldern. Der Adoptivvater Konrads aber, Max von Velten, ein jüngerer Sohn der Familie, ist eine erfundene Figur, und so natürlich auch die Adoption eines unehelich geborenen Kindes durch einen von Veltheim.

Konrads Familie mütterlicherseits, die Riebestahls, hat es so, wie ich sie beschrieben habe, auch nicht gegeben, und es war kein Riebestahl am Hofe des Herzoghauses Braunschweig Wolfenbüttel tätig. Doch gab es im Braunschweiger Land einen Pastor Nicolaus Riebestahl, den ich zum Stammvater dieser Familie gemacht habe. Seine eigentliche Geschichte verliert sich weitgehend im Dunkeln.

Herzog Julius von Braunschweig-Wolfenbüttel und seinen Sohn Heinrich Julius hat es gegeben.

Julius war als dritter, schwächlicher und gehbehinderter Sohn nie für die Thronfolge bestimmt, sondern, wie man es zu dieser Zeit oft mit jüngeren Söhnen tat, wurde er für eine geistliche Laufbahn erzogen. Das Bemühen seines Vaters, ihn von reformatorischen Einflüssen fernzuhalten, zeitigte gegenteiligen Erfolg. Während seiner Universitätslaufbahn in Köln und dem flandrischen Löwen sowie seiner Reisen durch Frankreich muss sich sein Denken genau in die ungewollten Bahnen des Protestantismus begeben haben. Aus Frankreich brachte Julius einige Ritterromane mit, die den Grundstock der später von ihm gegründeten Bibliothek, die heute unter dem Namen »Herzog August Bibliothek international« bekannt ist, bildeten.

Nachdem er nach dem Tod seiner beiden älteren Brüder plötzlich Thronfolger geworden war, versuchte er, dem Groll und der Einflussnahme seines Vaters sowie den Intrigen am Wolfenbüttler Hof zu entgehen, indem er zunächst zum Hofe des Ehemanns seiner Schwester Katharina, des lutherischen Markgrafen Johann von Brandenburg, flüchtete. Hier lernte er ein wirtschaftlich und verwalterisch hervorragend geführtes Land kennen. Mit Feuereifer machte er sich daran, alles zu lernen, was ihm für die erfolgreiche Verwaltung seines eigenen Erbes von Nutzen sein konnte.

Auch fand er hier seine spätere Frau, eine Nichte Johanns, Hedwig, die Tochter des Kurfürsten Joachim von Brandenburg.

Die folgenden Jahre verbrachte Julius mit seiner Ehefrau und den erstgeborenen Kindern in Schloss Hessen, einmal, um sich hier weiter in verwalterischen und wirtschaftlichen Fähigkeiten zu üben, zum anderen, um dem immerwährenden Konflikt mit seinem Vater weiterhin aus dem Weg zu gehen. Erst die Geburt seines eigenen Sohnes Heinrich Julius milderte die Einstellung des alten Herzoges Julius gegenüber.

Julius führte gleich nach seinem Regierungsantritt die Reformation im Braunschweiger Land ein und gestaltete mithilfe der Theologen Martin Chemnitz, Jacob Andreae und Nicolaus Selnecker das Kirchenwesen um. Er gründete das Pädagogium illustrae in Bad Gandersheim, das 1574 nach Hildesheim verlegt wurde und durch die Schaffung der juristischen und der medizinischen Fakultäten neben der theologischen Fakultät zur Universität wurde.

Neben der Neuordnung des Fürstentums in geistlicher Hinsicht machte Julius sich sofort daran, sein Erbe auch in wirtschaftlicher und verwalterischer Hinsicht zu stabilisieren und zu erweitern. In Bezug auf die Verwaltung bewegte er sich durchaus konsequent auf den Spuren seines Vaters weiter: Er erneuerte die Kanzleiordnung, baute die Organisation der Ämter und deren Supervision aus und verhinderte das Bestreben der Stände, ihre Sonderrechte zu erweitern.

Dem Bestreben, sein Herzogtum wirtschaftlich stark zu machen, entsprang ein riesiger Wissensdurst und eine große Experimentierfreudigkeit. Unablässig trat er in Kontakt zu Menschen mit neuen Ideen. Dies hatte nicht immer nur positive Konsequenzen. Doch im Großen und Ganzen waren seine Bemühungen von beachtlichen Erfolgen gekrönt. Der Ausbau und die Neuorganisation des schon vom Vater unterstützten Bergbauwesens brachte reiche Erträge an Bodenschätzen. Salinen und Steinbrüche und die Forstwirtschaft lieferten Rohprodukte, die verarbeitet und kaufmännisch verwertet wurden. Die Oker wurde schiffbar gemacht, damit die Erze aus dem Bergbau im Harz nach Wolfenbüttel gebracht werden konnten. So entstand in der Folge eine florierende Waffenindustrie. Zur Gewinnung neuer Verkehrswege wurde die Anbindung des Herzogtums an das Wasserstraßennetz außerhalb des Herzogtums geplant. Die beschriebenen Pläne des Baumeisters de Raet hat es gegeben. Fiktion ist die Intrige, mit der sie, nachdem sie 1576 nach der Abreise de Raets aus dem Herzogtum in der Schublade verschwunden waren, im Buch neu belebt worden sind. Tatsächlich verfolgte man zu Lebzeiten von Julius weder den Ausbau des Großen Grabens noch weiter, noch die Umgehung der Stadt Braunschweig. Erst Jahrzehnte später verwirklichte sein Sohn Heinrich Julius noch einige Pläne des Ausbaus der Juliusschifffahrt, wie zum Beispiel die Trockenlegung des Sumpfes und Ausbaus des Großen Grabens.

Das Schloss Wolfenbüttel und die vor ihm liegende Heinrichstadt wurden systematisch ausgebaut (Den Namen »Wolfenbüttel« erhielt das Ganze erst 1747).

Da sich die Stadt Braunschweig schon unter den Vorgängern Julius' allen Bestrebungen, ihre Selbstständigkeit zu beschränken, widersetzt hatte, beschloss Julius, mit dem systematischen Ausbau seiner Residenzstadt der alten Hansestadt wirtschaftlich zum Konkurrenten zu werden. Er plante eine eigene Großstadt mit dem Namen »Gotteslager« vor den Toren der Heinrichstadt. Hier sollte es eine Universität, Kirchen und Manufakturen geben. Die Heinrichstadt ließ er von dem Niederländer Hans Vredeman de Vries trockenlegen, und nach dem Muster von Amsterdam entstand ein Grachtensystem.

Julius beauftragt meine Romanfigur Konrad, sozusagen die Wissenschaft der Kriminologie zu begründen. Tatsächlich gab es in dieser Zeit keine Kriminalermittler nach unserer heutigen Vorstellung. Verbrechen wurden gemeldet, Verdächtige angezeigt und zur Anzeige, wenn nötig hochnotpeinlich, befragt und verurteilt. Regelrechte Ermittlung nach bestimmten Untersuchungsmethoden ist erst Jahrhunderte später nachgewiesen. In meinem Roman konstruiere ich sozusagen den Beginn einer solchen Tätigkeit schon im 16. Jahrhundert und lasse meine Juristen mit der Aufgabe betraut werden. Vieles, was Julius getan hat, war in seiner Zeit neu – da kann man sich unter dem Aspekt der dichterischen Freiheit ja auch solch einen Anfang des Verlaufs der Geschichte der Kriminologie vorstellen.

In seiner Hofhaltung soll Julius bescheiden und familiär gewesen sein. Prunksucht und Zecherei waren nicht sein Ding. Er hielt sich und seine Familie an feste Regeln und Zeiten und eine, für einen Fürsten dieser Zeit, bescheidene Haushaltshaltung.

Als Julius 1589 mit knapp 61 Jahren nach gut 20-jähriger Herrschaftszeit starb, hinterließ er seinem Sohn Heinrich Julius ein hervorragend geordnetes und wohlbestalltes Herzogtum.

Die Hofbeamten und Richter, die in diesem Buch eine Rolle spielen, gab es unter diesen Namen nicht, und auch was sie in diesem Roman tun und entscheiden, ist frei erfunden.

Erbprinz Heinrich Julius kommt weder im ersten Fall von Konrad gut weg, noch in diesem zweiten Fall. Diesmal ist er durch Naivität und Geltungsbedürfnis an dem schrecklichen Komplott beteiligt, dass die Stadt Braunschweig dazu bringen soll, in Bezug auf die Schifffahrtspläne seines Vaters mit diesem an einem Strang zu ziehen. Da die genannte Intrige und alles, was in ihrem Sinne geplant und getan wird, frei erfunden ist, ist natürlich auch seine Rolle darin wieder unterstellt. Da sich seine Charakterzüge und Handlungen in späterer Zeit jedoch sehr ambivalent zeigen, habe ich es auch hier wieder gewagt, ihn als einen geltungsbedürftigen, begabten, aber vorwitzigen Teenager darzustellen. Die eine Seite dieses späteren Herzogs ist, dass er als »Hexenbrenner« in die Geschichte eingegangen ist. Ab 1590 sollen auf der Richtstätte Lechlumer Holz bei Wolfenbüttel oft an einem Tag 10 bis 12 Hexen verbrannt worden sein. Außerdem verwies er 1591 die Juden seines Landes.

Seine andere Seite jedoch ist die eines kulturell, literarisch und musikalisch äußerst gebildeten Mannes, der ein glänzendes höfisches Leben förderte und in der Literatur als einer der ersten Barockfürsten genannt wird.

Die Ereignisse dieses Krimis spielen sich in einer Zeit ab, die tatsächlich als die »kleine Eiszeit« in die Geschichte eingegangen ist. Aus dieser Tatsache resultiert die Beschreibung des ungemütlichen Wetters Ende April, ein Phänomen, dem man andererseits in manchem Frühjahr der heutigen Zeit auch begegnen kann.

Der Drache Gluhschwanz ist Sagengut vor allem des Landes um Peine herum. Dieser war jedoch, wie auch im Buch von manchem erwähnt, ein recht freundliches Wesen, das nur harmlosen Schabernack trieb und höchstens mal einen unredlichen Bauern, der seinen Knechten nicht den gerechten Lohn auszahlte, outete, indem er mit seinem glühenden Schwanz dessen Haus beleuchtete.

Der »Mailehentraum«, den der böse Marschall als Rahmen für den Missbrauch der jungen Mädchen konstruiert, ist in der Summe aus Elementen verschiedener Mailehenbräuche verschiedener Gegenden zusammenfantasiert, weil er dem Verbrechen eine märchenhafte, luxuriöse und einzigartige Note geben will.

Die Zusammensetzung des Rates der Stadt Braunschweig sah tatsächlich ungefähr so aus, wie dargestellt, doch alle

Sitzungen, die hier in meinem Roman beschrieben werden, sind frei erfunden.

Die Tänze, die im Buch aufgezählt werden, sind Tänze der Renaissancezeit. Den Tanzmeister Thoinot Arbeau (eigentlich Jehan Tabourot), auf dessen Buch »Orchésograhie« Melusine bei ihrem Unterricht Bezug nimmt, gab es wirklich. Melusines persönliche Bekanntschaft mit ihm ist unterstellt und das Buch entstand in Wirklichkeit auch erst im Jahr 1589.

Der beschriebene Fall des Dieners Kettler ist historisch.

Das genannte Kartenwerk des Gottlieb Mascop lag mir in einer Reproduktion vor und ich habe darin fleißig studiert.

Die Schauplätze Gut Northem, und das Veltheim'sche Haus auf dem Burgplatz gab es zur beschriebenen Zeit. Auch die Wüste Klein Vahlstedt ist belegt, das Kellergelass, in dem die Mädchen gefangengehalten werden, ist allerdings Erfindung.

Der Pfarrer von Broistedt trug einen anderen Namen als Thomas Riebestahl. Hier passte es mir einfach, ein Familienmitglied von Konrad an dieser Stelle angesiedelt sein zu lassen.

HANDELNDE PERSONEN

Herzog Julius von Braunschweig-Wolfenbüttel*
Herzogin Hedwig von Braunschweig-Wolfenbüttel*
Erbprinz Heinrich Julius von Braunschweig-Wolfenbüttel*

Franz Mützeltin*, Kanzler am Hofe von Herzog Julius
Julius von Halle*, Oberamtmann

Jobst Kale*, Braunschweiger Patrizier und Mitglied des
Braunschweiger Rates
Johannes Roßbeck*, Braunschweiger Patrizier und Mitglied
des Braunschweiger Rates

Achatz von Velten* (Veltheim), Adliger aus dem Herzogtum mit Stadthaus in Braunschweig
Margarete von Velten* (Veltheim), seine Ehefrau

Nicolaus Müller*, Pfarrer in Adersheim
Adelheid Müller*, seine zweite Ehefrau

Konrad von Velten, frischgebackener Jurist am Hof Wolfenbüttel

Agnes von Velten, seine Mutter, leitet eine Mädchenschule
Elisabeth und Käte von Velten, zwei ihrer Töchter und Halb-
schwestern Konrads

Andreas Riebestahl, Hofbeamter am Hof Wolfenbüttel,
Onkel von Konrad und Zwillingsbruder von Agnes.

Barbara Riebestahl, Ehefrau von Andreas und Ziehschwester von Andreas und Agnes.

Heda (Hedwig) Riebestahl, Tochter von Andreas und Barbara.

Max und Lorenz Riebestahl, Zwillingssöhne von Andreas und Barbara

Thomas Riebestahl, Pfarrer in Broistedt
Henni, seine Ehefrau

Lorenz Kale, Braunschweiger Kaufmann. Vater (unehelich) von Barbara Riebestahl.
Elise Kale, seine jüngste Tochter

Hans Barhaupt, Gehilfe von Konrad von Velten bei den Untersuchungen

Grete, Thilda und Emma, drei Mädchen aus dem Braunschweiger Land

Martin von Kaltenburg (der Marschall), ein Adliger aus Württemberg
Katharina Scharfgärber, seine Mutter

Melusine, eine halbseidene Dame aus Württemberg

Rudolf von Kampstetten, Mitglied des Hofrates von Herzog Julius
Johann Bestmann, Bürgermeister der Neustadt in Braunschweig
Hermann van Basten, Bauherr für Kanalbau aus den Niederlanden

Kuno von Asseburg, ein Adliger aus dem Braunschweiger Land und Hofbeamter

Etliche Boten, Soldaten, Mägde, Knechte, Kinderfrauen, Musiker und Banditen

* Personen, die wirklich existiert haben

GLOSSAR

Amt, Gericht, Eichgericht, untergeordnete Regierungsbezirke im Herzogtum

Backenstreich, Ohrfeige

Billet, kleines Kärtchen mit einer geschriebenen Botschaft
Fidel, einfache Geige

Branle, Reigentanz, deren anführende Person eine hervorgehobene Rolle hat

Gaillarde, Tanz im schnelleren Dreiertakt, als Springtanz häufig in Kombination mit einem langsameren Schreittanz (Pavane) gepaart.

Kanonissinnen, Stiftsdamen, Frauen, die in einer geistlichen Gemeinschaft in einem Frauenstift leben, ohne Ordensgelübde abzulegen.

Kotsasse, Besitzer kleinere.r Hofstellen. Es gab *Kothöfe* mit vier bis neun Morgen und auch Kothöfe ohne Land. Auf letzteren saß das Gesinde, das auf größeren Höfen arbeitete.
Kreuzer, kleine Münze mit geringem Wert

Landwehr, Grenzmarkierungs- bzw. Grenzsicherungswerke und Umfriedungen der Stadt Braunschweig gegen das umliegende Herzogtum.

Maid, Mädchen

Matrone, abgeleitet von dem Begriff Matrona (Ehefrau) Bezeichnung einer älteren, Gesetztheit und Würde ausstrahlenden Frau. Später auch abfällig für eine ältere füllige Frau.

Mijnherr, niederländisch: Herr

Oheim, altertümlich für Onkel

Patrizier, Angehörige der Oberschicht, die sich im Mittelalter in deutschen, reichsfreien Städten herausgebildet hat. Hauptsächlich Kaufleute, die die wichtigen Ämter im Stadtrat besetzten.

Ruffer, Kuppler, Zuhälter, *Rufferei,* Kuppelei, Zuhälterei

Sackpfeife, Dudelsack

Schlagwerk, Trommeln, Becken, Triangel

Serail, türkischer Palast, Inbegriff exotischer und erotischer Vorstellungen der Europäer

Stiftsfehde, kriegerische Auseinandersetzung um die Besetzung eines Bistums oder Erzbistums zwischen zwei Anwärtern oder auch einen mit kriegerischen Mitteln ausgetragenen Streit zwischen verschiedenen Parteien innerhalb eines Hochstifts. Hier ist die Hildesheimer Stiftsfehde von 1519 zwischen dem Hochstift Hildesheim und den welfischen Fürstentümern Braunschweig-Wolfenbüttel und Calenberg gemeint.

Traversflöte, Querflöte

Weichbild, Stadtteile der Stadt Braunschweig. Jedes der 5 Weichbilder verfügte über ein eigenes Rathaus, einen eigenen Rat, eine eigene Pfarrkirche und eine unterschiedliche Bevölkerungsstruktur

Wittum, Altersversorgung einer Witwe

Wüsten, Wüstungen, Siedlung, die in der Vergangenheit aufgegeben wurde, aber noch in Urkunden und Flurnamen enthalten ist. Oft existieren noch Ruinen oder Reste im Boden.

Ochesografie, gemeint ist die »*Orchésographie et traité en forme de dialogue*« *von Thoinot Arbeau*

branle dü tschandelje, gemeint ist die *branle du chandelier* aus der Orchésographie

Weiße Ringe, Vereinigung der niedrigeren Kaufmanns- und Handwerkerstände in Braunschweig.

Weitere Krimis finden Sie auf den
folgenden Seiten und im Internet:

WWW.GMEINER-SPANNUNG.DE

SUSANNE GANTERT
Das Fürstenlied
. . . .
978-3-8392-1730-6 (Paperback)
978-3-8392-4723-5 (pdf)
978-3-8392-4722-8 (epub)

»Jurist Konrad von Velten wird im fürstlichen Auftrag Ermittler von Serienmorden.«

»›Des munnes gered‹, ›der nase schnüffelei‹«. Seltsam angeordnete Mordopfer beunruhigen die Dorfbewohner des Braunschweiger Landes. Bei den Leichen werden Zettel mit verschiedenen Gedichtzeilen gefunden – Hinweise des Mörders?

Der junge Jurist Konrad von Velten soll zusammen mit seinem Vorgesetzten der Gerichtsbarkeit bei den Untersuchungen behilflich sein. Schnell erkennt Konrad erste Muster, doch das Morden geht weiter. Als er in einen unheilvollen Strudel von Ereignissen hineingerissen wird, der mit einem Gerichtsurteil vor 14 Jahren ausgelöst wurde, gerät Konrad selbst in Lebensgefahr.

GMEINER SPANNUNG

WWW.GMEINER-VERLAG.DE
Wir machen's spannend

**MARIA RHEIN;
DIETER BECKMANN**
Die Sichel des Todes
. . . .
978-3-8392-1911-9 (Paperback)
978-3-8392-5079-2 (pdf)
978-3-8392-5078-5 (epub)

DAS GEHEIME UREVANGELIUM Münster, 1877.

Kommissar Heinrich Maler wird von der Preußischen Ge-
heimpolizei beauftragt, den Millionär John Rodman, der
seit einiger Zeit Drohbriefe erhält, zu beschützen. Kurz
darauf findet man Rodman erhängt in seinem Arbeits-
zimmer. Alle Spuren deuten auf einen Zusammenhang
mit einem verschollen geglaubten Urevangelium, dessen
Auftauchen die Kirche in ihren Grundfesten erschüttern
könnte. Hat die Kirche etwas mit dem Mord zu tun oder
hat der Auftragsmörder »Die Sichel« seine Hand im Spiel?

SILVIA STOLZENBURG
Die Salbenmacherin
und der Bettelknabe
. . . .
978-3-8392-1910-2 (Paperback)
978-3-8392-5077-8 (pdf)
978-3-8392-5076-1 (epub)

FALSCHE FREUNDE Der elfjährige Waisenjunge Jona ist ein Bettler. Ein Bettler und ein Dieb. Als er im Februar 1409 in Nürnberg ankommt, ist sein Leben kaum mehr einen Pfifferling wert. Es ist eiskalt, und er ist nur noch Haut und Knochen. Jona kann sein Glück kaum fassen, als ihm ein reicher Städter etwas zu essen und ein Lager für die Nacht anbietet. Allerdings fordert dieser dafür eine, wie er sagt, harmlose Gegenleistung. Jona willigt ein. Und gerät damit in einen Strudel aus Täuschung und Gewalt, in den schon bald auch die Salbenmacherin Olivera hineingezogen wird, die den Bettelknaben halb tot geschlagen in ihrem Hinterhof findet …

SPANNUNG

GMEINER

WWW.GMEINER-VERLAG.DE
Wir machen's spannend

CORNELIA NAUMANN
Königlicher Verrat
. . . .
978-3-8392-1912-6 (Paperback)
978-3-8392-5081-5 (pdf)
978-3-8392-5080-8 (epub)

FRIEDENSFÜRSTIN Paris, 23. November 1407.
Ein Mord auf offener Straße verändert das Leben von
drei Frauen entscheidend. Königin Isabel, als baye-
rische Prinzessin fremd in Frankreich, verliert ihren
besten Freund. Margaud, Flüchtling vom Lande, wird
unversehens zur Gegnerin der königlichen Politik.
Christine de Pizan, als emanzipierter »Blaustrumpf«
verspottet, verstrickt sich in eine aussichtslose Liebe.

   Die Königin von Frankreich steht vor einer fun-
damentalen Entscheidung. Muss sie zur Verräterin an
ihrem eigenen Land werden, um es retten zu können?

SUSANN ROSEMANN
Das Lied der Flötenspielerin
. . . .
978-3-8392-1913-3 (Paperback)
978-3-8392-5083-9 (pdf)
978-3-8392-5082-2 (epub)

GEFÄHRLICHE REISE Ulm im Jahre 1524. Die Familie der Flötenspielerin Laila benötigt dringend Geld. Deshalb willigt Laila ein, die am Gemüt erkrankte Franca gegen gute Entlohnung auf einer Reise über die Alpen zu begleiten. In Florenz bei einem Medicus soll das Mädchen Heilung erfahren. Doch warum suchen im Verlauf der Reise immer mehr Menschen die Nähe zu Franca? Verbirgt sie ein dunkles Geheimnis? Als in Ulm Francas Verlobter tot aufgefunden wird, spitzt sich die Lage zu. Kann Laila herausfinden, was hinter all dem steckt?

GMEINER SPANNUNG

WWW.GMEINER-VERLAG.DE
Wir machen's spannend

Das Neueste aus der Gmeiner-Bibliothek

Unser Lesermagazin

Bestellen Sie das
kostenlose Krimi-
Journal in Ihrer
Buchhandlung
oder unter
www.gmeiner-verlag.de

Informieren Sie sich ...

www ... auf unserer Homepage:
www.gmeiner-verlag.de

@ ... über unseren Newsletter:
Melden Sie sich für unseren Newsletter an
unter www.gmeiner-verlag.de/newsletter

f ... werden Sie Fan auf Facebook:
www.facebook.com/gmeiner.verlag

Mitmachen und gewinnen!

Schicken Sie uns Ihre Meinung zu unseren Büchern
per Mail an gewinnspiel@gmeiner-verlag.de
und nehmen Sie automatisch an unserem
Jahresgewinnspiel mit »mörderisch guten« Preisen teil!

Wolffenbüttel